扎刀令

◆

红柯 著

西 安 出 版 社

图书在版编目（CIP）数据

扎刀令 / 红柯著. -- 西安：西安出版社，2018.1
（2021.4重印）

ISBN 978-7-5541-2814-5

Ⅰ.①扎… Ⅱ.①红… Ⅲ.①中篇小说 —小说集—中
国—当代 Ⅳ.①I247.5

中国版本图书馆CIP数据核字(2017)第316449号

扎 刀 令
ZHADAOLING

著　　者：红　柯
策划编辑：范婷婷
责任编辑：张增兰　原煜媛
责任校对：张爱林　陈　辉　张忝甜　王玉民
设计排版：李南江　纸尚图文设计
出版发行：西安出版社
地　　址：西安曲江新区雁南五路1868号影视演艺大厦11层
印　　刷：永清县晔盛亚胶印有限公司
开　　本：720mm×1020mm　1/16
印　　张：16.5
字　　数：295千
版　　次：2018年1月第1版
印　　次：2021年4月第2次印刷
书　　号：ISBN 978-7-5541-2814-5
定　　价：42.00元

目 录

扎刀令

刀 子

一声声"好——哇！好——哇！"刀子就打出来了，波日季还在喊叫，他不知道这么高亢惨烈的喊叫声是花儿中难度最大的扎刀令，惊乍乍的，跟刀子扎上一样，远近百十里全都听见了。

相传他们的祖先赫赫阿爷就是这么喊叫着打出第一把好刀子，把手艺教给大家，只收很少的工钱，还要接济穷人，听起来跟故事一样。历史上确实有这样的人物，随着时间的推移，这种人真的出现在身边就很麻烦。波日季还没有想到他会成为赫赫阿爷的传人，老板们就想到了，老板们肚子胀，不是一个两个，是一伙子老板。

那伙子老板就要跟波日季见面。

"啥事嘛？"

"说个话，就说个话。"

传话的是马三保，波日季家的老邻居。波日季父母去世后，波日季就把家安在马背上。马三保给人家拍了胸脯，能跟波日季说上话。马三保开皮货店，青砖大房、高门楼，隔壁就是波日季家的老宅子，黄泥土屋变成一堆土，铁杆蒿子有半人高，深秋季节，蒿秆红得跟化开的铁水一样，人家就说波日季的笑话：铁匠家的蒿子都是铁打的。没人碰那片蒿子。马三保父亲在的时候，常常招呼波日季来吃饭，劝波日季早早攒些钱，搭个草棚也算个家。波日季的马就嗷嗷叫唤开了，老汉就说不下去了。波日季跟一股风一样飘来飘去，马三保一年都见不上波日季。该见的时候还是能碰上的。波日季在打一把刀子，打着打着就喊叫开了，马三保一点老板的感觉都没有了，这么喊叫下去，不是个办法。

"有话你就说，你赶紧说，我忙得很。"

"一句两句说不完，得慢慢说。"

"你就这么爱说话，嗬嗬！"波日季笑起来，"又不是婆娘伙。"

"都是大男人，不是婆娘伙。"

"我就是不明白，世界上有这么要紧的话，你马三保来一趟，还要约个时间，定个地方？"

"时间要约下，地方要定下。"

"我又不是老爷，我就一匹马，我随便得很。"

"兄弟，太随便了不行。"

"我随便得很。"

"太随便的人难侍候。"

"我不要人侍候，我是个打刀子的，我不要人侍候。"

"兄弟，太难说话了不行。"

"我又不是一条狗，谁都来想使唤我。"

马三保的脸红起来，耳朵都是红的；可马三保不生这个气，人要这么生气就没法活了，马三保不生气。"诚心实意要跟你说说话，都是掏心窝子的话，到时候你就知道啦。"

"从心窝子里掏出来的话，这是你说的？"

"我说的我说的。"

"你在这伙子人里头？"

"在里头在里头。"

"在里头还不给我透透底细。"

"啥底细都没有。"

"嗬嗬，没底细的事情还叫事情？"

"没有你波日季就没有这个事情。"

"我惹下了事情？我惹谁了？"

"你没惹谁。"

"谁都没惹就没有事情。"

波日季给人家打刀子，铁锤叮咣叮咣抡起来。敲一阵，烧一阵，在水里泡一阵，一股子蓝烟还有一股子白汽。马三保拿手当扇子扇了十来下，马三保的脸就清楚了，波日季的脸也清楚了。马三保没想到他这么聪明，一句话就把事情说得清清楚楚："人活在世上不容易啊波日季，人活在世上本身就是个事情。"

"我波日季是个事情？"

"我马三保也是个事情。"

马三保一口气说一堆事情。那伙子人全让马三保说出来了，一个不剩，一个人就是一个事情；马三保是个实诚人，波日季从来不拒绝实诚人。时间约下了，地方也定下了。

时间定在四月五日清明节，地方嘛就是黄河拐弯的地方，波日季路过河滩，河滩说话方便。

清明节，那伙子老板聚在河滩的树荫里。太阳在蓝天上吊着，黄河冲出积石峡就躺下了，一动不动浑身冰凉。太子山积石山在这里绾在一起，两边山里吹出的风也是阴阴的。这伙子人都穿着羊皮夹夹。地上铺着毡，一伙子人坐在毡上。两个帮工在石头滩上掏石头，都是碗大的卵石。掏出的坑有半人深，埋上羊粪，羊粪干透了，跟核桃一样咯啷啷咯啷啷好像是空心的。两个帮工，一个老汉，一个小伙子。老汉蹲在坑里，在羊粪中间搭几根干树枝，点燃一张纸，纸火伸到树枝底下，树枝就燃烧起来，火焰呼呼响着喷出一股松香味。松枝的火焰往羊粪里渗，羊粪没有火焰，羊粪跟烧红的铁块一样，一个个连在一起，火焰全收进坑里。小伙子把洗干净的卵石递给老汉，老汉一块一块码好。蓝烟飘起来，跟麻绳一样拧着上升，升着升着就不见了，蓝天跟烟一个颜色。老汉蹲在火坑边，小伙子从树林里牵来一只羊。那是他们自己的羊。人家买了他们的羊，他们就得按人家的要求把羊烤熟。他们有这个手艺，方圆几十里就数他们的手艺好。小伙子把羊牵过来，老汉没抬头，小伙子就慢慢地往前走。羊已经感觉到某种危险，羊脑袋好几次都蹭到小伙子后腰上的刀把子。刀把子并没有影响羊的情绪。一大早羊就吃了一坡好草。三天前，羊跟主人在积石山里，主人让羊吃石头缝里的草，草比虫子都小。羊嘴巴上起了黑黑的茧子，羊在石头缝吃了整整一年草，羊想草滩都想疯了。河两岸长满庄稼，也长满了草。羊满怀希望跟着主人来到河滩上。羊感觉到主人把它卖出去了。羊没有啥好恋惜的。羊就想着河岸上的绿草，山里长不出这么好的草。草就近在眼前。主人的刀把子撞了它好几次，它都没有胆怯。它忽然发现大地是热的。一股子热浪起伏着，躺在地上的大河没有这么热。羊懵懵懂懂来到火坑边上，羊彻底地绝望了。小伙子把羊摁在地上，从后腰取下刀子，小伙子不是蒙古人，却用蒙古人的法子剖开羊的胸腔一直剖到腹，内脏全被掏空了。羊眼睁睁看着那个老汉手上缠着布，把烧红的卵石一个一个塞进它的身体，有几块卵石大概是铁矿石，跟火球一样是透明的，老汉太了解羊了，老汉把红透了的软乎乎的卵石安放在心脏的位置，十几块红卵石代替了原来的内脏，羊活着呢，羊吱喽喽响着，身体抽动着，小伙子死死地扳住羊角，绝不能让羊跑掉。老汉塞进最后一个卵石，合上羊的胸腔和腹腔，把整个羊连毛带皮埋进火灰里，羊粪的火烬也是圆滚滚的。老汉和小伙子一起动手，堆起一个圆堡。羊带着火焰沉在大地深处。大地忽儿忽儿在动。装在羊身体里的石头和压在地面上的石头牢牢地控制着愤怒的羊。羊的芳香从大地深处渗出来。那伙子人全都过来了："熟了没有？熟了没有？"老汉不紧不慢："得两三个时辰。"那伙子人又回到毡上。毡离火坑不远。不到一个时辰，一股子肉香从白毡底下冒上来。

"羊跑过来了。"

"大惊小怪。"

"没见过世面。"

只有几个人吃过烤全羊。这种烤法快失传了。

两三个时辰后，波日季牵着马从坡上下来。爱马的人下坡不骑马。波日季到了河滩也不骑马。波日季把马牵到河边，好像马不会喝水，他捧着水让马吐出舌头，连捧三回，马才把脑袋伸到河面上，马先不喝水，马先打个响鼻，河里的凉气吸到鼻腔吸到肺里，又是一串响鼻，马内脏里的热气燥气全抖出来了，马舌头吐出来，在水面上贴一下又贴一下，水就被扯长了，就像吃一碗扯面。

"开始！开始！"有人等不及了，恨不得一把把羊拽出来。马三保把他们劝住了："咱是来说话，不是为吃为喝。"马三保压低嗓门给大家介绍波日季的尿毛病。既然是尿毛病，大家就忍着。波日季过来了："嗬嗬，这么整齐，开大会哩。"

"你牛皮嘛，等你哩。"

"有话就说，我随便得很。"

"生意咋样？"

"好着哩，好着哩。"

"好着哩就好，生意好的跟生意好的好说话。"

"是这个道理。"

"讲道理就行，讲道理就能把话说好，王老板你先说。"

王老板不说话，王老板从袋子里倒出一堆煤，"波日季你看这是啥东西，煤，山西大同的煤，出口到英国美国，牛皮筏子运到包头运到兰州，咱从兰州发过来的，化铁跟烧开水一样。"

波日季拿起一小块煤，掂了掂跟木头一样轻，乌亮乌亮的。"这么好的东西当柴火烧可惜啦。"

"专门化铁炼钢哩。"

"咱用不起。"

"你先试试，好了再说价钱。"

张老板是经营生铁的，张老板带来一块俄罗斯铁坯，拳头那么大，能打两把好刀子。这是样品。真正的铁碇都是几百公斤一块，"大炮都能造出来，打出的刀子能装一马车"。

波日季不得不承认这是他平生见过的最好的铁坯子，几块褐色锈斑就像猛兽身上的毛，波日季摸了一遍又一遍。

张老板比画出来的铁坯子跟大石头一样大。"波日季弄个店铺多好呀。你手艺这么好就该在铺子里打刀子。"

"我的马咋办呀，我的家就在马背上。"

"养起来嘛，开店当老板，想养几匹马都成，嫌麻烦就雇个人养马。"

"噢，开店铺就是这样子。"

"开店铺就不用自己动手干活了。"

"自己不动手，让别人打刀子。"

"给你说的就是这事。"

波日季站起来一个一个看，开皮货店的马三保，开铁铺的张老板，开煤炭公司的王老板，还有开中药铺的，开茶叶店的、开文具店的、开旅馆的、开饭馆的，总之，只要有个手片大的门面，都是个老板，都要跟波日季说说话。

"你们大家都有这个愿望？"

大家都站起来，点头哈腰，脱帽致礼。

"都要我开店铺？"

"有个门面，大家都一样了。"

"打刀子的又不是我一个。"

"你打得好嘛。"

"打得好就打出事情啦？"

"话也不能这么说。"

"就是这意思嘛，还能说成个啥？"

"你这么想也行，你确确实实是个事情。"

"我不明白。"

"不明白咱给你往明白里说，人不管做啥事情总得发财对不对？"

"对着哩。"

"这话是你说的，是你波日季说的。"

"是我说，你声音这么大干啥呀？"

"我要大家都听清楚，你波日季说的，发财对着哩。"

"对着哩，对着哩。"

"城门楼对戏楼哩，对着哩？对着啥哩？咱都知道你厉害，你能耐大，能耐大挣的钱也要大。"

"难道我挣的钱不大？"波日季从怀里掏出羊皮袋子，摇得哗啦啦响，"都是我一个子儿一个子儿挣下的。"

"你这么挣钱是埋汰人哩，自从你打出好刀子，我们这些体面人就不体面了，跟个贼一样。"

"我总不能打坏刀子吧，我打出坏刀子你们就不是贼了？"

"你混个肚儿圆还以为自己挣了大钱，你得照顾照顾别人吧。"

"我不知道咋个照顾法？"几个老板报出最低价、最高价，还有中间价。波日季重复一遍，千真万确就是这个价。老板们长长出一口气，总算没白来。

羊也没白烤，烤了五个时辰，两个雇工扒开火坑，整个羊跟上了釉子一样黄焦焦的，又香又脆，满河滩的吞吃声。波日季吃了一块羊背子，从怀里摸出钱交给主人。波日季五岁那年跟父亲在祁连山吃过烤野羊，就是这种吃法。波日季先走了。那伙子人还在吃、吃、吃，不吃白不吃，大家凑的份子，谁不吃谁是傻瓜。

"波日季是个聪明人还是个傻瓜？"

"聪明人！绝对是聪明人！"

波日季骑着草儿黄往南走，过了河州是兰州，宁往南走千里不往北走一步，聪明人都这么走。

花　儿

马爱上坡不爱下坡，走着走着波日季的马就上了山梁，太子山越往北越高，跟耸起的脊梁骨一样，青苍苍的一溜子骨头沿着青藏高原和黄土高原的边缘，那也是蒙藏汉回杂居的辽阔地带。清明芒种前后，正是给麦田锄草的时候，清明锄小草，芒种锄大草，锄草的都是女人，女人都是大脚，雪白毛巾黄麦秆儿草帽，蓝布半臂子，红钩镰子鞋，平川里河滩上放牲口打柴火的也都是女人。花儿就是她们唱起来的，一来减少劳动的辛苦，一来排遣心头的苦闷。波日季牵着马从山梁上下来了，锄草的女子就大胆地唱开了。

　　山上扑下来的鹞子，

　　大路上下来的汉子；

　　我你哈当人者擦一把汗，

　　你我哈送上个少年。

　　花儿指所爱的女人，少年是女人对男人的一种希望，顶天立地叱咤风云只有少年黄金时代，热恋钟情这种韵事，也只有少年能尽所欢，白发老人唱起花儿也往往以少年自许。波日季和他的马唰地抬起头，马嗷嗷嗷叫着，脖子上的铜铃哗啦啦响，波日季胸膛里一热就唱了一句："乌鸦要吃馍馍哩！教吃哩吗？打过哩？"

　　女子跨上塄坎答道："你要吃了吃上些，吃上些了往上旋！"

　　青青的麦田里这么红红的一个女子，路边高高的白杨一个劲往蓝天里蹿，远处的桦树白晃晃耀眼，波日季一副陶醉的样子。

　　白杨树的叶叶呀！

　　怎么这样嫩来？

　　娘老子把你怎生来！

　　模样子怎么这样俊来？

　　波日季根本不知道他喊叫出的扎刀令传遍了太子山和积石山的角角落落，锄草的女子认出这个远近闻名的刀把式。

　　阿哥是天生的汉子家，

　　鲨鱼皮镶刀鞘哩。

　　心思对了好比淡流水，

　　太酽了损志气哩。

　　草儿黄又赶到主人前边嗷嗷嗷叫起来，波日季抱住马脖子，马叫得更厉害了。那女子站在塄坎上，脸盘子严严地遮在白毛巾里。

　　你把朵脑抬一抬？

　　我看你是谁一个？

　　女子下到麦田里，不搭腔也不抬头，波日季的嗓子就尖锐起来。

唉——排子打者浪上了，

莫约下者闻上了，

阿花儿!

将到我的向上了。

排子就是黄河上游激流险滩上的牛皮筏子，草儿黄马奔到山梁上，颠簸得比牛皮筏子还厉害，那个田野上的尕妹子跟手段高强的棋手一样将到波日季的老帅上了，波日季在山顶上转了好几圈，他要记住这个尕妹子，花儿所特有的悲壮、哀艳、刚猛和肉感全都出来了。

白牡丹白者赛雪哩，

红牡丹红者破哩，

阿哥的肉呀!

麦田里的女子有了回声。

甘沟里，

羊撒里，

慢慢不走忙啥哩?

马儿奔到大峡谷，遍地蓝色的马莲花遍地红艳艳的山丹丹花刺玫儿花。

山丹丹花开红刺玫花长，

马莲花开在路上。

你那里扯心我这里想，

热身子靠不者肉上。

太子山和积石山交界的地方，也是黄河离开雪域奔向黄土高原的险峻地带，出产壮士，也出产刚烈的女子，波日季已经翻过好几道山了，还能听到那女子的声音。

上天的梯子你搭上!

天上的星宿哈摘上!

你你的良心放宽敞!

我我的肉身子舍上!

用当地人的话说，男人的血都是女人的肉热起来的，波日季后来的那些壮举跟这个尕妹子有很大关系。

波日季揽了几家活，平心而论他没有骗那些老板，他开出的价让人家吃惊，人家就说："刀是穷人的胆，这是破穷人的胆哩。""打刀子的又不是我一个。""穷人想带好刀哩。"这个穿着老蓝布裕子的农民说着说着就吼开了。

　　刀子斧头我有哩！

　　啊一个是对手哩？

　　打一把五寸刀子哩！

　　包一个乌木鞘哩！

　　长一个五尺身子哩！

　　闯一个天大的祸哩！

　　花儿盛行的地带，每个人都佩有腰刀，以显其勇武豪迈，花儿与少年，刀子就是少年。这个穷得叮当响的农民，倾其所有，打了三把腰刀，五寸刀、七寸刀、满尺刀；他的两个儿子，跟羊羔子大不了多少的尜小子，腰上挂了五寸刀和七寸刀，他们的父亲郑重地宣布："从今往后你们兄弟就是带刀子的儿子娃娃了。"波日季不会收农民的好东西，农民把家里的麦子和豌豆扛出来，波日季说："你不要难为我，我带不动。""你现在就出手卖，绝对能卖出好价钱。""记个账，有钱了再还我，我又跑不了。"好像波日季是欠账的。账记上了。波日季刚走，老板们派来的人就来问这个农民。问了两三家，都是这个情况，就不好意思跟踪下去了。有些人家让高价吓住了，又都是自尊心极强的山区农民，脸红得滴血哩，好像走错了地方，波日季就说："有钱了记上，没钱了忘了，刀子可要别在腰上。"五寸、七寸、满尺子各打三把。农民拿上刀子，顶了波日季一句："你不该这么臊一个山里人。"波日季脸红了，农民又不好意思。

　　"跟你耍哩，你甭当真。"

　　"丢人当兴哩，把锅当针哩。"

　　波日季进入大山腹地，已经不能讲任何价钱了，有时候有价，有时候没价，完全根据主人的情况。

　　"这么好的刀子没有价钱，太有意思了。"

　　"好东西好到顶就没价钱了。"

　　"这是无价之宝嘛。"

　　波日季一路打着无价之宝，过积石峡，翻越大力加山，也就是太子山和积石山绉疙瘩的地方。太子山是青的，积石山是红的，中间夹着咆哮的黄河，就像两个人对花儿。花儿的范围太大了，一般都在劳作的田野和春夏的花儿会上，极少的花儿诞生于荒山野岭，这都是男人们最悲壮的时刻，没有听众，也不需要回答，独自对着长天大野吼叫。来自雪域的黄河也是这样子，在有人家的地带静悄悄的，在蛮荒险峻的无人区就很悲壮地唱开了。山里很冷，波日季带了四尺宽六尺长的绵毡，往身上一裹就能在野地过夜；二十出头的小伙子，火气大，天为穹庐，大地为床，星星一颗连着一颗，跟盛着清油的灯盏一样。波日季早就习惯了这种生活。波日季每年都要在清明前后翻越大力加山。都没有今年这么冷，绵毡都裹在身上了，他很少这么包扎自己，再冷的天气，铺开绵毡大地就热起来了。波日季一点也不知道这是百年不遇的春寒，春天的冰雪暴，来自雪山的冰雪跟野马群一样眨眼出现在大力加山，山上山下全都白了，山口成了冰大坂，冰山雪海，荒古皑皑，绵毡都快长在身上了，只露出两只眼睛，人马难禁其寒战。草儿黄马，多好的马啊，草儿黄首先喊叫出古老的扎刀令，这是他波日季喊叫过的，波日季成为旁观者时就一下子听明白了，波日季松开缰绳，站在齐腰深的大雪里，满脸兴奋地看着草儿黄扬起前蹄，扬起脖子和脑袋拼命地高叫。荒漠高寒地带，雪风冰山上的生命由衷地发出自然本能的叫声，体温就上来了，白气团从骏马的鼻孔喷出来，从嘴巴里喷出来，从脖子和腹背上喷出来，寒气近不了骏马的身体。骏马的叫声感染了波日季，"好——哇！好——哇！"波日季喊叫两声，波日季的声音就开始拉长了，颤抖了，摇曳如诉，颤动委婉，高亢尖锐，他们的祖先曾经高喊过的真正的扎刀令在大海般浩瀚汹涌的声浪里有了壮美的旋律和词，词太简略了，跟滑过苍空的流星一样。

　　呀孜唉……大坂……啊……

　　冰大坂……啊……

　　苍天……呀……吐啊吐啊

　　苍天吐下的黄河……呀

　　星星吗……呀……

波日季和他的马走到冰大坂的顶上，高亢摇曳的音调就简略到了极限。

　　唉……兀……山头……吗……啊……

　　唉……奶头……吗……啊……

山头、奶头的反复咏叹中波日季跟骏马一样驱开了寒气，波日季的鼻梁上有了汗粒，波日季在自己的喊叫声中听到了山头、奶头，波日季的眼泪就下来了。

他们的祖先当年翻越大力加山口的时候，曾经遭遇过百年不遇的暴风雪，人畜死去大半，他们高喊着，凭着悲壮的歌声渡过难关，据说就是两句词，山头、奶头。

他们的祖先最早居住在青海同仁，因为战乱举族逃难过黄河过大力加山到大河家，已身无分文，牲畜农具都没有。娃娃饿得哇哇大叫，母亲们默默流泪。黄河水在积石峡是清湛湛的，再往下游走，水就浑了。"我们就喝不上清水了，喝不上清水就下不了奶。"女人们声不大，话很有分量。有些女人到河边掬着清水跟饮羊羔一样让娃娃喝个肚儿圆，"狗娃，撑开肚子喝，明儿就要喝泥汤汤了"。积石山和太子山的三角地带，贴着清澈的黄河，女人们铁下心要在这里安营扎寨。

男人里头有个叫赫赫阿爷的汉子，去跟铁匠铺的汉族师傅交涉："我出力气，帮你干活，工钱不要，只要一把刀。"这个汉族师傅手艺特别好，能打刀子，也能制火枪。汉族师傅说："给你一杆火枪做工钱。"赫赫阿爷不要火枪，只要一把刀。当时他们穷得连一块铁都没有，一把刀对他们来说就是天大的宝物了，哪能奢望一杆枪呢。

赫赫阿爷揣着短刀只身进山。赫赫阿爷胆气太浓，十里以外就有一股劲风在吹动，狼虫虎豹都躲开了，走遍积石山也碰不到一只野兽。跟积石山相连的是青色的太子山，赫赫阿爷一定要在太子山找到猎物，山下的女人娃娃等着他呢。赫赫阿爷取出刀子，用手指弹一下，刀刃发出银子一样悦耳的响声，赫赫阿爷就撕下一条衣服袖子，跟藏民一样光着一条胳膊。赫赫阿爷把刀裹起来放在后背上，然后向太子山和青苍苍的天空摊开双手说："来一只黑虎吧，来一只金钱豹吧，来一只熊也行啊。"赫赫阿爷空手赤拳钻进太子山。

起先他还能感觉到背上的钢刀，后来就没有这种感觉了，他渴望见到一只野兽，不是杀死它们，是让它们来靠近自己。过来一只麻雀，赫赫阿爷跪下给麻雀磕头，麻雀飞走了，飞到崖头上喳喳叫。赫赫阿爷受到鼓励，肋骨下的心就变得更虔诚了。

他拍净身上的尘土，继续往前走。很快就走到豹子睡觉的地方，赫赫阿爷一点感觉都没有。他曾经是一个出色的猎人，打死过不知多少狼虫虎豹，十几里以外的野兽他都能感觉得到。这回赫赫阿爷太虔诚了，他不是去打野兽，也不是去捕捉野兽，他是去亲近一只豹子。

豹子老远看见一个人，豹子就躲起来。等人走到十几步远的时候，豹子就跟一股狂风一样扑过来，赫赫阿爷啊呀大叫着，鲜血高高喷起来，染红了豹子的半截身子，赫赫阿爷的一条胳膊被豹子吞掉了，赫赫阿爷疼得满地打滚，惨叫声越过群山和峡谷。据说最初的扎刀令就是这样来的，这声惨叫合男人们的口味，孤身一人在荒野走着好像被猛兽吃了一口好像身上猛扎了一刀，就惨叫着吼起来，没有词儿，纯粹的喊叫声，连血都喊出来了，有人破了嗓子，永远失去了声音，还是要吼的……豹子又扑上来了，豹子扑啊扑啊，豹子不动弹了，豹子睁大眼睛喘气。赫赫阿爷站起来，豹子夹在胳肢窝里，赫赫阿爷只剩下一条胳膊。

……从太子山里走出一个血人。血人走到黄河边把脑袋伸进湍急的水浪里泡一泡抬起头，整个面孔就出来了，就像卸下了一个面具。

赫赫阿爷的女人，看到丈夫少了一条胳膊就叫起来："我的天神，你的胳膊哩？""豹子吃了，让它吃，它吃了咱才能活。"女人呜儿呜儿哭，女人们全都哭了，赫赫阿爷对他女人说："该流的血咱都流了，你再跟着流水水子咱可就没活路了。"女人们低下头低了半天，眼泪就干了，眼睛干干的，眼眶发红，她们不看男人不看娃娃，她们脖子伸得长长的跟雁一样，河对岸的积石山寸草不生，连青苔都不长，跟窑里烧出的砖一样，相传积石山是让女人看红的。女人们熬成这样子肯定能在这达扎下根能在这达活下去，男人们就要这样的女人。

赫赫阿爷放下心，用剩下的一把手扪胸祈祷：豹子啊豹子，你吃了我一条胳膊，我吃了你，咱俩清了，谁也不欠谁的。

赫赫阿爷就这样想到了背上的刀子，赫赫阿爷叫人取下刀子，赫赫阿爷困了，赫赫阿爷倒下就睡，呼噜噜呼噜噜跟天上打雷一样，把积石峡里咆哮的黄河都压住了。

刀子剥皮的吱嘟声却很清晰，豹子眯着眼听得很细致，吱吱嘟嘟，像脱一件绸缎袍子，白晃晃的刀子跟仙人一样给主人脱衣服，那么一件华贵的绸缎衣裳被扒下来，挂在树梢上。豹子长长打个呵欠，闭上眼睛，整个身子全泡在热水里，热水咕嘟咕嘟冒泡泡，翻热浪，豹子就把眼睛闭死了，另一双眼睛跟星星一样在天上奔跑，一颗又亮又大的彗星在积石山上空越跑越疯，拖着长长的金光闪闪的尾巴，狠狠地在积石山顶抽了一下，火星子乱射，锅里的肉一下子就烂开了，扑簌簌从骨头上往下掉。

老人娃娃吃肉，女人喝汤，男人啃骨头。

赫赫阿爷睡了三天三夜，第四天早晨，太阳升起来的时节，赫赫阿爷睁开眼睛。沐浴一番，做了晨祷，就去铁匠铺上工。汉族师傅看他成了残废就说："你把胳膊都丢了，我不要你还工钱。"赫赫阿爷一声不吭，用剩下的一把手抄起铁锤用脚踏在铁砧上压住铁块，叮叮当当敲打起来，火星子溅到脸上，落到脚上滋滋冒青烟，赫赫阿爷连眼都不眨，师傅哪见过这么硬邦的徒弟！师傅就在一边指点赫赫阿爷打这边敲那边。

赫赫阿爷很快学会了打刀子的技术，师傅把做火枪的技术也传给赫赫阿爷。旁人三年出师，赫赫阿爷一年就出师带徒弟了。逃难的人一无所有，只有赫赫阿爷学来的手艺，赫赫阿爷把手艺全教给他们，把挣来的钱全给了穷人。

他们有了安定的生活，赫赫阿爷的壮举从保安族传到汉族传到回族传到藏族，各民族都传遍了，大禹王凿积石导黄河的地方成了他们的家园，他们就把这个地方叫大河家。据说那个把山头唱成奶头的歌手就是赫赫阿爷，那种壮美的声音消失了，人们就幻想着刀子扎在身上的惨烈景况，用扎刀令来回忆那英雄的年代。扎刀令是花儿中的花儿，是极品。

波日季就这样翻过冰大坂。简直是大梦一场，看什么都很新鲜，好像刚刚来到这个世界上。三个破马掌出现在眼前，他赶紧下马，慢慢走过来，他走得如此庄重，跟藏民朝圣一般俯在地上，三个破烂不堪锈迹斑斑的马蹄铁就有了一种罕见的光芒，他小心翼翼捡起来，擦掉锈斑，这还不够，他还要在路边的草丛里收集干羊粪，收了满满一袋子。他连马都不骑了，马打出一串悠扬的吐噜，提醒主人已经到了山下，骑上去嘛。主人怀揣着破马掌，盯着前边的村庄。一个铁匠沦落到用破马掌打铁的地步人家要笑话的，破马掌只能打钉子。打刀子的波日季打出的钉子让人家吃一惊，跟火柴一般大小的钉子，一根一根排在手心里，尚武的山民是识兵器的，这简直是武林高手用的暗器，可它确实是钉子，敲进木头里，那些旧家什就有了一股暗中的力量。主人掂着家什就像古代的武士拎着铁矛铁锏或者狼牙棒。报酬嘛就是一顿饭。一个人吃饱全家不饿。你的尕妹妹呢？有些人家就给他一块老蓝布。布料垫在马鞍子底下，很快就让马的汗气浸透了，马汗油质很大，老蓝布摸着像皮革，等送到尕妹妹的手里，差不多是一块皮子了。

波日季确实想那个唱花儿的尕妹妹，可他再也记不清尕妹妹唱给他的花儿了，他正赶往另一个村庄，天黑下来，他感到有点对不住那个尕妹妹，这种懊悔的心思一旦开头就不可收拾了，暮色茫茫中有个女子在唱花儿中哀婉悲怆的《八来歌》。

　　　白纸上写一颗黑字来！

　　　黄表上拓者个印来！

　　　有钱了带一匹绸子来！

　　　没钱了带一匹布来！

有心了看一回尕妹来！

没心了辞一回路来！

活着了捎一封书信来！

死了是托一个梦来！

波日季拉紧马缰，马一动不动，马跟主人一样在出神地听这首飘自旷野深处的花儿。波日季绕开一个村庄又一个村庄，天亮了，他又看到了破烂不堪的马蹄铁，到处都是马蹄铁、破箭头、发绿的弹壳，这些破铜烂铁全成了宝贝。

奇迹很快就出现了，三个破马掌打出一把好刀子，"好——哇——，好——哇——"的喊声，不再是直杵杵的，而是盘旋着摇曳着颤抖着，波日季仿佛置身于旷古的荒野，眼睛里只有炉火、铁砧、铁锤和嘶嘶尖叫的刀坯子，当刀坯子化出纯钢时，波日季的歌声里就出现了高亢尖锐的奶头，铁锤砸出来的全是滚烫的奶水……已经听不到狂歌了，一片静穆，铁匠波日季从古老的神话里出来了，很庄重地把刀子——五寸刀、七寸刀、满尺刀交到主人手上。

继续赶路，只要是在路上，就能听到如诉如泣的《八来歌》。波日季后来才明白，他那高亢尖锐摇曳如诉的扎刀令是《八来歌》铺垫上去的。洮河、大夏河、湟水以及黄河上源的男人们佩上腰刀，还要到花儿会上一展身手。

心高气傲的波日季陶醉于他精湛的手艺，一把把好刀让人惊叹、让人赞美。刀子越打越好，用他们的话说，三个马掌打出刀子的就算是赫赫阿爷的传人。更要命的是波日季连家都没有，连铺子都没有，他只有一匹来自玛曲草原的骏马草儿黄，他甚至连铁匠的工具都不要，来去无踪，跟一股风一样，一会儿出现在集镇上，一会儿出现在偏远村落的铁匠铺子里，接过主人的铁锤，叮当叮当打出一堆精美的刀子，跟主人分成。波日季光顾过的铺子，主人就成了他的徒弟。波日季总是告诉他的徒弟："挣下的钱一半送给穷人，否则就不配打刀子。"有些人想耍滑头，波日季就永远不再光顾他们的铺子，他们就揽不到活，大家都认波日季呀，草儿黄的马蹄声和铜铃声就是上天的福音，不出两个月，他们的生意就一落千丈，打出的刀子灰头灰脑跟鬼捏了一样。更绝妙的是这家人蒸的馍馍是青的，烤的饼子是夹生的，肯定是火出了问题，牛粪羊粪木柴麦草蒿草都不行，连煤炭也失去了作用：不是煤炭的火不旺，是锅灶聚不住气。可能是心理因素，那时候没有这个说法，可经验是有的，祈求神灵吧，各路神都敬了拜了，最管用的还是波日季，波日季在他们回心转意的时候从天而降，出现在火炉子跟前，火焰跟狗一样叫起来。无论生意有多么好，太多的奢望是不能有的。跟老板们的那些约定忘得一干二净。

马三保

老板们担心的事情终于发生了，赫赫阿爷的传人出现了，而且变本加厉，压得老板们喘不过气。"我们又不是贼，把他娘给日的。"挣了钱，当然要体面一下，老是体面不起来，心里恨啊，仇恨扎了根就没有声音了，就一个劲地长啊长啊，这么长下去会把人憋死。马三保跟波日季有些交情，大家把宝押在马三保身上。

"我不行，不要指望我。"

"大河家又找不出第二个马三保。"

"跟波日季有交情的人多得很。"

"发财当老板的就你一个嘛，你成宝贝啦，你不要推脱。"

"那我就试一哈（下），弄不好，我马三保就是蛤蟆兔过门槛——又蹾沟子又伤脸。"

马三保是有条件的：一百斤大同煤炭，一百斤俄罗斯生铁。老板们愣一下，就明白过来了，大家都称赞这个办法好，大家都相信一百斤好煤炭一百斤好生铁能把波日季喂肥，人只要肥起来，积一点点油，他就会有挣钱的胃口，波日季这挨屎的。张老板王老板差人送来最好的煤炭最好的生铁，账大家平摊，张老板王老板不吃亏。

马三保守着路口等波日季，等了整整一个月，兰州买来的凉帽晒蔫了，风把人都吹瘦了，身上一点老板的味道都没有了。波日季出现的时候，马三保从树荫里蹿出来，差一点让马撞倒。"哈哈马三保。"波日季给马三保丢了一根黄瓜，波日季从山里带了两根黄瓜剩这么一根正好送人。马三保没心思吃黄瓜。

"我有一批活你干不干？"

"干嘛，马三保的活还能不干嘛。"

波日季牵着马，跟着马三保从大路过来。街面上没有人，树叶儿是卷的，知了粘在树皮上连气都不敢喘一下。大河家就是这么一个地方，冬天能把石头冻裂，夏天能把石头晒成石灰。石头踩上去是酥的。

马三保的家在西头，五间门面房，经营皮货。老先人的旧房子翻修一遍，全是马三保这个有出息的后人撑下来的。马三保父亲去世时波日季参加了葬礼，行了情。

"马三保这都是你弄的？你能弄得很么！"

"你不弄么，你老哥想弄的话，甭说青砖大房，小洋楼都住上了。"

"笑话我哩，我弄不了。"

"不弄宅子也不给尕妹妹弄一匹绸子来。"

波日季的马鞍子底下压的全是老蓝布，都汗成油布了，都能当伞用了，那时候的伞都是红油纸伞和黄油布伞。女人们哀哀怨怨的《八来歌》马三保是知道的，马三保就拿绸子和布来说事，波日季就正儿八经告诉马三保："你老哥挣不来绸子。"

"你不想挣，这个世界上只要想挣、敢挣，没有挣不来的。"

吃好喝好，去后院看料，波日季没有想到马三保有这么好的料，"马三保，你把煤矿铁矿开到家里来了。"马三保不吭声，马三保拿眼角瞅波日季的脸。波日季是个好铁匠，好铁匠见了好料就掩饰不住了，就围着煤炭和生铁绕圈圈。马三保小时候跟波日季一起放过羊，见识过狼围着羊群绕圈圈的样子。波日季比狼厉害多了，波日季绕了三个圈圈煤炭就酥开了，生铁坯子就变软了，全都成了绵羊，等着波日季下手。

波日季在马三保家里待了一个月，打的全是好刀子。刚开始马三保还能拿得住自己，黄府绸衫，软底子鞋，端着三炮台盖碗子茶，噗儿噗儿吹着，好半天才呷一小口。后院火光冲天，叮叮当当就像在唱一台子戏，又是锣来又是鼓，波日季打到兴头上会喊叫起来，很简单的两句："好——哇——！好——哇—！"蘸水的白汽飘过来，就像在白面口袋上扎一刀，麦粉化成白雾，把整个村子都罩住了。

波日季喊叫了三十天。五月是个大月，三十一天，第三十一天，马三保拿不住了，马三保推开后院的小门。木架上九十把刀子寒光闪闪，后院凉飕飕的，只要是个男人，就会知道刀子的寒光有多大吸引力，马三保不由自主走过去，取下一把刀，他在刀刃上看见自己的络腮胡子，刀子就咯铮响一下，就挣脱了他的手，刀刃自己旋转起来，吱啦，一撮胡子落地上，轻得跟蝴蝶一样，皮肤不疼不痒，冷飕飕就像滑过一块冰，半个脸都要凉半天。那个炎热的礼拜，马三保浑身清爽，马三保扒掉上衣，刀刃就落到胸口，胸毛纷纷落地，身上都是凉飕飕的，就像盘了一条蛇。一般淬火都用水来冷却，冷水淬火钢口坚硬但太脆，容易崩掉刀口。用温水热水，钢口就有韧性有弹力。马三保对着刀口噗噗吹气，又弹两下，证明刀口确实有弹力。这么好的钢口，都是一遍一遍从铁坯子里打出来的，不是用钢板凿的。马三保能弄来好钢板，马三保不用钢板。马三保亲眼看着波日季从铁里头炼出钢。把铁烧化，加炭，一遍又一遍化开，在模子里蘸水，再烧红，红到赤白，插进新鲜牛粪里，半夜子时抽出来，加热，轻轻敲打，轻得就像冬天的雪花，一片一片从蓝天上飘下来，盖在刀刃上。牛粪被炽热的刀坯子插一下，牛粪大了一圈，牛粪快要裂开了，牛粪热气腾腾，没有一丝臭味，全是干草的味道，金黄的牧草被烤熟了，波日季手里的小锤子跟草穗子一样在秋风里一起一落。

马三保是会打刀子的，马三保要过过瘾，马三保就给波日季打下手。下人们提醒马三保，你是老板，你是东家，你是掌柜的，马三保一脚一个把下人全踢开了。马三保的老婆在前院里不停地咳嗽，咳嗽声越来越大，把人弄得烦屎死了，马三保就吼开了："狗蛋他妈，你弄啥哩？你母鸡刮蛋哩嘛？"老婆就蔫了，不吭声了。最后十把刀子是波日季和马三保一起打的。

好多年前，马三保的父亲和波日季的父亲是好朋友，没有固定的店铺，所有的家当就是铁锤子铁砧和骏马，来往于群山草原和黄河两岸，给人打刀子维持生计。马三保和波日季长到七八岁，大人就把他们捎在马后，过雪山翻大坂到玛曲草原见大世面。大人把孩子留在山下。抓野马并不像大人们说的那么容易。两个大人赶着四匹野马回来了，两个大人歇了三天才缓过劲。

接下来就是要制服野马，拴在树上是不行的。马三保的父亲用鞭子制服了第二匹马，马被打得浑身是血，马挺住了，也驯服了。孩子们还记得第一匹马惨死的情景，被打倒在地，再也没有起来。第三匹马太可怕了，大叫着跳起来，往后一仰，背着地，鞍子被压得稀巴烂，马腹带被撕断，马缰也掉下来，它斜着眼看人，那股子傲慢和轻蔑还有骨子里的优越感。波日季的父亲呸唾一口痰，扬脖子连吼两声，脖子粗了，耳朵和眼睛都红了，好多年以后，波日季和马三保才知道那是花儿中最难唱的扎刀令。波日季的父亲就像挨了一刀，疼痛难忍的两声惨叫，把马吓呆了，就是马那傲慢的一瞥跟刀子一样扎在波日季父亲的身上。马是有灵性的，多聪明的一匹马，很快就明白了它的眼神引起了什么样的后果，它扬起蹄子跟一股风一样蹿出去，它肯定后悔自己太得意了，摔碎马鞍子的时候就应该一鼓作气扬长而去，它非要洋洋得意在人跟前抖抖威风，一切都晚了，它蹿成一股风的时候，另一股风已经提前一秒钟到达它的脊背，它的龙骨往下一沉，它就知道骑手是什么角色；没有鞍子，没有缰绳，马鬃被紧紧攥住，饱满浑圆的腹被两条腿夹偏了，屁股一下子圆起来了，腰上的腹上的力量全挤到屁股上，屁股就成了碾过草原的高车。这都是马难以忍受的，还没有等马跳起来，波日季的父亲就抓住马耳朵把马头扳向后边，马眼睁睁看着拳头落在脑门上，跟铁锤一样，马脑袋快要炸裂了，马被打晕了，吐着白沫停下来，波日季的父亲跳下马背，又大声吆喝。马扬起脑袋，看着这个壮汉，跟天神一样又喊又叫又是挥拳头，马多么惊讶，马在一阵阵惊叹中记住了这个壮汉。壮汉又上到马背上，一会儿快跑，一会儿碎步走，马的躯体完全被壮汉的两条腿控制着。

可以让孩子上马了。波日季先上马。大人告诉波日季各种要领，大河家的孩子能走路那天就会骑马。

"那是耍耍，那不顶用。"

大人把波日季捆在马上，都是手腕粗的皮绳，跟马鞍马腹带拴在一起，拴得死死的，跟长在马身上一样。"儿子，放开胆子跑吧。"大人在马屁股上抽一鞭子，那是从阿里克塞哈萨克人那里弄来的马鞭子，鞭梢上有一个铅块，抡起来就是一件凶猛的武器，一鞭子下去狼都会毙命，烈马挨这么一鞭子，先是高高跳起来，然后扬蹄奋追，追那疾风去了。可以听见波日季的喊叫，渐渐变成哭号，变成惨叫，那些声音在群山那边，在深渊里，在森林里，在山顶上，在高坡上久久回荡。马三保脸都吓白了，大人过来踢他一脚，"站起来，没出息的东西，一会儿该你啦"。波日季的声音又传来了，一声声喊叫伴着暴雨般的马蹄声，波日季出现在大家眼前时，那样子就像从黄河里跳出来的红鲤鱼，面孔喷火，快要把绳索挣断了。马三保被捆在马上，马三保的父亲大声说："马鞍是儿子娃娃的铁砧子，让老天爷的铁锤敲你吧。"父亲一鞭子下去，马直立、奔跑。马三保喊叫、哭号、惨叫，嗓子哑了，昏过去好几次，脸蛋发白、发青，慢慢又红起来，红成一团火，马三保跟一条红鲤鱼一样回到父亲身边。

他们可以跟着父亲翻山越岭了，他们给父亲打下手，捡羊粪，点炉子，安砧子，抡铁锤，拉风箱，直到铁坯子化开，跟红鲤鱼一样从火焰里跳出来，在铁砧上嗞嗞冒火星，大人就让他们去敲打红鲤鱼，大人提醒他们："鱼是活的，刀子也是活的。"刀子叫着、哭着、惨叫、吆喝，人能发出的声音刀子都会，鲤鱼被刮掉了鳞，镶上木柄，刻上星月，一把凶猛的刀子！大人绝不会夸孩子的，大人会夸这把刀子："瞧它白晃晃的，它喝了血才露性子呢。"

游动在群山和草原的畜群，还有野兽，老远就能看见它们鲜红的心脏。大人就告诉孩子："每条命里都有一把刀子，好好学手艺吧，用刀子的地方太多了。"马群过来了，大人们老远下马，摘下帽子，垂下脑袋，很虔诚地念着经文。孩子们看得清清楚楚，马的心脏喷着热血，马蹄跟铁锤一样落到地上，大地跟鼓一样响起来……孩子们抢铁锤的时候就打偏了，落在自己的脚上，就失声尖叫，落在大人手上，大人一声不吭，大人的脸都变形了，大人用眼睛告诉孩子："不要叫！不要叫！"暴风雪就出现了，大人们大声喊叫着，孩子们跟着喊，喊出一身汗也没有喊出传说中的扎刀令，大人们把大夏河、洮河、湟水流域的花儿喊完了，这都不是扎刀令，扎刀令啊什么时候能喊出一两句扎刀令来，大人们用热辣辣的口气谈扎刀令，大人们用热辣辣的目光打量他们的孩子。暴风雪比刀子厉害，倒毙的牲畜比石头还多。草原的空旷是暂时的，逃过劫难的种马种牛种羊又让生命回归大地。种畜是不能杀的，它们有无限的生命，它们的刀子为上天所赐，那刀子是任何手艺人都打不出来的。玛曲草原几乎跟蓝天连在一起，离天太近了，就很容易感觉到天的秘密。

十三岁那年，马三保跟父亲回到大河家，开了一个皮货铺了。动荡凶险的流浪生活结束了，这就是父亲留给马三保的经验，也是父亲良苦用心的所在。

波日季父母双亡，留给他的唯一财产就是玛曲草原的骏马，还有蓝天深处闪闪发亮的刀子。

波日季就像一匹苍狼，吃掉了一百斤煤，吃掉了一百斤铁，一百把刀子齐刷刷插在木架上，就像花儿里唱的：

> 想吃了你就吃上些，
>
> 我把你喂成饿狼了，
>
> 我把我变成绵羊了。

波日季离开马三保家不到一个时辰就用三个破马掌打了一把刀子。破马掌是在大河家的街道上捡的。来自新疆喀什噶尔的商队走了十八个月走到大河家时马掌就掉了，跟树叶子一样落得到处都是，捡到手里还是热的，还能闻到中亚大漠的气息，孩子们帮着大人捡，想打刀子的人全都捡了破马掌，还有野地里的干羊粪，牛粪也要。孩子们尖叫着，用绵软的枸树叶子盛着热牛粪赶到打铁的地方。羊粪火化开破马掌，反复蘸水反复加热，最后一道工序是把刀坯子插进热牛粪，五寸刀、七寸刀、满尺刀插了一圈。马三保不相信这是真的，马三保要验证一下，马三保接过破马掌打的刀子，对着刀口吹一口气，刀口的凉气勃然而起，直冲马三保的喉咙，穿过肠胃直到脚心，马三保连打三个喷嚏，鼻涕眼泪都出来了。

"波日季呀波日季，你是人还是鬼？"

"啥都不是，就是个铁匠。"

波日季是个好铁匠，好铁匠不管材料的好坏，都能做出绝活。更绝的是路边的石头，荒山野岭，带不上铁砧子，波日季就凭经验挑出砸不烂的石头，铁锤下去火星四射，天长日久，石头越来越小，石头一夜间变了颜色，连声音都变了，变成了一块铁。本来是铁矿石，人们不知道罢了。波日季也想不到他挑出来的石头里藏着铁，铁被唤醒了，铁出来了。街口那块铁矿石是大家亲眼看到的。

杀　手

老板们绝望了，狗肉没吃上还赔了铁绳，包括一百斤煤炭、一百斤生铁，还有马三保这个大活人，简直是个阴阳人，游移于老板与波日季之间。老板们开会就没叫他，他就到处乱嚷嚷。下次开会，大家商量一下还是叫上马三保好，会议的议题只有一个：请杀手制裁波日季。那是要花大价钱的，分到每个老板头上都是一笔不小的款子，不叫马三保是不行的。

马三保没有参加第一次会议，不知道怎么制裁波日季，老板的身份还是很重要的，他就出了一份钱，他就问人家有必要请黑社会插手吗，人家就问他有啥好办法，他又说不出个所以然。人家就不理他了，他明显地感觉到大家对他怀着戒备心理。杀手来了好几天了，他都不知道，想知道就得破财，请人家吃饭，一点一点打听，大概情况就是从各地请来十个杀手，不杀波日季，只要波日季的一只手。人家说到这里，故意停顿一下，马三保就忍不住了。

"左手还是右手？"

"你想嘛，很简单的问题嘛。"

马三保举着自己的手，左看右看，看着看着就分不清左右了，人家就用筷子在马三保的右手上轻轻点一下，好像那是一道菜。马三保跳起来，椅子都倒了，"赫赫阿爷的一只手是豹子咬的，豹子咬左手不咬右手给人还留下一条活路。"

"波日季给咱不留活路嘛。"

"人不能太贪，太贪了不行。"

马三保就给人家讲了一个故事，讲故事之前先给自己定一个角色，据说是一个梦，马三保梦见赫赫阿爷把他的肚子切开，掏出内脏，把一本书装进去。

"我肚子里全是故事。"

"不会是石头吧，烤全羊是往羊肚子里塞石头。"

"你爱怎么想都行，可人肚子里塞的不是石头。"

大河家紧挨着玛曲草原和河南蒙古草原，那些《格萨尔》《江格尔》的传人都有"梦授圣书"的经历，大梦醒来就能背出整本整本的《格萨尔》和《江格尔》。他们迁徙到大河家快二百年了，出现一个传唱故事的人是很正常的。马三保对这个角色很满意。马三保讲得有滋有味。相传，最初的人类是化生，他们吃很少的东西，身轻如燕、自身发光，可以自由飞翔，有无限的生命。后来食物多了，人类变得很贪婪，开始积食，肉身变得臃肿沉重，就纷纷坠落地上，再也飞不起来了，再也没有光芒了，也失去了无限的生命。

人家听了他的故事就劝他："马三保啊马三保，你想救波日季就好好去劝他，这个狗屁故事不管用。"

十个杀手来到大河家，正是太阳出来的时候，杀手们把刀子也亮出来了。具体地说是一个小个子杀手，慢腾腾走到河边，解开背囊一样一样地掏东西，磨石就有三块，还有皮子，擦刀子的。磨石上洒了水，刀子就霍——霍——叫起来。只用两块磨石，粗石和油石，细砂石泡在水里。刀刃从磨石上咂出了灰色的泥浆，杀手的手指让泥浆糊住了。整整一个上午，杀手都在磨这把刀子。太阳跟老牛爬坡一样爬到积石山顶。杀手觉得时间差不多了，杀手就把沾满泥浆的刀子带到河里，河面跟结冰一样铮地一下，浪就没了，河面平整整静悄悄，泥浆散开，白光一闪，积石山顶的太阳也成了白的，刀子回到细砂石上，杀手的十根手指电光闪闪，好像骨头出来了。杀手用软皮子擦了刀子，插进鞘里，刀把和鞘的缝隙里喷出一股寒气，杀手走过的地方，草木瑟瑟发抖，走到街上，狗都不敢叫。杀手走进一家青砖大房的宅子。

杀手们纷纷露出他们的绝活，跟马戏团的马一样锣鼓一敲就跃跃欲试。第二个杀手阴气太重，他拎个木桶，打一桶水，到山旯旮里待了一上午，太阳火辣辣的，知了叫得也欢，听不见磨刀子的声音。据说他有十三块磨刀石，咗咗咗摆一溜，刀子也出来了，没起泥浆，只用很少一点水，刀刃也是灰头灰脑。他离开时间不长，旯旮里的草木虫子全都死光了，刀子的毒性就这么大，刀子在匣子里装着跟枕头一样。杀手从来不让刀子出匣，出来就有事。这种刀显然是起威慑作用的，制裁方案里没有这一条。这个杀手就很无聊，东逛逛西转转，腰间挂一把普通的刀。谁都知道他的木头匣子，他总让人家联想到那个可怕的木头匣子，"药水里泡着呢，一般不用，只用过五次。"底下的话就不言而喻了，见血封喉嘛，又不封波日季的喉。这个杀手露面有点早。

第三个杀手到河边磨刀子，也是整整一上午，太阳最圆最热的时候，刀子磨好了，刀子在河里扎个猛子就把太阳比下去了，好像放了太阳的血，太阳已经被放血好几次了。杀手显然不是屠太阳的，杀手在等一群羊。从积石山和太子山上下来的羊，那些羊都长着五花肉，白天吃草长瘦肉夜里吃草长肥肉，这种羊要在深山里待三四个月，春天进山，三伏天才出来。正好是太阳落山的时候。用的是古老的烤法，方圆百里只有两个人有这种手艺，师傅带着徒弟，在河滩上掏卵石，煨上羊粪火，把卵石烧红。有三只五花大肥羊，杀手把羊摁倒，刀子快如闪电，羊挨了刀羊都不知道，杀手松开羊还能站起来，站着咩咩叫，不见血迹。杀手咳嗽一声，杀手一般不怎么说话，杀手只好提醒年长的师傅："干活吧，晚了你就后悔啦。"师傅走到羊跟前，羊就软了，用杀手的话讲晚了一步，血从刀口渗出来，刀口就在羊肚子上。师傅掏出内脏，塞上烧红的卵石，埋进火灰，压上干土和石头，师傅差不多成了血人。师傅求杀手："我会杀羊，我自己来。"杀手咳嗽一声，咽一口唾沫，"看你说的，我试刀子哩，我总不能拿人试吧。"剩下两只羊，都是杀手干掉的，跟头一只羊一样，摁倒、松开、站起来，咩咩叫两声，师傅和徒弟没等羊叫出第三声，就把羊重新摁倒，徒弟手发抖，连刀口都找不到，师傅扇徒弟一耳光，师傅亲自动手，抓住羊皮往两边扯，吱啦跟扯白布一样把羊肚子扯开了，师徒两个紧赶慢赶，还是让血把自己染了个透彻。

"这活弄不成了，放我走吧。"

"活干完嘛，没干完就走人不像话嘛。"

"工钱我不要啦，这活我再也不弄了。"

"弄不弄那是以后的事情，先把今儿的事情办完。"

师徒躲远远的。不躲远不行，血水渗出来了，借着热气，血腥味跟云一样飘到天上，乌鸦啊啊叫着，乌鸦把天遮黑了。杀手是守信用的人，杀手把工钱塞到师傅的褡裢里，师傅抖得厉害，捏不住钱，杀手就笑，"你别抖嘛，我又不杀你。"

"把人吓日塌了，还不如把人杀了。"

师徒两个连滚带爬上了坡。杀手还在河滩上，热气还在冒着，血水还在渗着。徒弟问师傅："羊有那么多血吗？比牛的血还多。"师傅光摇头不吭声，师傅烤了一辈子羊也没见过这场面。反正羊是烤不成了，离河滩越远，血腥味越大，据说师徒两个过了河州，到了兰州，鼻腔里还是血腥味，打个喷嚏要抖半天。

这确实是个绝活，杀手拿麻雀做试验，刀子划一下，麻雀飞十几丈，落地上扭啊扭啊，像往地上上螺栓，渗出的血印子有脸盆那么大，谁看了都咂舌头，麻雀把不该流的血都流出来了。杀手自己说了，刀子划过的地方是无法愈合的，直到流出最后一滴血。这个方案让老板们兴奋了好几天，冷静下来就觉得有点不妥，只要波日季一只手，没要那么多血。理智占了上风。不能让大家一一这么表演啊，不要说别人，老板们的婆娘娃娃就受不了。杀气笼罩了黄河两岸，连草都在发抖，石头都在出冷汗，诸位的绝活还有很多，直接来一个不流血的吧。第四个杀手就有这个绝活。他的条件很简单，弄一头善跑的牛。大家马上想到了牦牛。积石山、太子山刚好是青藏高原与黄土高原的分界线，也是牦牛与耕牛、青稞与小麦的分界线，洋芋生长的边缘地带。用当地人的话说，花儿实际上是蒙藏民歌的汉语唱法，草原上最美的花是格桑花，草原上不朽的英雄是格萨尔王，人们传说格萨尔就是格桑花的转音，是花中之花是花之精英，人们向往的少年就跟花儿密切相连。那一天，黑色长鬃的牦牛离开玛曲草原离开河源圣地离开雪域高原，威风凛凛地来到大河家，保安人从牦牛的神态里感悟出一种遥远的亲情。

离开黑色的牦牛啊，

我们有了耕地的黄牛，

离开沉甸甸的青稞啊，

手里攥着小麦和土豆。

据说保安人是蒙古人的一个分支，他们在青海的时候，人人都能唱扎刀令，翻过高山扎刀令就很难唱出来了。牦牛的叫声就有一股扎刀令的味道。他们的感觉很快得到证实。

杀手趁牦牛吃草的时候，窜到牦牛背后，抓住牦牛尾巴挥刀就砍。牦牛蹿起来，好几公里都是一声不吭，埋头赶路，踏起的土雾挂在树梢上，又沙沙沙落下来，路上只有蹄印没有血迹，屁股上的伤红彤彤的，跟烈火熊熊的炉膛一样，就是不流血。血液比烈火更猛，也只能在躯体里滚动，形成一股罕见的神力，向前向前向前！猛进猛进猛进！简直是一团飞旋的陨铁，避开了悬崖陡壁，沿着峡谷，沿着山脊，上上下下，翻到第十三座大山时，牦牛的声音出来了，低沉的吼声带着稠厚的白沫子，牦牛的吼声呜呜咽咽，间之以长长的哀叹。

呜……唉……

呜……唉……

牦牛要说的话就这么短，明明白白，一点掩饰都没有。牦牛的血喷出来牦牛就解脱了，杀手的刀就这么绝，把牦牛的血搅起来却不给热血以出口，沸腾的血差不多是一片汪洋了，大地群山全被淹没了。轰的一下，牦牛撞到积石山上，高高的石崖本来就是红的，牛血只让石崖湿了几个时辰，崖下一堆牛骨。

这个方案令人耳目一新，尤其是大段大段的牛吼，用老板们的话说："那就是扎刀令，波日季就适合唱这个调调。"

波日季还真的唱了这么两句，杀手们只好把行动推迟了一段时间。情况是这样的。波日季看见前边一群马，波日季就勒住自己的草儿黄，波日季把马放到坡上去吃草，都是秋天的好草，从秆秆到叶子全都黄透了，黄得把油都渗出来了，秆秆和叶子沉甸甸的，跟谷穗一样。草儿黄真是一匹好马呀，好马吃草的时候就跟草混在一起了，漫山遍野的黄草全都长到马身上了，马都不吃草了，马站在草丛里，马眼泪一滴一滴掉下来。

前边的马群过来了，掉了三个马掌，在地上叮当叮当跳。骑马的人也不怜惜他的马，他们都是些杀手，他们只怜惜自己的刀子。马掌掉了，他们也不让马歇一下，他们就这么把马骑走了。

波日季从坡上下来，波日季捡起马掌，擦了擦，吹了吹，弹了弹，还放耳朵上听了听，就像在验一块银圆。波日季用布包上马掌，波日季就到坡上去了，波日季在草丛里走着，草跟刷子一样把波日季刷得沙沙响。马眼睛是湿的，波日季用袖子擦马眼睛，袖子都湿了，波日季牵上马到大路上，波日季可以骑马跑了。"草儿黄跑呀。"草儿黄就轻轻地跑起来，草儿黄轻得跟风一样，一点重量都没有，一点声音都没有。谁都知道掉了掌的马是跑不快的，草儿黄快要追上那匹瘸腿马。

瘸腿马的主人是个真正的杀手，他把马骑到悬崖顶上，他用刀子在马屁股上扎一下，他跳下马背，喷血的马再也停不住了，嘶叫着冲出悬崖，悬崖和悬崖下边湍急的黄河拉长了马的嘶叫……波日季赶过来了，杀手说："听见了没有，马也能唱扎刀令。"波日季趴到崖边上脖子伸得老长老长跟雁一样，马在激流中挣扎着嘶叫着，马眼睛跟宝石一样闪射出奇异的光芒，马屁股上的血柱子有一丈多高，像一杆烧红的丈八蛇矛。波日季眼睛都看红了，波日季掏出马掌对杀手说："稍微敲打两下就能给马安上。"

"不想安嘛。"

"你还不如把马杀了。"

"嗬嗬，你说得轻巧，杀了，马就不叫唤了。"

"你的本事就这么大？"

"这点本事就够了，就能很好地活下去了！"

"你就活得这么好？"

"你不活了？"

"我为啥不活，我要好好地活！"

"你一点都不像要活下去的样子。"

"那是你眼睛没水，眼睛有水的人不会这么看人。"

波日季骑上马走了，走着走着就唱开了。

> 刀子斧头我有哩！
>
> 阿一个是对手哩！
>
> 长一个五尺身子哩！
>
> 闯一个天大的祸哩！

哭媳妇

马三保劝波日季远走高飞。马三保带了盘缠，马三保打尖好了逃走的秘密通道，下四川走新疆上河套都成。

"贼娃子才跑哩我不跑。"

"你能保证砍手的时候你不出声？"

"我是人我又不是石头。"

"我想你肯定要喊叫，人家就要你连哭带喊。"

"喊是要喊的，哭就说不上来了。"

"你想赶花儿会，花儿会可不是小孩玩家家，唱下个女人你丢不下手，弄不好出人命哩。"

"老天有眼让我遇上个好女人，老天不睁眼，就算我胡喊叫哩。"

马三保站起来，"你现在想起女人的好了，你早早弄个女人成个家你就不会到今天这一步"。

"你太不解女人了，花儿会上的女人是歌子唱下的不是钱买下的。"

四月二十八的松鸣岩花儿会，五月端午的五朝山花儿会，六月初一的炳灵寺花儿会，六月初二的莲花山花儿会他都去了。他没有唱扎刀令，人家看见他的草儿黄马就开始漫花儿了，全都是《白牡丹令》。波日季细心地听着，波日季靠着马鞍子听，波日季坐在石头上听，波日季躺在草地上听，波日季跟青石板一样，让白白的牡丹全开上了，白牡丹就是要开在青石头上，赶花儿会的男男女女都知道这个。河州的花儿委婉含蓄，到了洮河上游，花儿就大胆起来了，那也是最后一场花儿会了，波日季再也躲不过那个火辣辣的白牡丹了。

> 哥要缠妹你就缠，
>
> 不要一天推一天；
>
> 今天推到腊月三，
>
> 就是蜂蜜也不甜。

马尾巴跟波浪一样扬起来涌到女子后腰上，女子就像被大海推着一下子就到马背上，马儿轻轻跑起来，马儿就驮着女子一个在山梁上跑啊跑啊，波日季在半山腰上一步一步走着，天亮的时候，波日季在山口堵住了女子和马，波日季往女子跟前走的时候唱了一首岷洮花儿。

> 斧头剁了榆树了！
>
> 相思想得糊涂了！
>
> 再把生死不顾了！
>
> 离开就没有活路了！

女子是岷洮女子，女子就爱听岷洮花儿，女子可以放心地回家了。女子骑上草儿黄马回去了。如果父母同意这门亲事，波日季可以去迎亲；如果父母反对，草儿黄马就驮着女子回到波日季身边。女子会把马藏在密林里，女子步行回家。

波日季有一身好手艺，波日季不用积攒钱财。马三保就说："有媳妇了，安个家。"波日季就盖了两间房，石头砌墙，圆木架梁，压上麦草苇子压上石板，最边远的村庄也都是这种泥房子。波日季在新房子里坐着坐着就唱开了，唱的是《哭媳妇》，用扎刀令唱的，波日季已经感觉到要发生啥事情了，给他做媳妇的这个女子要受一辈子磨难，波日季就把原来的哭腔变成惨烈的喊叫，喷着热辣辣的血，带着巨大的喜悦，受苦受难的一生也是一种喜悦呀！波日季声音压得低低的，就像老鹰在峡谷里飞行，老鹰不到天上去，也不到山顶上去，老鹰就贴着陡崖悬崖往前飞蹿。

平常的日子是你为了家务者

在上面沙子澄金般的

往下面锡铁里炼银般的

起早贪黑地操劳家务时

手指头裂开了口呀

为儿女们缝缝补补者

熬干了眼睛里的油呀

世界上你为了生活者

勒紧了裤带咬紧牙时

想的是能活个舒心的人

为了这个穷家

没穿个新衣补了摞时

做完家事地里头蹲

受尽了人家们没受的苦呀

你活下的一生像银子般纯洁

你说下的话像金子般贵重

凭你的能干家穷没显呀

来客热心地接待

去客高兴地送哟

我想起你的聪明漂亮时

我肝肠花断了心碎了呀……

这是波日季在积石山南边撒拉人那里听下的。撒拉汉子倔强刚正一辈子没个笑脸，媳妇年轻轻地去世了，用他们的说法是无常了，阿姑嫂子们给亡人洗礼时节，丈夫再也忍不住了，就跟老牛一样呜呜咽咽哭开了，哭着哭着就有了词儿。……波日季很小的时候父母双双死去，他对父亲有很深的记忆，对母亲印象很淡漠，只记得母亲一年四季不停地干活，一声不吭伺候父子两个。波日季走村串户给人打刀子的时候，总会碰到撒拉壮汉哭媳妇的场面。现在，他的房子盖上了，媳妇要娶进门了，他就把媳妇的一生细细地想了一遍又一遍，不可能有什么改变，女人的一生大体就这个样子，汉族藏族回族撒拉人保安人蒙古人哈萨克人，波日季碰到的都是穷人，穷人一生就这么过来的。

媳妇一下子就进门了，亲友们散去，新娘在屋里屋外忙出忙进，波日季如在梦中。媳妇以为他累坏了，让他多睡一会儿，他就睡了一上午。他又陷进很沉的梦里，他在梦中喊叫起来，他把《哭媳妇》唱了一遍，唱完了也醒来了，新媳妇就在他身边站着。

"我跟牛一样吼叫，你不害怕？"

"我不怕。"

"我以为会把你吓哭。"

"你哭又不是我哭。"

"哭的是你不是我。"

"那么过一辈子是女人修的福。"

谁都看到波日季娶了个乖媳妇。波日季骑上马走村串户打刀子去了。波日季走到半路忍不住拔出刀子，对着太阳看啊看啊，摸了一遍又一遍，那情形让跟踪的杀手看见了。杀手们的脸全都黑下了。过了几天，杀手们托一个熟人去波日季家探虚实，那人进去的时候，波日季躺在白毡上，望着墙上的刀子，那人叫了波日季好几声波日季都没动静，波日季的媳妇又不能出来，就隔着门帘咳嗽一声，提醒客人不要打扰波日季，客人就不吭声看着波日季。两个时辰后波日季的目光从刀子上移开了，招呼客人坐下，喝茶，女人上茶，男人接住再转给客人。客人很奇怪："打刀子的还这么专心地看刀子呀？"

"我也纳闷，以前没这习惯。"

"结了婚有了这习惯。"

波日季细细一想，就是结婚后才有的。

客人就笑了："说明这习惯是媳妇带给你的。"

"可能吧。"

"祝贺你娶了这么好的媳妇。"

"喝茶喝茶。"

客人就喝茶，喝了茶客人就走了。

客人把见到的情形细细说一遍，杀手们垂头不语，老板们却议论纷纷，老板们念过书，那个念书最多的老板吟了一首诗：

　　　新买五尺刀，

　　　悬着中梁柱；

　　　一日三摩挲，

　　　剧于十五女。

老板介绍说："这是一首古乐府，是古代北方的民歌，说的是一个壮士爱刀甚于爱美人。"大家就叫起来："这不是波日季吗？"杀手们就说："知道杀手是怎么训练出来的吗？男人成为职业杀手的前提就是女人拴不住他的心。"老板暗暗叫喊一声："杀手也是爱刀甚于美人的人。"老板们心里的秘密怎么能瞒得了杀手呢。

"耍刀子的跟打刀子的只差那么一点点，这么一点点他妈太要命了。"

老板们有点着急，他们是当地人，他们知道花儿会对男人和女人有多重要，他们不能再让杀手要挟自己了，他们心里暗暗叫苦："狗日的波日季，刀子扎到女人心里了。"谁都知道花儿比刀子锋利，谁都知道花儿扎中的女人简直就是火中凤凰。

"你们不了解波日季么，波日季是一条好汉，不是一般的好汉，是过了美人关的好汉，这样的好汉几百年才出一个。"

杀手们高兴啊，他们的职业高峰近在眼前，那种瞬间的辉煌太诱惑人了。

"让他喊叫起来，带上一点哭腔，扎刀令一定要有哭腔，没有哭腔，等于没扎。"

杀手们就想象那种扎上刀子不哭不流泪的情形，不管是动物还是人，扎上一刀肯定要叫起来的，带着一点哭腔多少对杀手是一种尊重，没有哭腔反而喜悦起来那简直是一种巨大的蔑视，杀手们怕的就是这个。

老板们出钱买波日季的一只手，右手，让他永远打不成刀子，老板们对波日季的喊叫声更感兴趣，老板们就用激将法激杀手。

"波日季皮实，甭说砍一只手，砍朵脑都不会哭的。"

"让不会哭的人哭起来，要的就是这种效果。"

"扎刀令都唱到女人的肉里头去了，再这么拖下去刀子就长成树了。"

"让他长嘛，长得再高也得把他伐倒。"

一把手

那一天终于到了，雪山的寒气冲过孟达峡和积石峡，一夜之间，树叶儿全落了，就像剥了一层皮，树木瘦了一大截，在呜呜怪叫的秋风里摇着摇着嘎巴一声就断了；黄草变成飞蓬拔地而起，跟神鹰一样消失在远方，运气好的话它们会变成火焰。荒山野岭的篝火全靠干树枝和飞蓬来喂养。

天麻麻亮，新娘扫了院子扫了大门口，洒上清水，侍候丈夫吃好喝好，出远门的干粮衣服都备好了，骏马草儿黄也是一身新崭崭的鞍鞯，铜铃也是新的，用红布条系着。波日季出门的时候，新娘摇着拐磨磨面哩，磨口里淌出细细的白面。波日季下了坡，又上坡，站在坡顶上还能看见院子里磨面的新娘，结实饱满麦子一样颜色的新娘，房沿的青石条上亮亮地照着，让丈夫看哩，看着看着就有了声音，波日季可以放心地上路了。走了十里八里，女人的声音跟蜜蜂一样旋在他的耳畔，声音不大，可嗡声大，震得他的胸骨隐隐发麻。

古城要摆战场哩！

我把你吞到口里咽上哩！

放了你是你又造反哩！

波日季这样回应他的新娘。

铁匠的钢刀来！

皮匠们裹个鞘来！

尕妹妹拿出了真心来！

少年豁出个命来！

波日季在山沟的小村子里忙了整整一天，附近打刀子的都赶来学艺，波日季就教他们升火、化铁、锻打、淬火。主人请波日季吃饭。坐在院子里围着石头桌子，几间土房子几眼窑洞，站在崖顶就把院子全收到眼底了。杀手们就站在崖上，看崖下边的人打铁、吃饭。波日季跟前摆着白面馒头，桃黍面饼子，玉米面饼子，蒸洋芋。波日季肯定先吃玉米面饼子，接着是桃黍面饼子，桃黍面饼子夹辣子，香死一家子，波日季就吃桃黍面饼子，最后是一个白馒头，喝两老碗糊汤，把碗底都舔了，转着舔。崖顶上的杀手们看在眼里恨在心里。"日你妈，都是这种吃法，打发叫花子哩。"杀手们就下到沟底。

天麻麻黑，峡谷越来越窄，草儿黄嘶叫刨蹄子，种种迹象表明危险就在附近。波日季跟哄娃娃一样轻轻地抚着马耳朵马鼻子马嘴巴，贴着耳朵嘀嘀咕咕，大意是骏马啊骏马，骏马拉的是血缰绳啊……草儿黄安静下来，眼睛也亮了。波日季给马塞一把豌豆，马开了胃口，就开始吃坡上的草；都是秋天的黄草，在骏马的牙床上发出浑厚的嚓嚓声。

波日季捡干树枝干蒿草，篝火升起来，火焰吼吼吼地响着，火焰又慢慢缩回去缩成一堆火烬，波日季把洋芋塞进去，波日季把馍馍架在火烬上头，洋芋和馍馍的香味就弥漫了整个峡谷。杀手跟一群狼一样越来越近。波日季拨开火堆，火堆就像大地袒开的胸膛，波日季从红彤彤的胸膛里取出黄焦焦的洋芋，剥开焦黄的皮，洋芋白白的肉就出来了，喷着热气，烫嘴，噗儿噗儿吹着才能咬上一口……洋芋噎住了，波日季端起葫芦喝了一气，波日季把烤黄的馍馍拿到手里，看啊看啊，掰开一半，给女人留下的。用白毛巾包上，白毛巾里有一把冰糖，白面馍馍蘸冰糖甜到你心上。贤惠的女人总是把白面留给丈夫，一年三百六十五天都吃不上一口白面。白毛巾包好，塞进裆裤。剩下半个白馍馍波日季吃得小心翼翼，简直是一个盛大的仪式，他敬了天敬了地。杀手们看得清清楚楚，波日季吃一口馍拍一下地，大地跟鼓一样，大地跟女人一样，耳朵尖的杀手连波日季喉咙里呜呜咽咽的声音都听见了。

清水河里洗衣裳，

洗罢了晾，不干了烤到火上。

解开纽子脱衣裳，

雪白的肉，把我的黑肉扣上！

最后一块白馍馍塞进嘴里，波日季仰面一躺，地上只有一个脑袋一个嘴巴，白馍馍咽到大地的肚子里了。

波日季也被咽下去了。杀手们冲上去的时候，草儿黄一声长嘶赶到杀手前边，驮起主人就跑。差不多是十面埋伏的阵势，非堵住波日季不可。第一道绊马索让草儿黄识破了，第二道就不是绊马索了，是老榆树上飞来的套索，勒在波日季脖子上，波日季在人家收绳索的一瞬间，拔出刀子割断绳子，人却从马背上栽下来。七八个大汉扑上去，没抓住。波日季没刀子了，波日季只有一把铁锤，波日季就敲打那些冲上来的杀手，波日季拼刀子是拼不过杀手的，波日季抡铁锤却抡得滴水不漏，不断有脑袋破裂，跟砸西瓜一样，波日季砸到第三个就不想砸了，波日季扑向那些石头，月光下的石头灰蒙蒙的，波日季瞅中的都是砸不烂的好石头，都是矿石，一锤子下去就是一团火花。杀手们愣了片刻，很快就明白波日季进入打铁状态了，这正是杀手们需要的。波日季身上没有杀心，杀手们就不害怕了，就大胆地使用自己的杀心。波日季很快就被擒住了。

"波日季你不要怪我们，你把财主们得罪了，人家出了钱。"

"我谁都不怪。"

"你低个头，马上就放你。"

"我的头能割下就是低不下。"

"我们不要你的头，我们只要你的一把手。"

他们用皮绳把波日季拴住，他们告诉波日季，你是个好汉，我们敬重你，我们不想折磨你，我们以最快的速度砍你的右手，右手落地的同时也就把绳子割断了，你就使劲跑，你放心地跑，这个地方没有悬崖没有深沟，跑起来很安全，一直到你跑不动为止。当然了，你还可以喊叫，喊上几声就不疼啦。连续说了三遍。刀子闪了两下，跟闪电一样，手上一下，绳子上一下，波日季就蹿出去了。波日季去抓那半截子手。断手落在地上抓啊抓啊跟土拨鼠一样抓出一个深洞抓出一块石头，石头咯铮铮都要碎了，那是一块硬石头，黑黑的，断手抓着刚好，刀子切开的茬口红得喷火就是不淌血。波日季抓起断手，波日季一声不吭就跑开了。闷着头，面孔朝下，脖子是弯的，好像顶着大风，没有风都有风了，山顶上山梁上呜呜响起北风。风里有波日季吸冷气的声音。还有咚咚咚的脚步声。脚抬得很高，一路都是大石头，跨不过去的石头就被踢开了，石头从山上滚下来，轰隆隆轰隆隆。踢不动的石头就裂开了。风越吹越冷。积石山最高的地方叫大力加山，紧挨着雪山，天气说变就变，波日季吐出的冷气也能把气温降下来，降得太猛，石头嘎巴嘎巴裂开了。波日季一脚下去就踏碎一个大石头，波日季对着松树出气，松树皮叭叭掉下来。冰雪跟刀子一样寒光闪闪，周天寒彻，脑袋都要炸裂了，波日季就吼开了，完全是驱赶寒气的怒吼。

呀孜唉……大坂……啊……

黑牦牛冲过冰大坂啊

苍天……呀……吐啊吐啊

苍天吐下的黄河……呀

星星吗……呀……

波日季走到冰大坂的顶上，高亢摇曳的音调简略到了极限。

唉……兀……山头……吗……啊……

唉……奶头……吗……啊……

山头、奶头的反复咏叹中，波日季驱开了寒气，越过了冰大坂，走进山下的村庄。铁匠铺正有人打铁，波日季把他的断手投进火焰，残缺的秃臂也伸进去了。人们惊呆了，也反应过来了，风箱拉起来，火焰高起来，伤口被化开了，血渗出来结成痂，断手也渗出血，断手攥着的石头是块铁矿石，断手攥着铁矿石攥出了铁水。疼痛总是从冷到热越过炽热的火焰，断手和铁结在一起，加进去的全是羊粪，羊粪的火焰高起来。波日季的汗出来了，从鼻梁从额头从腮帮从头发里渗出大团大团的汗珠子，扎刀令已经没有歌词了，波日季跟牦牛一样用纯粹的声音大声喊叫。

呜……唉……

呜……唉……

唉……呀……来……

唉呀来……

血喷出来了，断手和铁离开火焰在砧子上接受铁匠们暴雨般的锻打，他们都跟着波日季学过艺，他们在波日季的歌声里抢着铁锤，加炭，淬火，反复锻打，仿佛神灵相助，波日季的断手竟然跟铁打在一起，雪亮的刀刃上清清楚楚显出一把手，波日季的一把手、右手、干活的右手再也不会失去了。铁匠们围在一起举着崭新的刀子大声喊叫。

"波日季! 波日季!

一把手! 一把手! "

据说那刀子飞起来了，不是一把刀，是无数把锋利的钢刀带着啸音在空中飞舞，直逼杀手们的脑袋，杀手们吓坏了，跟老鼠一样顺着崖根四下逃窜，远远地离开了大河家。老板们的门扇上咚咚咚扎进了波日季钢刀，每把刀上都有一把手，右手，被花儿反复咏唱的少年的手。

那些传唱故事的人把一把手的来历推向历史的深处，推向保安人遥远的过去。据说他们在青海放牦牛种青稞的时候就有了锋利无比的一把手钢刀，那个时候保安人的英雄波日季就把自己的手打在了刀刃上，那是刀的翅膀。财主们合在一起要抢宝刀，宝刀就跟鹰一样升到天上，从高空直逼财主的脑壳，财主们吓坏了。保安人离开青海的时候把宝刀分送给当地的藏族、回族和汉族，唱着悲壮的扎刀令翻过大力加山来到大河家。波日季刀出现在大河家的土地上绝对是上天的旨意，是神的安排。据说魔鬼最害怕波日季的刀，刀子锋利到极限就能避邪。波日季刀也就是一把手刀，成了保安人的标志。汉人、藏人、回民、蒙古人、东乡人，也喜欢佩带这种刀子，挂在腰间，就会热血沸腾，就会吼出这样的歌子：

波日季刀子我有哩！

阿一个是对手哩！

长一个五尺身子哩！

闯一个天大的祸哩！

波日季刀也可以唱成一把手刀。

白天鹅

1

据说蝴蝶扇一下翅膀，在地球的另一端都要引起一场风暴；从天山腹地起飞的一大群白天鹅穿越准噶尔盆地，飞往遥远的西伯利亚，理所当然要发生一些故事。

真有这么一个老头在白碱滩等候着天鹅。

准噶尔盆地的底部，大戈壁环绕的一块绿洲，土壤大部分为戈壁沙土，土层薄，有机质少，地下水常常渗出地面，淤倒房屋，更严重的是泛起白花花的盐碱。人们想尽一切办法治理盐碱地。白花花的碱滩退到盆地的底部，大地在这里才真正辽阔起来。人类的痕迹仅仅是一些留在盆地边缘的城市比如石河子、奎屯，还有车排子、下野地、大拐、小拐这些长满庄稼的好地方。一代人就这样老了，老得一塌糊涂，脸黑得像涂了一层沥青。他们常常遥想麦浪滚滚的年代。如今土地还滚动着金色的麦浪，可还有更多的荒地。那些荒地离城市已经很远了，离车排子、下野地这些肥沃地带也有一百多公里。老头运气不怎么好，白花花的盐碱地跟爬犁一样把他拖到大漠深处……老头年轻的时候在营部当通讯员，营长娶了一个内地大城市来的漂亮女人，后来听说这女人当过舞女，营长就受不了啦，三天两头打女人，往死里打，劝都劝不住。通讯员是个愣头青，忍无可忍，冲上去把营长暴打一顿，拉起那女人说："她是个人又不是牲口，你不要我要。"带上女人到最偏远的白碱滩去开荒。女人死的时候荒地已经变成良田，跟整个绿洲连成一片。血气方刚的通讯员也变成了一把老骨头，可他还是无法摆脱白花花的盐碱地。人家总是把最差的地分给他家。白花花的碱滩跟狗一样守在他们家门口。他们家的房子跟古代的烽火台一样，从准噶尔盆地边上一溜儿排下去，地势越来越开阔，老头的骨头跟干柴火一样嘎嘎嘎裂开了。

有一天他看见蓝天上出现一群白天鹅，他就想入非非，想让白天鹅落到地上给儿子做媳妇。凭老头的能力很难给儿子娶到媳妇，越是困难这个想法就越强烈。老头每天都要到村口的大道上去看一看，那里没什么遮掩，视野开阔辽远。白天鹅一年只来一回，老头不管这些，老头很专注地看着。村口的大道上真的出现了娶亲的车队。新娘子是连长从奎屯娶来的。老头高兴死了，好像自己家里办喜事。老头凑了一百块钱的礼金，争取到一个挺不错的席位，可以喝到新娘子敬的酒。喝了喜酒，老头就摇摇晃晃到村口去了。

村口有许多树和孩子，孩子们问，老爷爷你找什么？老头嘿嘿笑，到树跟前摸一摸，是老榆树，比老头还要老的老榆树。老头靠着老榆树抽烟呢，他连莫合烟都抽不起，他卷在纸筒筒里的是葵花叶子沙枣叶子和红柳叶子，抽一口就要咳嗽好半天，咳着咳着他就坐地上了；他全身都在冒烟，老榆树也在冒烟，灰白的沙石大道伸向远方，忽然一下就消失了，跟惊飞的大鸟一样，老头也受惊了，呼一下站起来。

老头跟哨兵一样守在村口，冬天到了，纷飞的雪花就像真正的天鹅。老头待在屋子里给儿子们讲草原上的故事，在那个故事里，有个贫穷的牧羊人，娶不到媳妇，他到海子边祈求上苍，上苍就把飞翔在海子上空的天鹅变成女人，嫁给这个憨厚的牧羊人。儿子们就难受了："爸爸，你是穷疯了，我们不要媳妇"。

老头有两个高大结实的儿子，老头完全可以过上好日子。可老头的日子很糟糕，总是种那些荒地，这种地是赚不到钱的，而且还赔得厉害。种棉花种打瓜子的好机会总是轮不到他们家。老头的两个儿子，老大性子暴烈，你千万不要以为暴烈的小伙子只会打架斗狠，他要种地，种好地，那片绿洲上有多少肥沃的土地呀。他的愿望强烈得不得了。他去找管事的连长提出这个要求，遭到断然拒绝。种好地要给干部一定好处，老大除了一身好力气还有一副好脑瓜子，老大赌咒发誓，等秋天丰收的时候一定报答连长，可连长不相信空话，不相信任何承诺。连长脸色已经很难看了，老大还在喋喋不休，连长就烦了；连长同志也应该看看老大的脸色，高大结实的老大嘴唇哆嗦，脸色发青发黑，肩膀发抖跟地震似的，强挣着严重变形的笑脸，老大已经不知道自己在说什么了，老大听见连长在冷笑，老大还听见连长在骂人，骂的这个人就是他，骂的还不是一般的话，是很难入耳的脏话，其中有一句直接引发了一系列事件，原话是这样说的："屌本事莫有还想种好地，到你娘肚子上种去！"这就很伤一个农工的自尊心，这个农工一下子就愤怒了，挥着拳头大吼："我就有这屌本事，我就有这屌本事。"

老大气恨恨走出连长家的大院子，穿过林带，迎面碰上连长的漂亮老婆。老大那副模样把这个漂亮女人吓坏了，她结结巴巴只会说："你要干啥？"一下子把老大给提醒了。"啥都不干就干你！"女人啊一声就喊不出来了，嘴一张一张光出气不出声。老大狠下心要试一下他的尿本事，老大跟豹子一样扑上去，裹挟着漂亮女人穿过林带，进入茂密的沙枣林，老大啥都不顾了，老大把帽子往后一掀，沟子①撅得高高的，跟一门大炮一样，往后一缩又往前一伸，嘴里还嘿嘿乱叫。"甜菜！"女人就成了一个甜菜坑。"草木樨！"女人的身体就散发出草木樨的气息。"棉花！"老大的目标就是棉花，种地的人都喜欢种棉花，白花花的长绒棉才能让一家家农户的日子兴旺起来。谁也不想种甜菜种草木樨，那是垦区最臭的地，是盐碱地，挖渠排水，种甜菜，种草木樨，把土壤改良过来才能种麦子种玉米种棉花。老大就用整治盐碱地的法子整治连长的老婆，他感觉到身子下边的女人不再反抗软绵绵跟一堆白棉花一样时，他的气也消了，他系上裤子就出去了。沙枣林撇到身后，他根本不知道他做了什么。他回到家时，脸红润润的，一身汗气，弟弟以为他帮谁家干活累成这样子。

过了几天，那个漂亮女人重新出现时，老大才想起了自己干过的事，这下老大可就软了，矮了大半截。那个漂亮女人这回变成了豹子，扯住老大的耳朵，跟牵一头羊一样把可怜的老大牵到红柳丛里。老大后来对弟弟回忆说，被这娘儿们强暴了一回。弟弟，也就是他们老二，一个忠厚老实的小伙子，听不明白女人对男人的强暴是怎么一回事。

"男在下女在上。"

"男在下，男在下什么意思？"

"等你有了女人你就懂了，你这傻瓜。"

"那么凶干吗？你也没有女人呀，那是人家连长的女人。"

连长的女人三天两头来找老大。那些茂密的红柳丛沙枣林成了他们的安乐窝，尤其是那些红柳，跟熊熊大火一样把大漠全都照亮了。

老头亲眼看见老大和那个骚女人钻进红柳丛，老头跟一块石头一样一动不动。老头足足吸了十根烟，红柳丛里的战斗才结束。女人从那头走了，老大差点踩在父亲身上，蹲在戈壁滩上的父亲活像一块石头，落满尘土的石头动一下又动一下慢慢变成他的父亲，父亲指着他的裤裆说："掂掂你那驴锤子，那女人你能日吗？你这么一日，咱只能在盐碱滩上去过日子。"老大的头就垂下来了，父亲啥时走的他都

_____

① 沟子，西北方言，屁股。

不知道。

老头再也不到村口去了，老头从村庄另一头出去，到白茫茫的碱滩上，防风林带隔开了沙丘，沙丘那边是大戈壁。村庄里的人打柴火才到这里来。这块荒地是打不下粮食的。老头的军垦生涯是从奎屯开始的，奎屯都成一座城市了，他却沦落到奎屯河消失的地方，在一大片碱滩上过日子。也只能在碱滩上过日子了。

老头就要了那片荒地。连长满口答应，连长不知道自己老婆的故事。连长问老头有啥困难莫有。老头说莫有莫有。老头倒退着往外走，差点碰倒花盆，连长家的院子里摆着许多名贵的花卉。连长的老婆埋怨丈夫："你心就这么狠，上年纪的人能种盐碱地吗？""他自己愿意，我又没逼他，他有两个儿子，壮得跟牛一样。"

2

跟好多年前一样，老头又回到了荒原。他不可能再有美丽的女人了，可他有两个儿子。儿子们站在白花花的碱滩上发呆。这不怪他们，他们没有经历过拓荒时代。传说中的故事马上就要发生在他们身上了。老大知道这都是自己惹的祸，老大挥起铁锨铲厚厚的白碱，一锨下去没有铲透，连泥土的影子都没有，老大老二的鼻子酸酸的。他们的父亲哈哈大笑："娃娃，碱是铲不净的。"他们的父亲抡起十字镐挖掘坑道，挖开坚硬的碱壳，很快露出土地的面孔，阴冷死板的土地，老大老二还没见过这么丑陋的土地。他们的父亲，那个七十多岁的老头干得多欢实！老头的双脚很快就泡在水里了。

垦区的孩子从小就知道父辈们开天辟地的光荣历史，展览馆里全是这些东西，坎土镘、二牛抬杠、磨损的铁锨和十字镐。老大老二紧跟着他们的父亲开始重演几十年前的历史。他们很快就进入三四米深的壕沟，把地下水排出去。土壤被洗了一遍又一遍。老二计着数，总共洗了二十三次，粗糙的土壤开始细腻起来。老大不由自主地喊起来："跟女人的肉一样。"老二还没尝过女人的滋味，老二迷迷瞪瞪。老头也迷迷瞪瞪，好多年前妻子就去世了，老头已经记不起女人的肉了。老头那双手跟干硬的梭梭柴一样，不要说触摸泥土，就是摸一下石头，石头也会发抖。老头把手伸进水里泡一泡，在衣服上擦干，伸到阳光里烤，那干硬的手开始变热，老头闻一闻，儿子们也闻一闻，儿子们闻到了阳光的香味。老头跟孩子一样笑眯眯的："咋样？像不像干草？"秋天草原上金黄的牧草就是这种气息。老头可以放心地触摸泥土了，他捧着清洗出来的泥土，就像捧着刚出世的婴儿，他咧开嘴笑，嘴巴里只剩一颗牙齿，被烟熏得黑乎乎的，老头迟早会用那颗了不起的牙齿品尝泥土。现在还不行，现在用手就可以了。老头捧着泥土，跟梦中人一样自言自语："它是有翅膀的，老天爷呀，你都看见了，只要它愿意，它就能变成甜菜，变成麦子，变成棉花。"一只雄鹰滑过天空，天空渐渐开阔起来。老头小声说："土是很娇嫩的，不能太粗暴。"

老大下手太重，简直是在抓一头猛兽，老头就责备儿子："轻一点，轻一点，土地太单薄，男人的手跟锉刀一样，男人嘛应该这样子，心要温和手就变得跟棉花一样，我们迟早会种上棉花的。"

老大猫着腰搓那些新鲜的泥土，像在练一种高深的功夫。太阳在大地的四周燃起大火，大地中间那片地方暗下来，林带消失了。老大手里还攥着软泥，土地跟一条鱼一样，老大松开手，土地就回去了。

老大回到父亲和弟弟身边。他吃饭很少，老二说大哥你不舒服，明天你就睡觉。老头把老大叫到外边，老头说："挖渠排水，天天泡在水里，还要找女人泄火，你不要命啦。"老头在老大头上摁一下，老头再也摁不动老大的大脑壳了，老大跟一头黑熊一样，胸膛里燃烧着一团大火，老头不能碰那厚实的胸膛，老头就在老大的肩膀上拍一下："睡觉去吧，儿子。"

老大胸中的大火越烧越旺，老大紧紧攥着刚刚清洗出来的泥土，他就捏着那么一小撮，在手指间捻啊捻啊，泥土就细腻起来，跟一条鱼一样，冰凉而矫健，土地全部回到他手上，那是多么大的一条鱼呀，一下子就把他从床上拽起来了。老大在黑暗里坐着，外边是蓝汪汪的夜空，他在这里出生、长大，他头一次发现大漠的夜色是一片辽阔的纯蓝，在这样的蓝色之夜，人就很容易变成一条大鱼。老大很吃惊地看着大鱼从他的双腿间挺起来，老大就像年画上骑鱼跳龙门的孩子，老大骑着他自己的大鱼出去了。

老大是去干一件男人的事情。外边冷风一吹，老大就清醒了。老大给马蹄子裹上布，其实是他的破夹克衫，老大把它撕开，变成骏马的鞋子。老大牵着马，轻手轻脚离开父亲和弟弟，就像去偷袭敌营，走出好几里地，老大才敢纵马疾驰。

老大和他的马穿过荒漠和林带，穿过庄稼地。骏马知道主人要去干什么，骏马就激动起来了，骏马的龙骨挺起来，骏马的屁股跟车轮子一样圆滚滚的，驮着主人往前蹿，蓝色的大漠之夜被骏马划出一条通天大道。

老大把大黑马拴在榆树上，老大认识这些高大的榆树，一排排榆树把房子围起来。房子全黑着灯。已经是后半夜了，昼夜温差大，老大冻得直哆嗦。他退到大黑马身边，马热乎乎的，他靠在马身上取暖，他就想起那女人的种种好处。他又走进林带，一直到最后一排榆树跟前，他想叫那女人的时候才想起来，女人从来没有告诉过他她叫什么。他胸膛里的大火开始弱下去。他连一点热气都没有了。他已经趴地上了。房子还黑着灯，可门开了，一个人影奔出来。那是他的女人。女人在夜色里有很清晰的香味，还有被窝里的燥热。女人被厚实的大黑熊擒住了。老大下边那剽悍的大鱼已经满足不了一个男人的力量了，老大想让自己的力量锋利一些，双腿间的大鱼就成了一把锋利的刀，捅到女人的身上，女人就硬了，绷得直直的，很吃惊地瞪着老大。老大双手扳住女人的肩膀，老大很认真地用双腿间的刀子捅啊捅啊，老大就用这把刀子顶着女人，一直把女人顶到一棵雄壮高大的榆树上。女人叫起来："你攮的是什么？"

"是清洗出来的泥。"

"有这么细的泥？"

"我们忙了一个月，刚刚洗出来的。"

"没有这么细的泥，还带着香味呢！"

"我爸尝过了，是香的。"

排水渠越来越深，更多的泥土被洗出来。老头对儿子们说我们要开始受罪了。老头出去一次，带回一头肥羊。老头在这里生活了一辈子，搞一头羊不是什么难事。羊淫和羊腰子全让老大吃了，老头逼着老大吃下去的。老头跟老大进行一次很严肃的谈话。不知老头给老大说了什么，老大牵上马，跟老二打个招呼就走了。

老二说："他去哪？"

老头说："他去干一件很累的活。"

"有挖渠累吗？"

"比挖渠累。"

老二经不起折腾，腿脚流出血，把积水都染红了。老二对老大有怨气，可老二不说出来。世界上还有比挖渠排水更累的活吗？鬼才相信老大下苦呢。老头一口咬定老大在下苦，老二慢慢就相信了，他们兄弟都是吃苦受罪的命。老二的泪都流下来了。碱水泡着血丝，跟在刀子上干活一样。有一天，老二的腿脚跟木头一样失去了感觉，老二就喊起来："不疼啦，哈哈不疼啦。"老二使劲敲打麻木的双脚：

"爸，它会不会再疼？"老头给儿子下了保证，不会再疼。老二高兴死了，一双没有疼痛的脚，也不再流血，老二还怕什么呢？老二欢实得像个小牛犊，在泥水里扑咚扑咚跳。老头的心情也畅快起来，老头太喜欢这个儿子了，老头说："人年轻的时候就要练出一双好脚。"

"我哥还能练吗？"

"他练不成啦。"

"他能干重活吗？"

"他能干重活，可他不能在水里泡。"

"他能洗澡吗？"

"能洗澡，就是不能在泥水里泡得太久。"

老二有一身好力气，老二还有很旺盛的火气，麻木的腿脚不影响血气的流通，他可以随心所欲指挥手脚，他几乎干了老大那份活。

积水被排干了，泥土全被洗出来了。就像淘出来的金子。我们有这么多土，老二问老头种什么，老头说："种甜菜。"

老头告诉儿子："这块地熟起来还得好几年，你闻闻，它还有一股腥味，得让它慢慢熟悉我们的庄稼，跟请神仙一样把麦子、玉米和棉花从土地里请出来。"

"你这不是说梦话吗？庄稼是长出来的，不是请出来的。"老二念过书会算账，老二一笔一笔地算啊，额头上的汗珠都出来了，老二算了满满一大张纸，密密麻麻的数字比他头上的汗还要多，老二的声音有些颤："爸，咱们永远也发不了家。"

老头不吭声，老头从儿子手里抓过那张纸对着太阳看半天，卷成一根大炮，里边装满葵花叶子红柳叶子和沙枣叶子，老头的嘴里冒出一股青烟，烟团散落地上，地上好像着了火。远远近近的土地，荒凉的盐碱地跟一堆湿柴火一样，没有一点火星，只能冒出一丝丝青烟。老头咳嗽，老二也咳起来，老二从老头手里夺下那半截子烟丢在地上，踩灭，老二跑了。

越过荒地往前就是戈壁滩，戈壁滩的边上涌起一堆堆石冈和沙丘。老二爬到沙丘上，老二往沙槽里一躺，人就成了一道窄缝。老二心里好受一些。

他们家在村子最北边，紧挨着戈壁滩。兄弟俩从小就到戈壁滩玩，老大喜欢石头，抱起大石头摔到另一块石头上轰隆隆开山放炮一样，两块石头都碎了，碎石头又被老大抓在手里，一声呼啸飞向远方，四面八方都是老大的目标，呼啸的石头会在戈壁深处砸出一团火花，好像天上落下来的陨石。呼啸的石头也砸伤过牲口和孩子们的脑壳，老大就吃苦头了。老头惩罚儿子的手段是很厉害的，老头那根军用皮带呼啸起来可比石头厉害多了。在兄弟两人的成长过程中，那根皮带几乎是老大的专利，老二是分享不到的。老二喜欢爬沙丘。老二最调皮的举动就是顺风扬沙子，起风的时候，只要把沙子稍微扬起一点，沙子就跟凶猛的鹰一样呼啦蹿起来，蹿成一道线，几百米外的芦苇倒下一大片，林带僻里啪啦落下一大片残枝败叶。

老大给好多人制造过麻烦，可大家都赞赏老大，老二从小就是崇拜老大。老大竟然从转场的哈萨克人的马群里盗来一匹马。盗马贼是个十二岁的孩子。一大群草原骑手在戈壁深处跑了三天三夜，堵住了骏马和这个孩子。草原汉子不相信盗马贼是个孩子，抓住老大问个不停。那匹烈马已经成了孩子的好伙伴，好伴当，在一旁不停地跳啊叫啊，狂躁不安的样子好像要把世界撕成碎片。孩子奔过去抓住马鬃，大白马一下子就安静了。骏马找到骑手，就是这小巴郎子。老大成了哈萨克人的贵客，成了大白马的主人。后来老大骑着这匹神骏去参加赛马盛会，输给了阿尔泰青河县的蒙古人，蒙古骑手是费好大劲才赢了老大的，按草原的习惯，他们要喝酒的，喝趴下才算数。老大把蒙古朋友放倒了，他也倒了，他们就成了好朋友，任凭大白马嘶叫打滚，喝醉酒的老大抱住大白马，唱了两句：

　　大白马啊大白马，

　　不是你没有速度，

　　是你的背上没有好骑手啊，

　　跟着好骑手啊，你快如风。

大白马就送给了朋友了，成了草原上嗖嗖的风。蒙古人的马群里有的是好马，朋友你挑吧，老大就挑了一匹小黑马，一匹火炭一样黑油油的小马驹，刚生下来四十天的小马驹，老大牵着它步行穿越大戈壁回到遥远的村庄。老大的眼力不错，小黑马很快成了一匹骏马，老大骑上黑色的神骏，去过草原去过天山阿尔泰山，连牧人们也胆怯的大戈壁他都进去了，他跟大家吹牛皮说戈壁大漠里有青草地，没人信他，谁听说过戈壁大漠里有青草地？

老大来看老二了。老二老二，我的兄弟呀！老二从沙槽里坐起来，老二的大耳朵跟翅膀一样扇起来。老二老二，快起来，你怎么能躺在沙槽里呀。老二赶快爬出来，老二不知所措。老大都有点生气了。老二还不快跑，你看你躺的是什么地方。

老二揉揉眼睛，老二实在看不出沙槽有什么不好。老大只好把话挑明了："兄弟你不要生气，你仔细看，沙槽像不像棺材？"老二大叫一声，撒腿就跑，大石头挡住了狂奔的老二。老二站在大石头上就像一只狗，叫了十几声哥。

老二看见远处荒地里的父亲，父亲在白茫茫的碱滩上露出半截身子，父亲就像埋在土里的黑石头桩桩，父亲弯下腰在洗碱土哩。老二不喊叫了，老二过去了。老二在干苇丛里走了好半天才走到父亲跟前，父子两个干活不说话。干出一身汗，话也就出来了。老头说："你难受你就到沙堆堆去躺一会。"老二身上的汗珠滚豆豆，老二不接话。老头说："我在沙槽子里躺过，软乎乎的跟热被窝一样。"老二身上的汗越冒越多，从脊梁骨淌到沟渠渠里，裤裆里都湿了，跟尿尿一样，这么多汗。

老二在戈壁滩上碰到了老大，老二刚要喊，从红柳丛里传来女人的声音，老大就钻进去了。老大的宝贝骏马卧在低坑里，悠闲地嚼着豆子。老二在村子里碰到过这个女人，这个女人主动跟他打招呼，还问他爸身体好不好，不要累着。女人大大方方，说完话就走开了，好像跟老大没啥关系一样，好像就是个梦。老大很容易就把这个女人哄到地里，不是庄稼地，也不是生长着芦苇的地方，干硬干硬的戈壁滩，跟月球一样荒凉，女人偏偏爱往那地方跑。

老二往后倒退，老二一直退到荒地里，老二再也感觉不到荒地有多荒凉了。

"我哥到戈壁滩上去了。"

"他能嘛。"

"戈壁滩那么荒凉跟月球一样。"

"嫦娥上去了嘛。"

老二再就不吭声了。老二一把一把撒种子，甜菜种子埋进土里，老二连脚都不敢往上放，老二倒退着埋种子，种子上的土又细又软。老二终于退到地头上，老二拍拍手，问父亲，那个哈萨克牧羊人的故事是不是真的。老头在儿子后脑勺拍一把："爸能骗你嘛凉娃娃。"老头又把白天鹅的故事讲了一遍，老二听得很认真，老头就讲出了奎屯那地方，天鹅一样的丫头就在奎屯，离白碱滩很近。

"一百多公里呢。"

老二知道白碱滩离奎屯有多么远。老二还知道奎屯的好丫头不会轻易落到白碱滩。

3

奎屯确实有个好丫头，丫头还没有意识到要做老二的媳妇。丫头连白碱滩这个地方都不知道。谁能知道后来的事情呢？待在奎屯就先说奎屯的事情吧。奎屯是一座挺不错的城市，大街、楼房、商场、火车站广场、音乐喷泉，一座新兴的中亚细亚城市，围在宽阔的林带中间，郊外有大片大片的葵花、啤酒花、葡萄、玉米和棉花。植物的气息异常猛烈，春天到了嘛，丫头却感到异常的寒冷。奎屯在蒙古语里就是寒冷的意思，征服了世界的蒙古兵途经奎屯，冻得直跳，跳着跳着就叫起来："奎屯！奎屯！"土著的哈萨克人习惯了北疆的寒冷，他们喜欢茂密的苇子和牧草，草丛和苇子地里咕噜咕噜冒出清澈的泉水，哈萨克人就把这地方叫哈拉苏，泉水的意思。这个汉族丫头在春天里爱上了一个不该爱的男人，一年以后也是春天的时候，她不得不去医院里刮掉肚子里的孩子。蒙古语和哈萨克语同时在她身上起了作用，泉水刚刚流到草地就遭到了寒流的袭击。丫头咬着牙走进医院的大门。

医生很冷静地给她介绍这个小手术的弊端：这将影响你的生育。丫头瞪大眼睛，眼瞳里空荡荡的，她从来没有考虑过生育。医生就有必要提醒小丫头，"这种事很容易导致怀孕，你应该知道的，你为什么不采取安全措施呢？不想要孩子的女人都这么干。"医生很有耐心，护士已经用嘲讽的眼神看医生了，医生还耐着性子给病人介绍各种避孕工具和药物。

"我都用过，全都失败了。"

医生不再理这个傻丫头，医生戴上手套，准备进手术室。丫头已经进去了，医生也准备好了，护士可以放开胆子嘲笑医生，护士说："现在的小丫头什么不懂啊，你以为她是学龄前儿童，给人家上生理知识课。"医生说："她的身材太好了，一万个女人里面只能有一个，万分之一呀。"护士声音大起来，"又不是良种马，你什么时候都是用这种眼光看女人。"医生每天都用这种眼光看医院里的护士，医生一点也不在乎护士们的情绪，医生自己却动了情绪，医生说："我真不想做这种手术，毁坏一个女人的身体真是造孽。"护士说："是她造孽不是你，你难受什么？"护士进去了，医生也进去了。可以听见那个丫头的叫声，好像有人在杀她。其实她不用这么害怕，手术非常成功。丫头出来的时候还在发抖，好像受了一场侮辱。这回医生没吭声。护士对丫头说："应该让他陪着你，有个人照应你也不会吓成这样子。”丫头的脖子还在抖，丫头努力记下护士的话，护士就告诉她：“最好不要再到这里来了，这里不是什么好地方。”丫头已经镇定下来了，脸色还有点苍白，手扶着腰一瘸一拐。

她很快就到家了，一个很宽敞的大院子。奎屯有许多这样的大院子，种着蔬菜、鲜花和葡萄，母亲不太老，五十多岁的样子，在院子里晾雪里蕻。那里有几十个大瓶子，装满了西红柿。炉子上的钢精锅轰隆隆响，母亲从热气腾腾的锅里取出蒸好的西红柿瓶子，女儿帮她扎紧瓶口，再放进几个大瓶子。

母亲问女儿今天咋回来这么早。

女儿说单位没什么事就早早回来了。

女儿跟一头鹿一样，头发那么黑那么密，在脑后一甩一甩，母亲都看呆了，母亲看得那么认真那么细致，女儿都生气了，女儿噘着嘴到自己的小房子里去了。透过窗户，母亲还是能看到床上的女儿，她还是个孩子，就像个布娃娃，长得再高还是个大布娃娃。母亲看着这么乖的女儿，母亲就不再看了，吃饭的时候母亲又犯了老毛病，看着埋头喝汤的女儿都看呆了，女儿一抬头就叫起来。

“你老看我，你看我干什么？”

“这孩子看看你又少不了你一块肉。”

“我就是少了一块肉！”

女儿推开凳子，跑进她的小房子。

种子又在丫头身上发芽了，被人喜欢又不能嫁过去的丫头特别容易怀孕，这是没办法的事情。她只有一个愿望，希望那个神秘的男人陪她去医院渡过难关。那个男人二话不说就陪她去了，这个勇气男人还是有的。他们坐的是桑塔纳，不是红夏利，坐上去很舒服、很安稳，男人关照司机开慢一点。黑乎乎的桑塔纳跟船一样向前滑行，时间一下子就拉长了。奎屯其实是一个小城，任何车子只要使足劲开，十五分钟就能穿城而过，可要慢下来，就好像置身于大上海。今天的奎屯显得特别大，是个标准的大都市。丫头特别留恋这个地方。种种迹象表明她会在这一天离开人世，到另一个世界去。她跟个孩子一样，瞪着眼睛看街景，她的嘴巴都张开了，后来她把脸贴在车窗上，泪水尽情地流淌，跟雨天似的，车窗玻璃被冲得一道道的。

医院就这样出现了。

男人开始解释他为什么不能在这里出现，男人的声音娓娓道来，又轻又温和，司机近在咫尺也听不清。司机才不管这些呢，司机从镜子里看见丫头摇头，不停地摇头，后来就不摇了，那个精致的小脑袋突然弯下去，像是被挤破似的放出一团湿漉漉的抽泣。男人从容不迫，很有耐心，男人对着这个湿漉漉抽泣的脑袋又很温和地说了长长一段话，司机都被打动了，司机把烟摁在方向盘旁边的铁盆子里，司机很吃惊地回过头看这个男人。这个男人太了不起了，怪不得有漂亮丫头肯为他献身，却不肯告诉任何人，包括自己的亲人。男人曲里拐弯问清楚了，丫头的父母哥哥都不知道这件事，怀孕的事以及他们相爱的事情。男人全都问清楚了，男人松一口气，只是很轻微的一口气，丫头是觉察不到的。丫头的抽泣越来越慢，终于停下来，丫头拉开车门下去了。她的背影很好看，司机都看呆了。司机越发钦佩这位了不起的男人，司机就掏出好牌子烟让男人抽，男人不客气地点了一根，司机说您一定是南方来的大老板。"我就是奎屯人，你当我是天外来客？""没想到，真的没想到咱们奎屯有你这么了不起的人。"这个了不起的人给司机足够的钱。"她喜欢桑塔纳，不喜欢夏利，我答应用桑塔纳送她。"这个了不起的人打另一辆车回去。

丫头躺在手术台上，全是叮叮当当的铁器声，向外边望了望，要是那个男人在外边就好了。她问护士："我还能生育吗？"

"这个不好说。"

"听说有些女人刮四五次都没事。"

"人和人不一样，有人刮一次就废了。"

"废了？你说废了什么意思？"

护士问她做不做，她就闭上了嘴。时间慢下来，时间慢得让人不可思议。其实手术很快，刮宫是很简单的小手术，几下就完了，可回荡在手术室里的尖叫声把时间拉得很长。

院子里的白杨树哗哗响起来，那棵最高的白杨树静静地看着她，那么高的白杨树，树皮都裂开了。爸爸肯定不知道他的女儿在医院里受罪，爸爸会叫她离开这里。

爸爸曾经是个老边防军人，带着十几个士兵守在阿尔泰山最荒凉最偏僻的一个哨所里，那地方不要说白杨树，连一棵草都没有，连一只虫子都没有。士兵们到哨卡半年后就不会说话了，沉默的大山把他们全都征服了，跟石头唯一的不同就是眼睛，眼睛要观察边境线上的动静，要把每一天的情况记录下来：某月某日，刮大风，山石崩裂堵住小路；某月某日，老鹰飞过山谷。最神圣的日子莫过于秋天，从天山深处起飞的天鹅穿越准噶尔盆地飞往遥远的西伯利亚，边防哨卡是白天鹅的必经之地。士兵们全都奔上山顶。值班士兵是最幸运的人了，他站在岗楼上可以用望远镜把九千米高空的白天鹅拉到眼前，他看到的岂止是美丽的天鹅，整个天空全让他看到了，他还要作记录，记录本上写着"我看见了天空"，"我看见了蓝天"，有的士兵竟然"看见了白天的星星"。没有人写出白天鹅三个字，那是公开而又最隐秘的三个字，是羞于说出口或形成文字的，在哨卡上当过兵的人最终明白这样一个道理，男人的羞涩远远超过女人，幻想和梦永远藏在男人的心里。

她跟爸爸到边防站去过两次，那正是一年中最美丽的秋天，白天鹅缓缓地飞过来了，小姑娘的心让白天鹅带到了高高的蓝天上。爸爸退役回到奎屯妈妈身边。在奎屯是看不到白天鹅的，女儿问爸爸这是为什么，爸爸告诉女儿，人烟稀少的地方天鹅才会出现。

"我查过地图，所有的候鸟都要过奎屯。"

"那就不是九千米的高度了，至少也在一万米以上，肉眼是看不到的。"

"它们为什么要躲开城市？"

"城里人太多，人不珍惜人。"

爸爸很怀恋过去的艰苦生活，十几个士兵跟亲兄弟一样。现在爸爸领着宝贝女儿到荒郊野外去了……

"爸爸，你要带我去哪里？"

"我们去宝木巴圣地。"

这是爸爸在阿尔泰蒙古人那里听到的人间仙境，他给战士们讲过，战士的心全都到了天上，跟白天鹅去了。爸爸受到严厉的处分，再也没有提升过，从正连级上转业到奎屯。丫头已经是个大姑娘了，慢慢也明白过来了，她只是一个普通的姑娘，根本不是什么天鹅。后来她参加工作，连天鹅的存在都产生了怀疑。少女的苦闷期比冬天还要漫长。爸爸问她为什么不开心，她反而问爸爸世界上什么地方最开心，爸爸告诉她宝木巴就是人间仙境。

爸爸还唱了一大段蒙古歌谣，她一句也没记住。她已经走到了医院大门口了，林带里的白杨树全都哗哗响起来。孩子你要记住，宝木巴就在咱们新疆，宝木巴是英雄江格尔汗的家园，你到那里去吧，你会找到幸福的……

江格尔汗啊①

---

① 新疆蒙古族史诗《江格尔》序诗。

他的人民长生不老

永葆二十五岁的青春

他的家园四季常青

到处洋溢着欢声笑语

他的家园没有冬天

始终散发着春天的气息

他的家园没有夏天

始终散发着秋天的气息

他的家园没有严寒

他的家园没有酷热

微风习习地吹拂

细雨绵绵地降落

江格尔汗的家园

犹如仙境一般

那辆黑色桑塔纳还在等她，司机问她去哪。

"往远处开越远越好。"

"那位先生太出色了，你应该去找他呀。"

"离他越远越好。"

"你会吃亏的丫头。"

"他是个王八蛋，你给我少提他。"

司机铆足劲开，很快就穿城而过，连大片大片的庄稼地都抛到后边，再往前是大戈壁。丫头发疯了，丫头还要往前跑。大戈壁里出现沙丘，跟一群野骆驼一样，丫头总算安静下来了。司机告诉她不能往前跑了，那位先生只给我这么多钱。"我有钱。"丫头身上确实有钱。司机说："留下你自己用吧。你够惨了，你想回去我免费送你，反正也是空车回去。"

丫头一声不吭钻出车子，朝沙丘走去。太阳和沙丘。准噶尔腹地大都是固定的沙丘，到处长满红柳棱棱和骆驼刺。

4

老大回来倒头就睡。老二去喂那匹大黑马，大黑马也累得够呛，老二把马洗刷一遍，回来对父亲说："我哥跟非洲难民一样。"老头说："鬼把他缠住了，有啥办法呢？"

老大待两天就走了。临走前老头跟以前一样，把老二支开，问老大："那个骚女人还没断？"

"你不要一口一个骚女人，你再这么说她，小心我跟你不客气。"

"呵呵，狗男女还玩上瘾啦。"

"这本来就是上瘾的事情嘛。"老大跨上马背，有点扬扬得意，"那么漂亮的女人，连长能骑，我也能骑。""总有你骑不动的那一天。"老汉差点把马摔倒。老大毫不示弱："谁也甭想跟我比锤子。"老大一抖缰绳，马就高高扬起前蹄，跟打夯似的落下，大地被捣得咚咚响。"爸，看见莫有，我现在就去搅她，我权当搅酸奶呢，酸奶就是在奶桶里不停地搅啊搅啊搅出来的。"

骏马嗷嗷一阵狂叫，那个女人就来了。老大说我要搅你。女人说："我又不是拖拉机。"到底是城里女人，只知道拖拉机。老大就给他讲这个搅，把女人听得浑身发痒。女人说："你带我跑吧，我要跟你到草原上去，我要亲眼看看哈萨克人搅酸奶。"老大就跟拎小鸡一样拎起女人往马背上一撒，朝马屁股甩一鞭子，马就跑起来。马跑得又轻又快，女人先是尖叫，后来就稳住了，因为马背又平又稳跟床一样，别说一个大人，就是放一个小孩子上去都能跑。这是老大调教出来的马，马认下这个女人，马就轻轻颠晃着跑，把女人颠得浑身发抖，身上的肉跟绸子一样在风中突噜噜突噜噜，女人都能听见这突噜声。

"找死呀你。"

女人拉紧马缰，还不行，女人揪住马鬃，马鬃跟琴弦一样把马身上撼人的勇力全都传过来了，跟高压电一样，女人啊一声又啊一声。

"你要干啥！你要干啥！"

马知道它要干啥，马的脊椎骨跟弓一样高高弯起来，一下子就把女人绷紧了。女人叫老大的名字。老大躺在草丛里，老大还没歇过劲，他刚搅过女人，搅女人是很费劲的。老大嚼草呢，老大跟马一样爱嚼草，有时嚼草根，草根常常划破嘴巴，血糊淋拉，他就用这张血嘴亲女人，把女人的嘴都亲破了，女人大叫："血，血。"

"我的血又不是你的血。"

"就是我的血。"

女人的血是粉扑扑的红，老大的血发黑。

"你这么狠，你吃人呀。"

"我吃人呀。"

老大歇够了，老大又来了精神，老大跳起来，跟中弹的公鹿一样一跃而起，又跟公狼一样长嗥一声："我端你个盘——子。"骏马就从荒野深处蹿出来，女人跟泡软的牛皮缰绳一样箍在马脖子上，老大把她解下来，她的牛皮绳子胳膊又箍在老大脖子上，老大又嗥一声："我端你个盘——子。"女人就被老大端在手上。

"你又是搅又是端，你把我嘴都咂破了，你为啥这么狠。"

老大一声不吭，老大只管端盘子，老大跟一匹马一样，端着盘子上天入地翻江倒海。女人一直问这个问题，这个简单得不能再简单的问题女人就是弄不明白。老大从来不回答这些简单问题。女人也一直没问出个所以然，是女人自己慢慢悟出来的。

女人是连长从奎屯娶来的城里人。连长上任三年后，差不多把家安顿好了，该有的都有了，尽管是垦区最穷的最偏的农场，这并不妨碍连长发家致富，富裕起来后，就得有个好老婆。连长从一百多公里外的奎屯弄来一个细皮嫩肉洋里洋气的城里丫头，这是打建场以来头一遭，凭这一手，连长就把大家给镇住了。当然连长镇住大家的办法很多，娶城里丫头这一条似乎让人比较服气，又不是抢来的。打这个女人嫁过来后，连长平和多了，没有以前那么凶了，连长有了一种心理优势。这些简单的问题，女人稍用一下脑子就明白了。有些问题女人就是弄不明白。村庄的墙壁上出现许多圆圈，用油漆画的，用石灰画的，她问丈夫，丈夫说那是吓狼的。

"我刚来的时候怎么没有呢？"

"你漂亮嘛，漂亮女人招狼哩，狼鼻子尖得很，几十里以外的香东西它都能闻出来。"

女人身上确实有一股淡淡的芳香，村里女人都下地干活，怎么打扮都有一股汗腥味。女人以为这里的人老实忠厚，怕野兽伤了她。后来发生了老大劫持她的事情，连老大自己都忘了，老大咬牙切齿地把连长的心肝宝贝干了一通，还不解气，连裤子都没系，光着屁股拔出蒙古牛角刀。女人吓坏了：他会不会杀人灭口？这个凶巴巴的男人压根就不看她，攥着刀子，跪在一块大石头跟前。女人后来一直回忆那块圆浑浑的白石头，那么光滑的圆石头，就像一个女人丰硕的屁股。男人用刀子在石头上边凿出一个圆圈，男人手劲很大，刀锋所至火星四射，男人完成这幅杰作才心满意足地走了。女人走进村子时，看到一长串圆圈，她从狂怒中安静下来。这是大家对她的一种向往，一种巨大的想象。她一下子笑出声来，半小时前她刚被人强暴过，这么一笑一下子引起难以抑制的快感。她睡到床上时，就想那块粗糙坚硬的沙地，被太阳暴晒后的滚烫的沙地跟炒锅一样，她快被烤熟了。还有那块石头上的符号。他就这样把一个女人变成原始的符号刻在野地里。她又去了那里，她摸那块石头，还有图案上的刀纹，足足有一厘米深。"你为啥这么狠？"她一次次追问老大。老大就用粗野的歌子回答她。

　　我端你个盘子，

　　我吃你个肉，

　　你的肉肉噢，是天鹅的肉。

　　我牵上大马，

　　我套上犁，

　　我犁你那二亩地。

老大唱这些野曲儿时非常陶醉，醉了的老大会吐露真言："实话告诉你，大家都想日你，大家都没日上，就我日上了，我跟你那王八蛋男人扯平了。"

丈夫突然发现大家不怎么怵他了，丈夫弄不清楚世界上发生了什么事情，丈夫忍受不了这种罕见的平等。看着丈夫急吼吼的样子她就想笑。她是这个阴谋的参与者，她又好奇又兴奋。她发现老大成了这里的英雄，大家都叫他拖拉机，也有人叫他军垦二号，康拜因，因为他犁了连长的二亩地，也收割了那二亩地。让她吃惊的是大家对她一下子尊敬起来了，完全出自于内心。老人们情不自禁地抚摸她，老太太们把她抱在怀里。连丈夫都感到吃惊。

"你这娘儿们，群众关系这么好，你给他们什么好处啦？"

"我漂亮啊，这么贫穷这么破烂的地方，大家看到一个漂亮女人就等于看到了美好的未来。"

丈夫频频点头。老婆确实越来越漂亮了，而且有一种非常神秘的东西，丈夫对神秘的东西不感兴趣。

有一天，老大从阿尔泰带来猫头鹰的羽毛。汉族女人是很少戴羽毛的，她把羽毛装在衬衫口袋里，贴着胸脯，好像有人不停地在抚摸她。老大让她戴在头上她不干。"我又不是哈萨克女人。""可你得到的尊重和敬意是草原式的。"女人只好把羽毛插到头上，现在可不是谁在摸她的胸脯，她感到一阵阵眩晕，她的脑袋快要裂开了。

"你带我走吧，你想带我去哪，你说你想带我去哪？"老大就带她到沙丘上去，沙丘就成了一张大床。

"你带我走吧，我想跟你到任何地方去。"

老大就带她到戈壁滩上，戈壁上的黑石头就成了一张大床。沙枣红柳、芨芨草、骆驼刺都是他们的窝。只要那神奇的羽毛插在头上，她就疯了，她甚至在冬天的夜晚，溜出去跟老大幽会；因为她听见苍穹顶上撼人的大风，这个要命的家伙绝不会安安分分待在房子里的。这个要命的家伙很少回家，一年四季在野地里飘荡。她知道都是猫头鹰的羽毛在作怪，老大从阿尔泰带来这撮羽毛，她就没有安宁过。现在大雪落下来了，大风在天上啸叫，而地面上一片宁静，那撮羽毛开始撩拨她的心。她就轻轻飞起来，她无声无息，比雪还要轻盈。她穿上毛皮大衣，她就像一只兽，她缩在毛茸茸的皮大衣里，她溜出村子，她在雪地里跌跌撞撞，她快成一只狐狸了。她就是一只狐狸，一只骚味十足的狐狸，她突然停下来，她相信老大会闻到她的味道。一只真正的狐狸会把骚味放到几十里以外。那天夜里，老大在雪地里搅了她，端了她的盘子。

"我们快变成野兽了。"

老大就给她一个更神奇的礼物，老大让她解开衣服，老大把一只蜥蜴放在她的乳沟里。她是个非凡的女子，她接受了老大的礼物，老大能把猫头鹰的羽毛插到她头上，在她胸脯上放一条蜥蜴有什么奇怪呢，她一下子就适应了这只小动物，她逗它玩，她发现它的眼睛特别温柔。老大告诉她：自从离开父亲和弟弟，他就以大地为床，老鼠啃过他的脚趾头，蛇盘过他的脖子，熊和狼舔过他的脸，发现他没有呼吸，熊和狼就离开了。

"陪我时间最久的就是四脚蛇。"老大说的四脚蛇就是蜥蜴，"它总是钻到我的胸口睡觉，还有点怕羞。我胸口的毛就是它给弄出来的，我的胸口都成草滩了。"老大就这样成了一个野人，他的皮肤上有狼和熊的气息，也有跳鼠、蜥蜴、蟒蛇的气息。女人缩在他的怀里总是说："带我走吧。"他总是带女人到野地里欢乐上一回，再放她回去。女人就问他："你是不是以为我是随便说说？"

"你最好是随便说说。我怎么能把一个美人带到雪地里去当野兽呢。"

"你呢？"

"我是男人。"

"女人也一样。"

"做一个窝里的野兽不好吗？"老大摸她胸口的小蜥蜴。"它温柔的目光就像一个真正的女人，还有这羽毛，都快把你变成疯子了，你不知道你有多么了不起，你已经做了一个女人难以想象的事情。"

"我没有做什么呀。"

在猫头鹰与蜥蜴之后，老大带来了草原古歌，在那首古歌里，公主爱上了贫苦的牧马人，国王绝不允许一个黑骨头男人娶白骨头的女人。公主就跟着穷小子逃到阿尔泰密林。"他们有一匹马，他们钻进深山老林，谁也找不到他们。"

"你也有一匹好马，让马带咱们走。"

"你男人又不是国王，我不怕他。"

"那我就告诉他，让他收拾你。"

"你想逼我，你这烂女人，我不稀罕你。"老大伸手去拔女人头上那羽毛，女人闪开了，女人把羽毛藏在衬衣下边，把蜥蜴捂紧。老大就笑："吓唬你哩，你别怕。"

"我能不怕吗？我跟个贼一样，我跟个特务一样。睡觉都睁着眼睛，紧张死了。"

"你知道女人最怕什么？"老大捏女人的屁股蛋，捏女人的奶头，捏女人的腮帮子。老大告诉她："女人最怕身上的肉松下来，那样女人还不如死了。"老大松开手，拍一拍，就吼了一腔。

> 牵上骆驼走戈壁
>
> 走到东来走到西
>
> 哎呀呀
>
> 就是日不上你的×

"你就为这？"

"大家都觉得你好看，你确实好看，可你是松的，我第一次见你就知道你那狗熊男人把你莫上紧，好歹是白碱滩的男人，人家城里丫头到白碱滩可不是逛风景，人家总得图个什么吧？"

"你说我就图个这？"女人扇老大一巴掌。老大不生气。老大正儿八经，老大谈的是一个重要的话题，老大说："女人之所以是女人就因为女人把啥都做了还不知道做的是个啥，图的是个啥。""我日你妈。"女人跳起来扇老大，把老大鼻血都打下来了，老大还是不生气，老大正儿八经的："我说到你的疼处了。""你王八蛋你！"女人呜呜哭起来，嘴都哭歪了，"你竟然说我是松的。"

"你现在紧了嘛。"

"紧你妈个腿，日你妈去，少日我。"

老大一下子就火了，把女人压在地上捶了一顿。老大也没占多少便宜，脸被女人抓烂了，女人还抓他裤裆，老大疼得跪在地上，女人再使些劲他可就完了；女人没有落井下石，趁老大龇牙咧嘴的工夫女人跟个豹子一样逃脱了。

5

土地是一个很奇妙的东西，好像一夜之间施了法术，土地膨胀变绿，在阳光下散出甜丝丝的芳香，在夜里就发出一股腥味。"土地怀了娃娃！"老二惊奇得不得了，老二闻到了这股腥味。老头告诉儿子："土地认庄稼一年两年就认下了，人要让土地认下得几辈子。""几辈子？你怎么办？""我有你这个儿子，你把我埋在这里，你就接着种这块地，地里埋的人多了，地就会认下我们。"

甜菜叶子哗哗响起来。老头点上烟，老头让老二也点上，这是老二第一次在父亲跟前抽烟，父亲把他当大人了，老二感到很自豪。老二想告诉父亲一句什么话，老二的耳朵里灌满了甜菜叶子壮阔的声音，老二就不想说那句话了。天就这样黑了，那些植物还在响动，跟一大群牲畜一样，在泥土里翻滚。后来星星出来了，星星也在响动，也在翻滚。老二就站起来看其中最大的那颗星星，老二就对父亲说了实话："我发现星星比太阳和月亮都漂亮。"老二说完就跟着星星出去了。他出了院子，出了甜菜地，一直走到高高的沙丘上，他高举着双手要抓那颗星星时，沙丘忽一下子散开了，老二被埋在沙子里，折腾半天才爬出来。

第二天，老二到戈壁深处挖来一簇火红的玫瑰花，老二连玫瑰根上的土都带回来了，整整一个大土墩，真是个实诚的孩子。老头帮老二挖坑，倒下去十几桶水，都是清水，从十几里外的机井上挑来的。玫瑰长着很结实的花蕾，谁都会相信有一天早晨这些花蕾会一个个炸开。

甜菜全被拉到糖厂去了，老二跟着最后一趟车去领现款。糖厂的人给老头报了不大不小的数字，老头跟孩子一样叫起来，糖厂的人就挖苦老头："你以为你抱了大金娃娃，还不够我们厂长一顿饭钱。"老头还追根刨底，问到底多少钱。老二压低嗓门告诉老头："千把块钱吧。""已经不少啦，小子。"老头从来没有拥有过这么多钱，老头放弃了去领钱的机会，让老二去。儿子不能取代父亲的位子，父子俩互相推让，司机就按喇叭，糖厂的人就喊老二："还是你去吧，你老爹让大票子吓出心脏病怎么办？"老二是个好孩子，老二担心父亲的健康，老二就跟上汽车去城里领钱。

老头在沙梁上等儿子回来。老头带了一壶水一块馕，等太阳落到地平线上，馕和水全吃下去了，大地把太阳也吃下去了，老头终于看到儿子一点一点从地平线上冒出来。大地太辽阔了，老头的眼力也太好了，他可以看几十里远。他看见蚂蚁在红柳上攀缘，他看见四脚蛇在戈壁上奔窜，他看见骆驼刺把滚动的太阳扎得鲜血淋漓，大地的豁豁嘴把太阳咬一个洞，儿子就从太阳中间的洞里血淋淋出来了，就像刚刚生下来的婴儿。儿子一下子出现在父亲跟前，从怀里掏出一叠钞票，就像在掏胸膛里蹦跳的心。老二真是个好孩子，没多花一分钱，只吃了一盘拌面，五块钱一盘的羊肉拌面，老二满足得不得了，老二一边给父亲钱，一边报账。

月亮升起来跟白天一样亮。父子两个一张一张数人民币，数来数去十五张，另加一堆毛票，老二用毛票中的一部分吃了拌面。老头把钱包起来放到房子最隐秘的地方。老头离开院子几十米，绕着圈看自己的家园，老头在潜心体会一个藏着一千五百元人民币的黄泥屋子。好多年前老头把妻子埋进大地的时候，就是这种感觉。他们刚刚开出地，栽上树，地里长出麦子，树上长出叶子落了鸟儿，妻子的肚皮大了两次，生出两个娃娃，妻子就让大地收回去了。大地就成了他的房子。他轻手轻脚走进屋子。儿子已经睡着了，那一叠子钱也睡着了，老头兴奋得睡不着。

老头就把儿子弄醒了。老二迷迷瞪瞪跟着老头下地干活。甜菜地的那边，大片的碱滩被翻开了，还要一遍一遍地洗。星星布满了天空，一老一少跟鱼一样在排水沟里窜来窜去，新土一点一点多起来。太阳出来了，一下子吃光了天上的星星，天地空旷透亮，他们可以歇一会儿了。

那是一个晴朗的日子，天山蓝汪汪的，跟辽阔的大海一样躺在准噶尔盆地的边上，老头看着天山都看呆了。也真神了，一只美丽的天鹅慢慢地飞过来了。老二也看见了，老二丢下铁锹，眼睛瞪得那么大，老二浑身哆嗦着往水沟上边爬。老头把儿子拉下来："你要干啥？傻小子。"

"爸，爸，这是真的，天鹅是真的。"

"是真的，就不能急。"

"咋办呀，爸？"

"干活嘛，该干啥干啥。"

父子两个泡在水里，淘啊洗啊，新土越来越多。老二身上的肉不跳了，老二心里急得不行，老二趁着扬锹的工夫，朝远方看了一眼，老头就训儿子："你再看，你再看它就飞了！"

"我闭上眼睛，我闭上眼睛行了吧？"

老二没闭眼睛，老二的眼睛泡在碱水里，水哗啦啦响，传得很远，传到那个跟跟踉踉奔走的丫头的耳朵里。丫头就朝这边走过来了。

白碱滩唯一的一块甜菜地，在阳光下跟大海一样……一个老头和一个小伙子在干一件奇怪的工作，他们跟水牛一样泡在泥水里。

"你们在干什么？"

"我们在淘金子。"

老头捧着一把泥让丫头看，老头身边的小伙子很憨厚地望着她笑。他们就交谈起来。丫头太好奇了，她从来没听说过泥土是这么洗出来的，跟淘金子一样。

"我能跟你们一起干吗？"

"这活女人干不成，会弄坏女人的身体，女人就不能生孩子了。"

丫头的脸一会儿红，一会儿白。

小伙子就责备老头："人家是个姑娘，你唠叨什么生孩子。"

老头哈哈一笑："她是个大姑娘，不是个小姑娘，这么谈你不会生气吧。"

"我不生气。"

"你好像病了，你要去哪里？"

"我要去一个很远的地方。"

"这里是大地上最远的地方了。"

"你开玩笑吧？"

"你瞧瞧连土都没有，还有比这更远的地方吗？"

丫头踮起脚尖，伸长脖子向远处看，沙丘一个连着一个，黄色的远方有道黑沉沉的蓝光。

"那不是大海，那是戈壁，全是黑石头和青石头。"老头说，"这里是长土的地方，土地从这里开始，一点一点长起来。"老头一直把泥捧到丫头的鼻子跟前，丫头闻到一股腥味，丫头鼻子一酸，哭起来；丫头哭的时候，老头跟儿子就走开了。丫头越哭越厉害，丫头哭得没劲了就坐在地上，嘴角一歪一歪，鼻孔一抽一抽。老头估计丫头哭得差不多了，老头打发儿子去弄一盆热水，一块干净毛巾。丫头洗了脸洗了手，丫头这才感觉到她有多么累，她摇摇晃晃找睡觉的地方，老头对儿子说："去扶住她。"

丫头在这张简陋零乱充满男人汗臭的床上睡了好几天，竟然在一个黑黑的夜晚苏醒过来。蓝色的星星在远方一闪一闪，大漠的长风在吼叫，她还听见一声声狼嗥，还有四脚蛇在嗖嗖飞窜。她还听到了呼噜声。她的眼睛亮起来了，她可以看见黑暗里的东西，她看见床头、地上的桌柜还有门窗。星光太微弱了。她坐等天亮，天就是不亮。她就乱窜，她像一只狐狸，把院子的角角落落挨着嗅了一遍。突然她在地上看到了自己的影子，她转过身一看，天已经亮了。两个男人也起来了，他们头发上背上粘着干草。他们睡在草堆里。老头告诉她："我们很快会有一张新床。"

丫头亲眼看着老二做了一张新床，把圆木锯成板子，把板子刨光，不用铁钉就把床安装好了。新床亮晃晃的，整个家显得破旧灰暗。衣柜里的被褥、衣服散发着汗腥味，老二半天找不到一件干净的："都洗过的，洗不净。"老二连洗衣粉和肥皂都找不到。老头从大漠深处的胡杨树上弄回一筐胡杨泪，拓荒时代军垦战士把胡杨泪当土肥皂。

丫头洗了整整一个礼拜，连门窗都洗了。整个家园散发着胡杨泪苦涩的香味。所有的家什全都面目一新，屋子里弥漫着一股罕见的潮润。那些发亮的家具上出现一个女人美丽的头像。

这个家曾经有过女人，老头说那是世所罕见的美妇人，老头说到妻子时，跟一匹豪迈的公马一样用了一个很特别的词：美妇人。"我们家很穷，可我的儿子绝不委屈自己，他有一个美丽的母亲，他就一定要娶一位天仙一样的姑娘做妻子。"

老头出神地望着天山，好像天下所有美丽的女人全都生活在天山草原上。老头告诉丫头："每年都有天鹅从那里起飞，只要你心诚，静静地看着天，天鹅就会飞过来。"

"天鹅为什么会飞到你们这里？"

"白碱滩是准噶尔最荒凉的地方，天鹅这种鸟儿，要么飞得很高，要么就在荒凉的地方落脚。"

"为什么呀？"

"荒凉的地方离天最近。"

在丫头的想象里，那个美丽女人的头像会出现在每一个物件上。不仅仅是那些家具，让锅碗瓢盆也出现奇迹，丫头就挖空心思改善伙食。老头和儿子们一年四季穷对付，一次打够几个月吃的馕，日子就打发掉了。过年才吃一点肉。面粉也不怎么好，清油很少。丫头做素菜拌面，丫头自己咽两口都翻眼睛，老头和老二却吃得山呼海啸。老二连盘子都舔了，老二说："我小时候吃过妈妈做的拌面就是这味道。"丫头脸都红了。整个下午，丫头都在琢磨下一顿饭怎么做。老头和老二泡在盐碱地里。家里静悄悄的，丫头可以放开手脚干自己想干的事。厨房里除了面粉就是油盐酱醋，土豆、萝卜、皮芽子在菜窖里。没有经验可循，完全凭女人的本能，她的女人本能得到了超常发挥。她把萝卜切得很细，土豆丝更细，跟粉丝一样。白菜全用帮子，切成整齐均匀的长条形，醋在油锅里炝过，加上葱花。老头和老二不再那么惊惊乍乍，他们吃得从容不迫心安理得。

"这里很快会长出庄稼。"老二亲口告诉她，"马上就可以种草木樨。"

"草木樨是干什么的？"

"碱土洗干净还不能算真正的土壤，甜菜给地透透气，草木樨可是长膘的，土壤有了油水才肯长东西。"

丫头可以到野外去了，她爬上一座低矮的沙丘，整个白碱滩展现在她面前，现在她才发现老头和他的儿子有多么了不起，新开垦的土地跟楔子一样插进茫茫碱滩，更像一个半岛，三面被碱滩包围，一面与绿洲相连。这是他们第几个家？老头自己也讲不清。老头是从奎屯出发，沿着大河的方向进入大漠，他们的家园差不多是一部悲壮的垦区开发史。"三十多年前我以为到了大地的尽头，人们说这里是白碱滩，我就把根扎在白碱滩，我的汗水全流在那里了，我的女人也死在那里，我老了，却不能种自己开出来的地，还得自己找土地，在地上竟然还有一个白碱滩，跟影子一样跟着你，你年轻的时候以为征服了它，你老了，它又跟上来了，你能老吗？你好意思老吗？丫头告诉你这就是人的命，一点办法都莫有。"

"你已经开这么多地了，够种了。"

"丫头你不懂，新开的地太单薄，打不了多少粮食，广种薄收，种上十年八年就会好起来。"

"你能活到那一天吗？"

"我有儿子呀，儿子还会有儿子，土地会越来越肥。"

老头抓一把洗出来的新土，说："这是土地下的蛋。"

丫头就把土捧起来对着太阳看，太阳跟虫子一样在土里蠕动。

"不是虫子，是种子。"

"是种子？"

"什么种子都有，有庄稼的有草的。"

"我觉得它还是个虫子。"

"你看它是虫子它就是虫子。"

丫头直直地朝太阳走过去，手里的土一动不动，就像端着一架望远镜。

老二说："她去干什么？"

老头说："她想靠近太阳。"

"她想抓住太阳吗？"

"太阳变成虫子，谁都能抓它。"

丫头走到甜菜地里，把手里的土培在甜菜根上，甜菜叶子哗哗响着，跟迁徙的鸟群一样，跟大海的波涛一样。爸爸，现在我可以告诉你，我找到那个传说中的叫作宝木巴的地方了，它是蒙古人的，也是我们所有人的。这个发现太重要了，丫头讲给老二，老二又讲给父亲，宝木巴圣地跟白天鹅的传说交合一起，在回忆中补充着想象着，吃饭的时候，干活的时候，宝木巴和白天鹅就出现了。最让人难忘的是篝火之夜，丫头把饭送到地里，吃完饭，趁着天凉一直干到夜幕降临。老二从沙丘上挖来干梭梭点起一堆篝火，圆浑浑的沙丘被烧红了，这是黑夜里的太阳，他们围坐在木柴烧起来的太阳边上，那个传说中的草原英雄江格尔汗骑着大红马就出现了……他们全都沉默了，火焰在轰轰地响着，火焰里有烈马的奔腾嘶叫，火焰里有草原歌手江格尔齐①滔滔不绝的演唱……

---

① 江格尔齐，演唱《江格尔》的歌手。

6

老二说："我们家从奎屯沦落到白碱滩，没想到有那么多白碱滩。"

丫头说："这是最后的白碱滩。"

老二还不放心，去问父亲，父亲说："这事女人说了算。"

7

娶一个女人做妻子这个问题还是男人说了算。

那时老头还是个小伙子，在营部当通讯员，第一批女兵进疆的消息，除过营长和教导员，通讯员知道得最早。全营只有一个女兵，女兵是给军垦战士做老婆的。营长资历最老，职务最高，最有资格娶老婆。团长亲自打电话给营长通报这个重大的喜讯，团长让营长谈谈条件，营长的条件太简单了，简单得让团长吃惊，营长说只要是个女的就行了。这样的好同志不能吃亏呀。营长打仗开荒都是全团的主力，团长挑了一个内地大城市来的有文化的漂亮女兵，团长一定要营长亲自来接。别的部队已经发生过女兵抗婚的事情，女兵们往往看中首长的警卫员、通讯员，或者年轻的下级军官，自古嫦娥爱少年。营长一点也不在乎，营长还不到三十岁，高大英武，自信得不得了，一口回绝了团长的好意，打发通讯员去团部接新娘。

那正是开春时节，积雪快要融化了，新疆的春天有一个月的泛浆期，大地顿成沼泽，寸步难行。趁着冰冻，通讯员赶着爬犁到团部，当女兵出现在他眼前时，他哇一声大叫："我们营的新娘！哈哈，我们营的新娘！"手里的鞭子是一根棍子，通讯员扬手就扔掉了，他用带铜扣的武装带当鞭子，军用牛皮腰带哐一声抽在马屁股上，枣红马就蹿成一股风，冰碴子咯铮铮响起来。千里雪原上滚动着鲜红的太阳，就像刚从马身上切下的一块鲜肉。女兵说："你干吗这么高兴？"通讯员就说了一段士兵们的顺口溜："三八大盖没盖盖，谁说八路军没太太……"女兵唱了一首歌，通讯员听不懂歌词，曲调很好听，通讯员都惊呆了，他从来没有听过这么好听的声音。女兵说话跟唱歌一样。

全营官兵走出地窝子，拥到营部的土房子前遥望着越来越近的雪爬犁，爬犁闪电般蹿过来，猛一下停在大家跟前，给人感觉好像从天而降。垦区出现这么漂亮的女人，美好的生活并不遥远。

营长对他的婚姻非常满意，女兵不但漂亮而且很能干，写一手好字，会做衣服，剪出的衣服样式又洋气又大方，营长整天笑呵呵的，整个垦区都充满了活力。

不久，教导员、连长、排长以及老资格的班长们都有了老婆。每个人都会有老婆的，王震说了，有老婆才能扎根边疆，献了青春献终生，献了终生献子孙。家眷越来越多，营长的老婆显然是女人中最出色的。营长为妻子感到骄傲。妻子对她的生活更满意了，教大家识字，教女人们做衣服，不是土里土气的样式是新款式，女人们又把做泡菜做腊肉的手艺传授给营长的妻子。生活本来可以这样美满地过下去。美满的生活刚刚过了一年多，风言风语就传开了，营长的妻子参军前在内地做过舞女。营长的脸就变黑了，黑了半个月，就管不住自己的手脚了，半夜三更女人就叫起来了，是那种刀子扎进身体里发出的尖叫。整整叫了一个月，谁也劝不动，实在不行离婚呀！离婚不行，营长不干，营长在天亮的时候是清醒的，这么漂亮能干的老婆怎么能随便丢手呢，到了晚上，营长就管不住自己了，就一门心思地让女人尖叫。

秋天就这样到了，草高了，马肥了，骏马悠扬的叫声中夹杂着女人的尖叫实在不是个办法。通讯员本来要到马棚里去的，女人的叫声在那天晚上一下子成为一种号角，通讯员把马丢在林带里就跟豹子一样蹿到营长的房子跟前，一脚踢开房门，营长还没有反应过来，通讯员手中带铜扣的宽牛皮带就落下来了，营长的脑壳裂开一个血口子，营长的肚子上同时挨了重重一拳，营长的手里还攥着一撮女人的头发，皮带很快就落在营长的手背上，营长失去了反抗能力。通讯员朝营长大吼一通，对女人只说了一句："穿上衣服，走！"女人穿上衣服，带一块镜子一把梳子，跟上通讯员走了。他们是骑着枣红马走的。

离开奎屯不远有一个叫白碱滩的地方，野兽出没，他们找不到住的地方，就抢占了狼窝。那个狼窝地势太好了，在干河沟拐弯的地方，洞口对着东方，沙碛三面环绕。老大就出生在狼窝里。老大竟然带着狼崽回来玩，晚上狼群包围了荒原上孤零零的家，大人吓坏了，老大愣头愣脑，抱着狼崽出去了，狼崽的脖子上系着一根布条子。狼群再也没有骚扰过他们。

他们开出了地，有了自己的地窝子，垦区的地跟他们连在一起。女人跟营长还没扯离婚证呢，女人不让丈夫出面，女人单独去找上级机关要求离婚，那个年代离婚是很艰难的。营长也在场，女人告诉营长："我已经生了一大群孩子了。"营长只好离婚。

女人很要强，从一家人的穿着打扮上，从他们的院落和房子里可以看出女人有多么精细，衣服上的每一个补丁，黄泥小屋的角角落落，女人的手跟熨斗一样熨过去了。

家园刚刚建起来，他们就被调到新建的连队，新连队都是荒地，都是年轻人。顺着奎屯河，他们的家园从来没有稳定过。女人似乎洞悉了命运的残酷，每到一个新地方，她都用白碱滩这个地名，不管七连八连十一连，也不管蒙古人哈萨克人叫什么，她都用白碱滩这个名字，白碱滩是她的家，这就是一切。

漫长而艰难的迁徙中，女人失去了美貌，双手裂痕累累，头发干硬灰白，大漠风、烈日还有冰雪暴在她的脸上留下多少痕迹啊，她常常累倒在地头上。人们劝她不要这么要强，累了就歇口气。新疆的条田多长呀，干吗非得干到地头呢。她非干到地头不可。

在丈夫眼里，她还是那个坐在爬犁上穿越茫茫雪原的女兵，年轻漂亮，有一副好嗓子，丈夫一直记着她的金嗓子。她跟营长在一起的时候，可以写字画画，就是不敢唱歌。新丈夫一定要听她的歌声，她就唱给丈夫听唱给孩子们听。简陋的家园里她的歌声一天天沙哑起来，她流下泪。丈夫就不让她唱了，丈夫让她说话，她轻声地说着话，孩子们睡着了，她的声音更轻了，大漠风在外边吼叫，丈夫听得那么认真。天气好的时候，百灵会飞到他们家，荒凉的地方，百灵简直跟神仙一样。丈夫就说："你的金嗓子在百灵鸟身上呢。"

"真快呀，这么快就老了。"

好多年前那个夏天，妻子看见太阳变成一条大鱼，妻子就意识到自己快要离开人世了，妻子对丈夫的唯一要求就是把她埋在干燥的地方，白碱滩太潮湿了，人的骨头都发霉了。

妻子彻底地躺下了，躺在床上，不要医生，不要惊动任何人。妻子指一下窗户，丈夫就打开窗户，她看见了她的孩子，五岁的老大和两岁的老二，还有几只羊。可怜的几只羊是丈夫从阿尔泰草原上搞来的，到冬天的时候可以宰上一只大肥羊给妻子补补身子。妻子是挨不到冬天了。"我们的孩子会长大的。"妻子一下抓住丈夫的手，丈夫给妻子发誓一定带大孩子。妻子的手软绵绵的，温乎乎的，妻子睡着了。丈夫按草原上的习惯，用白布把妻子裹起来。

他对孩子说："妈妈去走一趟远亲戚。"

老二哇一声哭了，老大给弟弟一巴掌，老二就煞住哭声。老大摸妈妈的手，老二也摸了，那手是热的，孩子们相信妈妈去走亲戚。老大和老二，一直相信妈妈活着，妈妈在远方，他们为此跟人家打架，被打得头青脸肿，老大愈战愈勇，老大把有关死亡的说法全都剿灭了，白碱滩的狗都相信老大和老二的妈妈没有死。

好多年以后老头才明白，妻子为什么不要坟墓，一定要把她埋在奎屯河消失的地方。妻子死后不久，老头带着两个年幼的儿子到了另一个白碱滩，也是最后一个白碱滩。

8

丫头给家里写了一封信。那封信写了整整一个礼拜，写一张撕一张，最长的一封信写了十几大张，名字都写上了，要装信封了，给撕掉了。笔和纸展在桌子上。丫头谁都不理。

老二担心丫头会离开他们家，这么破烂的地方，这么破烂的家，哪个女人也看不上的。老头就劝儿子想开些，命中注定的东西是你的，就是你的，不是你的愁也没用。老二问父亲那个哈萨克传说是真的吗？老头就把那个故事又讲了一遍，那个老掉牙的故事老头不知讲多少遍了，老头的嗓子都讲哑了，很远的地方都能听得见宝木巴和白天鹅。

这是星期六的下午，丫头终于把信写完了。丫头把信交给老二，丫头彻底放松了。

丫头再也没有什么顾忌了，丫头跟村子里的人打招呼，人家就跟她打招呼，当然是跟女人们打交道。女人们问她："你是老二媳妇？"丫头笑一下。"你们什么时候认识的？"这么瘆人的问题都不生气，丫头都告诉人家了，丫头是这么说的：我们很小的时候就认识。该大伙儿吃惊了。还是有人要问，有些问题一定要问，不问是不行的。"你要嫁给老二？""我是老二媳妇，我不嫁他谁嫁他！""婚礼快了？""快了，麦子长出来就举行婚礼。"丫头向大家发出邀请。"你公爹太能干了，人太能干就容易摊上倒霉事。""倒一万次霉总要占上一回便宜嘛。""老二占了你的大便宜。""我就是让他占的。"丫头的头昂起来。

有一天，丫头正跟女人们聊天，连长的老婆过来了，女人们小声说："你妯娌过来了，那是你亲妯娌。"大家怂恿她快去叫嫂子，她可没那么傻。两个来自奎屯的女人走到一起，丫头伸出手，丫头说："你好！"两人握住手问好，互相好奇地打量着。连长的老婆说:"你怎么能认识老二? "

"我做了一个梦,梦见白碱滩,还梦见一个老实巴交的小伙子。"

"梦见你的白马王子在遥远而荒凉的地方苦苦地等你,你就放弃一切来到这里。"

"你不是也来了吗? "

"我是嫁过来的。"

"我难道是飞来的? "

"我觉得你是从天而降,飞来的。"

"其实女人都有飞翔的欲望和本能。"

女人离开后,丫头就听到了女人跟老大的故事,听了整整一天,丫头匆匆吃完饭,又去接着听,她自己都不明白她的兴趣为什么这么大,听了半天她明白了:这个故事有开头没有结尾,她很快也会成为故事的一部分,说不定同一时间在另一个地方,人们已经把她讲进去了,老大有故事,老二是逃不掉的。

"她是我们家的人。"丫头好像已经成了这个家的女主人,她用不着跟老头商量,也不用跟老二打招呼,她完全可以当这个家,必须把大嫂子领回来。

老大很久没有回家了,他都不认识这个家了。他的怪模样吓坏了所有的人,他给人家说他在阿尔泰金矿做事。挖金子是很苦的。挖下的金子全都浪漫出去了,这符合大家的想象。老大是大家想象中的英雄。老大在家里转一圈,整个家园在丫头的手里变样了。老大给丫头鞠了一躬,把丫头吓坏了。

连长的老婆来参加婚礼。丫头不再是丫头了,她是老二的女人了。老二的女人望着连长的老婆,她走过来换下酒杯,倒一杯饮料,"你不能喝酒,从现在开始你就不是你自个儿了。"连长的老婆竟然顺从了新娘子。

这个年轻的女主人远远超出人们的想象。以前都是老头给老大训话,傲慢的老大在马背上听完父亲的呵斥,就扬长而去。这回老大让老二的女人叫住了:"大哥,你要把那女人娶回来。"

"我的女人还在丈母娘家里养着呐,让她养着吧,馍馍不吃在笼里搁着呢。"

"我不跟你开玩笑,你爱那个女人,你快把她娶回来。"

老大绞着缰绳,老大拼命地折磨他的马。老二的女人声音大起来:"你怕她丈夫是不是? 有老二有我,我们去把她抢回来。"老大气恨恨的,脸都歪了,那匹马是真正的伊犁马,是汗血马是天马,马一下子暴烈起来,嘶叫着游龙一般奔向野外。

9

连长老婆往大漠深处奔去。

大黑马等着她，大黑马一身汗气，她爬到马背上，马就飞起来了，马蹄子扬得那么高，就像一架飞机，一扬头就到了天上。大地往后退，大片大片地往后退，很快就到了大地的尽头。

老大坐在大石头上抽烟呢，老大跟前卧着大黑熊、大灰狼还有凶猛的兀鹰，这些猛兽猛禽看见老大的情人来了，它们就哼哼哼怪叫着离开了。只有老大知道这些禽兽朋友们开的是什么玩笑，那都是禽兽求偶时的情歌，是它们大交欢时发出的快乐之声，理所当然也是最真诚的祝福。女人打着喷嚏半天走不过来，禽兽们留下的气味太刺激了，女人的眼泪都喷出来了，又是喷嚏又是咳嗽，好不容易适应这种气氛，老大的模样又把她吓个半死。老大满脸伤疤，跟戴了一副兽脸一样。

"你怎么这样子？"

"你抓的你忘了，最毒莫过妇人心，瞧瞧你有多狠毒。"

"我真是太狠毒了。"女人扑上去，连她自己都不敢碰那些稀奇古怪的伤疤，"我一直在恨你，天天都在咒你，我真该死，让老天爷惩罚我吧。"

"逗你玩呢，这样子挺好，跟古戏里的大将军一样，戴副兽脸，多威风呀。"

"你别安慰我，我知道是我抓的，我的手怎么就这么狠呢？"

"你抓的那些疤疤早都好了，这都是朋友们的杰作，不打不相识，你以为禽兽就那么容易结交？"

"为什么不用胳膊挡一下，为什么要伤脸呢？"

"痛快呀，你抓我脸的时候火辣辣的跟吃火锅一样，兽爪子抓一下那痛快劲喷喷喷。"

"你怎么这样？"

"我就这样。"

他们躺下去的地方是一个开阔的大石板，跟大广场一样，老大就把女人放倒在大石板上，禽兽们留下的气味强烈地刺激着他们。

"你怎么这样？"

"我就要这样。"

“你这疯子。”

“你也是疯子。”

“我要给你生个孩子。”

“你生吧。”

“我要怀孕。”

“你怀吧，可你不要这么斯文。”

“我已经很野了，你要我变成野兽吗？”

“成为野兽才能过上好日子。”

“你就一辈子待在荒郊野外？”

“我的那些野兽朋友你都看到了，它们对我太好了。”

“比我好吗？”

“你变成野兽吧。”

“我答应你，我愿意。”

“很好，很好，就这样，对，对，就这样，现在我来告诉你，我那些野兽朋友们离开这里时多么希望你能生下我的孩子。”

“它们这样说了吗？”

“它们跟人类一样喜欢孩子，它们跟人类一样总是祝愿自己的朋友早生贵子。”

“它们真的这样说了？”

“它们说得很诚恳，它们把怀孕叫打羔，它们异口同声叫我给你打上羔。”

“你怎么能这样？”

“我为什么不能这样，我就要给你打上羔，以前我是犁你那二亩地，现在我不稀罕那二亩地了，我要把你的肚子弄大，我要把你的肚子弄成喜马拉雅山。”

“我不要山，我要房子①。你把我弄成一座房子。”

“泥房子你都要？”

“老鼠窝我都跟你钻哩。”

“你这是干啥嘛，好好的日子你不过？”

“你过过好日子吗？我问你你过过好日子吗？”

---

① 在新疆，房子与女人是一个意思。

老大不吭声。

女人说："我不给连长做老婆了，我给你做老婆呀。"

女人跟上老大到阿尔泰去了。女人给连长打电话把话挑明了，连长半天不回话，老大就在电话里警告连长："不要惹我家里人，我是啥人你知道。"连长镇定下来了，连长说："你小子咋这么做事，我又没得罪过你。"

"你好好想一想你说过啥话？"

电话断了，连长也想起来了，那是很久以前的事情了，老大要包地没包上，他说了几句难听话。不就是几句难听话吗？连长很快就愤怒起来了，连长想了许多恶毒的办法，两盒红雪莲都抽光了，老大是个啥人他太清楚了。

连长窝在家里几天没出门，再这么窝下去不是个办法。连长当机立断，趁消息还没传开，连长又从奎屯带回来一个漂亮女人。大家就知道连长老婆跟人跑了。大家都知道老大跟连长老婆的故事，连长老婆真的离家出走，还是让人吃惊的。

老大的故事越传越神奇，在那个故事里，连长老婆少女时代就爱上了老大，嫁给连长只为了接近情人，经过一番考验，一对情人跨上骏马，到金色的阿尔泰山去了。

传到连长耳朵里，连长气晕了头，连长一定要老头说清楚，这对狗男女是啥时候串通起来的。老头说："男人和女人的事情谁能说清楚。"

"为啥要这么编排人？上中学时就认识咋不说是青梅竹马呢？一个远在奎屯，一个远在白碱滩，谎都不会编。"

"你打开地图看嘛，看准噶尔有多少白碱滩？"

连长家里就有垦区规划图，钉在客厅的墙上，进门一看就知道是领导的家。地图上有个布帘子，拉开布帘子，从天山到阿尔泰山的山山水水全都在眼前。奎屯河流域有五个白碱滩，离奎屯市最近的那个白碱滩快成市区了，老头一家就从那个白碱滩一路沦落下来，到了最后一个白碱滩。这个臭婊子跟传说中的一样，上学的时候就跟老大串通在一起了，这个臭婊子！

泉 鸣

星星像蛐蛐那样叫起来，老头的耳朵到了屋外。后来星星灭了，冒起白烟，天空苍白，太阳还没有出来。

老头走出阿西尔镇，原野上很清静。卡朗古河冻在冰块里，河滩的芦苇白煞煞，像刀刃那样锋利。风是破碎的，絮絮叨叨，没完没了。

老头爬上河堤，来到杂草丛生的坡地。枯草底下是硬邦邦的冻土，冬天把土夯筑成铁块。老头的脚步声很硬朗，像在踩一口钟上。

老头很快到了山里，耳朵贴着冻土听了很久，泉水在土层里喔喔叫，像吹哨子。山里没鸟，泉水的鸣叫显得格外动听。泉水在土层里有很长的孕期，过了惊蛰，大地变薄，泉水在里边咚咚闹起来，就像秋天果园里熟透的苹果和梨，压弯树枝，一个个坠落在草丛里发出咚咚的响声。

老头一直待到太阳偏西，他没料到这年冬天自己能活过来，泉水就像闹钟，在计算他最后的时间。

老头回到家，把儿子吓一跳："爸，是你呀。""是我，不是鬼！"儿媳端来热水，老头洗脸的响声很大，水洒在地上，袖口湿一大片。儿媳用拖把拖地板上的水。

老头开始喝奶茶，把馕掰碎泡在碗里。馕热乎乎的，很脆，老头对着碗掰，不让碎末子掉桌上。馕被掰开时散出皮芽子的香味，味儿很尖。

老头说："我听见泉水叫啦。"儿子儿媳抬头看他。老头说："像蛐蛐叫。现在它还小，过一段时间它就会顶破土块，像娃娃落地那样'哇'！叫起来。"老头喔喔笑，桌子跟着他笑，桌子上放着他结实的手和胳膊。老头笑过后，喝完剩下的奶茶。老头擦嘴巴，喉眼里嗝儿嗝儿响，响一下老头的脖子挺一挺。

"你到山里去啦。"

"去山里啦。"

"到镇上散散心，不要进山，山里太危险。"

"在山里才能听见泉水叫，山外没有这么好听的声音。"

"爸打过猎，大概遇上猛兽了。"儿媳脸发白，出气很粗。儿子说："爸，你碰到的不是泉水是豹子。你上了年纪，碰上猛兽太危险了。"

"豹子算什么？我想会会老虎呢？好几年没进山了，山里有比老虎更厉害的角色。"

老头刚有兴致说话，儿子就进媳妇房里。老头坐那里抽烟卷，客厅宽敞明亮，院里挤满阳光，窗上的玻璃很薄。

"不能跟石头说话也不能跟儿子说话吗？"

老头有三个儿子。老大在乌鲁木齐，老二在昌吉，最小的儿子在阿西尔镇。老头喜欢阿西尔镇，在乌鲁木齐、昌吉待两天就得回阿西尔。热闹地方就像大肥肉，香味扑鼻，解馋可以，天长地久过日子可不行，非把脾胃弄坏不可。

老头跟小儿子住在阿西尔镇上。老头跟群山草原朝夕相处。老头的心脏很好，身上的部件都很结实，跟银子铸的一样明亮结实。

老头到院子里劈木柴，堆煤块，用砖把煤围住。老头出汗了，汗一出来老头就不难受了。斧子挺沉，老头还能抡得动。明晃晃的斧刃劈进干树根，木屑"呜——"飞出去，木屑带着水曲柳的甜腻和河泥的腥味，木屑就像射出的子弹，弹头挟带着火药的浓香。老头像宰一头大牲口，把树根卸成碎块。这树根在卡朗古河边至少长了100年，早成了精怪。那年发大水，洪水把老柳树连根拔起，树干被人锯走，老头把树根搬回来。要不是洪水谁能把它拔出来呢，它在河底扎满根须，要拔出来可真不容易。树根在老头家里晒了七八年，裂开宽宽的口子。木纹蓄满阳光，斧子仿佛劈在金块上，金星四射。碎木片散出阳光的芳香，亮晃晃堆在煤块旁边。

老头蹲在煤块和柴堆中间，老头是赤褐色的，像戈壁的石块。

老头出汗了，能渗出汗水的筋肉还很新鲜，还能产生力量。体力活对他有好处，解困解乏解闷。老头喜欢激烈的运动。儿子总希望他到林带里散步，儿子给他买保龄球，给他办老年人活动中心的本本子，让他学象棋、桥牌、书法什么的。儿子常常把单位的老干部请到家里，老头跟他们谈不了几句，弄得儿子很尴尬，儿媳拿眼睛剜儿子。老头学不会那些高雅的东西。他是一个猎手。猎手上了年纪就该戴笼头、白白胖胖像个大亨吗？

老头理直气壮兴高采烈。

老头钻进阴暗冰冷的地窖，那些纸箱装满冬果子，果香清洌。老头打开纸箱，在苹果堆里摸来摸去，他手上的感觉并不粗糙，他还能摸出完美无缺光洁浑圆的果子。老头用网兜拎着苹果和梨子爬上地窖。肩上背上沾了不少土，那都是地底三米以下的新土，涂在衣服上一点也不难看，反而像涂了颜料。老头在裤子上擦擦手，裤子也染上了清新的棕黄色。老头色彩斑斓，像一只金钱豹在白桦林里晃动，很耀眼。

老头接一桶凉水，在院子里擦洗那些果子。天空一片淡蓝，阳光闪烁，但天气严寒刺骨，空气中依然散发着冬天的气息，春天刚开始都这样，迟迟不肯露面。老头洗得很细心，苹果上有一层白霜，那是从果园带来的，果霜很香。清水洗过后果子又圆又光，老头把它们一个一个晾在盘子里。

老头想起老伴，老伴死得很及时。老伴死的那年，小儿子参加工作新媳妇就要进门。那年冬天，老伴拆洗被子，腌制过冬的雪里蕻和腊肉。干完这些，老伴就躺下了。老伴咽气前对老头说："换洗的衬衣在院子里。"老伴一定要他把衬衣收进来，老伴温顺了一辈子，临死前很固执。老头不知道老伴要咽气，到院子里去从铁丝上拽下晾干的衬衣，有七八件。老头进屋时，老伴刚刚咽气。媳妇进门，老伴就成婆婆了，婆婆顶多当个帮手不用起早贪黑瞎忙乎。老伴不想让手闲着，做惯的事情不能停住。三个儿子有工作有媳妇，老伴的两只手突然空闲了。那年冬天，老伴把不该干的活都干了。这个胆小的女人知道她过不了冬天，却没有流露丝毫的慌乱，家里人都没有发现死亡降临的迹象。老伴把这些捂得很严实。死亡是自己的事，最亲近的人帮不了你。老伴这辈子干什么事都要他拿主意，唯有对死亡不跟他商量也不求于他。老头心想：这女人一点也不软弱。人只能跟死亡拼一回。老伴对付死亡的办法是不停地干活，不让双手空着，手一空，死亡就跟野草一样来覆盖她。

老头把果子端进屋里放在桌上，屋里顿时鲜亮许多。冬果子的清香醇厚馥郁，老头抓一个苹果"嚓"咬一口。

老头往口袋里装几个果子，朝镇小学走去。老头在铁栏外看操场上学生上体育课，老头走到大门口，门房的小青年说："大爷，你孙子早上中学了，你来这儿干吗？他还要你接送吗？"老头赶忙走开。孙子的学校在街道那边，那里是中学。中学生不需要家里人接送。孙子上托儿所、上小学都是他接送。孙子长大了，孙子快上高中了，用不着他老汉操心。这世界上没有他可操心的事情了，所以死亡来纠缠他。老头往后看，路上是行人和车子。老头知道死亡离他很近。

儿子长大了，孙子长大了，还有那眼泉。总有一天泉水会"哇"地一声落地。

老头总觉得那眼泉水很幼小，要长大很不容易。老头摸着兜里的果子，对自己说："泉眼会圆起来会长大的。"

老头理直气壮兴高采烈。

吃中午饭，老头对孙子说："泉水叫啦听见没有？"

孙子说："地上还结着冰，我怎么能听见泉水叫，泉水不是驴子干吗要叫？"

老头很有耐心，老头说："你长得再高还是我孙子。你上托儿所时才两岁，我接你送你，那时你真小，小得像土里的泉水，混在娃娃堆里，爷爷只能听见你喊叫，半天找不到你。"

老头说："你现在很嫩，在你成熟之前你就是埋在土里的泉水。"

孙子要出去玩，说："爷爷你享清福就是了，电视不好看你就去看我妈排节目。"

老头说："咱爷儿俩一起去。"

孙子说："我不看，没意思。我妈忙乎几十天就想上电视，上电视就拥有春天了？"

孙子说："爷爷你信不信，《春天在我们心中》排演完毕，我妈就进入冬天了。"

儿媳排演的舞蹈《春天在我们心中》要上电视。这些天儿子和媳妇一回家就谈这事，儿子肚子里墨水多，找来一摞一摞的资料给媳妇做参考。儿子给媳妇朗读一部叫《青鸟》的剧本，老头以为儿子要发出啾瞅鸟鸣，儿子读的是诗，老头听不懂。但老头听得津津有味，老头喜欢家里有热闹的气氛。孙子时不时给娘老子泼冷水，说是打预防针，说爸爸妈妈把全部生命都投进去了，节目结束后肯定要失望。

老头说："小小年纪，咋说这种话。"

孙子说："这叫深刻，你总以为我是小孩，现在的小孩比大人聪明，大人比老人聪明。"孙子问他："我聪明还是爸爸聪明？"

老头说："你爸像你这么大时可没这么多怪想法。"

孙子说："这就叫深刻。"

孙子说："爷爷，我这孙子一点不像孙子是不是？"

老头并不生气，孙子确实聪明，就是有点怪。

孙子说："我很佩服你，爷爷。我爸比你聪明，可你比我爸更像个男人。聪明太多拉肚子。"

老头有点激动。

孙子说："爷爷，泉水真的叫吗？像鸟儿那样叫？"

老头说："不，像蛐蛐，湿漉漉的，泉水在泥土里待着么。"

孙子说："我们每年春游都去塔尔巴哈台山，见过好多泉，咋没听到泉水鸣叫？"

老头说："你跟爷爷一起去听吧。"

孙子说："这会儿你能听见泉水鸣叫吗？"

老头说："泉水叫哩。"老头的脖颈挺起来，耳朵像树叶透着亮晃晃的阳光。孙子看呆了，爷爷脸上露出神往痴迷的表情。

孙子说："我听不见，我能听见的时候一定去山里。"

老头要告诉孙子泉水怎么找，孙子不让。孙子说："天机不可泄露，你要说出来我就没兴趣进山了。我一定能听见泉水叫。"

老头说："你能听见。"

人熟透后就跟秋天的果子一样，坠在草丛里发出咚咚的响声；人熟透后跟果子一样散出浓烈的芳香，香味肯定刺激死亡的胃口。

孙子说："爷爷你想什么？生我气啦，我是娃娃你是爷爷，你犯不着。"

老头说："爷爷高兴，你陪爷爷说这么多话。"

这会儿孙子浑身都在散发孩子的气息。老头脖子挺起来，耳朵像树叶透着明亮的阳光，孙子看呆了，孙子看见老头脸上神往而痴迷的表情。孙子说："爷爷，你又听见泉水叫啦。"

老头说："这回可是在你的身上啊。"

"你听错了，那是我心脏的跳动。"

"娃娃的心脏跟泉水一样喔儿喔儿吹哨子。"

"我爸我妈哪有心跳的日子？他们几十年碰一次上电视的机会，就以为心跳了。"

"那是个好机会。"

"那是一场空欢喜，弄不好会心肌梗死"，孙子长长"噢"一声，"我摸对路子了，人自己挺激动，其实一点激动的事情也没有，排练《春天在我们心中》，本身说明他们心中没有春天。人成熟后心就不跳了，人痹了。"

老头说："爷爷听见泉水在你身上喔儿喔儿叫，你还是个小娃娃。"

孙子说："最多叫一年，泉水在我身上是按天来计算的。"

老头说："按天算日子的是爷爷我，轮不上你。"

孙子说："你一天天靠近生命，我一天天远离生命，我多痛苦啊。人长大后要过好几十年没生命的日子，跟钻隧洞一样，光明在小时候和年老的时候。爷爷，你是我们家最幸福的人。"

儿子和媳妇下班回来，孙子说："你们从地洞里钻出来啦。"妈妈打他一下："妈妈排节目，钻什么地洞？过两天彩排，你少泼冷水。"

孙子说："爷爷，你听听我爸我妈身上有没有泉水鸣叫？"

儿子说："泉水在山里不在人身上。"

孙子说："你身上没有泉水鸣叫，咋能说《春天在我们心中》呢？"

儿子说："那是排节目，跟季节没有关系。"

孙子说："没有春天，你们就编一个春天。爷爷听见泉水叫了，你们却听不见。"

儿子说："爸爸，真有这回事？"

老头的脖子挺起来，耳朵像树叶透着明亮的阳光，老头脸上一片神往一片痴迷。

孙子说："爷爷七十八了，能骗人吗？你们神往过吗？痴迷过吗？这是人生的一种境界。"

两口子好像不认识自己的孩子了。妈妈说："你从哪儿学的这些？"

孙子说："不是学的，是我发自内心的感受，小孩最真实么，你们大人都是假的。你们排的节目全在爷爷心里，爷爷最有资格上电视。"

儿子点一根烟，烟夹在手指间，在空中画圆："拥有的人没有机会，什么都没有的人机会来缠你，生活不完美啊。"

儿子对孙子说："你不再是孩子了。"

儿媳说："爸，我们的节目能成功吗？"

老头说："能成功。"

儿媳说："你有，我们没有啊。"

老头说："泉水叫了么，能成功。"

儿媳说："爸的气色比冬天好多了。"

孙子说："爷爷返老还童啦。"

儿子看他好半天，捉住他的手腕子号脉。他的心脏"咚！——咚！——咚！——"，猛烈的震动传遍儿子的全身，儿子吸一口冷气。老头有一副好心脏，老头身上的部件像银子铸的，明亮结实。

老头说："听见了吧？"

儿子说："爸爸的心脏跟发动机一样。"

老头说："那只泉就这样跳，听泉水跳动心里真舒服啊。"老头说这话时像一只老虎，老头看见山谷里升起的老虎的光芒，老头："我也是山里的一只老虎。"老头亮晃晃在屋里走动，全家人都看呆了。

儿子说："爸爸气色不对劲，人哪有这么亮呀？"

儿媳说："返老还童也没有这么亮呀？"

孙子说："爷爷离生命最近，生命还不亮啊！"

儿子骑车去请医生。医生看老头的眼睛，看老头的舌头和牙齿，看老头的耳朵，医生往后退着从远处上下看老头。医生把儿子儿媳叫到院子里，医生说："快给老人准备后事吧。"

两口子大吃一惊。医生看别处。医生说："准备后事吧。"

儿子说："昨天他还爬山哩。"

医生说："那是人死亡前的回光返照。"

儿媳说："他能听见泉水在土里叫。"

医生说："泉水鸣叫？我没听过。不过，人在临死前所有感觉会达到生命的顶峰，特别灵敏。你父亲是个猎手，他能听到天籁之音。"

儿媳说："他在靠近生命，是吗？"

医生说："从生理上讲，死亡是毁灭和消失；从灵魂上讲，那是一个回归生命的过程。回光返照也叫返老还童，那是生命最壮丽最辉煌的时刻。"

儿子说："那死亡为什么如此痛苦，叫人难以忍受？"

医生说："我们都在事与愿违地生活。可你父亲例外，他很愉快。"

儿子大叫："那是他不知道。"

医生说："老人都知道自己的死亡，死亡离他们很远时他们就知道了。"

医生说："给你父亲会诊我感到很荣幸。给这样的老人会诊太幸运了。"

医生说："好多老人临死前会被死亡吓蒙，心理变态，周围的人全都陷入恐惧之中。盛大的丧宴活动目的就是掩饰恐惧。"

医生说："可你父亲不是这样，死亡在他身上简直是一首诗，是一种生命最高层次的享受。"

医生说："我一直跟疾病和死亡打交道，我每天听一遍柴可夫斯基的《悲怆交响曲》，靠老柴的音乐支撑着工作。"

医生说："死亡在你父亲身上就跟诗跟音乐一样，你父亲太美好了。"

医生不收费，临走前又进屋看了看老头。

搁置杂什的房门大开，两个木工从里边搬出干好的柏木板。接着刨子在板上一下一下推，吐出曲卷的刨花，吐出柏树干爽的气息，柏木的香味有厚厚的油质。

柏木板子好几年前就锯好搁着，在房子里慢慢阴干。棕红色的木料就像阳光的皮肤，结实光滑清爽。木工活路娴熟，老头感到他们是在修造一门大炮。他曾是个出色的猎手，他一辈子都在群山的怀抱里发射枪弹，他理所当然应该被射出去，被射入泥土。射入泥土一定很有意思，泥土会发出沉郁的呜咽声，泥土要咽下他可不那么容易，他将噎住泥土的咽喉，他太结实了。他的心脏和全身的部件都很结实，跟银子铸的一样。他不是子弹而是一发炮弹，这发炮弹将在泥土里啄出黑沉沉的弹坑，他不是躺在墓茔里而是躺在大地的眼窝里。眼窝陷得很深，因为他的脑袋实在太重了。

打猎到了炉火纯青的地步，并不是打了多少并不是要野兽的命，而是让子弹准确无误地打开动物的窗口，猎手要在动物中弹的瞬间，亲眼看到动物那双内在的眼睛。动物的全部都在那一闪即逝的光亮里。猎手的一生都在收集这些原野之火，直到天才的火焰把自己化为灰烬，然后封枪走出山谷。

老头七年前走出塔尔巴哈台群山，他世代居住在阿西尔的原野上，他属于群山属于岩石。卡朗古河在原野尽头变成小虫子，他在平坦的原野上越走越小，他穿过阿西尔小镇走进家门，常常感觉不到自己。阳光从屋顶倾斜而下，他又出现在阳光的斜面上，他知道这是阳光变暗了。他想山地的岩石和树林，想那些野兽。岩石、树林和野兽都是实在的东西，老头就是这些东西堆砌而成的。封枪居家的日子就不同了，老头像一只小虫了，只能在阳光柔和的时候才能从空气里冒出来。这回，他们做好棺木，把他装进去用泥土封住，他别再想钻出来。棺材是风干的，木料不会发芽。老头心想：我在地底下不会有泉水那么好的嗓子。

老头从木工的工具包里找出一根长铁钉，老头说："用这个可不行。"铁钉有七八寸，跟小攥子似的。木工看着老头，停下手里的活计。

老头说："用铁钉不牢，甩木钉。"

木工说："现在都用铁钉，我师傅那辈人做木钉。"

老头说："正经棺材都用木钉，铁钉日弄爷爷哩。"

木工说："大爷，你是行家。"

老头说："自己的窝自己操心。"

两个木工一起抬头看他，他们很惊奇。

老头说："我的寿衣也是正经寿衣，不是冒牌货。"

木工说："大爷说给我们听听，开开眼。"

老头猫腰从树墩上下来："正经寿衣是丝绸料，跟娃娃衣服一样，不用扣子用带子系，不能系得太紧，太紧娃娃就不长喽。"

木工说："大爷，老人在棺材里还长吗？"

老头说："埋进土里的东西都长哩。"

两个木工吐舌头不再问。

老头喜欢刨子刨木板的声音，刨子嗖儿嗖儿，老头就像听泉水的鸣叫。树是喝泉水长大的，有泉的韵律。老头伸手摸未经刨制的棕红色木板，手指底下全是清爽的泡沫，泉水奔流时就用泡沫唱歌。老头的手和木料都很粗糙。

这些木料一直在他身边待着，他不感到孤独不是因为有儿子有孙子，而是搁置在破屋里的木料。木料是他亲自选定的。在塔尔巴哈台山的阳坡上，他看中了这棵柏树。那时它有水桶那么粗，是棵百年老树，儿子们拖回家时，柏树的幽香飘满阿西尔小镇。后来，树被锯开，堆放在搁置杂物的破房子里。刚开始，老头常进去看看，这堆木料要陪他入土，等木料干好以后，他就很少进那破房子。木料躺在尘埃里，好多年寂静无声，老头的日子很安静，他忘记了搁置在一边的木料。木料一天天干爽起来，木纹不再流动树液，木纹裸露出光滑硬实的一片赤棕，色泽沉郁纯净，在阴暗中闪烁幽光，它们一天一天在接近老头的皮肤，它们喷射出的气韵竭尽全力使老头与大地重合。在山里时，它们的根往泥土里扎，现在，它们的根扎在老头身上。老头把它们锯成板子，是让树适应自己的身体，树把他当作一片新天地。树离开群山以后，在他身上长得很结实很顺溜。老头一直过着安稳日子。

我应该早早知道柏树的好处。柏树是那种沉默寡言的树，柏叶粗拙，像骆驼蹄掌，伸在天空，沉重而无声。这些年，柏树在老头身边只是隐隐地震动，老头半夜梦醒，常常感觉出一个黑乎乎的物件向他靠近，嗡响化为一片耳鸣，老头疑心是窗外夜幕的摆动声。柏树生长缓慢，树梢抵上他的脑壳时，老头感到它的冲劲很大，非掀翻他不可。老头并没意识到，自己早已跟柏木打成一片，自己的躯体一天一天在背叛倒戈，胳膊腿儿不听使唤了。

老头说："我老汉上了年纪，可不会颠三倒四，我自己能拿住自己。"

老头感到需要到外边走走。街舍昏暗，并且静得出奇。镇上的人都在看他，他们也很静，他们脸上没有表情，眼睛没有表情，他们在看一个将死的老人。这件事镇上人都知道，近千人的小镇大家彼此很熟，大家看着他。

路边房子少了，行人少了，小路跟原野混在一起分不清楚，老头常常走进草窠里，枯草湿蒙蒙，好像出过汗。混沌的空气中微微散发着一股牛羊粪的苦涩气味。老头只能看见十几步以内的东西，他可以感觉到薄雾后边无比辽阔的原野。枯草"刷刷"响动，只有老头一个人在走。老头看见马三娃的牛群，那些牛一动不动，身上黑一块白一块，像黑白相间的剪贴画。马三娃老头蹲在地上一口一口地吐烟团，烟团根本看不见。老头走过去的时候，马三娃抽他的烟，双手抄在袖筒里没吭声。老头看看吃草的花牛，往里边走，老头踩踏枯草的声音很像牛在吃草。灰灰的雾气是一道布帘子，揭开就能进去，进去就能找到他要找的东西。老头又看见马三娃和牛群，原野很大，老头又转回到原地。

马三娃说："你想走出阿西尔？"

老头说："棺材这几天就做好了。"

马三娃说："你还能活几年么，急啥？"

老头说："这把年纪，随便哪天就能死掉。"

马三娃说："你在给自己找地方，是该找一块好地方，那可不是一辈二辈的事情。"

老头说："那不是一辈二辈的事情。死有开始没有结尾，跟活着不一样。"

马三娃说："活着是一天一天长高，高得不能再高了就缩回去了。死就不一样了，要流进河里，越流越宽。"

老头说："你说死跟泉水一样？"

马三娃说："水从泉里流出来，越流越宽。"

老头说："噢——水是从泉里流出来的。"

马三娃说："你听到什么啦？"

老头说："我听见泉水在山里叫，跟蛐蛐一样。"

马三娃说："你是该做棺材了，有木料吗？我是现成的。"

老头说："我是柏木的，四寸厚的板子。"

马三娃说："咱给儿子盖房子娶媳妇，他就得给咱做棺材。"

老头说："那是咱们最后一间房子。"

马三娃说："要最好的木料。"

老头便给马三娃讲棺材的学问，比如不能用铁钉而应该用木钉，马三娃吃惊好几次。马三娃说："你一辈子可是杀生的啊，能听见泉水叫？"

老头说："我是超度它们。你也能听见泉水鸣叫。"

马三娃说："你说我能听见泉水鸣叫？"

老头说："你放了一辈子牲口，你养生，你能听见。"

马三娃说："咱俩是冤家。"

老头说："你养生，我杀生。"

马三娃说："可我活不到你的寿数，我比你小十来岁，阎王爷就缠上我了。"

老头说："你让牛蹄子踩它，豹子都怕牛蹄子哩，阎王爷有豹子厉害？"

马三娃说："牛蹄子帮不了我的忙，账都是自己还，儿子孙子帮不上忙。"

老头说："你也知道这个，知道就好知道就好。"

马三娃说："你一点也不像要死的人，临死的人我见多了。"马三娃抬头看他。老头刚抽一口烟，半张着嘴让马三娃看他，烟团跟他灰白的呼吸一样。马三娃说："要死的人爱凑热闹，阎王爷要费好大劲儿从活人堆里把他拉出来。"

老头说："阎王爷会不会找错人？"

马三娃说："他跟大家混在一块儿就是想迷糊阎王爷。"

老头说："是阎王迷糊他，阎王爷把他跟活人放在一起，趁他迷糊的工夫，阎王爷的小鬼就把他叫走了。"

马三娃说："你是杀生的，你的话有道理。"

老头说："猎手都是在野兽玩得最痛快的时候开枪，野兽高兴起来就会忘掉有猎手存在，以为自己离死很远。"

马三娃说："你很有经验，离人群远远的。"

老头说："我找的就是谁也没去过的地方，到那里把它找出来。"

马三娃说："啥东西？"

老头说："人的最后一样东西。找到它，叫它看看我是什么样的人。"

马三娃说："非得让它看看你？"

老头说："得让它把我显示出来。"

马三娃说："我知道你说啥了。你不打猎了么？"

老头说："我还要进山，枪还好着。"

马三娃说："猎人的枪不能空着，你放掉最后一枪不是破规矩吗？"

老头说："我不破老规矩。"

马三娃心想：他想耍刀子，他不是耍刀子的年龄了。

老头说："你这些牲畜太好了，你天天守着它们，你一直能看到它们。我要费好大劲，才能看到我的野兔我的熊瞎子我的野鹿我的豹子。"

马三娃说："还有你的老虎。"

老头说："你说啥？"

马三娃说："你打死过老虎，大家才知道你是出色的猎手，你忘了？"

老头说："那是好多人干的事，跟我没关系。"

老头不吭声了，老头望着白雾上边黑沉沉的群山，老头在想他的猎物。马三娃说："你应该进山看看它们，见上最后一面。"老头流泪了："我要看它们，它们是我的朋友。"老头的睫毛被太阳晒没了，眼睑红红的，流下来的泪很难看。

马三娃说："我得让这些牲口陪我到最后一刻，阎王爷打上门来的时候，谁也帮不了我，儿子孙子他们跟死亡没关系，跟我更没关系。可牲畜们天天跟我在一起，它们在我手里生，在我怀里死，它们跟我好几代了，它们陪着我，阎王打上门来我就不会失态，不会丢人现眼。"

马三娃说："没有比临死前犯迷糊更丢人现眼了。"

老头打完猎，给枪上好火药，猎枪不能空着。最后一枪留着下一次打。他的三个儿子都跟他进过山，他们打过野兔打过黄羊，他们上中学以后就不进山了。老头那时就觉得留最后一枪没有意义。他是最后一个猎手，儿子们都不想步他的后尘。他打猎，用野兽的肉喂养他们，用兽皮卖钱送他们上学。他们从阿西尔上到塔城。大儿子二儿子一直上到乌鲁木齐，并留在那里工作安家，远离他的枪声。小儿子从塔城回来，在镇机关工作，有时陪领导打野兔玩玩。打野兔不用进山，阿西尔的农田里就有，农田以外的草原上野兔子更多。

老头一直盼望儿子问他，为啥不放最后一枪。这一枪是给儿子的，最后一枪不打野物，儿子开口问，这　枪就算打响了，猎手便后继有人了。三个儿子没一个开口问那支枪。

大儿子在乌鲁木齐很有出息，去年，电视上放过一段记者采访大儿子的镜头。记者问："你的勇气和智慧是从哪儿来的？"大儿子说是塔尔巴哈台山给的。这句话谁都会说，如果就这一句，大儿子就不是大儿子了。老头当时把小板凳往电视前挪几下，心里呐喊：娃娃，这么说话人家要笑话。这样的回答太多了，大家听腻了。大儿子说："跟父亲打猎时我学到男人的一切，有句话叫男人的智慧在腿上，猎手是双腿走出来的。两条腿不但要穿过密林大山，而且要找到猎物，扣扳机其实很容易。我那时学到的东西远远超过四年大学生活。"记者问："那你对上大学作何解释。"大儿子说："大学就像个钻探机，打个洞，里边的能量全都出来了。关键是自己有资源，开发才有意义。"儿子们不但知道那支枪的价值，而且知道如何使用它。老头心想：他们只能享受一次，以后就再也没有了。

　　老头爬不动山了，老头把火药和铁砂灌进枪筒。火药用铜箩筛过，干细光滑，味儿如同芍药。老头用皮子把枪裹好，放进木箱。那天，老头感到需要到外边走走，阿西尔原野从山脚伸向远方，卡郎古河"刷刷"抖动，像泥土暴起的青筋。明天，阿西尔人就听不到老头的枪声了。老头很快扫一眼群山遒劲的轮廓，低下头。老头想象不出明天的山谷将是何等寂静，森林、草原、黄昏的落日、奔跑的野兽都会失去活力。没有猎手的山将会是什么样子？那天，太阳像匹骏马在草原上奔跑，老头坐在青草地上，梦见野兔、熊和豹子。它们长结实才跟他较量，它们知道他是收获者，但它们没有畏惧心理，它们长结实以后，总会来找他较量。它们知道他有一把钢刀和一支火枪，它们被击中后，火药的青烟就变成猎物的芳香。猎物倒在林子里，仿佛秋天成熟的庄稼。老头摸猎物的大脑袋和圆圆的眼睛，那眼睛里的光已经不是动物自己的了，而是太阳的反光。猎物的筋肉在钢刀下鸣叫，林子出奇的静，鸟儿仿佛成了树叶，猎物的肉在刀下叫得很好听。那正是太阳落下去的时候，又红又大的太阳从山岩上滑落下去，太阳娇嫩无比，连喘息声都没有，太阳静得出奇。老头朝山顶看一眼，太阳的肚脐眼真圆啊。岩石把太阳剥光了，又红又大的太阳像个美妞，任凭岩石破她的身子。老头的钢刀像小鸟在猎物的身体里欢叫。太阳又红又大，太阳瘫了，软绵绵往下滑落，那副融痛苦与幸福为一体的神情令人神往。沉落的夕阳勾勒出群山锋利的轮廓，这是群山最高傲的时候。老头特别喜欢群山这种自信和高贵。群山魅力无穷，每一次都使太阳神魂颠倒。太阳受孕以后，给群山生养出老虎、豹子、熊瞎子和黄羊，他的火枪一直响着，他的钢刀跟翠鸟一样在猎物结实的筋肉里欢叫。钢刀打开它们的身体，放出生命的气息。

太阳真了不起，太阳每天都给岩石献身，岩石每占有一次太阳，群山便增添一分自豪和刚毅。

干我的活吧！老头把手下的猎物翻个个儿，钢刀哗哗响着，泉眼大开，老头的双手沉浸在热血中。太阳每天都来，太阳不会叫群山失望，太阳从远古以来就给群山增添勇气和自信，老头心想：我是最后一个猎手。在他以后，还会有人进山打猎，可那不是跟动物较量而是谋害。那些人并不让动物显示它们的勇气和胆量，那些人总是几十个把林子围起来，用自动步枪和冲锋枪扫射，把动物打得千疮百孔，野兽没有显示自己的力量、美和勇气，人同样没显示这些，死亡出现得窝窝囊囊。死亡本来是一件动人心魄的大事情，生命归于沉寂的瞬间，人应当把自己全部显示出来。

真正的猎手消失之后，人也就消失了。老头封枪那天，儿子们帮他刷皮子，老头不停地暗示他们。儿子们干活儿，没人理他。这事儿不能挑明，好事儿一经说破就不会成功了。老头想在封枪那天，到山里去打一只豹子或熊。老头要儿子们亲眼看着，然后他一个人靠近猛兽扣动扳机，然后拔出刀子扑向猎物。野兽中弹不会马上就死，至少要折腾半小时甚至更久，野兽中了致命的 弹就不再跟人搏斗，野兽跟人一样对死亡格外敏感，死亡缠身，它就全部投入决不让死亡小看自己，野兽比人更看重死的尊严。真正的猎手打中野兽后，便丢下枪，拔刀相助，与野兽一起完成死亡。不能让死亡一口一口地吞噬你，不能让自己的身体僵硬发冷时迎接死亡。这一点很重要。封枪那天，老头要儿子们感受这一切。这些事情不是用嘴巴可以说清楚的，生命和死亡非要亲自体验不可。老头一直等这一天，把猎手最有价值的东西完美无缺地注入儿子的生命。死亡跟生命一样不可避免，但要保持尊严和体面很重要。

儿子说："爸，你看我们兄弟不是活得很好很体面吗？"

老头说："有些东西非让你们知道不可。"

儿子说："你在打猎中体验到的，我们在自己的事情当中也能体验。"

老头说："城市那些洋玩意儿？它们离大地太远了。"

儿子说："山里没多少东西了，以狩猎为生的人快没了，特别是你这样的猎手。打猎完全成了大家的娱乐手段。"

儿子说得似乎也有道理，但老头心里总堵着一样东西。几年以后，老头在电视上看到大儿子回答记者采访时，多次提到阿西尔镇和塔尔巴哈台山，儿子跟那些大地方的人一样，在山里尝尝野味，吃饱后又回到城里，把群山当作一种回忆。儿子们在城里靠回忆生活，老头对回忆毫无兴趣，他所关心的只是眼前的现实，阿西尔原野及其周围的群山草原，还有那个需要他照顾的婴儿般的山泉。他无须实实在在地活下去，在他身体的部件结实管用的时候，让死亡降临，就是这么回事。

棺材停在院子当中，像远方驶来的一条大船。木工让他看，活儿很精细，板子刨得很光，阳光落满院子。老头说："跟太阳的皮肤一样。"木工开始上漆。老头需要回避一下，儿子在这里照看。老头进屋里看着外边大片的阳光很难受，阳光照不进墓茔照不进棺材。屋子跟棺材多么不同啊，屋子不拒绝阳光，阳光像一团蜜蜂叮在窗户上时，老头听到了阳光的嗡鸣声，阳光的气息甜腻腻的。

老头从木箱里取出火枪，火枪乌亮结实冰凉，老头用许多皮子包着它。老头取枪时先揭去一张一张皮子，这样老头就跟他的黄羊、野鹿、棕熊、豹子和狼相会了，老头一下子感受到它们的优美和强悍。它们来帮他对付死亡。但他把它们一个个放在一边，他的手指先碰一下黑红发亮的枪托，接着伸向枪筒，枪筒修长，老头把手指塞进枪口，老头心里说：手指头塞进去会咋样？会打出去吗？打猛兽用的铁键就像他的手指，一下子能揭去猛兽半个脑袋。手指拔出后又冰又硬，真跟打猛兽的键条一样。老头没敢碰扳机，那是火枪最敏感的部位，老头怕火枪响起来。

这支枪什么都不缺，里边填满干燥的火药，铁键埋在火药里，它憋足了劲儿。老头把枪平放在床上，它躺在上边真是条汉子。这东西上不了年纪，最多坏几个零件，修一下就能跟野兽较量。

枪躺在床上，老头看那些皮子，最好的皮子不卖，猎手自己留着。老头看它们就像美貌的妇人欣赏心爱的服饰。尽管老头对回忆不感兴趣，但他还是很清晰地回想那些黄羊、棕熊、豹子和狼。它们总是跟一个山谷或一片林子联系在一起。老头尽量不去想老虎，因为老头跟老虎从没较量出高低。他打死过一只老虎。死亡说明不了什么。因为老虎的死使老头体验到人世与自然的根本不同，这里不以成败论英雄。大家视他为英雄，他没有英雄的感觉。他把老虎出手卖掉，连一根骨头也没留。他的钢刀没碰老虎，那把刀剥过棕熊剥过豹子剥过野猪；跟火枪一样，刀子的尽极之致是兽王老虎。刀子渴望破开老虎的筋肉，刀刃撞击兽王的肉体便会发出美妙绝伦的鸣叫。老头知道：那是真正的泉水，那是他梦萦魂绕的尽极之致。老头打中老虎以后，按老规矩，丢下火枪拔出刀子，跳到老虎跟前，老头看见老虎的左腮不见了，老虎用舌头舔右脸的血，血浆糊住老虎的眼睛。老虎觉察到逼过来的猎手，老虎要自己对付死亡，不让别人插手，老虎很屈辱地大吼一声，猎手连退几步，吹响桦树皮做的哨子。这是向其他猎手求救的信号。老虎不但撕碎了死亡，还在寻找猎手较量。林子里全是脚步声，赶来帮忙的猎手至少有六七个，六七条火枪同时开火，老虎从半空坠落下来，老虎的胸、腹破开好几个洞。猎手们向他祝贺，然后离开。老头走到老虎跟前，死亡比他早一步进入老虎的生命，那一刻，钢刀失去了闪闪的寒光，老头感到孤独。他没有感觉到老虎的生命也没有感受到老虎的死亡。真正的较量应该是猎手与老虎一起战胜死亡。

老头知道自己还没有经历过真正的较量。老头跟师傅打猎时，亲眼看见受了致命打击的老虎蹲在林子里，猎手们慢慢围上去，老虎打呵欠似的张开嘴巴，其中一个猎手当场吓傻了，老头一下子见识了老虎的雄风。老头跟其他猎手站在几十步以外，师傅一个人走到老虎跟前，揪住老虎的下巴用力拉，把老虎摁在地上，另一只手把钢刀放进老虎的咽喉。刀子在里边叫起来，血浆很有节奏地从刀口的血槽里射出来，老虎的嘴巴也红了。但血从嘴里流不出来，师傅摁着那里。师傅把刀子放进它的咽喉是想听刀子的响声。刀子全部飞进去后，只能看见刀柄在动。老虎开始蹬腿，师傅前弓后垫，老虎把劲儿全蹬进师傅的双臂，这时，老虎的眼睛亮起来，金灿灿的光芒照亮整个山谷，如同落下来一个太阳。老虎的光芒笼罩群山，老虎在它的光芒里结束了生命。当时谁也没有想到这是死亡的帷幕，简直可以跟太阳的光芒媲美。师傅松开手说："它死了。"师傅抬起头，大家都抬起头，老虎双目圆睁，瞳光直射天顶，老虎合上眼的刹那间，大家仿佛看到金色耀眼的瀑布从太阳里落下来。然后是沉寂，是宽阔的河流在翻滚美丽的死亡。

屋外一片惊叹声，老头出去看他的棺椁。刚上完漆，棺木亮闪闪像只老虎，很有气势。

木工说："每天上一道漆，上七天。这是我最好的手艺，上好以后晚上都有光亮哩。"

老头很高兴，街坊邻居祝贺他，说这是阿西尔最好的棺木。

木工说："大爷，晚上你可以用手摸摸。"

晚上油漆晾干后，老头用手去摸，又光又冰又硬，像摸瓷器。

木工说："这是山里割来的土漆。"

画匠说："等上了画棺木就活了，能跑。再垫上灰包，大爷你就像坐软卧车厢。"

灰包很讲究，要草木灰。阿西尔镇都烧大块煤，有人给儿子建议：弄些干草点火一烧不就是灰了。儿子说不行，一定得要烧过饭的灰。儿子和媳妇到村子里去收灶灰，还有牧民烧过的牛粪灰。

那些日子，儿子和媳妇一边排节目一边准备老人的后事。节目很成功，简直有点出乎意料。儿子在总结成功的经验中写道：当时，家里笼罩着死亡的气息，父亲一个人跟死亡搏斗，我们不知不觉加入父亲的行列。尽管他拒绝我们，但他毕竟让我们见识到死亡的威力和美妙。父亲是阿西尔最后一个猎手，我问他为什么是最后一个，父亲说："山里没有老虎了，所以也就没有猎手了。"我猛然感觉到，这是我们的最后一个春天，我爱人当时也感觉到这些年为什么恐慌不安。青春从我们生命中开始退潮，我们听到了哗哗的水浪声。我对爱人说："不要惊慌，这种时候要拿得住自己。二十多年前，当春潮涌到我们身上时，我们惊慌不安，可现在千万不能惊慌。"当你意识到事情不可避免时，要知道这是你一生中最高贵最有力量的时候。尽管父亲很烦我们，但我们竭尽全力接近他，因为父亲所面临的是一种超越青春超越生命的力量。父亲说："山里没有老虎了，所以也就没有猎手了。"父亲面临的是一种超越死亡的力量。青春离开你，但春天还在；生命离开你，你还有儿子；死亡来临，你可以咬紧牙齿不慌不忙显示一个男人的气概。而父亲是一个猎手，山里没有老虎了，猎手何为？父亲面临的力量在生与死之外。

儿子和媳妇就是这样演唱《春天在我们心中》。

天没亮，老头听见泉水曜儿曜儿叫。老头进山时身上散着睡眠的醇香，老头好几年没睡过如此芳香四溢的好觉了。老头看见泉水开着一朵高高的青色的花，他满怀情爱，久久凝视着这朵青花。花茎又细又长跟鹅颈一样，黎明前的天空又高又深，群山沉静而悲哀，老头从未见过群山这副神情。

群山好多年没有老虎了。群山没有老虎的光芒，森林没有老虎的长啸，猎手心灰意冷，封枪不干了。火枪装在木箱里，用兽皮裹着。老头给木箱上锁时就感觉到死亡的气息，老头把死亡当作比老虎更厉害的角色，老头在自己的意识里不能没有老虎，这样，死亡就上了老头的圈套，跟老头纠缠了整整十年。死亡没有他想象的那么厉害，他还可以跟它周旋下去。于是，老头想起消失的老虎，这是无法医治的伤口，非要老虎的舌头吮舐不可。死亡要真是一只老虎，二三个回合就可以跟老头决出胜负，绝不会是漫长的十年。死亡顶多是一头熊瞎子，有一身蛮力但却很笨。猎手为了掏取高质量的熊胆，先打掉熊的双眼，延长熊发怒的时间，怒气越大越久，熊的胆汁越多。猎手掌握好火候，在熊胆饱和的时候，用刀切开熊的身体，掏出熊胆。

老头把死亡这只熊瞎子折腾了整整十年。死亡已趋于饱和，汁液充沛，而且是优质。

山谷刮出一股冷风，老头心里一惊，爬到坡上。夜幕正在散开，山谷又深又暗。起先，老头以为是群山在呼吸，风往往是岩石呼出的气，地上的干草瑟瑟发抖。雪地里那些又黑又瘦的树木嘎嘎响，老头听到树枝落地的声音，灰白的天光从山顶升起，老头看见奔跑的野兔，狼在后边追着，山坡亮起来，火红的野兔消失以后，狼仍然在追，狼也消失了，灰暗的林子里走出一头棕熊，积雪咯吱吱咯吱吱，山坡开始颠晃，这是猛兽出现的征兆。老头以为是豹子，老头没想到是老虎。

片刻工夫，老头就看到了他熟悉的野兔、狼和熊，要是看到豹子的话，他就很满足了。老头简直不相信自己的眼睛——山顶升起老虎的光芒，光斑在天空展开，黑黄相间。老虎的斑纹从天空照射下来，刺疼了老头的眼睛。老虎的光芒简直像剑，从天空劈下来。天就这样亮了。老虎从山脊上一跃一跃奔过来，岩石水浪一般涌起跌落……群山朗润了，岩石神采飞扬，山脉延伸到远方，把草原和沙漠围起来。

那天早晨，老头没有看见太阳，在太阳升起的地方跑来一只老虎。正是这只老虎，那年曾被老头砍得鲜血淋漓，它大吼一声，一跃而起，跃到天上，把兽王的美妙雄姿与威力全都显示出来。老虎从他头顶很高的地方扑过去，老头知道，老虎在扑它意念中的猎手。老头激动得发抖，老虎把他当成意念中的猎手，跟老虎较量的人，理所当然头顶青天脚踏大地，很值老虎勇猛地一扑。老虎的前爪撕开青纯的大气，轰隆一声扑进蓝天，气浪高高溅起，击落厚厚一层松枝。老头一直记着师傅与老虎较量的情景，那是猎手真正的较量。他打死一只老虎，根本算不上一次较量，那是六七支火枪轰死的，他的钢刀没放进去，老虎的身体就发冷发硬，应该让刀刃在老虎强健的肉体里叫起来，像刀刃在熊和豹子的身体里欢叫一样。几年后，老头在靠近国境的森林里遇上一只老虎。猎手与老虎同时发现对方。老虎往前一蹿，离他不到30米，老头撂下火枪，拔出二尺长的钢刀，整座森林映照着老虎金灿灿的亮光。老虎的光亮太刺眼了，老头把刀子竖在眼睛跟前，刀口向外倾斜，老头把刀刃的寒光射过去，寒光嘶嘶叫着，碎裂成白花花的光点。这时，老头看见老虎眼睛里又圆又大的瞳仁，老头觉得那双瞳仁就像飞旋的车轮的中轴，把老虎的威力撑向四野八荒。老头没有惊慌，只是把身体的重心往低压了压，因为他发现自己的重量跟老虎无法相比。他听见老虎雄健的脚步声，地壳很薄很脆，老虎把大地踏得轰隆轰隆响，好像它很久以前就在大地深处躺着，就像一个婴孩蜷伏在地心里，节奏缓慢而有力。咚！咚！咚！大地的血液要喷出来，江河一般呼啸着，大地的吼声从老虎的舌头上滚出来。老头双手攥着刀子，把刀高高举起来，一直高过头顶，刀口朝上，老头感觉到刀子进去了，他听到刀子短促而尖利的叫声，跟岩石破开太阳一样，刀子从老虎的胸口一直划到腹。老虎从老头头顶很高的地方扑过去，树枝纷纷落地，森林被老虎冲出一个洞，太阳亮晃晃贴在那里，太阳就是洞口。老头听见老虎在太阳洞里轰隆轰隆的脚步声，老虎到什么地方都这么走路，迈着虎步，刮着雄风。老头前弓后垫，举着刀子。这种架势持续很久，然后他倒下去，仰躺在森林里睡着了。

老头醒来，看着老虎冲开的洞，自下而上斜斜的直通太阳，把天空也捅破了。老头知道他遇到了什么样的老虎。从刀口上看，老虎并没有受到致命伤，老虎纯粹是往外扑，老虎的前爪和尾巴没有击打他的脑袋和肩膀，而是击落了碗口粗的红松的枝干。老虎把他当成意念中的猎手了，无论是人还是野兽，都不想置对手于死地。那不仅仅是尊重对手，重要的是没有对手后，你将何为？于是，老虎从大地一跃而起，跃入蓝天，老虎便成了猎手意念中的兽王了。

老虎不管到什么地方，从不减弱王者之雄风。

猎手与老虎的心就这样沟通了……老头躺在地上，凝视森林上空的洞口，太阳一动不动停泊在那里。老头听到老虎在太阳甲板上的脚步声，老虎肯定也看见了躺在地上的猎手，猎手在它猛扑时没有后退一步，猎手把刀子放进它的胸口，老虎一下子听到自己的心跳。九尊之上的王者从未遇到令它心跳的事情。钢刀鸟儿似的飞进它的身体，老虎听到了刀刃在自己肉体上划出的劲歌。老虎就需要这种刺激。仿佛远古时期的冰川，钢刀把巨大的冰凉泼在老虎炽烈的身体上，老虎的火焰一蹿千丈，直上云霄，老虎真正体验到王者的威力和美。它的对手躺在地上，这种躺是一次真正的起立，因为猎手从老虎的意念中走出来了。老虎看见猎手摇摇晃晃走到松树跟前，从树下拣起火枪，扛在肩上。那枪真长，枪筒乌亮简直是一棵云杉。老虎知道它遇到的是什么样的猎手……猎手是下意识扔掉火枪的。猎手扛着火枪走出森林才意识到他多么喜欢这只老虎。几天后，从山那边传来消息，人们发现一只受伤的老虎，那里的人在羊肚子里下了毒药，老虎中毒身亡。猎手赶到山那边，那里正开庆功会。猎手看到僵卧在地上的老虎，小孩在老虎身上爬上爬下，吐唾沫，用棍棍子捅老虎的鼻孔和耳朵，老虎面目狰狞，猎手还能闻到毒药发作后的腥臭。猎手脸色发白，走到外边"哇哇"直吐，把肠子翻个个儿。猎手走进大山，群山皮肉松弛，像个年老珠黄的娘儿们，群山、草原和森林，没有老虎的长啸，一下子衰败了，猎手体会到了真正的死亡，它在一切死亡之上。

……直到山发出低沉的呻吟，老头走进山谷，泉水曜曜鸣叫。这时，他看见老虎的光芒，在破晓的天外，老虎从太阳里飞蹿而出。这些年，老虎一直在太阳洞里积蓄力量跟老头较量。老头又成了猎手，老虎一直把他当作意念中的猎手，老头很自豪。老头知道这次较量非要他的命不可，但他喜欢这种死亡。老虎真了不起，老虎知道如何对待真正的对手，老虎要不来，老头真不知道如何对待死亡。这下好了，老虎从太阳洞里一下蹿了出来。

这天，老头在山里待很晚才回来。老头对老虎说："老伙计，我老汉七十八了，不带枪不行。"老虎笑了，老头看见老虎额头上那个遒劲有力的"王"字。

老头推门就看见院当中的棺材，好多人都在看。画匠站起来，让棺材的主人过目。装饰后的棺材栩栩如生，上面绘有树木河流，树的枝叶坚劲如钢。画匠说"这是虎啸山林"。林子里有一道金光。画匠说"这是老虎的光芒"。兽王的雄风和威力全显示出来了。老头很满意。

这一夜，老头睡得芳香四溢，没有做梦。

天亮了，老头带着火枪离开阿西尔镇。卡朗古河快要挣脱冰块的束缚了，老头听见自己的脚步咚咚落在地壳上，大地如钟磬般发出嗡鸣声。

阿西尔，阿西尔，我是老虎！我来了。阿西尔，阿西尔，你有老虎啦！

老头看看火枪，老头知道他成了猎手。猎手看见他青色的灵魂从泉水中长出来，那是群山春天的梦。

山顶上，太阳真像一只老虎猛扑过来。

猎手在岩石上坐好，火枪顶住他的下腭。猎手对自己说："我找到了你，老虎。"猎手用脚扣动扳机，"轰！"一声，猎手的脑袋飞起来，坠在地上。脑袋太沉，在那里砸出一个深坑，泉水咕噜噜流出来；泉水冰冷，仿佛浸进骨头里的刀刃。

水 羊

1

风在阿尔泰荒原坚硬无比。到福海边就软了。女人们在荒原上怀儿子，在福海边怀丫头。风吹过的地方长出草原、森林、庄稼，也长出沙漠和戈壁，风带来一切。

风吹进妈妈的身体，妈妈就怀上了她，妈妈便到葵花地里抓松软的黑土。妈妈捧着黑土走出葵花地，正赶上风从荒原上往福海里吹。风在妈妈手上舔一下，黑土"呼啦"就散开了，像散开的黑头发。

黑头发落进海里。

海浪像一群白羊。

妈妈说："你的头发是风从草原上吹来的，你的脸是又白又净的海浪。妈等到天黑，可是没看到你的腿。"

妈妈说："腿在水里，眼睛看不见。"

丫头从懂事那天起就到福海边看，丫头只看见海浪。海浪疾驰如马，浪花像马鬃潇潇洒洒地散开；海浪飞翔如鸟群，向新大陆迁徙；快到陆地时，鸟群收起翅膀成了亭亭玉立的舞女，脚尖踩出优美的旋律。这是海浪最美妙的时刻，因为它有一双修长的腿。后来，那些优美的腿消失在岸边的草丛里，因为海浪在那里开始啃水草。海浪变成了一群白羊，而羊腿是弯的，又弯又短。

2

羊群归来的时候，牧草把它们刷成黑的，牧羊人把它们赶下水，跟海浪里的白羊交换，这样就能挤出芳香四溢的奶汁。

牧羊人躺在岩石上抽烟，烟团青青，仿佛岩石的呼吸。天空哈出一朵朵白云。高高的海浪一会儿疾驰如马，一会儿飞翔如鸟。当那些鸟儿收起翅膀变成亭亭玉立的舞女时，牧羊人鲤鱼打挺立在岩石上，牧羊人回忆他的少年时代。后来，海浪变成了羊，梦幻消失在草丛里。

他的羊群比以前庞大了，那是海里的羊混进了羊群。

梦幻并不都是假的，要不海水里的羊咋能跟他回家呢？

牧羊人相信水里的羊是真的，他赶回家的是他少年时代就萦绕心底的神物。

他的羊又白又净，就像草原深处吐出的月亮，散出浓浓的芳香。后来，牧羊人发现了那个丫头。她的腿又弯又短。她望着大海，海浪跳啊唱啊，因为海浪有一双优雅修长的腿。牧羊人发现丫头好几天一直坐着，双腿盘在一起；那是她最漂亮的时候，胡大应该给她再吹一口气，这样她就能站起来。

丫头果然站起来了。可她的腿还是弯的，又弯又短。

丫头站在放羊人跟前。放羊人的草帽上破了几个洞，手里的烟斗是树根做的，莫合烟像细绳子在破洞里穿出穿进，烟雾跟海一样蓝。

丫头说："大叔，海边都是你的羊啊。"

"哪有这么多，我只有五十只，五十只羊。"

"水边都是你的羊。"

"五十只。"

"你赶来五十只，回去时就是一大群。"

"没那么多。羊只能少不能多，前几天淹死几只，叫水冲走了。"

放羊人去数他的羊，数了好几遍："丫头，你看错了，五十只。"

放羊人往回走时自言自语："我能不知道我有几只羊？我巴望着草原挤满我的羊呢。"放羊人的裤脚叫海水打湿了，贴在小腿上。放羊人说："丫头谢谢你。"

"谢我什么呢？"

"你想让我的羊跟石头一样多，我也是这么想，可我只能有五十只羊，唉，多不起来。"

"羊一直这么多吗？"

"过去多，现在不行了，上年纪了，哪能跟年轻时比。"

放羊人黑黢黢的脸上漫着眼窝里流出的亮光。

"丫头，你怎么知道我的羊是一大群呢？"

"你现在就有一大群羊，你的羊一到海边，海浪里就跑出好多好多羊，海浪老远就咩咩叫，草叶底下全是黑溜溜的羊眼睛。"

"海浪里跑出羊？呵呵，海浪里跑出羊？"

"我昨天就看到了，我还看到哈萨的马群，黑马、红马、灰马跑进海里去，出来时都成了白马，比进去时多好几倍。"

放羊人这回没呵呵笑，放羊人的脑子咯噔一下，他用拳头砸脑门。脑门正对着太阳，太阳把那儿的头发烫成灰白色，太阳把那儿的肉晒成栗色，那儿开始突突跳，放羊人的脑袋垂弯到膝盖间，太阳只能踢他的后背，脊椎骨串满了铁核桃，铁核桃"咯嘟嘟"响。放羊人想起了当猎手时的岁月。那时他纵马阿尔泰山，常常从山野里远眺福海。他能从海浪里发现黄羊、野鹿和熊，风暴来时会发现苍鹰。苍鹰就像蹲上天空的石头，直直地朝太阳的眼窝里砸去。只有鹰才有这种傲气，阳光把草木鸟兽都煮烂了但煮不烂苍鹰，鹰自己在飞翔中消失。

放羊人抬起脑袋，说："我十七岁那年，把羊群赶到海边，我回去的时候，大海跟我回来了。我走过了家门走进阿尔泰山，大海还在跟着，快到科布多了快出国境了，我坐在山顶看大海。海的蓝光从森林里射出来从岩石里射出来，我没法跟大海分离了。我如果不跟马贩子走内蒙，海浪就不会从我身上消失。去一趟内蒙，大戈壁的石块从眼窝里磨掉了海浪的影子。"

"你没有记忆吗？"

"心里不搁，记不住，记了也没用。"

"你不是又回到海边了吗？"

"海浪在你的心里只能来一次，不会是二次。就像人只能活一次，第一回来的是活的，以后都是影子。"

放羊人的眼睛细长干涩，眼角的皱纹里粘满细沙。他目光粗糙，望着水里的羊群，等它们冲刷干净他就回去。

放羊人说："海浪不会给我羊了，会给你羊。"

放羊人笑着看她。

丫头每天都来。有一次她看放羊人在流泪，她走近时听见他说他眼睛里没有羊了。他看她的目光很怪。过了很久，放羊人没来，来了一个年轻人，是放羊人的儿子。小伙子说："老爸找羊去了，明明五十只羊，他偏说还有一大群。半夜三更跑进福海，找到时已经泡胀了。"

丫头有些害怕，她看到的羊始终那么多，羊群布满海边根本数不清。丫头看见海浪不断地奔腾而来，冲进羊群，羊群像花环套在海的脖子上。丫头似有所悟，海浪从此冲进她的眼睛。她想起放羊人在海边的最后一个黄昏，放羊人说："丫头，你把叔喊醒了，叔睡了这么多年。"

人醒了就要跑进福海里去淹死，她再也不敢给谁诉说海浪的幻影了。

海浪在她的眼睛里跳跃奔腾，风打着呼哨，当海浪高高耸起时，圆圆的水柱便是一双双少女轻盈的腿。丫头在音乐声中颤抖着，丫头看自己的腿，大骨节粗皮肤，膝盖以下呈"S"弯起来。她走到小白杨树跟前，她仅仅是小白杨树的三分之一，树只有手指那么粗。她在电影里看到的跳舞的少女个个亭亭玉立，风姿绰约，她只有她们的一条腿高，而音乐偏偏流进她的耳朵，翩翩起舞的少女停在她的眼瞳动也不动了。

当月亮升起来的时候，海浪更是旖旎可人。海浪窸窸窣窣，她听见海浪衣裙的摆动便全身颤抖，海浪扑到她脚边，她看清了是一只羊羔。多漂亮的羊羔啊！眼睛像充满灵性的墨团，嘴巴又黑又嫩，嘴巴拱进她的头发里，她听见羊羔在"嚓嚓"地嚼她的头发。她看见青草和白杨的嫩叶，那也是羊羔最可口的食物。羊羔吃饱了，鼻孔里喷出浓浓的芳香，墨团似的眼睛又大又亮，羊眼睛配着洁白的毛，仿佛聚拢了大地上所有的善良和爱怜。小羊看着地上的石块，垂着脑袋，月亮在脑袋的另一侧放着亮光，眼睛盯着大地直到草叶从石缝里渗出来，小羊才"咩"叫一声，大地上所有的草，"噌！噌！噌！"猛长，月亮开始奔跑，月亮跑得快的像只野兔，而羊羔嫩嫩的黑嘴唇、亮亮的大眼睛把整个夜晚照亮了。当月亮熄灭的时候，小羊走进丫头的身体。丫头再也听不到自己粗笨的脚步声，而是小羊踏过青草的声音，丫头再也感觉不到身体的粗矮了，而是全身心洁白的温柔和优雅。

3

哥哥发现她老待在海边，而且绕海兜圈子，哥哥说："你疯了吗？家里有快马。"

"我不骑马。"

妈妈说："丫头大了不骑马骑车子。到海边转转就行了，不要走那么远。"

哥哥从北屯镇买来漂亮的女式自行车，马背上下来的丫头骑车子很容易。丫头骑车子到街上夫，人们都看她漂亮的新车。哥哥贩马有钱了，可可给她买的是镇上最值钱最漂亮的车子。车站广场总有许多过路的内地人，他们从大城市来看阿尔泰的白桦树，他们站在大客车旁边，看着骑漂亮自行车的小丫头。他们中的一位少女说："这丫头气质好，可惜腿不行。""是吗。"少女身边的男青年也转身看骑自行车的健壮红润的阿尔泰小丫头。少女说："她的动作很有节奏感，那双腿太可惜了。"男青年说："她要像这里的白桦树就好了，这里的石头都有节奏感。"丫头听见他们的谈话。丫头再也不骑车子了，丫头发现这是哥哥专门买的小车，比一般女车小好多，哥哥是为照顾她的腿。

丫头步行时没人注意，步行时脚贴地面，大地不嘲笑任何人。她是个长相平常的丫头，人们只注意漂亮丫头。北屯街上舞厅很多，彩灯闪烁，丫头从窗户里可以看见少男少女的舞姿。丫头默默地走回家，走到他们家的白杨树底下。这十三棵树与她同年生，树一直长到蓝天上，树丢掉脑袋变成天线杆子，仿佛专门为了让她看电视，让她发现自己丑陋的双腿，并把音乐注入她的身体。她在电视机前坐了三年。她听到的第一首舞曲是《维也纳森林》，那个中欧小国跟阿尔泰大小差不多，阿尔泰也有美丽的森林、湖泊、河流和群山。那夜，她悄悄走出房子，《维也纳森林》曲还没有结束，她站在院子里听白杨树唱歌。白杨树一身嫩叶，在风中哗然有声，树叶青翠，芳香迷人，树杆苗条优雅，树巅白云飘卷，月亮一动不动。

更远一点，她听到福海哗哗的水浪声，风湿漉漉。风越过戈壁和群山流入草原。草原的底部是浩瀚的海。海水洗净风中的灰尘，风带着蓝光向四周扩散，扑向高高的牧草和树林。

丫头把车子锁起来。丫头离开街道离开人群，丫头站在海边。羊羔从海浪里走出来，那双墨团似的大眼睛用人类全部的慈爱注视她，丫头哭了。丫头的心灵不曾承受过这样纯洁而强烈的目光。大海一浪连一浪，羊羔匍匐在她的脚边喃喃低语。羊羔的话语声中浸透着水草的清香和水浪的颤动。

水浪不断地涌来，青沉沉的海面光滑辽阔，水浪像高速列车冲向岩石的岸。丫头坐在岩石上，她的羊羔在岩石底下，羊羔用眼睛说："丫头，你有好多朋友。"

丫头向海上看，水浪慢了许多，徐徐漫向她。丫头心里说：我要一个个子高高的我。水浪真的盛开了，水浪一节一节高起来，水浪里涌出一位亭亭玉立的少女，水浪的腿白嫩修长，那肌肤好像充满湍急的电流，丫头的面孔清晰地从水浪里显露出来，那张粗红的面孔依然没变，可那张脸使她兴奋。她看见自己在水浪上袅袅婷婷尽情舞蹈，那是电视和舞厅不曾有过的崭新的音乐，她感受到的是风带来的马蹄的狂欢、野鹿的奔跑和森林的嗡鸣，她感受到的是天籁之音是大地的呼吸。她对羊羔说："我在大地的眼瞳里是不是？"

"你是在大地的眼瞳里，海子是准噶尔的眼睛，你现在在准噶尔的瞳仁里，你现在是瞳仁里的光，你跳的是大地之歌。"

丫头看见岸上的岩石动起来，丫头看见马群潇洒地冲过来，丫头说："岩石和马生气了。"

"不是，是他们激动了，他们看见了你，岩石和马是草原的歌手。草叶是小溪，草叶流向海子、马和岩石，永远向着海。"

丫头快控制不住呼吸了，只觉得灵魂冲出身体往外飘，一直在风中飘。丫头说："小羊羔，我到哪儿去了？"

"你在草叶里，你在空气里，你在石头里，你在白杨树里，风吹你到哪儿，你就到哪儿，风把你吹进草叶，吹进黄羊，吹进石头里，你就是这一切。"

羊羔说："你的灵魂已经出来了，你看见了别人看不见的东西。"

"我看见放羊人的羊比原来的多。"

"他看不见。"

"他以前看见过，他十七岁时看见过。"

"石块从眼睛里把羊给磨掉了。"

小羊无声地望着他，海无声地起伏着。丫头看见自己的眼睛在海浪里晶莹闪亮，瞳孔里涌出一团光，像闪射不定的雷电。"羊羔说："丫头，那电光就是舞蹈。"

丫头坐在岩石上，出神地看她的光和她的舞蹈。她第一次体验自己的生命。羊羔说："那电光就是生命。"

马群、岩石、白杨树拥着草原和群山向她走来，羊羔说："大自然是生命最美妙的舞蹈，生命是可以互相转化的，你可以在树上跳在水里跳。"丫头想到邓肯，邓肯就是学海浪的舞蹈。

小羊的眼睛深深地沉落在丫头的心底。小羊在她的心底说："去体验各种生命，生命的方式无穷无尽，体验它们中的一个你就是最美丽的姑娘。"

丫头哭泣。小羊在她的心底说："你现在就已经很美了，你的美不在腿上在眼睛的光里。"

一道栅栏把海围起来，只许丫头一个人进去。丫头感觉到这道高高的栅栏。尽管来海边的人很多，但他们在栅栏之外。丫头把栅栏当鸟巢，她每天都要飞到那里去。丫头已经远离外边的世界了。

4

邻家的鸽子飞向蓝天,远离尘世以后,鸽子平展着翅膀,穿过白云,贴碧绿的牧草滑行,鸽子的红眼睛炯炯有神,鸽哨是用乒乓球做的,在高空疾风中呜呜呜叫。

鸽子在草原深处落下来,周围是高高的牧草。丫头向草原深处走去。丫头从福海边出发,她得穿过白杨沟和乌尔禾。青幽幽的地平线像长长的马缰,丫头紧紧地攥在手心不停地走。

太阳贴着地面飞行,紧跟着她,太阳喷出短促猛烈的火焰。丫头大汗淋漓,丫头走到草滩时鸽子没了踪影,但鸽子确实在这儿待过。丫头听见鸽哨还在呜呜响,那是风从远方吹来的。丫头的耳朵经常这样,她能听到业已消散的虫鸟的歌声。牧草跟丫头一样高,在有人烟的地方很难见到这么高的草了。各色各样的野花开得很旺,草叶也不逊色,草叶在风中颤如火焰,草秆仿佛竖立的蛇直挺着丰满的身子,它那舌头比阳光浓烈。每棵草都跳出了自己独特的舞姿,草叶被风刮得沙响,空气里落下团团绿尘。在草稀的地方,沙土裸露,间距大,草棵刚健。草棵一下一下剥着空间,终于在空间处挖出一个洞,于是草的整个形象就出来了。草其实是一尊雕像,没有人的时候它剥空间,人出现后它剥人的眼睛。草尖在你的眼瞳上深深地拉一刀,把它凝固在你的眼窝里,草要重新在你那里长一遍,等你走近它时,它的生命已经完成了。

丫头就这样在草原上找到一块空地。她端详她的好朋友们。她伏在地上,草根突突跳,草根在好几丈深的沙土里吮水,水像线团一般转动。丫头看见,水的蓝光从遥远的福海里一闪而过,这里的草根就开始抽搐了。肉眼看不见的幽灵在草原上飞翔歌唱,草先在根部发音,最后传到秆叶上猛然嘹亮,没有歌词,你听到什么就是什么。当太阳滑到丫头头顶时,丫头的汗流光了。丫头张开嘴轻轻喊一声,丫头的舌头跟草叶一起颤出带血的喉音。

太阳谛听草原之歌……

太阳穿着红马靴很潇洒地跳华尔兹……

丫头的心激越地跳起来,丫头太累了,她闭上眼睛,听自己的心脏欢快自如地跳啊跳,丫头在梦中幸福地哭了。

5

丫头躺进医院。醒来第一句话就是:"妈妈,我摆脱了。"

大家听不懂她的话。妈妈想一会儿明白了——那年夏天,丫头在水塘边放羊。正是晌午时分,太阳悬在中天,乌龟从水塘里爬上来晒暖,丫头看着乌龟笨拙的壳"哇"一声哭了。她从乌龟壳上看到自己沉重的腿,妈妈手伸进丫头的裤腿里轻轻地摸,妈妈说不出话来。

医生说:"她的内心过于紧张,她需要休息和安静。"

丫头整天躺着,家里人要放电视她摇头。她叫家里人打开窗户,十三棵白杨树在风中唱歌,蓝蓝的福海跳起高高的水浪。天黑了,丫头不让关窗户。

妈妈说:"有玻璃,关上照样能看到外边。"

"关上就没风了。"

家里人不理解她的心思。

"你是看星星吧,今晚天阴着。"

"我看草原上的草。"

"阴天没月亮你看什么?"

"我看草,草在风里跳舞。"

没人说话,牧草在外边沙啦沙啦踏着舞步。丫头薄薄的小耳朵像风中草叶,又圆又尖,忽闪忽闪地动;丫头小小的鼻翼张开了,鼻息芳香四溢,她的整个呼吸开始奔流,像银亮的河,蜿蜒曲折优雅自如。这样的河阿尔泰草原有许多。丫头这会儿想额尔齐斯河,她在福海北岸的草原上见过这条河。这是一条从东往西流的蓝色河流,从阿尔泰山直流而下,本来可以流向乌尔禾流向克拉依,却在福海北边打个旋子,拐向国境外的苏联拐向北冰洋。那条河不宽,青沉沉水深而急。有劲儿的腿都很细,这条河就像阿尔泰森林伸出的腿,森林在山谷里快活地跳着;这条河就像西去的骑手,在马背上奔流。她在马背上狂奔时,这条河就流进她的呼吸,她的气息和脉搏那时就贯注了音乐,贯注了草原和群山的神韵。她的腿是依照河流的曲线从马背流向马肚,流向草叶,流向风,风把她的全部身心注入大地所有的生命之中。大地之歌在她的心里潜伏着。

丫头说:"惊蛰是不是春天?"

妈妈说："惊蛰还早，还得半年。"

"我惊蛰了。"

妈妈大吃一惊。孩子与他们朝夕相处，他们感觉不到她的变化。现在他们看出来了，这个丑丫头的神情气韵早已远离父母兄弟，远离这个草原小镇；这个丑丫头的耳朵发出嫩树叶的芳香和歌声；这个丑丫头的眼睛像细长优美的额尔齐斯河，突突跳跃，闪动明亮的蓝光。蓝光的远方是青沉沉的海，海浪舞蹈出天鹅奔跑出马群像羊羔咩咩叫。哥哥大叫："嗬，小妹多神气。"他们看到了丫头的神气。那恬静优美的瞳光扫落空气里的尘埃，空气流出它的原汁状态。他们捉她的小手，嘴里叫。"多么冰凉的小手。"像夏天在河里捉一条冰凉的鱼。

"妈妈，你们为什么这样看我？"

"你不是小丫头了，你是姑娘了。"

"我漂亮吗？"

"你漂亮，孩子，你越长越漂亮。"

"你们骗我，明明知道我的腿不行。"

从丫头懂事那天起，他们就说她漂亮。丫头的春天到了，他们千篇一律的回答与她少女的心灵配不上。

妈妈说："从今天起你就是姑娘了，原以为你在明年，在你十四岁的那一天。"

丫头说："我太早了是不是？"

"不早。孩子，你天天待在海边，晒的太阳比别人多，花儿自然就提前开。"

"啊，我开花了。"

"傻姑娘别乱叫，姑娘的花还没开呢。"

"姑娘的花什么时候开？"

"当你喜欢上一个人的时候，你的花儿就开了，而且一定得让他娶了你，他娶你的那一天你才能开。这是做姑娘的规矩。姑娘的花不能随随便便开。"

姑娘躺在床上快一个星期了。她不像一个病人，她不感到孤独，没有病人的孤僻和怪戾。医生来过两次。医生跟家里人的感觉一样，他看到的是树林、芳香的嫩叶和大海的蓝光。医生在门口怔了好一会儿，医生刚刚在草丛里碰到一只火红的小狐狸。你在大草原上走，阳光和青草所喜欢的各种鸟兽冷不防窜过你的脚面。那时你已经在草原上待惯了，你只感到是草叶或花瓣摸你一下，你眼花缭乱时也会看到沙土里蹦出各种鸟兽，打破寂静让你兴奋一会儿。鸟兽是草原幻化出来的精灵。医生站在门口，他以为是鸟兽在作怪。医生说："你经常去看海？"

丫头说："能起床的时候我每天去。"

"刮大风也去吗？"

"刮大风是最好的日子，海浪里什么都有。有天鹅有鸽子有马有羊，它们都跳舞，比电视里的姑娘跳得好，海浪里有音乐，岸上的石头也跟着响。""你应该去上学，你的悟性很好。""悟性是什么？""是对大自然的感受力，最早的舞蹈是人从大自然里学来的，鸟兽虫鱼以及草木的摇曳、江河的奔流，这些动作被人们加工整理就成了舞蹈。"

"医生，你真了不起，你也知道这些。"

"我不行，我是从书上看的而你是从大自然里感受的，你是真正的了不起。"

医生诚挚的目光使她很受感动。医生打针时看着她的腿，看好半天，她听见医生叹气，医生没再提上学的事。她上过小学，后来不上了。她对学校没兴趣。家里人也看她的腿，他们一直看着，看惯了就不奇怪，但一个陌生人的目光却使他们重新打量这双不好看的腿。哥哥在院子里说："妹妹又不是残疾人，又不当舞蹈家，她不比别人差。张海迪还没有腿呢。草原上谁不是罗圈腿。这些读书人就想成名成家，把你加工一下，当什么画家啊音乐家啊舞蹈家啊科学家啊，给娃娃们灌那些八辈子喝不下嘴的迷魂汤，就不会教娃娃挣钱过日子，过日子才是最紧要的。"

姑娘忘不了医生的话，医生把她内心的感受几句话就说明白了，而且说她了不起。姑娘心里说："明天我一定得去海边。"姑娘一晚上没睡觉，冰凉的小手在胸口像河里的鱼游着。姑娘整整一个星期没去海边了，她担心海浪生分了她在她跟前竖排栅栏，就像对待旁人一样，她已经属于海了，姑娘说："我不是丑丫头了，我是姑娘了，是姑娘就一定有一朵花。姑娘在心里默默说：'我把花开给你'。"

6

姑娘看见海了。在蓝光的圆圈之外有一道栅栏。栅栏没有阻拦她，她一直走到海边。海浪迈着舞步冲上前退回去，左右漂移，湿漉漉的带着浓烈的草原气息。她又回到海的怀抱，她明白了，她这些天卧床不起就是为了海的神韵为了草原的风和阳光而累倒的。

她在海浪中看到另一个她，她全身心是何等的警觉与灵敏！在她粗糙的躯壳里，草原优美地铺展着，草花怒放，骏马疾驰，阳光哗哗有声，鸟儿扑打着清风。令人惊叹的是草叶会飞起来飞成鸟儿，鸟儿的翅膀会插上马背，马会奔跑成一团光，直溜溜跑进太阳。这是草原古老的最高法则：火生石，石生水，水生土，土生草，草生鸟兽。

　　太阳在阿尔泰荒原上站着，阿尔泰的石头就有了灵气。阿尔泰的石块电闪雷鸣般滚下来，砌成平阔的草原。我们千百年来在草原上飘荡，我们是高原永恒的生命之火，我们溶化了石头溶化了泥土溶化了草木和鸟兽溶化了人，把它们溶化在一起，提炼出最精纯的生命之水，注入河流，注入大海，注入人的心灵，注入草木鸟兽的心灵，生命的轮子飞快地旋转。躺下吧，孩子，千千万万的胸脯就是这样敞开的，让风吹进去吧，让泥土凝固，让石流进你的双腿，站起来吧你，草叶因为风吹才摇摆才唱歌才成为具有灵性的实体。你听，听草叶的歌声。我们在尘世的上空飞翔，在生命的原野上开出新垦地并为它歌唱，我们是不倦的歌手，把歌声送上云霄，把生命的神韵注入万物的心灵，让心灵飞翔。

　　我飞翔如草叶，我飞翔如骏马，我飞翔如森林之鸟，我飞翔如草木锋利的根爪，我飞翔如轻盈的雪！我成了雪，化成流水，欢腾地在石子上跳跃，又像珠子般从断崖上跌落，奔向大海，又从海子里化为云，化为星辰。我飞翔着，在群山草原之间冲出生命的河床，最后我只剩下水与火。让火盘在我的脚上，烘烤我的心脏，让水流入我的眼瞳，我要目睹生命的舞蹈。生命的舞蹈就是水的舞蹈。海浪冲上来了，冲到姑娘的身上，哗一声高唱着散向草原，消失在树叶上，消失在草茎上，消失在飞跑的马背上，当树液流下来，当草汁渗出来，当马奶子射出来，你就会看到水最本真最淳朴的状态。海浪就以这种神态涌上来，涌上她的心头。

　　你冰凉的小手像鱼遨游在我的胸口，我在远方就感到海的气息，生命欢腾跳跃，我找到我的生命。

　　姑娘看见了那个清瘦的少年，他迈着疲惫的步子向她走来。姑娘张开嘴巴"啊"了一声，海就扑进去了。她看见她的少年走过来，她胸前的衣襟像草叶，像骏马唇边的草叶颤个不停，蓝色叶片底下的白净乳房红亮如炬。乳房里有一张椅子，最终要坐上一位少年。姑娘柔声说道："路在这。"路在白净乳房的中间，少年走进乳房中间的胸沟里，踏响了生命的乐章，踏响了春雷爆炸的引信。雷声隆隆响彻草原，少年说："我来了，我跟着雷声来的。"

姑娘说："路在这，你多累啊，你累坏了。"

"我有劲儿，我的劲儿用不完。我的劲儿就像河流在大地的筋肉上奔跑，我找我的少女。"

姑娘说不出话，姑娘看地上的石块，仿佛那是一块饼子，海浪里的羔羊就这样子盯着石块，直到石缝里涌出草叶。姑娘说不出话，少年的舌尖渗出野草的嫩芽："你就是我要找的。"

姑娘不知对谁说话："这儿好旱啊，下不到雨，一下就是暴雨，我们不叫暴雨叫白雨，跟织出来的棉布一样白。"

"白雨落在我身上，我的棉布衬衣湿了。"

姑娘的眼瞳里涌出暴雨，白茫茫比棉布白，少年说："你什么时候织的白布？"

"我没织过，我妈那辈子人织过。"

"姑娘都织的，姑娘的梭子一飞，少年在远方就往回赶，等赶回来的时候他精精的身子就裹上了新布。人们说那是新长出来的肉，是骨头里新渗出来的肉。"

"我没见过梭子是啥样子，怎么给你织布啊？"

"你的梭子在那。"少年的目光像白开水"哗"泼在她的脚面，她没跳起来，她忍住了这幸福的疼痛，她从来没想过自己的脚是梭子。少年说："姑娘都有梭子，姑娘天天都在织布，白布把大地盖住，世界就是新的了。"

姑娘像海浪里走出来的羔羊，盯着白茫茫的大地说不出话。少年说："我骑着马跑，不知该去的地方在哪，直到听见你的织布声，我才找到我的房子。"

"我是你的房子吗？"

"你是我的房子。"

少年的话是从牙齿里结结实实咬出来的。于是歌谣从草尖上神奇地飘出来："椿树椿树快快长，你长大了做房梁，我长大了做新娘。"少年说："你就是我的房子，冬暖夏凉的房子。"

少年的目光喷在她的乳房上，乳房里的灯"刷"——全亮了。姑娘惊慌失措，于是歌声从白云深处翩翩而来：妈呀亲爱的妈呀，我哪有心织布，我已经充满对那个人的爱慕……我周身流着冷汗。一阵阵微颤，我的容颜比冬天的草还要苍白，眼睛里只有死和发疯。

姑娘颤巍巍吐出一串细碎的声音："我一点儿不知道我能干这么多事。"

"不知道才能干得好，好姑娘都是这样子。要是干得不好，出差错的地方就会把马绊倒把小伙子摔进沟里。"

"我要是把你绊倒咋办？"

"为骑手担心的姑娘都是好姑娘，骑手不会跌下来，真正的骑手是从你这样的姑娘身上诞生的。"

"我没给你做过什么。"

"你的白布把大地盖得严严实实，世界就成新的了。"

"我真干了这些？"

"好人永远感觉不到自己的功劳，你真是个好姑娘。"

于是，姑娘的乳房高高耸起来，像被阳光烤红的桃子。"不是桃子是雪山。"少年在桃子的芳香里看到了新东西，少年说，"我去过西藏，藏族人把雪山叫女神之山。你那里就是两座雪山，山脚是圣湖，你的胸口这么清澈，朝圣的人们就把灵魂放进圣湖圣山里，让它们飞翔。"

于是，朝圣的道路上，少年赤裸的脚所溅起的粗糙的烟尘永远不会消失了。圣湖的水边永远耸立着白净的乳峰，少年虔诚的脚步永远不断永远不断。心如晨钟敲响黎明，钟声浩荡，钟声响自少年遒劲的嘴唇：马在草原上奔波，我们的爱情应当追忆么，在痛苦的后面往往来了欢乐，让黑夜降临让钟声吟诵，时光消逝了我没有移动。让马蹄朗读草叶，草叶点亮我的眼睛，我们就这样手拉着手脸对着脸，在我们胳臂环起的大路上，永恒的视线追随着困倦的波澜，让黑夜降临让钟声吟诵，时光消逝了我没有移动，让马蹄朗读烟尘，那是少年俊美的身影，爱情降临心头，就像雪山奔吐着水，爱情降临了，生命多么迂回，梦幻又是多么雄壮。让黑夜降临让钟声吟诵，时光消逝了我没有移动，让马蹄攀缘皱纹，那是我们干涩的青春，汁液消失了生命依然充满灵性，过去一天又过去一年，不论是时间是爱情，过去了就不再回头，我们的身影在马背上奔流，让黑夜降临让钟声吟诵，时光消逝了我没有移动。

我没有动，我在你的胸口没有动，我是在通往永生的路上，啊，我多么憎恨死亡，它没有权力夺走生命。

这是少年的最后一句话，少年僵硬在她的胸口。很久以后，她从人们的谈论中得知：少年的恋人投海自杀，为恋情所苦的少年浑身焦灼，在海边徘徊整整六天，等待少女从大海里出现。这六天当中，少年唱哑了嗓子，毁坏了吉他，手指血肉模糊。第七天，他看见少女从波浪里走出来，少年狂奔过去，去拥抱海浪。放牧的哈萨说：少年扑向大海时神志不清，少女明明是从大路上走来，海浪中呈现的是少女的影子，是少女的影子在水浪里颤动，在水浪里微笑，在水浪里散发芳香，少年就扑过去了。当他与海浪完全融合以后，他与海浪一起向岸边的少女走来。

罗圈腿少女在海浪里看见的自己是那样的陌生和美妙。马背上的老哈萨说："你不要到水里去，你去你就是那个丫头了。那个丫头上星期就进去了，草原上的花儿开在了海里。"

"她为什么要死？"

"大家不让他们爱么，她就到水里去了。"

少年的尸体一直枕在她的腿上，少年沉沉地睡着。生命不可能离开他，生命没法离开他，他刚才像个行吟诗人，给她说那么多动情的话，他的话就是他的生命。她贴着少年的耳朵低声说："她没死，你醒来吧，海是活着的，进去的人生命更美妙，你听大海在叫你。"

少年的手开始动，少年摸她的腿："我来了，我来了，我们一起到海里去。"

"我不会游泳咋办呀？我一直在马背上。"

"在马背上你就会游泳，马背跟水一样。"

"马背把我的腿弄弯了，我想跳舞我没法跳。"

"你就离开马背了，你真不该离开马背。马腿多么优美，马一走动舞蹈就开始了。人们能学会波浪学会孔雀就是学不会马，马的节奏和旋律在背上在鬃毛里不在蹄子上。"

"大家都笑我的腿。"

"你的腿有音乐，音乐在你心里，有这就够了。"

"我不会游泳咋办呀？"

"你一直在海边，你那么喜欢海，不到海里去怎么行？"

"我每天都来，我每天都跟海在一起，我的心就在水里。"

"那你肯定会游，你的心在里边。"

她不再感到害怕。少年说："头埋进水里，憋一口气，你随便动。"她头埋进水里，她浮起来像葫芦，气憋不住时，一股劲儿从腰里传过来，她的手脚本能地动起来，她兴奋得像条鱼。少年在她前边游得好轻松，少年说："你冰凉的小手就像一条鱼，我一见就喜欢上你了，我一见你就开始起火，我整整烧了七天七夜。"

"你竟然还活着。"

"因为你的小手是一条真正的鱼，你的小手飞翔在我胸口，我就没法死掉。"

"我从来没下过水，我竟然能游泳。"

"生命是从水里开始的，人刚开始就在母腹的水里，后来人们把水忘了，人的生活就没味儿了，却不知道为什么没有味儿。人们把母腹里的本能忘掉了。你不要感到马背讨厌，把你漂亮的腿弄圆了。你应该想想你在草原上飞翔的日子，马就是你的翅膀，你像鸟儿一样在清风和草叶上飞跃，那是最快活的生命。你为什么喜欢海？海是草原的眼睛，是马让你来的，是你的罗圈腿让你来的，在大海里你是一个亭亭玉立的姑娘，你的眼睛里装着蓝蓝的海水，像钻石一样发亮。"

"我的腿明明罗着。"

"你的美丽是我看到的，在我眼里你是这样子的，有这就够了，美丽不需要无记名投票。美丽是独特的，有我就够了。"

"我就是你要找的人？"

"你就是她。"

少年的身躯在水面上滑行，他几乎不动不沉，他说："你就是她，她没死，她死不掉，那么美的生命不会停止的，她像鸟儿落在你身上。"

他们在海里划一个圆弧，在另一边靠岸。少年苍白清瘦，再也不会醒来了，少年慢慢沉入水底，少年就像消失的海浪，蓝光跳跃，向无限的空间飞驰。她瞪大眼睛看着这神秘的一幕。在这以后，她再也不可能对任何人如此慷慨，信赖，用她的身体和激烈跳动的心房传递她那青春的光辉灵感。在草原的阳光下，她把自己献给了永恒。

少男少女为爱情而死，在草原上习以为常，人们谈论歌唱似乎成为亘古以来的风尚。那是远古的事情了，现在没有谁为爱情而献身，也没有谁劳心费神去写歌颂赞那些痴情男女，他们带着熊熊大火投入海中如同坠落一块石头，人们只听到咕咚一声，人们抹掉飞溅到脸上的浪花，谈论两天就忘掉了。生活太琐碎了，钱不够花，永远不够花。人们在海边围观，忙碌，机帆船用渔网捕到了两具溃烂的尸体，人们把这对痴情男女埋在石坑里。她没有听到她所期待的歌声，她看见人们吐唾沫骂骂咧咧。福海是大渔场，福海里的鱼养活整个北疆，奶奶的，吃了死人的鱼叫人咋吃？记者一报道，城里人谁买咱福海的鱼，呸呸！福海倒霉透了，什么福海，简直是死海！岸边的石坑里好像埋的不是两具尸体而是两捆票子。

两名记者照相，记录事件过程，他们的笔不是写歌的笔。等海滩空了，姑娘从远处的矮山上走下来，坐在水边看她的少年。海浪就像她冰凉的小手在大海辽阔的胸口上自由翱翔，那是令少年刻骨铭心的小手。草原上最古老的原则是石生火，火生水，水生草，草生鸟兽，生命互相转化。她已不是原来的她了，自她离开少年的胸口，她的身心就渗入少年的渴望和梦想，她是他渴望中的少女，始自远古的生命不能在大地上绝灭。你的死向我揭示了通向永恒的唯一道路乃是生命，你既然能化为飞鸟化为白云，我为什么不能化为你梦中清纯而红润的少女呢。

7

就连我们全家也是在这种梦幻中转化而来的。

二十多年前，陇东山村的一家人，男人病死，年轻母亲带着儿子远走新疆，到福海边投靠亲戚。农十师的牧业连正好开进草原，在福海边扎营。年轻母亲改嫁给放羊的老兵，老兵与她生下这个罗圈腿姑娘，这样，病死在黄土塬上的庄稼汉又兴致勃勃地展翅飞进老兵的身体。年轻母亲简直分不清过去的男人与现在的男人之间的区别，慢慢地她领悟到了庄稼与牧草的生命转化过程。那个埋进黄土塬上的男人一直陪伴着她，他没有消失，他渗入黄土又从沙石滩上冒出来，在福海边上等他们母子。

当她怀上孩子时，隆起的肚子使她想起泥土砌成的墓堆，倏忽间嫩绿的小草破土而出，草叶所展现的淳朴的生活使她哽咽不已：旷野里响着畜群的蹄声，空中升起袅袅的炊烟。这蹄声这炊烟把不同的男人合在一起，构成她完美而甜蜜的生活。她对肚子里的女儿说："孩子，我真高兴，我看到你父亲了，他就是马背上奔跑的这个男人。我那渴望永恒的灵魂终于找到了不变的安宁。孩子，你要学会用你初生时明亮的眼睛和死神的乌黑瞳子观察生活的每个瞬间。以后你就会明白，瞬间是无法从永恒中分离出来的，就像不能把星星从天空挖下来一样。"

女儿把她的肚皮一天天撑起来，快撑上天空了，年轻母亲靠着栅栏，甜蜜地望着丈夫的牛群。丈夫在远处的马背上大声呵斥，鞭子飞舞，丈夫总是那么有劲儿。年轻母亲看见一条全身乌黑，额际一块白斑的奶牛鼓着硕大的乳房蹒跚而来，她的胸口也像牛乳那么鼓鼓囊囊。甜蜜的奶水哗哗响着，空气甜丝丝的，福海在牧场的后边卷起高高的水浪，那浪也像大地胸口丰硕的乳房。女儿那时候就记住这景象了。年轻母亲暗暗吃惊：畜群归舍这种黄昏景色使她如此激动？她男人正从孤寂的临水的白杨树底下走来，他头戴黄军帽，身着改装得极其雅致的军上衣，黑黢黢的筋肉结实的脸上夕阳的红光忽明忽暗，嘴角的莫合烟散发出干草一样的芳香。从她到这那天起，男人就被修剪一新，清清爽爽地成为有家有室的崭新的男人了。那撩人心弦的草原再次闪现而出，男人带着前夫的儿子纵马奔驰，儿子被颠下马背，儿子落地一刹那，继父鹞鹰一般扎向草地，继父的双腿勾在马鞍上，身子像疾风压弯的树干，继父轻轻地一捞，儿子草叶般飞起来，轻盈地落回马背。不久，儿子带上妹妹把继父草地捞人的绝活学得惟妙惟肖，草叶像欢快的小鸟在继父与养子在同母父异兄妹间自由飞翔，草叶把这一片天空洗得如此碧蓝，蓝得发亮，草叶犹如阿尔泰山心脏里的宝石，给这美好的家庭投射下吉祥的光芒。年轻母亲的心在阿尔泰草原上甜美地跳动着，生命的画卷上清晰地浮现出额尔齐斯河的碧绿河水，浮现出草原上空弯曲的闪电，浮现出白桦树，浮现出飞鸟，浮现出福海旖旎的风光，最后太阳从草原上升起，照亮一切。

年轻母亲在草原上蹒跚着。草原怀抱着太阳，她怀抱着刚生下的女儿。女儿静心地听着牧草发出的乐声，牧草在倒下，远处，牧工们叉开微微弯曲的双腿，正挥镰收割秋草。干草柔顺地从镰刀上滑落，就像年轻母亲倒在丈夫热烘烘的手臂上。镰刀的声音飘过天空，而割下的干草将永远成为人们生活中芬芳馥郁的一部分。他们在创造，谁都不应该妨碍他们。任何人的生活都不能被干扰，每一个劳动者每一只飞鸟每一条溪水每一股风在天空下的颤动都是生命完整的创造体。丈夫就在这些男人中间，他们自由地勇敢地天才地干着活儿，就像她怀里粉团似的娃娃，人在她最初之日就被赋予创造自己生活的自由。女儿美好的心境那时候就被草原景象造就了。女儿长大了，从丫头变成少女。少女依偎在海边为海所迷醉，母亲知道，女儿已经领悟到了这种创造美的秘密。更叫母亲惊奇的是女儿像鱼一样在海里游荡。草原上没有女人游泳，人们只见过克拉玛依来的姑娘们穿着游泳衣在男人们的扶助下爬在救生圈上乱扑腾。她的女儿一个人孤寂寂地在海里游，一朵朵浪花嬉闹着涌上女儿的身体，太阳照耀着裸露的亮闪闪的肩膀；母亲突然间感觉到女儿就像在自己的肚子里游动，十多年前不就这样动着吗？女儿连同她腹内的水一起涌出来，淋湿了世界。母亲万没想到她的肚子里有这么辽阔的水域，可以任生命生长嬉游。她从此记下了女儿的目光，女儿在海水中所流露的喜悦的、无助的神情和那种不为人所理解的、无可奈何的、忧郁的孤独。母亲感觉到女儿在阳光与海水中、在草原的自然风光中是温顺的，而在人们中间在尘世中女儿会是另一个极端，女儿会变得执拗倔强，谁也对她无能为力。僵硬的尘世外形后面隐匿着种种陌生的，与生命敌对的东西。可女儿脸上永驻的那一抹笑容，却映照出她在人间的美丽和善良。

女儿的这一切都是马背和那双遭人白眼的弯曲的腿所孕育的。母亲不知道这些，更不知道女儿从自卑转化出来的冰清玉洁。

美好的生活向母亲招手。儿子告别马背跨上摩托车，在柏油路上驰骋，儿子再也不去牧场了。儿子横贯阿尔泰，横贯北屯、克拉玛依、奎屯、石河子、伊宁、乌鲁木齐，于是儿子有了汽车，先是自己开，后来雇人开。儿子拎着密码箱，连长见了都感到发怵。儿子叫老爸待家里，整天看电视吃好东西，叫母亲做饭，做过去从没弄过的洋玩意儿饭。老头子整天看电视看腻了，坐在水塘边看牛饮水，要么到草地上去躺觉。虫子咬肿了脖子，老头子骂骂咧咧，过去在草滩睡觉多舒服，现在草认生了。老头子难受得直吸溜，老伙伴们笑他是当长工的命当不成财主，当年在诉苦会上指导员说：新社会没有财主，大家都是财主。做了财主，他却难受得不行，老伙伴们说他是钱烧的，养子赛亲子，他还要咋的？老伙伴们说他虚伪了，老头子再也不敢放肆，老头子学会了高兴。不久，儿子从奎屯拍来电报，儿子在新城奎屯已经买好地皮准备盖房子，准备办户口，成为城里人。老头和母亲这才真正地感到：娃娃们长大了。两口子望着他们用泥巴打成土块再用土块和苇子垒起来的破屋子快消失了，就像风雨阳光侵蚀岩石那样把岩石啃碎啃为泥土，岁月无情地把他们两口子辛辛苦苦的劳作刷洗掉了。马还在草原上奔腾，阳光像海水一样还在草原上空汹涌流荡，草叶还在沙土上唱歌，福海还是大地的眼睛福海依然炯炯有神，女儿每天都坐在海边，用全身心感受天籁之音，感受蕴藏在万物中间的生命旋律。女儿每天回来都说："妈妈，我会跳舞了。"

"你跟谁跳了？"妈妈以为有小伙子在追女儿。女儿说："大海跟我跳。"

"他长什么样儿？家在哪儿？"

"就在福海，他帅极了。牧场没有这样的小伙子，北屯、阿尔泰也没有。"

"你找到王子啦？孩子。"

"我找到王子了。我病一个礼拜没去海边，我去的时候他就在那等我了，真是个翩翩少年呢。我从没下过水，他却说我会游泳，他知道我的一切，我的生命他都知道，他竟然说我在妈妈肚子里就会游泳。我一下水真的会，我从来不知道我会。妈妈，我在你肚子里游过吗？"

"你好动，那时你就不老实，像一条鱼顶得我胃疼，吃饭就吐。"

"你肚子里有大海，太好玩了，跟他猜的一模一样。"

"领他到咱们家来玩。不要玩水，前几天海里淹死过人。"

女儿不吭声，女儿忧郁地望着草原蓝色的远方，那边海浪呼啸，一会儿涌出跳舞的天鹅，一会儿涌出咩咩叫的羊羔。女儿这样柔嫩，就像泥土刚吐出来的小蘑菇。

女儿说："我们要搬家了？"

"你哥把咱家办到城里去，那边通火车。"

"真到那里去，草原和海就会从生命里消失。"

女儿低下头，女儿又看她一眼，像断茎的野玫瑰随汁液的流落而枯萎。女儿委顿地瞅着窗外："真到那里去，我就听不到音乐了，我就不会跳舞了。"

"孩子，城里舞厅音乐厅多得很，咱们的新房子好几层，里边就有舞厅。"

"城市里没有音乐没有舞蹈，音乐和舞蹈在海子里在草原上。"

"孩子，我真不知道你说了些什么，我和你哥在甘肃过的什么日子你哥知道。来到阿尔泰，草原上没人，我们挖地窝子，跟蛤蟆一起躺沙子睡觉。冬天没有水吃，从福海里搬来冰块堆起来，吹大风，尘土把冰块变成黄的，冬半年就吃用冰块化开的水。那时粮食少，哪有白面啊，顿顿吃苞谷面吃洋芋，油少用酱油煮。你哥现在见洋芋就胃疼。现在日子好了，你哥没忘掉吃过的苦，能把咱们办进城里。多少人想去城里去不了，谁不想过好日子啊？你喜欢海子喜欢草原，我和你爸也一样，咱家有车，没事的时候还能来这看看。"

就像城里来的游客一样，站在海边赞美啊照相啊，相片像雪花膏搽在脸上只能漂亮半小时。可女儿过过那种苦日子，全家搬城里，她只能在心里喜欢草原。

8

搬家的日子一天天逼近。在最后一周，姑娘待在小房子里，静静地躺着，她想那个死掉的放羊人。放羊人的坟就在远处的山冈上，放羊人的死说明，梦幻消失了，生命多么雄伟！放羊人在自己的记忆中永远是十七岁时海浪所呈现的生命纯真状态。她一句话就唤醒了放羊人瑰丽的梦幻，而遥远的新城奎屯已经接纳她，要把草原的一切从她的生命里剔除掉。姑娘的心灵在草叶上飞翔，在白杨树上飞翔，在青沉沉的海面上飞翔。福海是怎样的世界啊，这里的生命清爽甜美，永远飘荡着牲畜和干草的浓香，潮润的阳光像金色瀑布从云端里直泻而下，冲开她的胸口恣意流荡。

姑娘静静地躺着，躺过白昼和黑夜。卡车在屋外轰响，人们在搬东西，明天，车子拉着全家就永远离开福海了。姑娘猛然听见屋外的白杨树响起冰片一样乐声，姑娘奔出来，那棵没脑袋的白杨树颤抖不停，树根在沙土里抽搐，树顶上的天线已被拔掉，阿尔泰转播台上的电波再也流不到树顶了，树没有脑袋，全身绝望地吼叫着。明天主人就要离开，这里将成为残垣断壁，十三岁的小白杨树将在风雪中流浪草原，被牧羊人砍倒投进篝火。白杨树哭泣着，仿佛艺术家瘦小的肩头扛着的小提琴哽咽抽泣，柔肠寸断。她看见她的福海在远处大睁着眼睛，福海睡不着，她的少年在水底沉着，少年像泡在酒液里的一根人参，少年说："你来了，我看见你来了，咱们跳舞吧。"

姑娘轻快地走过去，红月亮从草原深处吐出来，像个红脸哈萨喷着酒香开始走夜路。姑娘轻声说："妈妈，我跟海跳舞去了。"

姑娘一直走进去，姑娘踏着碧绿的海浪跟海里的少年挽在一起。从未有过的音乐从脚心流过全身流过全身每一个毛孔，这是通往永生的道路，生命在那里日夜飞翔。

妈妈，我跳舞去了，我跟大海跳舞去了。

9

福海的水流自阿尔泰山，山里有宝石，最有名的是猫眼和海蓝。人们只能采到宝石的外形，宝石的灵气散在空气里。你每天都在呼吸，孩子，你的一呼一吸为什么像额尔齐斯河，那是宝石的灵气在唱歌。孩子，你看见福海的水了么？那些水是从猫眼和海蓝的眼瞳里流出来的，是从桦树和红松的根里渗出来的，草原和群山的韵律在水里边。福海多么蓝啊，水浪就是你优美而充满音乐的腿。孩子，跳吧，你是最美的姑娘。

老师，您好

1

千百年来，草原一直是流传故事的好地方，老师没来之前，有关老师的故事就已经在草原上流传开了。

首先要盖一所小学校。浅浅的小河，低矮的小山包，一片树林子，有杨树有榆树，顶多二十来棵树吧，这在广漠的大地上已经很了不起了，要是没有这几个零散的裸露着的灰色岩石的小山包和树林子，人和牲畜就停不下来，就会被大地吞没掉。草原古老的村庄出现在山包和树林中间，都是一些黄泥小屋，用芦苇和树枝扎成栅栏，抹上黄泥。土块房子要讲究一些，是汉人盖的。村庄里杂居着一些汉人。学校是个大建筑，不管哈萨克人、蒙古人还是汉人，都把学校当成草原千百年来的大事情。大家聚在一起开了个会，大家全都忙起来。那简直是草原上少有的盛会。男人们打好土块，一堵墙从地面上忽倏忽倏站起来了，草原上从来没有这么高的墙。墙上架了木头，是从树林子里砍下来的，是那些大树的枝杈，那些树长了好几百年啦，跟一座山一样，谁也不会动树的躯干，砍几根枝杈，大地都摇摇晃晃的，好像天柱子倒了一样。剥了皮的树杈白晃晃，很快泛出一片片红，树液刷刷落一地，跟宰了一匹大牲口一样，淌这么多血。树杈被一群男人抬起来，喊着号子架到墙头，成了气势非凡的屋宇。盖上厚厚的干芦苇、红柳条子、梭梭条子，还有芨芨草；芨芨草太长了，伸出屋檐一大截，有一股子火辣辣的草香。男人们拍拍手离开了。

一座房子不光有身架，还有许多细活要干。女人们用鲜牛粪擦房子的角角落落，就像往她们的脸上搽香脂搽雪花膏，擦得认认真真，细细致致，趴在地上擦，贴在墙上擦。女人们忙活了整整一个礼拜，正好是男人盖房子的时间。

女人们爱唠叨，有关老师的故事就是女人们唠叨出来的。女人们出了力流了汗，她们就猜测会来一个什么样的老师。草原的女人啊跟男人是不一样的，大白天她们要捡牛粪，牛粪遍布整个草原，她们就跑遍整个草原；光有牛粪是不够的，她们还要到沙漠上去挖梭梭柴，干梭梭是最好的柴火。男人们把牲畜赶回来就没事了，女人们还没喘过气，得赶紧去挤奶，一大群花牛就是一条宽阔的乳香绵绵的大河，那条大河是从女人十根手指头缝里吱吱叫着喷射出来的，一道道白线弥漫草原的天空和大地。捣酸奶的木杆子、奶桶、沸腾的铁锅、奶雾里的太阳跟暴风雪里的马灯一样。她们还要精心地侍候男人，看管孩子，她们根本就没有空闲的时候。她们这么热心地来学校干活，是因为学校是一座房子，房子就是女人，她们要把孩子送到这里，她们就很自然地想到了老师。要是来一个男人怎么办？他们爱喝酒，爱闹，他们发起脾气来可怎么得了啊。草原上的女人们怕什么呢？她们在暴风雪里可以生孩子用冰雪给婴儿擦胎液，孩子刚会走路她们就把孩子扔到马背上，然后用鞭子狠狠地抽马屁股，马蹄成一股风，孩子在疯狂的马背上发出撕心裂肺的尖叫。可要把孩子交到男人手上，她们就浑身发抖。她们精心准备了好几天，她们商量好了一定要女老师。女人们顺从惯了，女人们从来不给男人提要求，她们跟牛一样跟绵羊一样，牛和绵羊的要求常常弄得男人们没办法，连商量的余地都没有。村子里的头头骑上马去找上边领导了。男人们都笑，他们等着看笑话。村子里的头头垂头丧气地回来了，他根本没办法给女人们解释，女人们不听任何解释。她们可太能想象了，连女老师的年龄、身段、长相、皮肤白不白、辫子长不长、眼睫毛的影子能不能投射到地上，她们都想好了。她们相信自己的猜测，她们喋喋不休、滔滔不绝；她们大字不识一个，可她们知道草原上各种各样的传说，她们会唱草原上所有的歌子：传说和歌谣里的女人成了她们的依据，传说和古歌跟奶一样，闻到它的气味就无法抗拒了，道理顶什么用呢？老师来草原的大致情况就是这些。

2

通往草原的路是漫长的。大地太辽阔了，大地在汽车轮子底下越伸越远，后来换成马车，大地就更遥远了。老师一辈子都没走过这么远的路，马车跟一枚小石子一样在大地上滚动，就像往坡底下滚，一直把老师滚到灰蓝色草原的大房子里。老师美美地睡了觉，好像睡了一千年一万年，然后在一个寂静的早晨种子发芽一样慢慢地苏醒了。

孩子们一个一个从地平线上冒出来，很快就挤满了教室。草原的孩子好奇心太强了，老师说的每一句话孩子们都要惊讶好半天。老师不知不觉就偏离了教学大纲，偏离了课本；老师给孩子们讲火车，老师在黑板上画出火车的样子，孩子们不但写了字写了拼音，还要火车站起来。孩子们没法不嚷嚷呀，火车长那么多腿，爬着跑都这么厉害，它要是站起来怎么得了？孩子们想象到了极限，眼睛里火花四射，老师把这个重大的问题放在明天。

明天，老师必须让火车站起来。

老师熬到半夜，老师带来了好多书，这些书解决不了孩子们的问题。远方有狼嗥有马吃夜草的刷刷声，那首草原古歌就是这时候传过来的。这是一首哈萨克民歌，伴着冬不拉的曲子，断断续续，磕磕绊绊，在空旷的草原上走啊走啊，唱啊唱啊，压根就没有歌词，吟唱者不知积淤了多少忧伤，夜漫人静的时候，一个人在苍穹和大地的夹缝里倾诉着。草原上的人们把黑夜叫作天地的缝隙。老师太累了，老师就想躺在天地的缝隙里睡一觉，老师吹那燃烧的羊蜡，羊蜡有胳膊那么粗，简直就是一个火把，越吹越旺，把铁桶扣在上边，火灭了，大团大团的羊油烟味儿升腾而起。老师在睡梦里还能听见那首古歌。校工是个哈萨克老妈妈，住在隔壁。老师在睡梦里反复提醒自己，明天一定要问明白那首古歌唱的是什么内容。等到天亮，古歌已经显得不那么重要了，孩子们三三两两出现在学校里。老师哪有心思吃饭，老妈妈问她："煮的茶不好？烤的馕不香？你的身体不舒服？不舒服嘛就睡觉去，巴郎子嘛回家去。"

"老妈妈你见过火车吗？"

"火车是什么东西？"

"比马跑得快。"

"噢哟，大地上出现了比马快的东西，你要用马换火车吗？"

"我想让火车站起来。"

"你头疼的是这个呀，那太容易啦，马是我们哈萨克的翅膀，你给火车安上翅膀呀。"

老师的眼睛闪出许多星星，老师都跳起来了，跟一匹儿马一样，在老人跟前撒欢，撒够了，去见孩子们，到教室里已经是一个满脸严肃的老师了。孩子们起立喊"老师好"，老师望着孩子们，望了很久，才还礼让孩子们坐下。老师手捏一根彩色粉笔，刷刷刷几下就让火车站起来了，老师给长了翅膀的火车另起一个名字：飞机。老师在黑板上写"飞机"两个字的时候就不那么自信了，手微微发抖，孩子们的反应太重要了。好多年后老师想起这一天都感到害怕，这是她教学生涯中最惊险的一幕。她笑眯眯地问孩子们："火车为什么要变成飞机？"教室里静了那么片刻，再静一会儿老师就受不了啦。先是一个大个儿男孩子喊起来："我的青马秋天会变成大灰马。"

有马的孩子全都站起来，一个比一个嗓门大。

"我的大白马会变成栗色马。"

"我的大白马会变成雪青马。"

老师松了一口气，让大家一个一个来，不要着急。孩子们越讲越详细，马出生在什么地方，马喜欢吃什么草，马喜欢哪一条河里的水。连马打滚撒欢的地方孩子们都记得清清楚楚，有些孩子甚至把马跑过的路都说出来了。老师觉得有点太离谱了。老师的怀疑引起孩子强烈的不满。马在高草、浅草、沙地、石滩上的声音是不一样的，最绝妙的是马上坡下坡和穿越平地的声音，遇到鲜花盛开的地方马就会腾空而起一跃而过。

"马有翅膀，马会飞起来。"

孩子们有过这种奇妙的经历。火车站起来能飞，马肯定能飞，这是孩子们亲身经历的，草原上最好的马不叫快马叫飞马，黑乎乎的火车要飞起来就会变成银灰色的飞机，孩子们期待着老师，孩子们一定要老师说出飞机在天上走过的路。语文课变成了地理课，老师讲天上的星星，讲太阳系，那是航天飞机的路线，老师赶快往地球上靠，这下子又回到了语文课。老师讲到了天上的云，老师实际上是在背诵一篇描写云的散文，在那篇散文里，云变成了火，变成狮子、骏马、骆驼和群山。在天上奔驰的钢铁骏马应该有这么一番经历。这完全符合孩子们的想象。等孩子们离开学校时，老师差不多也成了一个大孩子，老师跑到哈萨克老妈妈眼前连蹦带跳跟一头鹿一样。

"老妈妈，火车飞起来了。"

"那是你给火车安上了翅膀。"

"我今天太高兴了。"

"孩子们比你更高兴，你们会把草原闹翻天。"

老妈妈知道今天会有高兴的事情，特意做了手扒羊肉，老妈妈不停地劝老师多吃点，老师跟前的羊骨头堆了一大堆，老妈妈还往她手里塞羊骨头。老师从来没有这么放肆地啃过骨头，腮帮子上都粘满了泪和肉末子，使劲地嚼着，呜儿呜儿地咽着，就像一头豹子。"你其（吃），其（吃）。"老妈妈畅快地笑着，用羊骨头敲着桌子唱出一曲《黄膘马》：

黄膘马扬起四蹄哟

快快跑吧

赶马人赛马的盛会你快快去参加

前边的怎会是杂色马不是纯色马

黄膘马若没跌倒

波力巴哟波力巴哟波力巴哟

你可在哪啊?

你总是在赛马时哟

旗开得胜

部落人常常因为你喜气盈盈

你常为阿吾勒争得光荣

长腿细脖的黄膘马

波力巴哟波力巴哟波力巴哟

四蹄快如风

外边的草原上，马群悠闲地飘动着，趟过浅浅的河水，漫上低矮的山冈，圆浑浑的马臀闪出一道赤褐色的肉的光芒。一块巨人的肉在老师身上翻滚，老师吓坏了。

老妈妈说："那是一匹好马，你的眼力不错。"

"我只是看看。"

"你想骑就去骑，光看顶什么用。"

老妈妈到院子里噢噜噜叫起来。学校没有围墙，大教室的后边隔出几间房子，住着老师和校工，中一间当厨房。学校与旷野中间横着一道栅栏，孩子们把它当拴马桩。外边的牲口就被挡回去了。老妈妈喊一阵子，一匹栗色马从远方飞蹿而来，老妈妈跟个大将军一样拉紧马缰，喊老师过来："丫头你过来。"

"我没有骑过光马背。"

"你劈柴的时候我看见你身上的力气了，你看中这匹骏马的时候我看见你的屁股在跳，你是有屁股的女人，这是你的福气，你骑光马背你就会知道你的屁股跟太阳一样雄壮。"

老师一点也没想到老妈妈的劲有那么大，抱在她胳膊一扬就把她撇到马背上，马扬起前蹄在空中乱蹬，老师吓得直叫，越叫马跳得越猛，一块巨大的肉从她的后腰涌上来，她可以感觉到马缰上的力量。她是团场长大的丫头，她们家有果园有棉花地，她手上有土地的神力，她就使出这股子力气，一点一点把马缰拉成了钢丝；马嘴巴快勒出血了，马脑袋跟大风中的树一样向后边弯过去，马缰又很调皮地松开，马刚喘一口气，缰绳那头又猛一下紧起来，反复五六次，马彻底地顺在缰绳上被拉顺了。老妈妈提醒她可以用腿上的力量了。她的双腿果然涌起一股汹涌无比的海洋力量，不知来自何方，她的腿跟圆木一样在马腹侧开始滚动，马往前蹿，随着缰绳的松动，马小跑着翻上山冈，腾跃着穿过平地。从大地深处散发出一股磁力，呼应着骏马和马背上的骑手。她和她的马已经不是在地面上奔驰，是从地心往外喷，往后一缩往前一伸，大片大片的草原就过去了，大片大片的云发出啸音。天空完全袒露出来，跟大地贴合在一起。老师已经感觉不到那匹骏马了，老师跟太阳一样漫步在草原上。

那匹马回到主人那里，发出悠扬深情的嘶叫。

老妈妈说："它还会来找你的。"

"为什么？"

"你把它的力量全拿走了，要是它拿走你的力量，你这辈子就别想走上马背。"

晚上，老妈妈烧一大盆热水，是牧民捣酸奶的大木桶。老师泡在热水里，从木桶的缝隙里渗出奶渣子，热腾腾的水汽里有浓烈的奶香，老师的筋骨里跟发电一样发出麻丝丝的酸，老师闭上眼睛，任凭这股麻丝丝的电流窜遍全身，头发梢里和脚指甲都没有放过。那匹马又回来了，马蹄子在捣她的背，后来是马结实的胸部顶住她的腹股，再后来是马的后臀，轰隆隆响着，跟草原古老的高车一样碾过她的胸脯；她第一次感觉她的胸脯，她跟白鱼一样在水里翻滚着，水烫得要命，这就是奶桶的好处，水不会变凉，老师放心地闭上眼睛。远方传来马的欢叫，老师突然听到了栗色马对她的呼唤，老师"哗啦啦"带一身热水站起来，栗色马的叫声是别具一格的，跟湍急的水浪一样在大地上发出"嘭嘭"的跳跃声。老师擦干身子，穿上衣服。

老师在冷飕飕的夜风里走了很久。牧草刷刷地响着，她的脚会把她带到马群那里去的。老妈妈叫她，她赶紧回去，草原上有狼，她一点也不害怕。老妈妈指给她看狼眼睛，狼眼睛跟蓝宝石一样，在夜幕里一闪一闪。

"我第一次走上马背，还是个孩子，大概六岁，骑着可爱的大白马跑进阿尔泰山，迷了路，可把家里人给整坏了，马是牧民的翅膀，孩子有了翅膀就想上天入地。"

栗色马跟老师幽会过好几次，每次都让老师得到最大的满足。老师几乎用完了它的力气，它吃一晚上夜草又奇迹般恢复过来。一个月后，主人赶着马群到远方去了。老师再也见不到栗色马了，老师攀上低矮的山冈，老师拼命地望着远方，远方跟海洋一样无边无际，草原的远方还是草原。老师看到的是灰蓝色的天空，天空在草原上会弯下来，跟海绵一样吸走人们的目光。老师的眼睛深下去，天空越来越近，天空要来抠她的眼珠子了。

老妈妈说："回来吧孩子，马比你更难受，你拿走了它的力气，它会在远方想你一辈子。"

"马能活多久。"

"草原有多少生命马就有多少生命。"

"我能活那么久吗？"

"你会的孩子，你还会有更多的骏马，快忘了你的栗色马。"

老妈妈站在栅栏外边，双手合成一个大喇叭，"噢噜噜"起来，蓝色的远方果然有一匹骏马飞奔过来，是一匹大白马，老妈妈说："这是我六岁时骑过的马。"

大白马给她带来的欢乐超过了栗色马。

老妈妈太了不起了。

老妈妈说："好好活吧，活到我这把年纪，你就会呼风唤雨，想骑什么样的马就能唤来什么样的马。"

夏天过去的时候，老师骑到了七种颜色的马。草原显得深邃而神秘。老师又听到那首忧伤的歌子，母亲失去了孩子就唱啊唱啊不停地唱啊……

3

母亲把孩子送上马背，心就悬起来了。

那是一匹暴烈的黄骠马，在马群里横冲直撞，几乎没有对手，孩子一眼就看中了这匹马中豪杰，孩子抓一把豌豆走过来，孩子那么自信，烈马还在尥蹶子呢，孩子躲闪、贴近烈马，抓住马嘴，并且扳开了烈马厚实的大嘴，把豌豆塞进去，马打着响鼻"咯嘣咯嘣"大嚼起来。孩子打来清水，用铁刮子刮马身上的尘土，马看起来挺干净，用铁刮子刮就冒起烟雾，马燃烧起来啦，孩子明天一大早就要骑这匹马了。孩子早早睡下。那一夜，月亮在天上快如疾风，很快就赶上了太阳，大白马变成了黄骠马，太阳咴咴叫着唤醒了孩子。六岁的孩子，按照草原古老的习惯必须走上马背。必须是真正的骏马，百里挑一的神骏。他的一生就从这一天开始。在此之前，他有马，都是儿马、小马驹，或者大人们骑顺溜的马。六七岁的孩子骨架和气势都已经显示出来了，必须让烈马来撑开他的生命。村子里的人为孩子感到自豪，令人敬畏的巴图鲁就要出现在草原上。

母亲的喜悦很难掩饰的。这是母亲最后一次送孩子上马。从这以后，孩子就跟父亲在一起了，孩子就成了父亲的好帮手，放马、割草、干男子汉的事情。母亲把孩子紧紧抱在怀里，捂在胸口上，大海的波涛汹涌着起伏着，孩子踏着高高的波浪爬上马背，烈马高高站起来。

孩子毫不畏惧，抓着马鬃向母亲挥挥手，烈马就蹿出去了，轻轻蹿着，又轻又快，到村口的大道上，孩子回过头再次向母亲招手。朦胧的晨光里，孩子的面孔竟然那么清晰，耳朵上青色的血管都能看见，还有淘气的眼睛和微微翘起的嘴角，跟他父亲一样是非常自信的家伙。

孩子和马奔上斜坡，马蹄声越来越远。母亲慢慢走向村口，她的心已经到了坡顶，到了远方，她只能走到村口。前后只有半个多小时，母亲就像经历了一千年一万年，母亲甚至听见了孩子坠地的声音，那地方是一片石滩，孩子坠在石头上，母亲的心一下子就碎了，母亲的手紧紧抓着胸口，后来她抓住了身边的树，那是一棵新疆常见的黑乎乎的榆树，长着厚实粗糙的皮，母亲把那树皮都抓掉了。一股可怕的力量抓走了她的心，她的心在远方碎裂了，又一颗心被抓走，被摔碎，痛苦在不断地重复着。

太阳还在天空照着，黄骠马空荡荡地回来了……孩子躺在远方的石头滩上，大睁着双眼，生命最后的光芒一闪一闪，不可能再熄灭了。

孩子埋在坡底下，那是他出发的地方。

母亲把悲痛压在心里，该做什么还做什么，日子得过下去呀。男人放牧，女人守着家园，照看地里的庄稼，准备一个冬天的牛粪和柴火。母亲不敢闲着。人就这么怪，手脚可以指挥脑袋，手脚空下来，全身的力气就跑头上去了。手脚还真空下来了，可手再也抓不下树皮了，连杨树皮也抓不下来。她就走啊走啊走上了那长坡，她可以看到很远的地方。

地平线冒出一个孩子，简直就像大地上长出来的一样，孩子的身边有一大群孩子，母亲以为是梦，母亲抱住其中最小的孩子，母亲悄悄地问他："你是我的孩子吗？"那个最小的孩子点点头，母亲就解开衣服让孩子吃奶。孩子轻轻地咂着。她自己都感到吃惊，孩子六岁了，早就断奶啦，奶头胀鼓鼓的是因为她是个丰满的草原少妇。孩子可不管这些，孩子咂得那么认真绝不是为了安慰她，从孩子的眼神和动作可以看出孩子有多么自信，孩子整个脸埋在丰盈的乳谷里，两只手抓住乳房的两侧，小嘴儿跟鹰一样使出浑身的力气，孩子终于咂出奶水，奶水从指甲缝里从发梢上从出神的眼眶里汩汩流淌着汇聚着涌向辽阔的胸脯——母亲跪在地上，孩子已经吃饱了，打出的饱嗝声震动了静悄悄的大地，母亲托着乳房，母亲的奶水还在流着。

　　放羊人在草原上经常碰到这种情景。女人太想孩子了，就抱住幼畜，不管是羊羔子、牛犊子还是马驹子，让它们嘬住乳头吃一顿，以快其心。有时候正给孩子喂奶，巨大的母爱使她难以自持，就给幼畜腾出一只奶头，宽大的胸脯上，孩子跟羊羔子、马驹子一起吃奶，才能吃完满满一胸膛汹涌无比的奶水。放羊人也会碰到那些失去孩子的女人，不用主人吭声，最小最可爱地幼畜会去安慰这个悲痛中的母亲。

　　母亲恢复了生命的感觉，牧人就离开了。牧人走之前很严肃地蹲在女人跟前，从奶头上取下女人的手，给女人系上扣子，也不用喊女人，牧人打一个口哨，她的羊全都叫起来，整个旷野一下子成了汪洋，女人被那巨浪拥着站起来，女人长长地出一口气，好像气是从地底下吐出来的，跟一条奔腾的大河一样。

4

　　千百年来，草原一直是流传故事的好地方，老师注定要为她的故事做些什么，她不能被动地让别人去猜测，让古老的传说和歌谣左右自己的命运。老师自信而从容。老师不再把书当宝贝，老师有一样宝贵的东西，锁在皮箱里一直没动。

　　当初接受这份礼物的时候，她有点生气，一个冒冒失失的男生，把她叫到教室外边，结结巴巴大半天，大意是同学三年，要分别了做个纪念吧，把纪念品往她怀里一塞就跑了。她还以为是什么好东西，原来是一包水果糖。她曾经喜欢吃水果糖，她的抽屉里放满各种水果糖的纸，花花绿绿。男生们故意捣蛋，打扫卫生时把她抽屉里的糖纸撒得满地都是，大风吹来，校园里彩蝶飞舞。校长大怒，一查到底，她被叫到校长办公室，校长说了什么谁也不知道，反正再也见不到她吃水果糖了。果园里长大的丫头，很容易就忘掉水果糖，忘得那么干净。那个男生慌里慌张地跑了，丫头都不明白这小子干吗送她水果糖，我又不是小孩子，丫头就拿回去装箱子里了。大家都忙着收拾东西，毛衣呀，衬衣呀，全都塞箱子里，穷学生也没多少值钱东西。晚上大吃一顿，第二天，校园里就空了，就像被马群扫荡过的草原。校长和几个教员孤零零站在大门口朝学生招手。谁知道什么时候再见呀，也许一辈子也见不上了。

水果糖曾经是她一个很遥远的嗜好。她从小爱吃糖，她的嘴巴从来没闲过，她吃那么多糖却不发胖，细高结实，这是干体力活的结果。她戒掉水果糖很久了。同宿舍的女生还开她玩笑，说她身上有水果糖的气味。她拼命洗呀洗，不用香皂，用劣质肥皂。她在宿舍里让大家好好闻闻，大家笑得更厉害："男生说的，你让男生去闻，我们不知道。"她抓住一个最要好的女生，两人挤一个被窝。

"你说实话，你闻到了什么？"

"明天早晨我告诉你。"

早晨，那个女生揭开被窝，打开窗户，窗帘跟旗子一样噼啪响，晨风把被窝里暖洋洋甜丝丝的气味吹到了校园，两个穿着衬衣的小女生站在床上，白衬衫和长发在风中飘成了悠扬的马鬃，校园里不再有彩蝶一样的糖纸了，可糖果的气味弥漫了天地。

"这不是我身上的气味。"

"你家里有果园。"

"果园离这二百多公里。"

"大地的气味你挡不住的。"

大地的宝贝就让它回到大地去吧。

花花绿绿的水果糖撒得满床都是，又没人惹它们，它们跟一群鸟一样喳喳喳叫个不停。老师得惹惹它们，老师一个一个捉到手心里，什么样的糖都有：奶糖、水果糖、巧克力糖、泡泡糖，一个城市的商品就这么多品种了，她把一座城市的好东西带到偏远的草原。她就想做一个游戏。她在院子里碰到老妈妈。

"老妈妈，快闭上眼睛。"

"我为什么要闭上眼睛？"

"鸟儿要飞到你嘴里做窝。"

"我都这么老了，你还拿我寻开心。"

老妈妈闭上眼睛。

"鸟儿你过来吧，你可要小心不要滑到我老婆子的肚子里去！"

一颗巧克力豆落进嘴里，滑进肚子里。老妈妈吓坏了，一只更大的鸟飞来了，是奶糖，"哗啦啦"，奶糖脱掉衣裳，跟白鱼一样钻进老妈妈的嘴里，老妈妈这回留心了，用舌头顶住了，"是一头奶牛啊，好多年没挤过奶了，我年轻的时候，可是挤奶的一把好手，我一口气可以挤空一头奶牛，它们离开我的时候，满心欢畅，年轻的时候多么好啊，指甲缝里都是力气。"

老师去做一个很简单的游戏，老师一点也没有意识到这个游戏有多么危险，很轻易地就把她的一生改变了。

夏天过去了，只有很少的花开在草原上，矢车菊像一只飞窜的野兔在草丛里出没，牧草沉甸甸的，像大牲畜在出气。她最先拨开的是浓密的芨芨草，她整个人被草叶埋住了，她咳嗽，芨芨草把她吐出来的糖留下了，芨芨草在慢慢地消受。灰白的艾蒿有一股麻丝丝的药香，叶片细柔，跟羽毛似的，她可以摸到艾蒿软软的舌头，水果糖的花裙子闪几下就不见了，大地深处有很奇妙的声音。那些草皮子紧贴着地面，她必须刨开它们的根，把糖埋在根部，小草全都挺起腰板，只喂它们几颗糖，整个草原的草全都高了一截。水果糖吓跑了野兔，野兔蹦得又高又猛，大地跟一面手鼓一样响起来，这小家伙总是叩响大地的心脏，马蹄子都不能跟它相比。

老师都看呆了，在坚实无比的呆傻中，老师的脸上猛然涌起来一阵狂喜。

那是刚入校不久，这群来自天山南北的少男少女在操场打雪仗，有点草原姑娘的味道。你不能给人家下狠手呀，即使抛雪球也应该是飘球不是炮弹，可总有那么几个不开窍的愣小子捏的雪球又大又结实，跟神射手一样朝丫头们狂轰滥炸。新疆丫头是什么丫头！有一个丫头跟雪豹一样扑上去，揪住那个最嚣张的坏小子，把他掀翻在雪地上，他拼命挣扎，手腕子被死死地扣住，手臂"咔嚓"一下脱臼了，小伙子疼得呲牙咧嘴只能硬撑着，丫头毫不客气地把大团大团的雪塞进他的衬衣里边。雪太新鲜了，在滚烫的皮肤上"滋滋"叫就是不融化。愣小子这下开窍啦，老老实实躺着不动，乖得像个小宝宝。丫头松开手，牛皮哄哄地从坏小子们中间走过去了。一大群坏小子呀，低着头，给人家闪开一条路，他们的头儿跟中弹的熊一样黑乎乎躺在雪地上一动不动。他被彻底地征服了。别的男生恶作剧把丫头抽屉里的糖纸抖成一群狂舞的蝴蝶，他满校园追这些彩色的蝴蝶；周末卫生大检查，校长发现可不得了。他只抓住可怜的几只蝴蝶，更多的蝴蝶把校长和检查组的人围起来，校长大喊大叫。丫头很快就领受到校长的咆哮。那个男生好像是个小干部，他被这个女生掀翻在地往衣服底下塞雪的时候，男生们就想宰了他。他被大家挖苦嘲笑一直到毕业，男生的这些猫腻，女生永远不会知道。

这个傲慢的女生，在草原上孤零零地想起这个男生。又一只野兔在大地上狂奔，叩击中亚腹地的心脏，丫头把一颗一颗糖塞进大地的胸口，就像给大地缝上了一枚漂亮的纽扣，牧草就像针线，扯起来压下去抚平，好像没发生什么事情。她制服了那个男生，她就把大家忘了。果园里长大的结实苗条的丫头，安安心心地读书，最大愿望就是能找到工作，军垦老兵的后代，没有更多的要求。寂寞的草原小学，摆脱了农场繁重的体力活，她很满足了。她就想起那个男生。大地绝对知道她心里的秘密，她的每一阵狂喜，脚下就蹦起一只野兔，大地就响起一串鼓声。

她去给孩子讲故事。实际上是在重复她小时候的故事。那是在团场的幼儿园里，小阿姨年轻漂亮，穿着蓝裙子，辫子上扎着一只蝴蝶，孩子们简直把小阿姨当自己的妈妈，放学时哭声一片。更让孩子们感到不可思议的是，小阿姨在孩子们的被子底下、枕头底下藏了各种各样的水果糖。小阿姨给孩子们讲童话故事，故事里的孩子都得到了老榆树爷爷的礼物。小阿姨就让孩子们到自己床上去找一找，看有没有老榆树爷爷的礼物。整个绿洲都处在老榆树的保护之下，茂密慈祥的老榆树到处都是，从家门口到幼儿园的院子全是老榆树。孩子们气都不敢出，轻手轻脚摸到自己床上，翻开枕头掀起被子，童话世界出现在孩子们的面前。

老榆树爷爷和神奇的礼物成为老师最美好的回忆。

老师绝不会简单地重复小阿姨的故事。在老师的故事里，老榆树还在，子母柳扮演妈妈的角色，沙枣树像一位父亲。红柳梭梭是你们的叔叔，他们保护着草原，草原就是你们的摇篮，你们没出生的时候，草原就给你们准备下了礼物。

老师把孩子们带到野外，最勇敢的一个孩子从芨芨草丛里掏出一颗糖，孩子们就散开了；男孩子成了烈马，女孩子成了梅花鹿，大地咚咚敲起来。

老师很快加入孩子们的行列。大地太辽阔了，她的记性怎么能跟大地相比呢？大地换了一副面孔，她记不清的地方，孩子们却能找到。当然喽，孩子们吃尽苦头，小胸部跟风箱一样呼哧呼哧，汗如雨下，头发湿漉漉贴在额头上。老师有些后悔，知道孩子们遭这么大罪，还不如在教室里做这种游戏。老师开始狂奔，老师老像在求孩子们宽恕。孩子们才不管老师的想法。孩子们看到的是一个完全释放出来的真正的老师，就像一个大角权母鹿，在金色的太阳底下蹦啊蹦啊。大地不停地倾斜着，大地斜向哪边，大家就往哪边奔跑，大地很快会斜过来的。沉浸在狂喜中的老师发现孩子们并不在乎能否找到糖果，孩子们更喜欢狂奔，跟骑上快马的感觉是不一样的，一蹿那么高，男孩子最厉害的时候，可以翻十几个筋斗，身体腾空不着地，跟大鸟一样。

　　大人们远远地端坐在马背上，草原的狂欢节只有在赛马会上，大人变成小孩，痛痛快快玩上一天，离开赛马会，大人就变成沉甸甸的石头，除非用烧酒歌舞凿开坚硬的甲壳，草原人一般是不流露感情的。这个年轻漂亮的女老师跟真正的鹿一样在草地上蹦啊喊啊，大地就用水果糖来回答她的呼叫。

　　她就像个女萨满。

　　老人们想起草原遥远的历史。

5

　　女人跟在牧羊人的后边，走了三天三夜。牧羊人回到自己的村庄，牧羊人让妻子好好招待这个不幸的女人，女人的羊皮袋子里装满了奶疙瘩，大家劝她赶快回家吧，你丈夫会着急的。女人点点头就回家去了。女人走向村庄的前方。大家发现她走的地方不对，母亲们，那些上了年纪的老母亲很悲壮地告诉大家："她找不到孩子是不会回来的，你们不懂一个母亲的心。"

　　母亲再也不到羊群里去了，马群牛群还有沙漠上过来的骆驼也引不起她的注意。她离开陌生的村庄，就听见小虫子在唧唧叫。她在地上找，稀稀拉拉的艾蒿个个都像虫子的窝，拨开时就没有声音了，她蹲在地上愣神儿，那声音又在前面响起来。她从早晨走到下午走到一片荒滩上，几乎看不到草的影子，虫子的唧唧声却越来越清晰。在几块大石头中间，有几棵土巴巴的野草，叶子和秆茎跟土是一个颜色，细心看才能看出这是棵草，在茎叶之间有一道微弱的润湿的痕迹，脑袋凑过去，就能看见，草茎是粉红的，虫子就守在草的根部，唧唧地叫。女人从侧面观察这个孤独的大地的歌手。它们的身体只有豌豆那么大，跟豌豆一样又圆又结实，黑乎乎的，就像大地长出一颗痣，一个会唱歌的黑痣。女人趴在地上，跟个孩子一样。她真的回到了孩童时代，她跟儿子玩的时候就像个大孩子，丈夫就开她的玩笑，草原上的男人幽默着呢，他们偶尔会跟妻子开一下玩笑，木讷老实的人显露出的机巧让人记一辈子。她的丈夫，那个黑乎乎的壮实的男人，逗着儿子，让儿子叫她姐姐："她是你姐姐。"儿子就傻了，丈夫继续逗这个傻儿子，"白天嘛，她是你姐姐，晚上嘛，她是你妈妈。"儿子全懂了，儿子在大白天里把母亲当自己的小朋友好伙伴，做些恶作剧逗她。丈夫放牧数日不归，两个大孩子在家里闹翻天，跟一群野鸟似的。这个憨厚的男人心细着呢。女人心里热乎乎的，女人就想把虫子抓过来，她伸一下手又缩回去了。虫子的声调变了，苍凉中有一种潮湿的东西，跟雨滴一样，荒漠地带雨滴就是金子，女人的额头上落了一滴，眼睛里落了两滴，她的两只眼睛全湿了，她得到了上天的恩惠。黑甲虫是对天空唱歌呢，它身边这么多沙石，沙石是有声音的。她伸向黑甲虫的手伸向了沙子，她一粒一粒数着，她可以数清楚了，一共是二十七个，她小声告诉辽阔的荒漠，你有二十七颗心脏，你比蛇的心还多，你比猫的心更多，你跟太阳一样有无限的生命。她的声音很弱，那些真挚的语言都是微弱的，总怕打扰了这个世界的安宁。你在心里悄悄地说话全世界都能听见。大地听见她的声音了，她说的都对，大漠无垠，可你用心数一数就是这个数，就是她细心数出来的这个数，二十七个。确实有一首古老的草原歌曲《二十七个姑娘》，姑娘就是在辽阔的大地上成为母亲的。母亲在给孩子恩惠之前首先得到了上天的恩惠，母亲的眼睛已经湿了，母亲哽咽着，母亲做姑娘时唱过《二十七个姑娘》，母亲数了一遍又一遍，绝对没错就是二十七个，我就是她们中的一个，我渴望嫁给一个男人，我就是有了男人，我渴望成为一个母亲，我就有了孩子，一个六岁的孩子，太阳和大地全都看见了这个壮实可爱的孩子，那是一个母亲的骄傲！孩子，你的母亲是大地上的二十七个姑娘，二十七个姑娘保佑你喂养你祝福你，孩子啊你有多么吉祥！……母亲再也不能打扰黑甲虫了，母亲拎着衣角，擦着满脸的泪往前奔跑，拼命地奔着，好像她的孩子就在前方，黑甲虫连这首古歌的歌词都唱出来了，黑甲虫的歌声一下子亮了起来……

草原上的姑娘卡提帕

我就唱卡提帕

我等待着你的部落已经半月啦，玛黑娅

玛黑娅，夏黑娅，玛里帕，哈力玛，伊力曼，孜力哈

玛依拉，巴黑拉，萨黑达

想你呀再涅西

布力布力，木尔克木，买尔维特，色勒合木，卡玛尔，加玛力

阿衣曼，巧力潘，哈力漫，孜亚西，刚好二十七啊

你若真心想着我卡提帕

我有心事对你讲

温柔的姑娘玛黑娅

玛黑娅，夏黑娅，玛里帕，哈力玛，伊力曼，孜力哈

玛依拉，巴黑拉，萨黑达

想你呀再涅西

布力布力，加玛力，哈衣恰，恰黑，萨黑燕，萨黑

黑萨江，木尔克木，买尔维特，色勒合木，卡玛尔，加玛力

阿衣曼，巧力潘，哈力漫，孜亚西，刚好二十七啊

　　母亲要去的地方连沙石都没有了，一团一团的浮尘围上来，飞进嘴里，变成泥，她把泥吐出来，软乎乎的一小块黄泥，举在手上，它竟然黏住了一颗飞翔的带着白色羽毛的种子，大漠常常出现这种奇迹，狂风摧毁了一个地方，连树带草全被刮上天空，草根草籽还有树木的种子飞翔千里，只剩下很少的几粒极具生命力的种子落到地上，它们再也不会死亡了，烈日严寒都无可奈何。它们等待时机，不要说雨雪的滋润，空气稍微有点湿度，它们就喷射出绿芽，一下子击穿大地和阳光，创造出一个鲜活的生命。有时人对着种子呼出一口气，种子都会破壳而出，伸出生命的利爪，飞向太阳，扎进大地。一块黄泥巴对流浪天涯的种子来说简直是天堂了。

　　母亲找到一个洼地，干硬的荒漠土比石头还硬，结着黑痂，母亲用刀子挖半天才挖出碗那么大一个浅坑，另一只手护着黄泥巴。现在可以让种子和它的胚胎回到大地了。母亲要好好看着这个了不起的生命。它是一棵树的种子。一棵树出现在大地上，长出密密的枝叶，就能在狂风中捕捉更多的种子，草木花卉的种子都能抓到，运气好的话还能抓到鸟儿和野兽。树从来都是鸟儿的家园，孤独的野兽会在树影里找到一点点安慰，受伤的野兽会抱住树根号啕大哭．树最终会招来远方的牧人。因为在树的周围有了更多的树和草地，那棵最古老的树，树中之王，把它的根扎进地层深处，找到宝贵的水源。泉出现在树底下、草丛里。你会繁衍出一块草地的。母亲把那个巨大的梦托付给泥巴上的种子。你还会繁衍出一个村庄，有男人、有女人、有老人、有孩子。

　　母亲在荒漠上度过了可怕的冬天．草原上的女人对付严寒是有办法的，她在地

上挖一个坑，找来柴火放坑里烧，土坑跟砖窑一样，到了深夜，火灭了，取出灰烬，她就可以躺在坑里度过漫漫长夜。荒漠上的干河沟，大地裂开的洞穴，大地太辽阔了，在中心地带就会裂开一个个豁口，这都是她藏身的地方。漫长的冬天，无数个寒夜她竟然都挺过来了。她快被冻疯了，最可怕的时候她抱起一块石头，她跟熊一样抱着石头往前走，她终于明白了，她的心有多么空旷！石头可以减速，抱着石头她就走得很慢了。她慢慢地从冬天走进春天，她再放不下这块沉重的灰蓝色的石头了，石头竟然跟天空是一个颜色。天空弯下来跟石头一样沉重。

她带着石头回到村子里，家园已经荒了，丈夫把羊群托付给邻居就离开村子找她去了。她一点也不着急，她把石头放在院子里，大家反复提她的丈夫，她反而劝大家不要急，石头在这儿压着阵脚，没什么可怕的。女人忙了半个月，家园又恢复了生气。

6

老师接到外边的来信，信在路上走了一个月。那个男生是从县城考上师范学校的，他又回到家乡去工作。他看中的丫头就没有他这么幸运，来自团场的考生，学习再好也只能去边远偏僻的地方。他的信搭了一天一夜的汽车，就换成了骆驼和马，最后换成了一个孩子。老师的信，孩子认识字，孩子读出了老师的名字。大人懵懵懂懂。孩子告诉大人，有人在很远的地方给老师说话，最好的办法就是把话记在本子上，装在袋子里。

袋子噢哟袋子。

孩子的妈妈找出最好的鹿皮袋子，信跟一只鸟一样钻进柔软的鹿皮袋子，妈妈亲手系在孩子的脖子上，妈妈还要叮咛孩子，不要走小路，遇到石头绕开走，袋子里装的是老师的亲人说给老师的话，不能掉一个字，好像袋子里装的是奶酪。亲人的话呀可不像奶酪，奶酪硬似生铁，亲人的话呀跟绸子一样，不要把它磨坏了，划个印都不行，弄皱了更不行。妈妈牵来一匹马。孩子不要马，孩子家里养着一群鹿，孩子还记得老师在草地上奔跑的样子，老师奔跑起来就不是老师了，就变成了一只漂亮的母鹿。鹿群中那只长着大角权的公鹿成了孩子的坐骑，高大的青杨"哗——"响起来，跟暴风雪一样响了一夜。

老师永远也忘不了那个草原的早晨，露珠那么耀眼，跟钻石一样，老师在橡树底下碰到鹿和孩子，老师如在梦中；朦胧的晨光把天地连成一片，从灰蓝色的空气中奔来一只美丽的大角权公鹿，孩子像个小仙人，递给她一只鹿皮袋子。老师读到了那封信，老师的眼睫毛上全是泪珠，老师的脸上跳动着火焰，大地芬芳四起，鹿好像闻到了遥远的麝香，鹿发出悠长而圆润的叫声。孩子一片混沌，鹿不管这些，鹿驮起孩子越奔越快。慢一点，撞上太阳啦！鹿不管这些，一只草原公鹿在芳香四起的时候会变成豹子，变成豹子的公鹿挺着角权的长矛一下子刺穿了太阳，不是一根长矛，十二权鹿角的长矛扎进太阳的各个部位，太阳的血跟暴雨一样落下来。孩子一身血水，就像刚刚长出来的鹿茸，孩子重新骑上公鹿，鹿角消失了，鹿的脑袋上全是新长出来的鹿茸。

教室里全是鹿茸一样的孩子，他们闻到了老师的芳香，他们的鼻子在微微地动，他们的额头湿润润的，他们的眼睛黑亮黑亮，黑亮中闪出一道道蓝光，蓝光把老师严严实实地罩住了，老师跟一只蛹一样，老师一点感觉都没有。孩子们告诉她，树林子里有大地的秘密，这个秘密必须由老师去猜。老师一点也没有意识到这是一个多么危险的游戏。孩子们也意识不到，他们长大以后知道这件事对一个人有多么重要，他们感到吃惊，十来岁的孩子胆子那么大！

老师的芳香传遍了草原。在女人们的想象里，老师应该有这么一天，大地上最好的小伙子向老师发出求爱的信号，老师嘛，跟大老娘们不一样，草原的丫头要变成女人，一遍又一遍唱那些流传千百年的古歌就够了。老师是识文断字的人，远方的小伙子把情歌写在信上装在鹿皮袋子里，太阳升起来的时候，老师就会读到信上的语言。姑娘丫头总要被爱的誓言击中，爆发出奇异的芳香。老师听不懂歌词，老师知道歌的内容。女人们怀着敬意把一首歌送到老师的窗前，她们不会去打扰老师的，她们看见窗口的灯光就行了。

孩子们在娘胎里就熟悉这些古老的旋律，孩子们懂事的时候就能听懂古歌的男女主人公，一个勇敢的青年哈萨克，一个剽悍的蒙古厄鲁特，在骑手的身边一定有花儿一样的姑娘，她们的头发上插猫头鹰羽毛的时候，姑娘的花儿就要开放了。在那些古歌里，只有世上罕见的美妇人才能引来美丽的鹿，鹿带给女人的是大地的芬芳。

孩子们吃到了大地的糖果，老师自然就成了古歌里的女人。为了报答老师的恩情，孩子们一定要送给老师草原最好的礼物。最肥的羊孩子们看不上，尊贵的骏马也不能跟老师相匹配，一个大胆的念头出现了——骑手，我们给老师送一个草原最了不起的骑手。在孩子们的眼里，那些熟悉的面孔不能成为故事的主角，孩子们总是梦想着远方那些异乡的骑手就出现在他们的眼前。

那个异乡人不知走了多少路，看他风尘仆仆的样子，好像他把天山南北都跑遍了，他趴在草丛里喝泉水，一眼泉远远不够，他哂干了大半个草原的清泉。泉眼全都埋在山冈的阴坡上，长满牧草的山包微微隆起在大地上，跟气势宏伟的女人的乳房一样。异乡人把帽子轻轻放在草丛里，干硬的手毫不客气地拨开深草，长在泉边的草什么时候都是黑森森的，他的手伸过去的时候，牧草就闪开了，露出亮晃晃圆浑浑的清水，长满黑胡子的嘴巴跟鹰一样叼住丰满的泉，大地啊呻吟着颤动着，大地的胸脯激烈地起伏，大地的手脚——那些树开始抽动。

孩子们跟鸟儿一样卧在高大的树杈上，看那个剽悍的异乡人喝水。他们从来没有见过这么渴的人。

"他是骆驼吧，他肯定是从南疆来的，那地方没有水，草用叶子吸空气里的水分，人畜用头发和鬃喝水。"

那个异乡人渴坏了，他的脑袋扎进泉眼的坑里，他在大口大口地吸泉的心肺，埋在地层下的大团大团的水被他吸出来了，他把大地弄疼了，大地的筋骨、树根和石头猛一下抖起来，孩子们纷纷落地，山顶上的孩子跟石块一样滚下来。异乡人看见了孩子。他满脸大胡子，胡子的尖尖被太阳晒焦了，那么多泉水装进他的肚子里，他身上充满一股子神力，眼睛跟电光一样闪一下，他跟一头笨牛一样一颠一颠朝孩子们奔过来，他抓起一个孩子搂在胸口。他个儿不高，可他太宽阔了，他肯定是蒙古人，他的胸那么宽，被他搂住的孩子是个大孩子，那个孩子跟一枚小石子一样被装进他的大袍子里，快要捂死了；他把孩子慢慢地取出来，扳住孩子的肩膀，瞧啊看啊，然后用鼻子一点一点闻孩子的头闻孩子的胸脯，他把孩子闻了一遍；就是孩子的父亲，也只会闻孩子的脑袋。让孩子吃惊的是他从身上摸出一颗糖，他剥糖纸的动作笨得要命，他太激动了，他总算剥掉了糖纸，把晶光闪闪的水果糖塞进孩子的嘴里。孩子多聪明。

"你身上有糖。"

"糖在我的心里。"

异乡人厚墩墩的大手伸进袍子里，他宽阔的胸口底下有一颗了不起的心脏，水果糖就长在那地方，异乡人跟摘果了一样摘下自己的心送给第二个孩子，第二个，第四个……那么多孩子，眼睁睁看着异乡人摘自己火热的心，那颗心跟蜂蜜一样甜啊，孩子们叫起来："糖是大地的秘密，怎么到了你身上？"

"我没有家了，大地就是我的家园。"

"噢，你这么喜欢我们，你一定是在找你的孩子。"

"孩子……我找我的孩子。"

异乡人不再是异乡人了，孩子们喊他"叔叔"，他就成了众多孩子的叔叔。

"我们能叫你爸爸吗？"吃了两颗的小女孩嘴一下子甜起来，一下子喊出了叔叔的心里话。叔叔那颗巨大的心再也长不出糖果了，叔叔双手揉一揉那颗巨大的心，心把手烘热了，那双热烘烘的手捧起小女孩的脑袋，小女孩用草原的习惯叫他阿塔，他的泪"刷"就下来了。

"我走遍了群山草原，我总是告诉人们我在寻找我的女人，没有人知道我心里的秘密，我的孩子一直藏在我的心底。"

"你的孩子就在我们这里。"

大胡子叔叔点点头，认了。这么多孩子喊他阿塔他能不认吗？

"你的女人也在我们这里。"

大胡子叔叔点点头，也认了，这么好的孩子给他许下心愿，那心愿绝不是梦幻。

大胡子叔叔唱了一首让孩子们永远也忘不了的歌，从那调子里可以听出来他的足迹有多么遥远，从大地到苍空，他肯定到过天空，只有到过天空跟星星交谈过的人才能唱出这样的歌曲，歌是这样唱的：

什么地方有孩子

什么地方就有黄金岁月

黄金岁月啊

有孩子的地方

就有黄金岁月……

按照孩子们的心愿，大胡子叔叔来到小树林，他把皮袄铺在树洞里，他跟一只黑熊一样钻进去。长了几百年的老榆树，树梢挠着天顶，树根抓着地心，树脖子上裂开一张大嘴巴，那是孩子们藏身的地方，也是过路人的客栈。一不小心会碰到大黑熊和大蟒蛇，孩子们捉迷藏时，曾碰到过一只大蛇，蛇头跟孩子的小脑袋几乎碰到一起，蛇吓坏了，嘴里喷出一道火焰，孩子落到地上，快晕过去了。更让孩子们惊奇的是天上的闪电，带着滚滚春雷，天穹的利剑弯曲着伸进树洞，树洞里好像埋了炸药，"轰隆——嘎巴！"树洞好好的，天空却被炸烂了，暴雨的碎片落满整个草原。

孩子们太激动了，孩子们把自己的心愿告诉老师时小脸蛋红红的，冒出热气，就像一层霜。老师正在给远方的同学写信，她接受了那个男生的爱，她沉默了一个礼拜，在礼拜天的时候她写好回信，把信装进鹿皮袋子，用羊毛绳子扎好，那个孩子会骑上美丽的大角权鹿穿过茫茫大草原。草原公路离这里很远，每天都有邮车从那里经过，孩子会把信交给邮车的。老师把信交给孩子，老师就进入少女最最美好的时光。老师大白天里洗热水澡，就是那个桦木的大奶桶，跟剥了皮的绵羊一样，老师在热水里泡得红彤彤的。老师穿上最好的衣服，老师从来没有这么漂亮过，老师也从来没有这么爱美，老师对着镜子描啊画啊。那个年代，女人们刚刚意识到化妆的魅力，其实都是很简单的香脂啊雪花膏啊。

哈萨克妈妈闻到扑鼻的芳香，老妈妈骑上马到很远的地方采来草原最珍贵的奥斯曼草和沙枣树上的树胶。老妈妈在手心揉啊揉碎了奥斯曼，用细细的红柳树枝描老师的眉毛，眉毛跟燕子的翅膀一样飞上了老师的鬓角，老妈妈揉啊揉啊，沙枣树的树胶化开了，抹在老师的黑头发上，长长的黑发闪出的亮光跟马靴上的亮光一样，一只擦亮的马靴走过草原时就会发出这种亮光。一个大地上罕见的美人儿就诞生了，老妈妈把她搂进怀里，用宽大的袍子捂得紧紧的，拉起悠扬的草原长调。

啊呀呀啊呀呀

我要是一个男人啊——

我要是一个男人啊——啊呀呀啊呀呀——

我是一个草原的男人啊——

我慢腾腾啊慢腾腾

走在大地上

我是大地上的一个男人啊——

我的太阳啊——我的月亮啊

升起来啊，升起来啊

啊呀呀——啊呀呀

美人儿在老妈妈的袍子里摇啊摇啊，度过了春天度过了夏天度过了秋天度过了炽热的冬天，老妈妈袒开胸怀，那个大地上罕见的美人儿鸟群一般冲出去，扑向熊熊火焰。

老师是在河边碰到孩子们的。老师一点也没想到那个骑着大角权鹿的孩子会把鹿皮袋子送到树林子里去。老师有水果糖，大胡子叔叔也有水果糖，大胡子叔叔肯定是老师要找的男人，美丽的老师也肯定是大胡子叔叔要找的女人，至于大胡子叔叔要找的孩子嘛，全归老师管，那么多孩子，谁家有这么多孩子！孩子骑着大角权鹿到林子里，大胡子叔叔跟大黑熊一样呼呼入睡，可能是树液熏的吧，大胡子叔叔身上有一股子树木的香味，带一点淡淡的苦涩。孩子把鹿皮袋子塞到叔叔的袍子里，那里有一颗缓缓跳动的很大的心，孩子骑上快马跃上山冈时常常能感受到这种缓慢而雄壮的力量。

在老师的那封信里，这片树林子恰好是约定见面的地方。这些可爱的孩子，真是一群小精灵，他们把礼物也藏到这里，藏在那个神秘的树洞里。老师走进树林的时候也差不多进入蓝色的梦幻。太阳在草原上滚动着，从远古从星河的那边，岁月的车轮带来宇宙天地的神力，这股力量推动着老师。老师攀上那棵老榆树。榆树活了好几百年了，还那么雄壮，完全是个壮美的草原汉子。

草原汉子在梦中寻找自己的女人。女人失去了孩子，女人发誓要把大地摸一遍，哪怕找到孩子一根头发，女人都会满足的。那一天，女人会回到家里，回到他身边。他想告诉女人，你找到了孩子，孩子就在你身上，你的命和我的命，我们的命合在一起啊，孩子就回来了。这个雄壮的草原汉子在梦中摸到柔软的头发，接着是绸子一样的温热的女人身体，他把那女人的身体捂在袍子里，那女人就从绸子变成一块玉，轻轻滑过他的胸口。树猛烈地抖起来，树液跟一条大河一样翻起波浪。大河奔腾了整整一夜。太阳升起的时候，大胡子叔叔读到那封信，他终于走出了梦境。这封信绝对是她的，他的女人捎给他的。好多年前女人看中他，就把鹿皮袋子挂在他的马鞍上。约定的地点就是河边的树林子。我的女人啊，跟我走过了十年美好的日子，也遭受了人间最大的痛苦，她失去了孩子她离开家，终于有了音信。

整整一天大胡子都在读那封信。太阳很庄严地落到树林子里，树权跟长矛一样扎在太阳的心窝，太阳的血水暴雨般落下来，大胡子亲亲身边的姑娘。他的生命中确实有过一个姑娘，那个姑娘从消失的岁月里又回来了。多么好的姑娘啊，为了安慰他，先到梦中与他相会。大胡子骑上黄膘马，到伊犁去了。

他的妻子确实回到了伊犁，回到了乌孙山下，在树林子里捡柴火。一个满脸黑胡子的家伙慢慢腾腾走过来。女人吓坏了，女人是不会怕男人的，那些怕羞的姑娘才怕男人呢。黑乎乎的家伙边走边喊："我收到了你的信，我就赶回来了。"女人天天都在盼丈夫，女人给大雁、给野兔、给黄羊、给风、给大地上所有的东西都托过话。

"那些话全在这里边。"

丈夫掏出鹿皮袋子，朝女人轻轻一晃，女人就回到了过去的岁月，女人就成了真正的少女。

那个少女在树洞里悄悄地哭泣。

要哭你就哭吧。

女人又笑了。

那个树洞里的少女还在哭泣。

笑起来的女人给丈夫一种力量，丈夫就和她躺在一起。在收拾得干干净净的房子里，丈夫和妻子睡在一起。特克斯河奔腾着翻起高高的波浪。

我们的孩子。

见到了好多好多孩子，那么多孩子。

一个就够了。

不，不，一大群孩子，全都是孩子，有孩子就有黄金岁月。

我们有那么多黄金岁月吗？

有孩子的地方就有黄金岁月。

7

孩子们发现大胡子叔叔跑了，就去追，他们哪是大胡子的对手，眼睁睁看着大胡子的黄骠马奔上蓝天。孩子们怎么能罢休呢，那是给老师的礼物呀。老师走过来的时候，孩子发誓一定要抓到大胡子。

老师沉着脸撕孩子的耳朵，老师都气哭了。老师越哭，孩子越感到愧疚。那些大一点的孩子就安慰老师："大胡子有什么了不起，要不了几年我就会长成草原最威风的骑士，我一定向老师求爱。"老师"吭"一声笑了，老师终于笑了。

孩子们怎么能甘心呢？那些发誓要向老师求爱的男孩子骑着马奔向大地的尽头。大地是有尽头的。孩子们很小就听大人们讲过群山的故事。草原上的小巴郎子长到十二三岁，骨头里有铁的时候就有资格跟大人到深山里去放马。巴郎子是不能出远门的，巴郎子跟妇女老人一起守着村庄。黄泥小屋，还有树林子，树林和村庄中间隔着草原小河，跟一条蛇一样盘来盘去。孩子们骑上大马，很轻松地从河面上一跃而过。

他们迎着太阳奔啊奔啊，太阳被扔到马蹄后边，群山裂开一条大峡谷，那么壮美的大地的豁口好像是被马撞开的。孩子们的心怦怦跳。大峡谷里奔腾着一条大河。孩子们为家乡的小河而羞愧。整个夏天他们光着屁股在浅水里折腾，老师来了以后他们全穿上了小裤子，他们还下水，水对他们太有吸引力了。有个孩子叫起来："我们那条小河算什么呀，就像牛尿的一泡尿。"奔腾的大河召唤他们。他们就像传说中的英雄那样骑着骏马到河里去了。雪水把马都冻僵了，孩子们凭着一身血气，回到岸上。马跑不动，只能步行，那个最小最弱的孩子连话都说不出来，刚上岸他还能动，他拉起马缰，迈两步就栽倒了，马把他驮回家。

老师吓坏了，问孩子们为什么这样。草原的孩子不会说谎，就告诉老师："我们给你最好的礼物没有送到你手里。"孩子们哇哇大哭。"我们想快快长大，长得跟山一样，雪水又把我们冲回来了。"

"你们好好念书就是给老师最好的礼物。"

"你是安慰我们，不想收我们的礼物。"

哈萨克老妈妈给他们解了围："你们的礼物老师早就收到了。"老妈妈的一双手跟铁钳子一样抓住老师的肩膀，老师只能按老妈妈的意志来回答孩子们："你们的礼物很好呀，老师收到了。"

孩子们满意了。那个最小最弱的孩子一定要老师等着他。老师说："好好好，我等着你。"

"老师你几岁了？"

"老师 21 岁。"

"你不能再长了。"

孩子很狡猾地眨眨眼睛："我长得再快也赶不上你，只有你停下来不长，我才能长到 21 岁。"

"这个小鬼头。"

老师答应孩子的要求。孩子们欢叫着离开。

8

老师问老妈妈为什么要对孩子们撒谎。

"你确实收到了他们的礼物。"

"坏人偷走了礼物，自己藏在树洞里。"老师再也忍不住了，扑进老妈妈的怀里放声大哭，"这个坏蛋，大坏蛋，我要杀了他。""哭吧哭吧，我的孩子，我的古丽，我的阿衣曼，我的卡提帕，我的玛依拉，姑娘总会有这么一天的。"

"你说我怎么办呀！"

老师毕竟是个姑娘，姑娘抬起她的泪脸，又扑进老妈妈的怀里。老妈妈摸她的背。

"那不是坏人，那是老榆树的一个梦，只有孩子才能实现老榆树的心愿。"

"可我没有这个心愿呀。"

"姑娘总是要开花的，难道你不想开花？汉人的姑娘啊，总是那么爱流泪，得到了大地的生命要高兴起来。"

老师不哭了，跟个羊羔一样眼睛亮晶晶的。

"你慢慢就会尝到生命的甜头，做一个女人比做姑娘幸福得多。"

老妈妈抓住老师的手，穿过校园和村庄，来到小树林子里，妈妈拍拍老榆树。

"它已经活了五百年啦，它要活三千年，想想吧，三千年的力量，多么了不起，丫头你太了不起了。我要问问它，是用什么力量让你开花的。"

"老妈妈你小声点。"

"你不要害羞，幸福是不能扭扭捏捏的。"

老妈妈向老榆树拜了几拜，往后退几十步，可以看到树洞里边了，老妈妈就对着树洞喊起来："有一个姑娘！——"老榆树跟着喊："有一个姑娘！——"树洞里一下子有许多许多姑娘。很久很久了，大地的回声还是那么久远那么响亮。

大地静悄悄的，静了那么片刻，风暴骤然而起，冲天的烟尘后边，雷声般的马蹄滚滚而来，从大地深处奔涌出洪水般的马群，整个大地被马群淹没了，马群互相挤着冲撞着，无数壮美的马头高高扬起，马鬃飘荡着，抖动着，回旋着，马群向苍穹奔腾，天空无限地蓝着，蓝得发黑。马蹄踏起的雷声震裂了大地的胸口，大地的腑脏抽搐着。牧马的汉子都是草原上的好汉子，都是太阳的儿子娃娃，都是冰雪暴雨和牧草的巴图鲁，他们一声不哼，端坐在马背上，默默地寻找着那个好姑娘，从五百年老榆树的喉咙里喊出来的绝对是一个好姑娘。牧马人挺着套马杆，套马杆吸引着无数剽悍的骏马，那都是大地上最壮的牝马，一身油光一身豪气，追着套马杆，又远远躲开了。

我的骏马哟，每一个毛孔都散发着野性的骏马，牧马人的绳索只想套住你的脖子，牧马人的绳索最怕磨掉你金子般的野性，牧马人只想跟你待在一起，那杆子上的绳索不是捆你的绳索，加上牧马人的力气，就像小河流进大海，牧马人只想跟你的力气合在一起，牧马的人啊，只想把他的命跟你的命合在一起。

洪水般的马群回旋着奔腾着，天空的胸膛被震裂了，从天空深处崩裂出更辽阔的黑沉沉的蓝色，就像剖开的骏马的胸脯，鲜烈的马血和马肉以及那颗跳动的心脏闪耀出罕见的蓝光。比天空更蓝，只有群山的山体才有这种蓝光。马群在天空深处看见了自己的心脏，马群嘶啸着向远山奔去。

牧人和马都相信，群山是躺在大地上的太阳，山体上闪闪的蓝光比阳光更珍贵，眼睛里有水的人才会看群山的光芒，看了群山光芒的人啊是有梦的人。

老师瘫倒在草地上已经很久很久了，老妈妈跟抱一个婴儿一样把老师抱起来，老妈妈就像一只老绵羊，羊羔会跌在草地上，老绵羊啊石头砸都砸不倒。老师的脸红扑扑的，老师的身体是酥软的，老师好半天说不出话来，老师的眼瞳里泪水一闪一闪。老妈妈告诉她，你酥上一回啊，你就想活三百岁，当然喽你是活不过一棵树的，可你绝对能活过一匹马。

马群跑远了，马蹄的震撼力还在，牧马人的歌声还在回旋飘荡。

"站起吧孩子，倒下去的是一个姑娘，站起来的是一个了不起的女人。"

从大地深处伸出两条腿，很优雅的两条细长的腿奇迹般长在老师身上，老师从瘫软中一下子站起来。老师有无限的力量。滚滚马群在前方欢叫奔腾，平坦的大地形成两面斜坡，马群经过的地方全成了峡谷。真正的天山大峡谷在远方迎接它们，它们就把平坦的地方踏成了大峡谷。

从那天起，大地在老师眼里就成大峡谷了。她曾骑上马向东向西向南向北拼命地奔跑，大地伸展着伸展着，大地太辽阔了，就很容易形成一面大斜坡，人和马不奔跑，是在坡上滚。

老师在大地上行走，就感到晕眩。村子里的人家总是在房子外边砌一道矮墙，小孩子很容易就翻过去了，从远处看，墙就像一道土坎。有些人家连墙也不扎，几根圆木就行了。老师就对人家说："这么好的木头做栅栏可惜了。"那个黑乎乎的壮汉有很充足的理由，他大手一挥："外边是世界，这里是我的家，要把世界隔开就得用好木料。"这是一根雄壮的云杉，是他用一个礼拜的时间从山里拖回来的，两匹马换着拖，累得直哆嗦。云杉被洪水冲到峡谷底下，枝杈全被摔断了，庞大的根还带着一大包黑钙土。这个壮汉就用皮袄包住树根，用皮绳扎紧，就像搬一座山，不停地挥鞭子，两匹大马累得直哆嗦，低声吼叫。听过牲畜哭过没有？高角牲畜哭起来跟男人一样，低着声吼叫，就像野猪的嚎叫。总算拉回来啦。受伤的云杉横卧在他们家门口，树根培上土，让它斜着长。新疆好多树是贴地皮生长。

秋天深下去，草原一片金黄，太阳沉在地平线上，跟高车的巨轮一样札札响着，好像要裂开了。老师一下子被树林的美景迷住了，太阳就停在树林那边，黄叶翻飞，如同火焰。老师突然涌起一股豪气，拔出刀子奔到一棵大树跟前，"刷刷"几下，树干裂开一张嘴，树液涌出来，老师抱住树，大树的胳膊汹涌着树液的血脉，一鼓一鼓的。五百岁的老榆树有这么青春的血气。老师在老榆树的怀抱里晕眩了很久很久，离开的时候，老师就跟树一样有了无限的力量。

牧草沉甸甸的，跟人一样也有无限的力量，跟锉刀一样打磨着靴子，靴子就像行走在沙漠里的骆驼，把老师带到长满高草的地方。结籽的草穗打疼她的手和脸，她蹲下去，草浪就淹没了她，她的胸脯也被打疼了，她跟一只小兽一样喘息着呻吟着。在大地深处，有无数的虫子在吟唱，就是这种甜蜜而苦涩的来自腑脏的声音。虫子会不会流泪？老师擦一下满脸的泪，草籽和草叶就粘在腮上了，草籽从腮上慢慢地爬，一直爬到眼睛底下，就像新长出来的泪痣，无数的泪珠纷纷而下。那么大的声音，刷刷刷，无边无际的流沙，无边无际的金色牧草，还有高高飘扬的马鬃，都用同一种声音来应和一个女人的泪。她呆呆地听着这种暴雨般的声音，她不停地用手抹一下脸，捽一下，她手里的草籽越来越多，她抓了满满一把草籽，她知道她哭够了，她松开手，草籽"刷刷"落下去，又飞起来，随风而逝。她再也不会有眼泪了，她手指上还有草籽饱满的感觉还有草籽麻丝丝的香味。大地肯定闻到她的香味了，大地上的风旋过来，她就闻到自己的芳香，湿漉漉的女人的芳香，混在牧草的气息里，厚实而浓烈。

大地一点一点升高，她爬到一面缓坡上，这里全是两三寸高的浅草，浅草也泛出一片金黄，跟厚毡一样，跟牲畜圆鼓鼓的腹一样。老师把靴子拎在手上，她脚上的袜子很薄，她就像在针尖上行走，她喜欢这种疼痛，她走得小心翼翼。连她自己都不知道她为什么要这么做，她那么冲动，她把靴子放在大石头上，她跟长颈鹿一样扬起脑袋，一动不动地看着靴子。风在高空发出一声声怪叫，风跟轰炸机一样，开始低空飞行，刚一挨近地面就先把靴子从石头上掀下来，"咚、咚"两下，两只靴子一前一后直挺挺靠在石头一侧，靴口正斜对着长风，鞋子跟号角一样鸣——响起来，靴子摇摇晃晃，跟一个真正的歌手一样把呜呜的响声变成真正的音乐——

悲凉而古老的胡笳从天而降，随曲子而来的是大团大团的草籽，刚一落地又随风而起，到远方去了……胡笳声越来越低沉。靴子被草籽填满了，风在拼命地掏靴子里的草籽，胡笳声就变得悲壮而急切。

老师赶紧奔过去，把靴子抱在怀里，风就掏她的耳朵、鼻子和嘴巴，她的脑袋竟然也发出胡笳的声音，她快喘不过气了，她抱着靴子，跟跟跄跄往回走。

老妈妈问她是不是抱回一个孩子，她竟然点一下头，进屋后她发现不对劲，她就喊老妈妈过来，她从靴子里掏出一大堆草籽，"你看见了吧，风吹来的，是草籽不是孩子。"

"草籽能给女人带来好运，你好好收着吧。"

"收在哪里呢？"

老妈妈取出枕芯，倒出里边的棉絮，把草籽装进去。

"就跟躺在大草原上一样。"

那是一个明月之夜，草原上的月亮又亮又大，停在低矮的山冈上，家家户户的人都能看到月亮。有两只鹿迎着月亮奔上山冈，很快就闯进明晃晃的月亮宫里，月亮好像怀孕了，两只神鹿成了月亮的胎儿。

老妈妈一边捻羊毛一边讲她的女儿，她的女儿好多年前嫁到遥远的青海去了。

"那里有我们哈萨克人，他们在阿克顿草原上唱歌，我们在天山上都能听得见，我女儿连歌词都听出来了，一字不差念出来了，那是一首多么了不起的歌曲，歌唱的是我们的草原神圣的靴子，跟你的靴子一样，靴子唱起歌来了。"

老妈妈清清嗓子，就唱起那异乡的歌曲。

拿树叶遮掩七尺躯体

铺的却是花瓣和嫩枝

吃的是苦涩的野果山梨

喝的是清澈的冰冷的泉水

住的是黑洞洞的石窟

用的是粗糙的石器

腾格里降下旨意

一只靴子从天而落

一周之时光冉冉而去

在第七天的日子里

那天降的靴子里头

一个娇嫩的婴儿在哭泣

从靴子里诞生的可爱的孩子

牙牙讲起话来

求求你收下我

请抚育我长大成人

若无儿子愿做你的儿子

若无兄弟愿为你当兄弟

此生此世啊

愿永久陪伴着你

那歌曲回荡了很久很久，老妈妈还陶醉在那迷人的曲调里。

"草籽是不会随便到你身边的，还必须有火焰。"

老师很快就见识了草原人的篝火边上，烈酒和歌曲化开了僵硬的面孔，凶巴巴的汉子也变得温顺起来。所有的人都加入歌舞的行列，老师是最后一个进去的，就像登上了呼啸的列车。只有老师有过坐火车的经历，从库尔勒到乌鲁木齐，天山大坂，农场的父母兄弟送她去上学，能留北疆就是人们最大的愿望了。草原有一个美丽的名字，新疆那些偏僻荒凉的地方都有一个美丽的极富诗意的名字，老师在信中把这里描述得更逼真更形象，让人以为她在天堂里生活。

天堂的火光照着她的脸盘。紧跟着老妈妈，许多奔放的骑手跟她跳，她就彻底放开了。火焰太猛太烈了，能化开生铁，能化开人们身上所有的隔膜，人群全被焊接在一起，随着篝火和乐曲摆动着，奔放而含着优雅，火焰顺着心灵的大河流遍胳膊和腿，流遍胸和背，远处的畜群静静地听着看着。村庄之外，草原深处，黑熊和狼也温顺起来，猛兽蓝色的眼睛跟星辰一样，从远古洪荒年代奔腾而来的篝火，一直燃烧在岁月的大河上，人们难得有这样的机会来释放自己，重现祖先的光荣的生命的豪迈。

老师终于和老妈妈碰在一起，在巨大的人流里碰在一起太不容易了，老师的手臂跟风中杨柳一样摆动得很自然很优雅了，老妈妈打着手势告诉她篝火的秘密。

篝火驱散了黑暗，把女人化开了。女人容纳大地，容纳种子，容纳狼和男人。

篝火把泥土烧成陶罐，从岩石中取出铁，从肉体里生出生命，女人再也不会失去什么了。

老师一直很感激老妈妈在篝火这夜给她的一切，生命降临到她身上时，她毫不惊慌，老妈妈一根一根抓她的手指头，"你真是个好女人，不用担心谁是孩子的父亲，五百岁的老榆树就是孩子的父亲。"老妈妈肚子里有许多故事，那也是草原上流传千年万年的故事，在那个故事里，女人在树林里待一宿就怀上了树的孩子，女人在草原上捡牛粪时会拣到鸟蛋，女人吞下鸟蛋就会怀上鸟的孩子。

"不是鸟的孩子，鸟的孩子是长不大的，那是大地的孩子，大地只是借用鸟蛋，大地把神力灌进蛋黄里，捡到鸟蛋的女人就是最幸运的女人。"

9

孩子们的愿望终于变成现实。老师有了孩子，那个孩子绝对比我们聪明比我们漂亮。不管是男孩还是女孩，一定要符合孩子们的想象。

"老师，大地还会有糖果吗？"

"在你们童年结束之前，大地还会给你们一次礼物。"

"为什么是一次，不是许多许多次？"

"那就该你们自己啦，你们成了大人，你们就会明白大地的秘密。"

老师的肚子就是最大的秘密，孩子们从母亲那里看到一切奇迹般发生在老师身上。暴风雪，那个冬天，有数不尽的暴风雪，孩子们琅琅的读书声压倒了暴风雪。雪堆爬到屋顶上，老妈妈指挥孩子们把雪堆掀下去。老师快生孩子了，老师再也上不了讲台啦，孩子们还待在学校，老妈妈就给大家讲故事，讲树精，讲草丛里神秘的鸟蛋，大鸟和老树就很容易成为孩子们的父亲和母亲。

春天到来了，积雪还残留在大地上，青草不顾一切地冒出来，老师肚子里的孩子也不顾一切地来到这个世界上。孩子过了百天，老师要出一次远门。生过孩子的女人有一种可怕的美。老妈妈说："你可以去爱世界上最好的男人了，你有腰身有屁股，有怀过胎的肚子，这都是女人最珍贵的东西，好男人看中的就是这个。"

孩子们太好奇了，问老师生的是妹妹还是弟弟，当他们得知是个妹妹时，他们就在教室里摆上桌子板凳，连小书包和铅笔都准备好了，大家都知道老师生了一个小学生。

"你们再说一遍。"

"你给我们生了一个新同学。"

老师开始拥抱她的学生，这也是孩子向往已久的事情，老师跟真正的草原女人一样把她的学生捂在袍子里，捂在她芳香四溢的胸口上。男生和女生，那么多学生，最大的学生阿衣曼已经十四岁了，跟一棵小白杨一样跟夜空的新月一样。阿衣曼，勇敢的阿衣曼，不会老老实实让老师抱自己捂自己，阿依曼跟一头梅花鹿一样跳起来，捧住老师的脸，眸子里射出宝石一样的光芒，谁都能看见那是一双阿尔泰山才有的猫眼宝石。长着猫眼宝石的索米娅把老师捧在手里，看了好几分钟，就开始亲老师的额头和脸蛋，"老师，老师——老师！"阿依曼大胆而迅猛，跟豹子一样。阿衣曼，我们的阿衣曼，我们的首领，我们的骄傲！孩子们一个挨一个排着队，跟天鹅一样，跟大雁一样，向老师那里飞翔盘旋，那么多孩子亲老师的额头和脸蛋，这也是孩子们的心愿啊！

10

老师要满足她自己的心愿了。孩子由老妈妈带着。那个人在几百公里以外的小县城，对老师来说，再小的县城也是一个大地方。她所爱的人在那里教书，她找到他的时候，他已经有对象了，他等了她一年，不见回信，就跟一位女同事定了婚。

"未婚妻不是正式的妻子，我才是你的妻子，我还给你生了孩子。"

可以想象那个人有多么惊讶。他们谈话的地方是城边的树林子，边远地区的小县城在那个年代基本上是个大村镇，亦农亦牧，牛羊满街跑，麦子和啤酒花到处都是，离城稍远一点就是茫茫大草原了。

"那么多水果糖，你送给我那么多水果糖。"

小伙子不能不承认芳香而甜蜜的水果糖啊，小伙子的舌头大得不得了，说不出一句话，他的嘴就让另一张嘴给封住了。地火在奔腾、嘶啸，树叶子和牧草一下子遮住了天地。小伙子的未婚妻在远处盯梢，这时候她什么也看不见了。树林的响声把她吓坏了，她不停地揉眼睛，她的鼻子比眼睛强多了，她闻到浓烈的水果糖的香味，她的耳朵很快超过了鼻子，她听见一群少男少女在打雪仗，雪球跟炮弹一样，后来她就听不见了，她感受到巨大的冰凉，冰雪，中亚大地所有的冰雪全拥到她身上，她快被压倒在地上了，她往回跑的时候突然意识到她犯了一个致命的错误，她必须弥补这个过失。她装作什么都不知道，主动向小伙子提出请老同学吃饭，让老同学在城里多待几天，也不用住旅馆，在女同事的屋子里挤一挤就可以了，也有人情味。小伙子真的被感动了。晚上，未婚妻破天荒留在他房子里，主动得让人害怕。三天后，送走了老同学，两个女人都很自信。

老师回到了草原。老师买了水果糖，水果糖跟鸟儿一样散落在草丛里，孩子又收到了大地的礼物。孩童时代就这样结束了，黄金岁月永远留在大地上。秋天的时候，老师又生了一个美丽的女儿，那是老师从县城带回来的又一大礼物。

天苍苍，野茫茫，老榆树的树洞更深了。好多年以后，那个小县城里的男人突然离家出走。一匹马在城外等着他，马驮着他就轻轻跑起来，几天几夜一直这么轻轻地跑着，总怕打扰了他的梦。他沉浸在辽阔而汹涌的梦幻里，嘴角挂着微笑，牧草越来越高，草浪涌上来抽他的脸，他就让马奔跑起来，他情不自禁地唱着那首有名的《黄膘马》：

黄膘马扬起四蹄哟

快快跑吧

赶马的人赛马盛会快快去参加

前面的怎会是杂色马

不是纯色马

黄膘马若没有跌倒

你可在哪儿啊

黄膘马若没有跌倒

你可在哪儿啊

一群一群的黄膘马奔过来，他还在找那匹纯色马，牧马人都生气了，黄金草原上的骏马都是纯色马啊，他痛苦地摇摇头还在找，牧马人就大声叫起来："你是在找你的女人吧？"

"女儿，我还有一个女儿！"

他紧紧地抓住牧马人不放，他连身上最珍贵的鹿皮袋子都打开了，他的手抖得厉害，在袋子里摸好半天掏出一把花花绿绿的水果糖，在草原清爽的空气里，水果糖的香味传得很远很远。牧马人含了一块糖，摸摸下巴上浓密的胡须，不慌不忙地讲起草原上的故事："你不要心急嘛，我吃了你了糖，我就会告诉你草原上所有的故事，你的女人和你的女儿那么美丽那么可爱，我能漏掉她们吗？"

我的新娘在高原

1

慕士塔格冰山屹立在高原上，像一位须发皆白的老人。老人想他女子，就捎话让女子赶快回来。

女子赶了整整一天，班车只通到镇上，她还得步行一天。

大地沉寂着。村庄就像一幅画，醒目亲切，老是走不到跟前。

"我能回到村子吗？我能见到爸爸吗？"

她跟雪豹一样往前扑，差点摔倒，她沉浸在无边无际的寂静里。她走得很快，她跑起来。她好久没有这么放肆地跑过了。在城里待半年，她都不会跑了。她有羚羊一样灵巧的腿，现在不灵巧了。

她大口喘息。

她静静地看着冰山脚下那个土黄色村庄。

她慢慢走过去。冰山往后退，村庄也往后退，她的眼泪就下来了。

她听见有人喊她，她茫然四顾，迎面而来的是一座座沙包，后来她碰到骆驼刺，再后来是风，风呼一下把耳朵卷走了。她大喊一声，她什么也没听见，她不敢乱动。

她小心翼翼抬起眼睛，她的名字跟树叶一样从空气里伸出来……轻轻拍打她额头的是父亲热乎乎的大手，还有毛蓬蓬的胡子在蹭她。马不停地刨着大地，跟打鼓一样。

"噢哟，我的乖①女子，我的乖女子回来啦。"

父亲拦腰一抱把她扔到马鞍上。

"爸爸你也上来。"

"我牵马坠蹬。"

---

① 乖：西北方言，即美、美丽。

父亲牵着马，一步一步把女儿驮回家。

父亲看着女儿洗脸，看着女儿吃烤熟的雪鸡。他这个年纪的老人打一只雪鸡真不容易。女儿拿着鸡翅膀停下来，烤熟的雪鸡跟一块铜一样，火焰浇铸得很精致。父亲小声说："味道不好吗？"女儿"哇"一声哭了，嘴里衔着一块鸡肉，哭声陡峭凄厉。父亲给她添上奶茶，递到她嘴边，她的嘴巴跟布谷鸟一样咕咕叫。她脸上有了笑容。

"我的乖女子你再乖一点，再乖一点。"

父亲还不满足，父亲从怀里掏出鹰笛呜呜吹起优美的高原曲子。冰山在飞翔，白光迅猛，掠过苍穹，低矮的土房子猛一下亮了。父亲又吹出一个长音，跟荒野上的路一样伸展着伸展着……父亲期待着女儿跟银月一样闪出皎洁的光芒。鹰笛长久地响着。父亲的目光慢慢暗下去，像逃回窝里的老鼠，那支优美的鹰笛也悄悄回到怀里。父亲摸一下她的头发，她的头发有很好的光泽，她的头发安慰了父亲的心。

"乖女子，好好睡上一觉。"

她累了，她躺在厚墩墩的白毡上，盖上黑色的库车羔皮。酣睡中，她梦见这张柔软的皮子就像长在她身上一样，她的身体散发出热烘烘的香气。她睁了一次眼睛，外边黑乎乎的，山风呼啸，星星在遥远的地方一闪一闪，快要被风吹灭了。她赶快闭上眼睛，瞌睡跟稠胶一样把眼皮粘得紧紧的，她再也听不见山风的怪叫了，她甚至不想看星星。蓝色的星光跟野花一样开满漆黑的夜空，奇怪的是闭上眼睛它们照样在眼前晃。星光透过眼皮渗到眼瞳深处，跟泉水一样咕噜咕噜，她被浇灌而醒。

她一跃而起，她恢复了活力，她跟鹿一样在屋里窜动。她煮好奶茶，煮好肉，肉香与她的芳香同时飘满院子。父亲说："多吃点羊肉。"

"山下有羊肉。"

"哪儿都有羊肉，可要生养一个美丽的女儿就得吃山上的羊啊。"

父亲不停地劝她吃肉，多吃点儿肉。

"我要吃成大胖子了爸爸。"

"胖一点好啊，胖姑娘漂亮。"

"城里姑娘都减肥呢。"

"怪不得你瘦下去啦。"

"我可没有减肥，我馋着呢。"

父亲又杀一只肥羊。村里人拿走好多。一连七天，父亲每天都宰羊。

"女子，你应该再乖一点。"

"我一直这样子嘛。"

"可爸爸的印象中你乖得不得了。"

"那是你太想你的女儿了。"

"我想的不对吗？"父亲嘀嘀咕咕，"我想的怎么能错呢！"

那是帕米尔最晴朗的一天，慕士塔格的苍苍白发飘上天空，跟白云一起越过村庄奔向遥远的喀什噶尔。公格尔和公格尔九别冰峰撩开面纱，把她们明亮的脸盘和挺拔苗条的身姿展现在太阳底下，冰山女神缓缓走过来了。

"那是幻觉，傻瓜才等人家过来呢。"

父亲收拾好马匹和帐篷，他要带女儿到冰山上去。

"这个是公格尔，这个是公格尔九别。"两匹骏马有了高原上最美的名字，"我们去找仙女，跟仙女跳个舞。"

2

"爸爸，好爸爸，你原来是这个打算呀。"

"女子，上马。"

马轻轻跑起来。他们穿过大片庄稼地，后来是草地。草越来越稀，卵石跟水一样漫出地面，马蹄的响声大起来。马身子开始发热。翻越一座高大的沙丘时，她看到了村庄，土房子那么矮小，就像草丛里的小土块。她瞪大眼睛，她从来没有这么看过自己的家园。父亲喊她，父亲奔过来抽她的马，她才如梦方醒。

"女子，你傻啦。"

"我看那些草。"

草越来越少，马蹄子把它们全吃了。马蹄子吃卵石，卵石忽然大起来，比马蹄子还大，马蹄子吭吭吭吭吃得很艰难。马开始蹦跳。石头磕马膝盖。颠晃得很厉害。她趴在马背上，贴着马颈。马很不舒服，老摇头，马鬃盖住她的脸，跟热沙子一样粗粗拉拉。她以前的皮肤就这么粗，村里人都是这种健康而粗涩的皮肤。在山下半年她一下子滋润起来，丫头们都要跟她下山到城里去，她答应大家的要求。她想玉器店那个小伙子。太阳把她刺醒了，她睁大眼睛，太阳跟工匠打磨玉器一样打磨她的脸蛋。她抱紧马脖子。你要干什么？你想占我便宜。太阳很粗野很放肆地拧她的脸蛋，把眼泪都拧出来了。呸！你这下流鬼。她抡起鞭子抽太阳一下，鞭子跟蛇一样，鞭梢上有个结实的铅块，"呜呜"两下就把太阳的眼睛打瞎了。想占我便宜，活该！

父亲打马过来。

"谁惹你啦？"

"它！"

她扬鞭子指头顶的太阳。

"那是罪过呀女子。"

父亲滚下马鞍，趴在地上跟柔软的草一样，脸上沾着薄薄一层土。这里全是石头，土很少。父亲费很大劲才搜集一把尘土，很庄重地抹在自己脸上。

"太阳不会惹你。"

"它拧我脸。"

"你脸色苍白，山下的生活损害了你。"父亲爬上马鞍，向太阳祈祷，"太阳喜欢你才拧你，臭女子。"

太阳拧她她再也不反抗了。还有冰山上坚硬的风蛮狠地揉她的脸。

她和那个小伙子亲热的时候，他老用舌头亲她，她有点晕。晕眩极其短暂，没有任何持续的迹象。她睁大眼睛看着他吐出舌头，她"噗"一声笑了。我是冰山的女儿，冰山有多结实我就有多结实。她没想到男人的热情会是软软的舌头。男人的热情到底是什么呢？她身子一震，这个念头把她吓坏了。小伙子就像摔下马一样很狼狈地看着她。她不知所措，她什么都不知道。她不知道他们之间会发生事。肯定要发生一件什么事。他的神态没有以前那么自然了，他在积蓄力量。不就是软乎乎的舌头吗？她忍不住又笑起来，就让他一回吧。

她一路上都在想这个可怜的人。她打算让他亲她。他身上肯定还有更强壮的力量。男人仅仅是一条软乎乎的舌头男人算什么呢。她要教会他用手拧她，像高原上的太阳一样很放肆很粗野地拧。男人手上有劲。一定还有比手更厉害的东西。她对男人的了解就这么多。

骏马把她驮上山梁，山脊黑沉沉直通银光闪闪的冰峰。父亲已经在那里了。父亲和他的马多么壮丽！马鞍底下那条色彩富丽的长毯浓缩了高原所有的鲜花。高原马优雅地扬着精致的脑袋，它向冰山老人问好呢。冰山老人身后挺立着高雅美丽的冰山姐妹。父亲好像在说梦话："公格尔，公格尔九别，你们还有一个乖女子，你们会喜欢她的。"

那个小伙子，她满腔热忱期望的那个小伙子。跟碎石一样哗啦啦滑到沟底。她听见父亲的梦话她就松开手，放弃那个可怜的人。她抖着缰绳。山上风紧，她像喝了烈酒，她大手一挥揭掉面纱：脑袋发紧，眼睛很有神，她还能适应山上的环境。那个可怜的人躲在沟底下不敢再露面了。帕米尔应该有一个英俊的小伙子，他应该跟慕士塔格老人站在一起，她要把这个想法告诉父亲。她的脸好烫啊，没等她开口，身体里就涌起一般热浪扑上面孔。你要有勇气你就到这里来，堂堂正正到高原顶上来。她可是一个结实而辽阔的女人。高原壮丽的景色尽收眼底，连太阳也在峡谷里边。

"女子，咱下去。"

她喜欢山顶，在这里看冰山最清楚。

山势越来越陡，崖跟墙壁一样把他们围起来，只能顺着一道窄缝前进。斜坡上的碎石哗啦啦滚到沟底。那些赫色碎石都是太阳从山顶上拧下来的。

"那都是好石头，是山的脸面。"

"可太阳把它们都揭下来了。"

"太阳是一只鹰，鹰专叼眼珠子。"

他们下到沟底，看到一只鹰。

"它在寻找大山的眼珠子。"

"它会不会找到宝石？"

"咋不会？我年轻时就收到过老鹰叼来的宝石。"

这样的奇迹500年才出现一回。稀世之宝理所当然要送给最美丽的姑娘。那是喀什噶尔富商的女儿，高原和年轻的猎手吸引着她，她不顾家人反对，离开天堂般的喀什噶尔做了高原的新娘。荒野群山和冰雪很快就要了她的命，刚生下女儿不久，她就再也睁不开眼睛了。

那是高原的5月，青草刚刚破土而出，鹰飘扬在天空。鹰对群山失去了兴趣，那缓缓盘旋的样子就像是要迎接一个高贵的灵魂。猎人掏出鹰笛呜呜吹起来。他们的孩子躺在华美的摇篮里，妻子把丈夫给她的银子全打制在摇篮上。婴儿是银子里的银子，她不知道妈妈面临的火难，她"啊啊"叫着，很自然地形成鹰笛的节拍。垂危的母亲最大的心愿就是那块宝石。丈夫把宝石放在她手上，她连捧起来的力气都没有，她只能喊出轻微的声音："孩子，我的孩子。"婴儿和笛子全都停下来，她所呼唤的孩子放射出更强烈的光芒，鹰轻轻滑过大峡谷，向慕士塔格飞去。

"它要去哪里？"

"公格尔，公格尔九别。"

"可我只有一个女儿。"

"另一个是你。"

"你说我们是姐妹？"

公格尔和公格尔九别就在她的身边，宝石和婴儿烁亮无比，年轻的母亲闭上眼睛。丈夫用钢刀凿开一个精美的洞穴，把她和宝石葬在一起。

"你是带我来找宝石的吧？"

"你就是爸爸的宝石我不用找。"

"有人已经找到我了。"她差点说出那个天大的秘密。马好像知道她的秘密，马惊慌之中踩在碎石片上，哗啦啦，连人带马差点滚到沟里。到底是高原马，很快稳住阵脚，奋力一跃，跳到路上。

翻过大坂，很深的山谷底下有几户人家，小土屋围在庄稼地里，地里长着青稞。她不知道她很快就会生活在这里。她父亲也不知道。天蓝汪汪跟个大海子一样，太阳纯净无比就像掏出来的动物内脏，明天肯定是个好天气。父亲已经走上斜坡了，她"嗨"喊一声，她和她的马往大峡谷里走，父亲只好跟过来。

"臭女子，跟着你走冤枉路。"

"不就是一条沟嘛。"

那不是沟，那是一条大峡谷，看起来近走起来费劲。太阳忽然停在大峡谷上空，就像被捅了一刀，涌出一股浓血，半边天都被染红了。太阳的血流下来，顺山坡漫开，淹没了奇形怪状的石块。高原的地貌本来就简单，这么一冲刷只剩下一条大峡谷。他们和他们的马在太阳的血海里洇渡了很久。幸亏马有一双好眼睛，就是到地底下它们也迷不了路。

"这马真棒！"

"不胖么，胖马没劲。"

这个"棒"是她在城里学的，高原上的人听不懂。

太阳的血一直流到村子里，漫上房顶。房子人畜全都是模糊的，就像刚生下来的一样。他们被当作贵客。人人身上都染了重彩，墙壁也是彩色的。父亲大声喊老朋友的名字，那人半天认不出来，他们互相摸对方的手，摸胳膊摸脑袋摸后背。

"这是我女子。"

她跟个大玩具一样，从这个手里传到那个手里，快要传晕了。她蜷缩在毯子里，跟个婴儿一样像要缩进母亲的身体。她果然梦见母亲，她在梦中抽泣，眼窝子发烫。第二天离开时，太阳在大峡谷的另一头倾泻黎明之血，血中有清爽的芳香。父亲告诉她那不是太阳的芳香，那是鲜花的芳香。

她举目四望，到处都是石头，连草都没有，哪来的鲜花？可清风里确实有鲜花的香味。她跳下马背，扒开石头，石头缝里香喷喷的。

"这是怎么回事？我还不如这块石头。"

爸爸闻闻石头又闻闻女儿："你们都是香的。"

相传在帕米尔的冰峰之上有神的花园，采上其中一两朵鲜花，荒漠也能变成花园。古代的人对这个传说深信不疑，常常有人去冒险，那都是高原上最勇敢的骑手。骑手身边一定有个仙女一样的姑娘，她不但有人间罕见的美丽，而且有一手绝活，绣一块花手绢，让神迹出现在针线上，手绢上的花卉散发香气。骑手在绝境中掏出来闻一闻那扑鼻的芳香，就能使他精神大振，继续前进。

"爸爸你信这个呀。"

"帕米尔的石头都信这个。"

"世界已经变了。"

"神话的力量是永远不会变的。"

"你得到宝石之前并不认识妈妈呀。"

"不认识她，可见过她嘛，见过一次就坠入梦幻的深渊。她是喀什噶尔最美丽最高雅的姑娘，小伙子们从千里之外赶到喀什就是为了见她一面。我就是在巴扎上碰到她的。10万人的大巴扎①突然静下来，连牲畜都柔顺起来。我离得太远，就爬到马背上去看，有人用鞭子抽我，我得挺着。我陷入迷幻，根本感觉不到疼痛。她被人们视若神明，必须离开马背站在地上恭恭敬敬地默视。我是唯一高坐马背的人。人们怒火冲天，美人刚离开，我就被掀下马背，鞭子啊马靴啊跟风暴一样。这还不算，他们还把我扔进克孜勒苏河。刺骨的雪水要人命啊。我伤痕累累却活下来了。我心里装着一位姑娘我怎么能死呢！那匹马真好，它把我驮到帕米尔最美妙的

---

① 巴扎，即集市。

地方，我可以看见冰山女神，威严的慕士塔格老人也被我感动了，变得慈祥可亲，花白胡子里渗出笑容，公格尔和公格尔九别撩起面纱大大方方走过来。"

"爸爸，那是幻觉。"

"那不是幻觉，臭女子，那是我的誓言，冰山女神亲口告诉我的，姐妹俩贴着我的左耳右耳小声告诉我帕米尔最大的秘密：小伙子，仙女的花朵已经在你身上开放了。我相信身上的血迹是心灵的鲜花。冰山女神就是这样告诉我的：为你所爱的人流的血是人间最美的花朵。冰山女神使我更加坚信这个誓言。喀什噶尔最美丽的姑娘，这些鲜花都是你的。这个伤痕累累的人，带着誓言走遍了帕米尔所有的峡谷和冰山，有一天他忽然闻到花香，从荒凉的山谷飘来的阵阵花香，他相信这是那位姑娘的气息。他躺在一块巨大的岩石上等待奇迹。鹰发现了他心中的秘密，他的目光从来没有离开过美丽的冰山女神，鹰就一次次冲向公格尔和公格尔九别，鹰不惜粉身碎骨摘下一块闪闪发亮的石头。他和鹰都相信那是一块石头。巨大的光芒把他们罩住了。他带着闪闪发亮的石头，来到喀什噶尔。不是在乱哄哄的巴扎，是在一条小巷子里，这个衣衫破烂、满身血痂的人，手捧帕米尔的石头，走到姑娘跟前，恳求她收下一个苦命人的礼物。'你怎么知道你是苦命的人呢？'姑娘告诉他，'拥有珍宝的人应该是幸福的。'姑娘收下珍宝，跟着他离开喀什噶尔。"

高原上的人都知道这个故事，女儿都能背下来，那都是听外人说的，就像听别人的故事；父亲在这里给她重复这个故事，就好像刚刚发生的一样，那么新鲜那么惊奇。

父亲如释重负，讲完之后只管赶路，女儿还想问点什么，看他专心赶路的样子女儿就不想打扰他了。

她常常落到后边，父亲在坡上等她半天，她想喊他慢一点，张开嘴吐出来的不是声音是急促的呼吸。越高越需要呼吸。她哀求的目光一次一次投向父亲和父亲的马，她的目光只能落到父亲的后脑勺和马屁股上。马屁股挡住了一切，包括群山和天空，就像圆圆的大车轮子，轰隆隆把大地和天空碾碎了。父亲又从那堆碎片里钻出来，父亲的马也跟着出来了。

高原的大半路都是这种永无止境的斜坡，坡上堆满碎石片，跟一页一页古老的砖瓦一样排列在大地上，就像在屋顶上行走。走着走着，父亲突然不见了，连马都不见了；原来父亲和马落到她后边，她一点感觉都没有，她提醒自己不要看走眼，可又一次走眼了，偏得厉害，她把一块巨石当父亲。她"嗨、嗨"喊两声，石头不吭气。这么"嗨、嗨"不礼貌，她就恭恭敬敬地喊石头爸爸，爸爸走不动就歇一会儿。石头爸爸还是不吭声，她伸手去拉，跟整个高原连为一体的赭色巨石差点把她拽下马背。她赶紧抱住马脖子，巨石一个挨一个。

她终于看见她真正的父亲，在石头堆里，被高原的太阳和风暴打磨了一辈子的父亲跟风化着的石头没什么两样。石头爸爸就石头爸爸。她不再感到难为情。

她是一个光焰照人的女子，在石头爸爸沉寂的背影中，这股光焰更加夺目。那个小伙子不止一次告诉她这个，她把这看成男人的甜言蜜语。她没有跟男人打交道的经验，可她知道这个，男人对女人的赞美是很虚假很不可靠的，远远比不上沉默无语的石头爸爸，整个高原，还有高原上无数座山都用沉默来赞美她。她忽然发现了什么？有一个更大的秘密。她抖着缰绳奔到父亲跟前。

"爸爸，爸爸，你带我到这里来不光是看石头吧？"

"石头不好看吗？"

"好看。"

"那你还嚷嚷啥？"

"有个秘密你没告诉我。"

"你是爸爸的宝石，也是高原的宝石，这还不够吗？"

"这我知道。"

"你还想知道什么？"

"我也不知道，可我感觉到有个秘密。"

女儿快要爬到父亲的马背上了，她非要父亲说出来不可，父亲跟真正的石头一样用石头般的语言告诉女儿："说出来就不是秘密了。"

他们继续赶路。冰川猛然出现在眼前。马直立，落下，原地打转，主人使劲夹马腹，把那股冲力引向冰川。越过冰舌，出现一大片黑石头，冰乳和冰笋在远处闪闪发亮。

"还往前走吗？"

"不用怕，那里有青草。"

"青草！这里长青草？！"

"长在这里的都是仙草。"

马不顾一切冲上去，美美吃了一顿。他们搭好帐篷，生火做饭，很简单的一顿饭，三块石头支起小铜锅，化开坚冰，煮上茶，啃干馕。很细的炊烟飘荡在冰雪世界，跟一棵神奇的植物一样越长越高。

"它要长到天上去吗？"

"这儿离天很近。"

"咱们吃的是天上的馕，喝的是天上的茶。"

"那还用问吗？"

"这就是冰山上的秘密。"

女儿已经很满足了，父亲却告诉她更大的秘密：半个月前，父亲到山上打雪鸡，在冰河上见到一匹真正的马，飞驰而来，"砰"一声摔倒在冰上，又站起来继续奔跑。

"摔倒还能起来跑，真正的马就该这样。"

"咱们到这来看马？"

"对呀，女子。"

"这里是冰川不是冰河。"

"冰川更有意思。"

"你有没有搞错，那是你年轻时的故事，大家都知道这个故事。"

"是我的故事，也是大家的故事。我亲眼看见那匹了不起的马，还有它的主人，真年轻啊。20来岁就有这么一匹好马。我给他竖大拇指他还害羞呢，脸红红的，可惜我没问他的名字。"

父亲说得跟真的一样，女儿不能不信了。

他们等待奇迹。确实有奇迹，但不是马，是早晨和黄昏的太阳，确切地说是一位浴血少女，从大峡谷里升起，又从冰峰上走下来，令人难以置信的是那种处女的清香，浓烈而清爽。一老一少两个凡人惊呆了，父亲小声叫起来。

"我看见多少回了，每一回都这么新鲜，老天爷呀，这是什么样的仙人！"

"难道有真正的宝石美人？"

"你就是爸爸的宝石女儿。"

"这怎么可能呢？"

"我和你妈妈在冰山女神的眼皮底下生活了一辈子。"

"妈妈死那么早。"

"她生你的时候快40岁了，哪个女人也不敢在这个年龄要孩子，她舍着命生养一个美丽的女儿，就是要给高原一颗亮闪闪的宝石啊。"

女儿不能不信了。

他们看着鲜艳的太阳在冰雪世界里升落，当那亮晃晃的太阳美人走过他们身边时，他们不再惊慌，也不用站立，他们就坐在帐篷门口，他们在家里就是这样迎送太阳的。

有一匹马在远方震撼着大地。

"就是他！就是他！"父亲跟孩子一样满脸惊喜。

"你这么嚷嚷咱们的马怎么办？"

女儿跃上马背，一抖缰绳，马蹄子高高扬起来，跟打夯一样起落。

"爸爸，你是老骑手你快上马呀！"

"我年轻20岁还差不多，你想让我丢人现眼。"

"爸爸！"女儿快哭了。父亲把女儿搂到怀里："马的威风是骑手骑出来的，咱们的马是好马，可咱们骑不出那种气势，咱们见识见识也不错呀。"

太阳从冰山的峰顶喷薄而出，一道道金光跟老虎的斑纹一样布满天空，那个勇猛可怕的人，双腿夹着烈马从天而降，身后紧随着两朵奇大无比的白云。

"那不是白云，那是冰，只有帕米尔才有这么好的冰。"

"冰飞起来啦！"

"帕米尔的小伙子到千里之外，也能让最高傲最美丽的姑娘发晕，他们靠的就是冷飕飕的冰。"

女儿小脸发白，手脚往衣服里缩。

"瞧吧，勇敢的小伙子摔倒时有你受的，小心你的心脏蹦出来，跟野兔一样乱窜。"

大峡谷跟喇叭一样传播着马蹄声，骑手看见老人和少女的一瞬间，"砰！——"连人带马摔倒在冰上。骏马嘶叫着一跃而起，骑手如离弓之箭射出百丈之外，砾石滩挡住他，他弹跳起来。老是在冰川拐弯的地方摔跤，让人看笑话。

"我们不是看你的笑话，我们在欣赏你和你的马，摔倒能起来，才是真正的马。"

少女没引起小伙子的注意。父亲感到不可思议。

"冰山女神啊，我女子咋啦？她不是我所期待的宝石吗？"

冰山女神默默不语，连面纱也裹上了。父亲控制住自己的情绪，很平淡地打发女儿去做饭。

小伙子欣赏马呢。马跟马是兄弟，小伙子的马跟老人的马很快混熟了，扬脑袋问好，尖利的耳朵向后，再向后，马开怀大笑呢。小伙子的火炭马很迷恋老人的大白马，不停地蹭大白马的鞍鞯，鞍鞯下边华丽的毯子更让它上心，它的白牙和热乎乎的舌头都出来了，它要吃毯子上鲜嫩的花。小伙子说："这肯定是仙女的手艺，我老远就闻到有一股奇异的花香，仙女真的下凡了？老人家，真没想到你有这么好的宝贝。"小伙子单腿跪地，颤抖着抚摸那华美的毯子和毯子上的花。"老人家告诉我，这是谁的手艺？"老人听了这话很难受，可他是个坦率的人，他告诉小伙子，这是他死去的妻子的手艺；老人紧接着告诉小伙子："我女子正在学她母亲的手艺，她一定能学会。"

　　"老人家，那你太幸福了。"

　　女儿的奶茶煮得很地道，客人赞不绝口。

　　霞光布满天空，客人告辞了，临走时还恋恋不舍地摸了摸那华美的毯子。那火炭马在主人的鞭啸声里转了好几圈才蹿上冰面，小伙子在半坡还拧过身大喊："谢谢您老人家，您让我见识了真正的鲜花，帕米尔不是梦幻，是真正的花园，老人家再见！"

　　骑手和骏马消失在冰雪世界里，那震撼大地的马蹄声传了很久很久。

　　"他跟鹰一样到山那边去了。"

3

　　父亲转过身，脸黑沉沉，慕士塔格最阴沉的时候也没有这么黑呀。

　　"爸爸你怎么啦，你不高兴？"

　　慕士塔格阿塔①和他美丽的冰山姐妹远远地走开了，父亲心都碎了。

　　"爸爸你这是往哪里走，我们回家呀。"

　　"回家，嗯，快点回吧。"

　　父亲牵着马，马拽着他走，他找不到回家的路。女儿提醒父亲骑上马，他听不见女儿说什么，他好像聋了，他对着女儿看半天，女儿"爸爸、爸爸"叫着突然不

----

　　① 慕士塔格即冰山，阿塔即父亲，合起来即冰山之父。

叫了，有个沉甸甸的心事压在父亲的心上，女儿是叫不开的。女儿很想疯跑一阵子，高原马在冰山上如履平地，她收住狂跳的心，跳下马背，牵马步行。

他们涉过一条河。马在河心停了很久，父亲提醒她夹紧马肚子，可她的腿已经松开了，她和她的马一起滑向下游。她尖叫，差点松开缰绳，她听见父亲炸雷一般喊她的名字，她才没有掉下去。她搂住马脖子，马站不稳，继续往下滑，她快要看不见父亲了，她快要哭了。父亲和他的马跟磐石一样停泊在激流中，水浪白中透青。她很想喊爸爸，狂跳的心只顾自己逃窜不听她指挥；她的全部希望放在眼睛上，激流铺天盖地，她再也看不见父亲了，连父亲的马也不见踪影，耳朵里却保留着父亲的声音。

"不要抱马脖子，抱紧马肚子，抱紧马肚子。"

手里抓着缰绳，她展不开胳膊。

"女子，不是这个，不是。"

"快告诉我爸爸，我不会啊。"

"你会，你咋能不会！"

有那么一股巨浪跟雪豹一样狠狠地撞在马肚子上，马哼一声跃出水面，缰绳跟弓弦一样发出轰鸣声，她的双臂也在轰鸣，她的腿一张一合，跟翅膀一样有力地扇动着，马的肋骨全撑开了，她跟马一起飞翔。

到了岸上，马收起那一排排好看的肋骨。

"你的力气还不够，你没有给马有力的拥抱。"

父亲不走原来的路，他们走得很艰难。马常常停在高处。一会儿是乱石滚滚的峡谷，一会儿是冰雪世界，让人喘不过气。她打算回家后告诉父亲，把她的秘密全告诉父亲，神的花园就在少女心里。

已经没有这个可能了，他们穿越山涧时头顶的冰雪"轰"一声扑下来。高原马多机灵，它们的翅膀轰响着从两肋间展开，主人双腿一夹，高原马擦着冰雪飞出老远。父亲和他的马出来了，另一匹马也出来了，女儿被压在冰雪底下。父亲又折回去，扑到雪堆上刨啊刨啊，一边刨一边大吼："女子，乖女子，冰山女神出来了！冰山女神出来了！"父亲的胸膛里滚动着一声声炸雷，山谷往后躲了又躲，那雷声击碎了悬崖上的冰雪，也击碎了地上的冰雪，女儿跟婴儿一样被父亲拽出来了。父亲打口哨，马奔过来。悠扬的口哨不知不觉中超过了鹰笛，鹰笛默默地贴在他胸口，他想念妻子时就吹那小巧而精美的笛子，笛子就像他的牙齿。"乖女子，笛子长在爸嘴上啦，爸吹给你听，你会越长越乖，你母亲将在你身上复活。"他把女儿扔上马背，马嗖一下飞出去。

他还跪在雪堆里，冰块荧光闪闪跟火焰一样。他拿起一块白亮的冰，他看到妻子的面容，一团真正的火焰在里边跳动，一直在里边跳动。他还记得埋葬妻子的那座冰山，离慕士塔格不远，直插蓝天，他就把妻子埋在冰崖上，那就像个大冰柜，晶光闪亮，跟天空融为一体，坐在家里都能看见那亮光。高原上空常常出现一颗硕大的星星，不断地变幻着颜色，春夏季节它是一颗白金星，秋天就是一颗纯粹的金星，漫长的冬季星星就变成一团炽烈的火，跳动在广漠的冰雪世界，就像雪原上踽踽而行的一个女人，美丽的女人从头到脚都是红的，红沙丽高高飘扬着。好多年来，他都是这样看着妻子。这不是梦幻，这怎么可能是梦幻呢！考察队的科学家告诉他，凝固在冰雪里的尸体千年不化；他就告诉人家："我妻子埋在那里。"科学家对那些刚刚工作的大学生说："高原上的人没念过书，可他们有经验，我们缺的就是这些宝贵的经验。"科学家恳切地等待他往下说，他不知道人家想听什么，他只想念他的妻子，他指着胸口说："这里面也是冰雪世界。"说出这句话，他满足地笑了。他懂这个道理就是说不出来，给考察队当向导他的话就多起来，终于说出让自己吃惊的话。考察队的人也感到吃惊，火热的心脏怎么能容纳茫茫冰雪呢？科学家们实在跳不过这道悬崖，他，高原上的骑手轻轻一跃就过去了，他们只能在高原的边边上打转转，不可能走太远，他们也不能理解一个山民扛着死去的妻子，一直攀到慕士塔格冰峰旁边，把妻子埋在鹰都飞不到的地方。"那是为了照耀我。"他告诉科学家，"这是让死人复活的最好办法。""你疼你老婆吗？"他问科学家。科学家说："我很爱我的妻子。""那你就把她放在那个位置。"他指着蓝天，太阳刚刚离开那里，那里还保留着太阳的体温和芳香。科学家回到北京不久，给他寄来一张照片，那是科学家和妻子在北海公园的合影。北京的冬天也是一片冰雪世界，科学家的妻子戴着眼镜，气质高雅，女人在冬天比在夏天漂亮得多。他不识字，女儿给他念科学家的信，信上说：有关帕米尔冰川的考察结果写成了书，妻子的名字就印在扉页上。他不懂扉页是什么，女儿告诉他那是门。"书的门，噢哟，太了不起了，书有冰山高吗？"女儿说："科学家的书获了大奖，跟冰山差不多吧。""北京也有那么高的山，那肯定是从咱们这里搬过去的。"他不管女儿的瞎嚷嚷，他就这么对村里人说："北京的科学家也把老婆放到冰山上了，那女人跟我们高原上的女人一样漂亮。"大家传着看那照片，大家对自己的家乡对高原涌起一股更强烈更神圣的感情。他相信有一天妻子会从冰雪里走出来跟他见面。

……

时间在冰雪世界里变得很慢。时间和空间一直凝固着，在他救出女儿的瞬间，高原和妻子反复交叠着，他完全相信手里的冰块，还有冰块里跳动着的火焰。他俯下身，捡起所有的冰块，抱在怀里，所有的冰块都包含着火，冰点之上的火，一块又一块热冰喷发出芳香，光滑细腻，冰凉而又灼热，真实无比的女人的身体，梦幻中的生命和永不止息的呢喃彻底包容了他。"慕士塔格，我要的就是慕士塔格！"这是妻子的声音。公格尔、公格尔九别、妻子、女儿、永恒的高原女人终于在这辉煌的瞬间里一起涌现在他眼前……再也没有等待和寂寞了，再也没有冰雪和火焰了，他跟冰山融为一体。

"女子，我的乖女子！"

女儿只听见这么一声叹息，父亲就消失在冰雪世界里。女儿苍白僵硬，很长的空白之后猛然大叫，哭号，搂着马脖子哭，滚到地上哭，高原很静，高原的太阳慢腾腾地往坡顶上爬着，鹰一次又一次俯冲下来，差点碰到她脸上，哭号声消失在大峡谷里，石头把声音吸进去了。她实在哭不动的时候，马儿扬起蹄子轻轻刨着大地，高原跟手鼓一样"邦邦邦邦"！马身上那华丽的毯子一下子鲜艳起来，那上边的花儿全都活了，摇曳着放出浓烈的芳香。

她停止哭号，安安静静等待着什么，等了很久很久，毛毯上的花香汇成河流，越流越远，越流越宽阔越汹涌，整个高原漂浮在雄壮的河面上，她静静地听着。太阳成了白太阳，坚硬的白金太阳，一次一次撞响她的额头。

"女子，我的乖女子！"

她失神地听啊听啊，她的耳朵都快成兔子耳朵了，她终于听到了遥远的马蹄声。

就像故事里传说的那样，远方的骑手闻到花香，纵马疾驰，花毯子披在骏马身上，如同一座辉煌的宫殿，小伙子老远就跳下马背，跟圣徒一样走过来，他很快就明白这里发生了什么事。他拔出刀子剖开冰雪，那几乎是一座小山，小伙子快要成雪豹了。冰山的女儿看着小伙子奋力抢救父亲，她能干什么呢？她插不上手。小伙子出一身汗，扒下外套丢地上 她捡起来，好沉的一件皮大衣，跟一头大肥羊一样。小伙子用两把刀往里戳，很快凿开一个洞，他钻进去。大雪堆好像在晃悠，一晃一晃把小伙子吐出来，把父亲也吐出来了。父亲红彤彤的跟活人一样。女儿扑上去，跪在父亲身边出神地看着，小声叫"爸爸"，好像爸爸睡着了怕吵醒他。

"带回去还是埋在这里？"

"我妈就在这里。"

她指着那座高大的冰山，那是公格尔峰。

悬崖近在眼前，可要靠近它就得穿过大峡谷。他们走了很久。高原挺起胸脯一直挺到天上，快要把太阳压扁了。太阳猛一下沉到山那边，霞光冲天而起。

他们支帐篷，生火，篝火吼叫着。霞光像太阳的尾巴，越拖越远，看不见踪影了。天黑下来，只黑那么一会儿，潮水般的蓝光就涌过来了。天空无限地辽阔着，星星就像遥远的岛屿。他们吃了饭，看了一会儿星星。

她钻进低矮简陋的小帐篷，用毯子把自己裹起来。父亲躺在她身边，身上有一股冰雪的气息。她"嗨嗨"喊小伙子，没有回答。她听见马吃草料的声音和呼噜声，她想象不出小伙子睡什么地方睡这么香，她爬到帐篷口，星光下，三匹马围在一起，草料袋挂在马脖子上，马跟老人抽烟一样悠闲地嚼着草料，那是拌了豆子的精饲料，马眼睛跟大钻石一样与星光交相辉映，小伙子就躺在马匹中间。她又喊了两声，马好像明白了她的意思，马的呼吸长长的跟水柱一样喷到小伙子脸上，另一匹马挨着小伙子卧倒，马身子很热。她身上也热起来了，她的呼吸喷到父亲脸上，父亲的脸红红的，跟活人一样。她不难受了，她一下子就睡着了，睡眠猛地一下跟激流一样把她拉下去，星光在她脑子里旋转，飞翔，飞了很久很久，她被激流冲到岸上，她可以自己掌握自己的身体了，她从地上爬起来。

亮晃晃的阳光满世界里跳跃，石头也一闪一闪，她半天睁不开眼睛，费好大劲才看见马匹、群山、太阳，还有那个小伙子。

他们吃点东西，赶半天路。

高大的冰崖出现在眼前。小伙子把皮绳甩上去，套在岩石上。那块突出来的岩石跟铁嘴一样，套上绳索，小伙子就攀上去。那是鹰都飞不到的地方，小伙子凭着一把钢刀凿开坚冰。他选择的位置正好是岩石凹陷的地方，冰层很厚，可以凿一座宫殿。

小伙子在她头顶很高很高的地方喊："好啦，上来吧。"就像天上有人喊她。父亲躺在华丽的毯子里睡得很安稳，她用绳子捆绑的时候父亲都没吭声，她朝上边喊一声："好啦。"父亲就离开大地，贴着冰崖升上去，一直升到天上，天跟冰交融在一起，她眼睛都看疼了，她看见父亲跟鹰一样在高空盘旋着，盘旋着，忽然远离冰崖，划一道道遒劲的弧线，扎进冰穴，深深地扎进去，高原和冰山跟咽东西一样把父亲咽下去了。她泪流满面，全是喜悦之泪。太阳在冰山顶上吃惊地大睁一下眼睛，太阳再也看不到那个神奇的老人了。她可以看到这个神奇的父亲。

父亲的那匹马作为礼物送给小伙子。她不知道还要送什么，肯定还有一样非常珍贵的东西要送给人家。小伙子靠着马，他太累了，他抽着烟，笑眯眯地等待着。

"你是冰山的女儿嘛，你应该知道我需要什么。"

她身上一下子热起来，涌动着的潮水真厉害，快要把她冲垮了。这潮水是那个人的，他们相爱，她想那个人。她不知道除此之外，一个女人最好的礼物是什么。

小伙子咳嗽一声："把毯子给我吧，我只要这个宝贝。"

母亲留下的两条花毯，父亲带走一条，她也有一条，她如释重负，很爽快地从自己的马身上抽下来送给客人。小伙子如获至宝，捧到手里摸了又摸，轻轻吹上边的灰尘，小心翼翼地装在羊皮袋子里。小伙子跃上马背，勒起马。

"什么时候绣出花毯，什么时候你就能做高原的新娘。"

"我可做不了。"

"你是仙女的后代，你一定能做出来。"

"我做不出来，真的做不出来。"

看来不是开玩笑，是很认真的一个话题，小伙子的口气也淡下来："除非你生活在异乡，冰山阿塔和冰山女神看不见你。"

小伙子咻咻打马走了，父亲的马紧紧跟上去。

4

她急于跟心上人见面。在高原上的时候，他只是她的那个人，离开高原离开村庄，大地陡然降落，把她抛到大平原上抛到城里，那个人一下子占据了她整个心灵，她连气都喘不过来。她站在僻静的地方长长出气，然后到商店的橱窗里仔细看自己。她探头探脑的样子引起店老板的注意，店老板过来问她要什么东西。这个？这个？都不是。她看到自己满意的东西了，她心满意足地走上大街，往右一拐，突然出现在玉器店里。她的心上人是店主的儿子。

她是村里唯一上过中学的丫头，姨姨把她带到城里来，姨姨这样子对父亲说："这么漂亮的丫头，不能荒在冰山上。"姨姨恳求父亲，让孩子到城里去挣钱：

"比打猎比种地比放羊都要强。"妻子生前就这么一个娘家亲人，父亲答应小姨子的要求，让女儿到城里去。姨姨介绍她到玉器店工作。

她本身就是一块冰山之玉，站在各式各样的玉器跟前，她显得更加醒目，顾客都要出神地看她一会。刚开始她很不自在。店主很喜欢她，店主的儿子在内地念书，放假回来就惊呆了。

这是个世代相传的老店，中断过一段时间，又开始红火起来。店主的儿子学的也是这个专业，从小耳濡目染，他在大学里就学得很轻松，回到家里就是个专家，父亲已经不如他了，这个行业里的老板们都知道小伙子了不起，后生可畏。他眼里全是玉器，昆仑玉、和田玉都是流传数千年名扬海内外的珍品，而冰山帕米尔的玉石几百年才出现一回。相传山顶有个神奇的花园，可谁也没上去过。登山队上去也只能匆匆照相插旗子，他们戴着雪镜，谁也没有胆量走远一点，寻找一下，一袋烟工夫就得往下撤。科学家说上边不可能有花。山里人相信那个千古流传的帕米尔神话。城里人不怎么信了。店主的儿子是唯一相信神话的城里人。他读的是了不起的大学，他的话就有某种权威性，他很严肃地告诉大家，希腊人就有一个叫普罗米修斯的英雄，从高加索上盗取上帝的火种给人类，我们的祖先为什么不能到帕米尔山上去盗鲜花呢，鲜花红似火啊！这话是在他们家的宴会上说的，来宾都是城里各界的头面人物，县长也在座。县长还鼓了掌。

店里上下都议论这件事，冰山的女儿就觉得这个白面书生"不一般"，就多看了他一眼，他就过来了。"你过来呀。"她发现店主的儿子怯生生的，她就招呼小伙子，她要问问希腊火种是怎么回事。小伙子慌里慌张半天说不清楚，干脆掉头跑开。

一个见过世面交往过不少女孩子的大学生狼狈成这样子，把他自己吓一跳。别人以为他不舒服。要是当地其他男人在冰山女儿的面前手忙脚乱，人家会怀疑他心怀鬼胎，谁也不会怀疑店主的儿子。他没想到他会这样子，他从来没有在女孩跟前慌乱过，第一次跟女孩约会就很从容，像个大将军，女孩不由自主听他调遣。好多女孩在他的记忆里变模糊了，只留下温柔的回忆，温乎乎的跟春天的风一样。他读川端康成的《睡美人》时暗暗吃惊，他年纪轻轻就有了老朽的感觉。生命中唯一有灵气的东西就是他们家祖传的玉器。女人是尤物，他并没有玩物丧志。父亲对他很放心。母亲爱叨叨，父亲挥挥手："不要婆婆妈妈，这是小事物。"母亲忧郁的眼睛里有很深的内容。他毕竟是个孩子，母亲独处的时候，他问妈妈担心什么呢。妈妈就说："有中意的丫头就定下来，这种事要有个分寸。"

"妈妈，不谈这事好吗？"

"妈妈还想谈几句，有水你就是绿洲，干了怎么办，你没见过荒漠吗？"

妈妈讲不出更多的道理，妈妈的神情和目光超过了所有的语言，他相信妈妈的话有道理。

他回到校园，他发现自己心里空荡荡的。并不是说他没有生命活力，而是心里的感觉，他静下心，静好长时间，他忽然怀念起十四五岁的时光，那时他挺拔笨拙而结实，愣头愣脑。他再也不敢看川端康成的书了，内心深处涌动出一种原始古朴的愿望，这种愿望越来越明确。

那是他保持最久的一次恋情，在八个月的漫长岁月里，他和那个南方丫头同床三次，他最大可能地延长了中间的空隙，他同时也体验到人的耐力有多么脆弱，他甚至怀疑古代那些爱情故事是否真实。他在宿舍里提出这个话题时，大家都愣住了。天气闷热，汗浆如雨，不断地有人去冲凉，冲凉回来的人告诉大家：古代天冷呀能压住火，现在压不住了，纸都包不住。用纸包的火有多大？打火机不行，划根火柴，大家都看清楚了，一个人生命里的热量只有一根火柴那么多。对他来说很了不起了，这么一点火搁在心里，可以温暖一个娇美的丫头。

他打算毕业就结婚，他也打算好了不再跟女朋友上床，让她保留一丁点姑娘的感觉，他甚至梦想着能从女朋友的神情里看出一点点羞涩，当然是那种出自天然的羞涩。他是玉器专家，他的眼光是很有穿透力的。

坐上飞机，三个多小时就到家了。他从舷窗里看见雄伟的高原时，脑子里闪出一幅《塔吉克少女》的油画，他记不清是哪位画家的作品，他在画报上看过，就一下子记住了。他这个行当跟艺术很接近。他一直弄不清塔吉克少女与其他民族的少女有什么不同，仅仅是世界屋脊的居民吗？

那种冰凉的处女的美在他走进玉器店大厅时一下子爆发出来，他们家的店里正站着这么一位少女，但不是塔吉克，很可能是个混血儿，混血儿的美是大家公认的。他想不到高原上的丫头能到这里来工作。

古城就在高原脚下，可真的去一趟得费好大劲。

当天夜里他给南方的女朋友打个电话，彼此很明智，明智得让人受不了，天荒地老的爱情化为淡淡一笑，很轻松地相识又很轻松地分手，连叹息都没有。他还是静静地站了那么一会儿，吸了一根烟。他在谋划如何接近这个冰山的女儿而不至于让她害怕。兴奋担心一直熬到天亮。

他在黎明时入睡，醒来时下午两点。家里有个盛大的宴会，他情绪饱满，妙语连珠，竟然谈到高原的神话。一切都很顺利。他非常自信，朝高原的女儿走过去，仿佛晴空霹雳，他僵硬在大厅里，他的牙齿先抖起来，他的手脚和筋骨就像装进了冰柜，他没想到他这么狼狈。

他调养了好几天。他再次出现时，高原的女儿"嗨"的一声主动走过来。

"少爷你没事吧？"

"你怎么叫我少爷？"

"你就是少爷嘛。"

他告诉人家他的名字，跟小学生一样。

这个高原的女儿热情大方，她的羞涩埋得很深。玉器商的儿子完全恢复了自信，跟鉴定玉器一样很准确地鉴定着这个高原的女儿。

"你就住在冰山上？"

"我是冰山的女儿嘛。"

那正是塔里木的早晨，天空如同海洋，可以看见遥远海岸上晶莹而雄伟的冰山峰顶，高大壮美的冰川饱含着阳光，星光闪闪，这个姑娘也是星光闪闪，比星光更璀璨更动人，那是一双眼睛！他非常吃惊，这就是高原和冰山的美吗？温柔而坚硬，羞涩而热忱。

他点上烟，默默地走在大街上，塔里木的太阳跟一匹战马一样紧跟着。他去拜访一位富商，那是做跨国生意的，经营阿拉伯、土耳其和印度的商品，也是他们的大主顾。

他们谈着生意上的事情，有些问题反复协商，双方都不让步，就这么僵持着，对方说："喝点什么吧。"他随便说了一种饮料的名字，桌上的铜碗就撤了，他们一直在喝新疆人喝了上千年的奶茶，主人也觉得不能老喝这种热腾腾的奶茶。主人有一套精美的意大利酒具，出自佛罗伦萨的手工制品。当那高贵典雅的玻璃杯出现在桌面上时，就像平稳如镜的海面出现的一条条透亮的大鱼，几乎能看见鱼鳞底下新鲜的血液。注入红葡萄酒，加上冰块。冰！他眼睛直了，腰杆也直了。好像是一种预感，后来他跟冰山的女儿一起喝葡萄酒，他把冰块放进杯里，拉开窗帘，他们举起酒杯，冰山和太阳破窗而入，葡萄酒红透了天空，冰山的女儿叫起来："帕米尔的太阳，呀，帕米尔的太阳！"她高举着酒杯，又轻轻落下来，轻轻呷一小口："啊——帕米尔的太阳，味道真不错！"高原上确实有一颗雄壮的太阳，她告诉店主的儿子："再大的太阳在山谷里也是一只小兔子。"她玩着空酒杯，玻璃闪闪发亮，她的手和脸也在发亮，整个宇宙就像个大酒杯，透明闪亮。他一直期待着这种如梦似幻的感觉。有时他问自己："我是个商人吗？"他是个精明的商人，可他又像个艺术家。

那个闷热的下午，他一边欣赏主人的意大利酒具，一边玩味生意经。很显然，他的表现过于出色，让对方大吃一惊。大家都知道他精通玉器，可大家也都知道他刚刚走出校门。校园里的狐狸跟荒漠上的旱獭差不多，生意场上的人都这么说。旱獭很容易被人看成狐狸，走到跟前原来是真正的狐狸，有着火焰般的毛皮，宝石般的眼睛和一肚子计谋。对方就这样认输了。

"你让我吃惊。"

"谢谢你的葡萄酒。"

"就这些吗？"

"还有冰块，冰太好了。"

"泉水冻的，很洁净的泉水。"

他并没有赞美泉水，他在心里赞美那位冰凉壮丽的冰山姑娘。

他把这个想法告诉店主，店主愣一下，他就取出精美的玻璃酒具，倒上红葡萄酒加上冰块，递给父亲，父亲喝一口冰凉的葡萄酒就明白了儿子的心思。

"那的确是个好丫头，高雅大方懂礼貌，真不可思议她是山里长大的丫头。"

"冰山上有许多神话传说。"

"传说变成现实还是让人吃惊啊。"

店主向儿子祝福。

"快去告诉你妈，你自己去。"

店主在客厅里坐一会儿，他恪守传统，为生意上的事也开洋荤，丝毫不觉得洋荤有什么好，开儿子的洋荤可就不一样了，他小口小口喝着，还真喝出了名堂。他挚爱的妻子不就是库车乡下的一枝花嘛。当年他骑着毛驴闯天下的时候，是那个丰满结实的库车姑娘给他爱情，她就像塔里木原野上硕大甜美的石榴一样，店主的心里一直保持着石榴姑娘温暖的形象。他晃晃杯子，喝了个底朝天。店主进去的时候，妻子正拉着儿子的手左看右看看个没完没了，店主咳嗽一下："你还把他当孩子，他快要娶媳妇啦。"妻子说："我早就知道了，她母亲以前是喀什噶尔的大美人，她父亲把她藏在山上就是给我儿子准备的，我儿子大学毕业了，丫头也长成花儿了。"

"吧！吧！娘儿们就爱瞎嚷嚷。"

店主的儿子小心翼翼地爱着从冰山上下来的丫头，他最大胆的举动就是亲她一下，就像抓激流中的鱼，手碰一下水面就跳开。这种极具张力的灼热所散发的冰凉，跟他接触过的那些都市姑娘都不一样。

她使劲揪他的耳朵，脑袋顶在他的胸口，他像挨了一刀似的张大无声的嘴巴，他眼前出现一个剽悍的骑手，骑着铜马，有着铁一样的身坯。快来吧！快来吧！他呼唤自己。那是一个崭新的自己。当他颤抖着抚摸拥抱了她的全身之后，他对那个崭新的自己投入了更大的期望。他一下子有了自信。

"这样子嘛才像个儿子娃娃。"

丫头喜欢信心十足的男人。

村里人捎来父亲的口信。

"回去看看吧，你爸爸会高兴死的。"

爸爸真的高兴死了。

"我有了爱情，爸爸才这么挑剔，"她亲一下店主的儿子，"没有你我会垮掉的。"

"是雪崩吗？"

"是冰雪暴，一下子就下来了，要是爸爸知道你这么爱我，他会高兴死的。"

"他已经死了。"

"对我来说他还活着，他躺在大冰块里，跟神话里的英雄一样。世界上再也没有像他那样幸福的人了，在女儿长成花朵的时候离开人世。"

"我以为你会哭哭啼啼没完没了。"

"我是冰山的女儿，又不是娇气宝宝。"

"只有帕米尔，才能配上你。"

"你疯了吗，难道你不想娶我？"

他差点说出那个他所期望的人。

他的梦想很快变为现实，他们在巴扎上见到一个骑马的人，他喊起来："铜马，铁人。"

"你嚷嚷什么？"

"你看那个骑马的人。"

骑马的人也看见他们，并且认出冰山的女儿，"嗨嗨"喊着过来了。

"爸爸就是他埋的。"

她很自豪地给骑手介绍她未来的丈夫。

"他上过大学，我们马上要结婚了。"

骑手向他们祝福，拥抱大学生，使劲地拍他的后背，他就像被大黑熊压扁了似的。

"喂喂！你要捂死他呀。"

"我真羡慕你，你太有福气了。"

山里汉子从鞍子底下摸出洁白的猫头鹰羽毛送给他们，这是对新郎新娘最好的祝福，祝福如同轻盈的羽毛飞翔在梦中。

他们去喝酒。骑手的酒量大得惊人，像吞一条生鱼，像一条大蟒蛇，他几乎不吃菜，嘴里丢几颗花生米，又端起杯子。

"你是大学生你少喝一点，意思一下，意思一下就行了。"

喝了好几瓶他的舌头还不硬。

"你别想让我舌头发硬，我还要唱歌呢，先听你的歌。"

她唱《花儿为什么这样红》，还唱了《黑眼睛》。她太了解高原上的汉子了，分手时她给骑手塞两瓶酒，骑手上马有些吃力，店主的儿子小声说："他快醉了，你还给他酒。"但骑手清醒着呢。

"这会儿我脑子跟水洗过一样，跟冰湖一样。"

"回家喝路上不要喝。"

"路上要唱歌呢，她唱了《花儿》唱了《黑眼睛》，我就得唱《大黑熊》唱《青骢马》。《百灵鸟》和《云雀》是留给新郎的，新郎同志你要唱好啊，你要给咱们男人争气啊，多么好的丫头，帕米尔 500 年才出这么一个丫头啊，噢哟哟哟哟。"

骏马和主人一起长啸，竖立，跃起，奔向郊外。克孜勒苏河在原野上滚动着，像公牛发怒的眼睛。

"他喜欢你。"

"你胡说什么？"

"我多么希望能像他那样去喜欢你。"

"可他羡慕你。"

"他是从寒冰里生出来的热，我没有这种热。"

"可我喜欢你这种热，"她捧起他的脑袋"叭叭"两下，"我的洋娃娃，我是冰山的女儿我才知道塔里木的热有多么好。"

"不是塔里木的热。"

"我说是就是，你是刀郎，你是木卡姆。"

"时间长了你就会明白我的意思。"

"我的洋娃娃，你怎么会这样？"

"帕米尔是不可逾越的。"

"我和我爸就待在帕米尔头顶上，我们村的人都在那里待着，娃娃们还在那里翻跟头呢。"

"你往下说呀。"

"就这么多。"

"你的眼神跟大海一样，不可能就这么两句。"

店主的儿子已经陷入冰山的传说里，他的耳朵跟树叶一样扇动着，只有在夏天牧场里，树叶被凉爽的风吹着才会发出这么美妙的声音。

那时大地母亲不是现在这样子，大地母亲丰满白嫩，冰川覆盖着整个帕米尔高原，冰乳和冰笋挺立在塔里木辽阔的胸脯上，冰柱像两条白臂沿天山和昆仑山伸向东方和西方，冰舌越过大漠一直延伸到中亚大草原，只有在天鹅成群的湖畔才留出一些空地，生长鲜花和青草。

塞人美丽的母亲也是草原最早的女王，她滋养着辽阔大地上所有的民族，她从来不统治她的人民，她滋养人民，她年轻美丽，那些远方的国家就想与她联姻，女王高傲地回答他们："我是高原的新娘。"她的身后默默地起伏着高大雄伟的帕米尔，那些使者不由自主跪拜在地上，女王让他们不要紧张："我的丈夫宽厚仁慈，你们可以尊重他，不要怕他。"使者们还是战战兢兢退着走，一直退到马跟前爬上马背，才有勇气看那威严的高原，那简直是上天构筑的宫殿，里面端坐着一位伟丈夫。使者们都是这样给他们的国王说的。国王们吸一口冷气，那股冷气咽下去就散不开了，盘绕在腹内，跟一把刀子似的让他们感到恐惧，他们不得不收敛起往日的骄横。

波斯王不信这一套，调集大军，口出狂言，要草原女王给他叠床铺褥子，给他端酒壶 波斯大军开进草原，波斯王远远看见帕米尔就高声大叫，要跟帕米尔过招。女王丢下兵器，徒手策马而来："我的丈夫你看他一眼都不配，你的脑袋倒可以给我做酒杯。"只过了一招，女王就把波斯王的脑袋拧下来，摁在马鞍上揭下皮肉，趁骨头还热着，箍上银子制成一个大酒杯，倒进去的酒也温热了，女王一饮而尽，波斯大军全跪下了。

女王说："放下兵器，回家放羊去吧。"

那些波斯人没有放羊，波斯王的儿子做了他们的新王。新王不敢报父仇，却指挥大军远征希腊。许多人战死在地中海边。幸存者逃回家乡，拿起牧鞭，软乎乎的鞭子使他们想起美丽的女王，做一个牧羊人不是很好吗？他们繁衍了许多好波斯人。波斯人不再喜欢打仗了，他们放牧，唱歌，诞生了许多杰出的诗人。

希腊人因战胜波斯人而强大，在强大中走向疯狂。马其顿国王亚历山大率希腊军攻入波斯，波斯人躲入山里守着他们的羊群，他们喜欢羊群喜欢华美的地毯胜过喜欢他们的国王。亚历山大大帝被这轻而易举的胜利冲昏了头，指挥大军远征印度，所向无敌，亚历山大大帝快要忘记自己了，他让部下下跪，不从者杀掉，他已经不是那个曾经高贵过的希腊人了。站在低洼的印度，天空就显得特别小，而帕米尔显得更雄伟更高大，当地人告诉亚历山大大帝：那是草原女王的丈夫。

"世界上有这么伟岸的丈夫！"

大帝仿佛看到自己的梦。他情不自禁，翻阅《伊里亚特》，他崇拜这部伟大的书，希腊人的梦想全在这部书里，他可以倒背如流。博学的亚里士多德是他的启蒙老师，给他讲的第一课就是荷马，老师对他期望极高，要把整个希腊文明灌入他的大脑，他的脑袋还真管用，他的脑袋就跟地中海一样容纳了整个希腊文明，他问老师："伟大的荷马为什么是瞎子？"

"智慧的眼睛在心灵深处，睁开你的心就不需要眼睛了。"

"我怎么没瞎呢？"

"你才完成一半使命，当你宝剑上的光芒照耀世界时，你就跟荷马一样了。"

"那一定是个伟大的瞎子。"

"是个伟大的瞎子。"

"我什么时候才能成为荷马那样的瞎子呢？"

大帝放下精美的《伊里亚特》，遥望冰雪皑皑的高原。

"伟大的荷马，博学的老师，快祝福我吧，我就要征服这座高原娶草原女王为妻了。"

希腊联军翻越高原没有成功，相比之下，阿尔卑斯山、高加索山最多也只是几堆小土丘，士兵们跟傻瓜一样大张着嘴站在洼地里，奥林匹斯山在他们心目中都黯然失色了。大帝调整作战方案，率大军往回撤，绕了个大圈子从铁门关进入黄金草原。士兵们一遍又一遍呼喊荷马的诗句，希腊军队终于恢复了元气。果然不出所料，草原女王的风采远远超过美人海伦，大军的目光"刷——"投向大帝，只有他们的统帅才有资格跟女王对阵。这就是东方！太不可思议了，女人美丽无比却要纵马疆场。

"缪斯啊，请歌唱佩琉斯之子阿喀琉斯的致命的愤怒！"①

大军挥着长剑冲过去。高傲的女王缓缓走到中央勒住马，她不能大意，她手里拿着一柄黑黝黝的铁杖。当长剑刺来时，铁杖当胸一横，"轰"一声跟雷吼似的，大帝双臂发麻，他真的愤怒了，他真的喊了伟大的荷马，荷马睁开了眼睛，这是怎么回事？睁开面孔上的眼睛就意味着心灵丧失光明。"哎哟——"，叫声惨烈，那匹阿尔卑斯骏马扑通跪在地上，他，高傲的亚历山大大帝跟马一起跪下了。草原女王跟太阳一样无比辉煌无比雄壮地走过来，马鞭亮闪闪，她一脚踏在大帝肩膀上把大帝踏躺下踏平，然后鼻子哼一下，飞身上马，撤走了。士兵们都看到了，将军们也都看到了，他们抢回他们的统帅。

那条腿彻底地废了，医生一点办法都没有，大帝疼痛难忍，陷入狂迷，稍不如意就杀人，大家都怕他。这么下去非把大家折腾死不可。

亚里士多德的高足，希腊联军的军师卡利西尼斯非常绝望："伟大的荷马救救他吧，他真的瞎了吗？那女人下手太狠了！"将军们说："对波斯王才狠呢，她砍下波斯王的脑袋做了酒杯。"哲学家告诉将军们："腿比脑袋重要，腿是男人的翅膀，象征着智慧、勇气和力量，大帝的翅膀毁在东方女人的手上，这意味着什么？"哲学家掩面而泣。

将军们在打希腊帝国的主意，他们对意义和腿不感兴趣。

哲学家在悲伤中得到神灵的启示，忽然看到闪闪发光的冰山，最雄伟的那座山就是草原女王的伟丈夫，冰舌和冰笋一直延伸到平坦而辽阔的原野上。

"我的大帝，既然你无法攀上神圣的高原，你就接受他脚下的恩惠吧，上天和神灵的足迹也就是尘世帝王的王冠。"

军师命令士兵们去搬冰块。

"那是上天和神灵的足迹。"

———————————

① 《伊里亚特》的首句。

士兵们小心翼翼捧着神灵闪闪发亮的足迹，像走在梦里。

将军们已经感觉到什么，他们威胁哲学家。

"冰块会把他弄醒的。"

"一个狂迷的人需要上天的脚踩醒他。"

"他醒来就麻烦了，他会杀掉你。"

"难道让自己的帝王跟傻瓜一样狂迷下去？"

"快住手吧，你会后悔的。"

士兵们进退两难，不知该听谁的。军师亲自把冰送到大帝的军帐，冰块跟上天真正的脚一样踏着亚历山大的身体走过去，一直走到额头。大帝醒来了，眼睛里有了神光，一种很微弱的神光，摇摇晃晃很不稳定。

"怎么回事？怎么回事？"大帝惊喜异常。

军师说："这是上天和神灵的启示。"

将军们沉着脸："是脚，一只脚把陛下踩醒了。"

大帝还记着草原女王那只威风凛凛的脚，大帝愤怒了，狂风呼啸，一下子吹灭了刚刚燃起的神光，大帝的眼睛黑洞洞的，跟老鸦窝一样。军师朝帐外大喊："冰，快拿冰来！"晶光闪闪的冰捧在士兵手里，跟一双双闪亮的马靴一样。大帝环顾他的将军："难道还要我遭受一次污辱吗？"将军们早就不耐烦了，一拥而上，哲学家军师倒在血泊里，冰块也倒在血泊里，哲学家的头还能动，颤巍巍抬起来。

"陛下，趁上天的神迹还没有消失，快让它踩你的肩膀踩你的额头吧！"

冰块扑通扑通全落在哲学家的血泊里。士兵们呵气跺脚，他们被冻坏了。血泊里那颗不屈的头还在呐喊："不要扔，不要扔，那是王冠。""他准是疯了，"大帝瘸着跨前一步，冰凉的长剑刺入哲学家的喉咙，"他喜欢冰就让他跟冰待在一起吧。"

哲学家被埋在冰川里，怒目圆睁，你分不清那里边是眼瞳的光还是冰的光，总之是冷飕飕的。

5

店主的儿子买来大冰柜，昼夜不停地加工冰块。准确地说是冰砖，家里到处是冰砖，高高垒起来，跟垒土坯房一样。刚开始那几天，冰砖融化很快，店里的人都来帮忙，忙得够呛，大家就抱怨："好端端的家弄得跟冰川一样。"

"人家喜欢冰山上的丫头就这么弄，这就是爱情，爱情真可怕。"

气温终于降下来了，店主家凉飕飕的，店主的儿子宣布："我可以结婚了。"

婚礼非常隆重，客人们仿佛进入仙境，新娘简直就是一个冰美人。

"她是冰山的女儿。"

"她父亲就埋在冰山上，就是那个得到老鹰宝石的人。"

人们不是在谈论神话，简直是在经历奇异无比的神话。那些时髦青年不怎么相信神话，可他们不能不相信新郎的想象力，在太热天用冰块布置婚礼，而新娘又是那么美，简直就是颗大宝石，镶嵌在冰上的大宝石。

"她绝对是个处女。"

"太不可思议了，也只有在这个地方有这么纯粹的新娘，真正的新娘。"

他们的妻子或未婚妻也在场，她们气得小脸儿发白，心里骂："男人真不要脸，得了便宜还说这种话。"她们浑身发抖又骂不出口，就抱怨这些冰。不断有人换冰，冰化得很快。水顺着墙根汩汩流淌，流到葡萄树根，流到花圃流到院子后边的果园里，果园很大，一条河都能喝下去。那些上年纪的老妇人对新娘赞不绝口，她们想起自己当年做新娘时的情景。

"真正的新娘就该这样子，婚礼才有意义。"

按照当地的风俗，新娘要陪所有男宾跳舞，那种世所罕见的高贵典雅的处女之美震撼了所有的人。最后是新郎新娘跳舞，人们鼓掌唱歌，唱《百灵鸟》唱《黑眼睛》。夜幕从天而降，猫头鹰洁白的羽毛在新娘的头上高高飞扬。新郎新娘进入洞房。人们欢呼着回家，好像他们自己结婚一样。

辽阔而神秘的夜晚留给了这一对新人，当那幸福的时刻来临时新郎一下子被击垮了，新娘惊慌不安："怎么啦，我的洋娃娃你怎么啦？"

新郎显然不是新手，他正为此而气恼，在他大获全胜的时候，那些娴熟的套路一下子把他套住了，他不停地提醒自己：这是新娘这是我的高原新娘。但不顶用，他曾经有过的经验跟噪音一样弄得他心神不安。

他是个多聪明的人呀，他马上想到奇异无比的冰。他披上衣服到外边拿一块冰砖，巨大的冰凉跟过电一样把他清洗一遍，终于唤醒了他生命中最纯粹的力量，借着这股神力他冲上高原。冰山在融化，在他怀里一点点融化，形成冰湖和河流……

你是克孜勒苏河

我是克孜勒苏河

你是叶尔羌河

我是叶尔羌河

你是布伦库勒湖

我是布伦库勒湖

你是喀拉库勒湖

我是喀拉库勒湖

我是……

我是所有的冰湖和河流

新娘一下子咬住他的肩膀

我是所有的冰湖和大河

新娘紧紧抱住新郎……

新郎并不轻松，他每天都要用冰块洗脑，那些陈旧的套路突如其来防不胜防，要忘掉那些乱七八糟的东西谈何容易。

妻子的新生命刚刚开始，如同大河决堤，生机勃勃，势不可当。再多的冰也没用，生活质量每况愈下，受罪的已经不是店主的儿子了，冰山的女儿病倒在床，神志不清，梦呓不断，大夫诊断不出是什么病。

病人突然睁开眼睛，说她要吃葡萄。他们家是当地首富，店主把她当亲生女儿，店主说："孩子，你吃星星我都能摘下来。"丈夫亲自赴吐鲁番去摘葡萄。已经是冬天了，新鲜葡萄很难搞到。在遥远的吐鲁番的葡萄沟里，人们在地窖里可以保存一些鲜葡萄。弄了满满一箱。

冰山的女儿闻到葡萄的香味就清醒过来，吃下几颗后脸色也红润了。吃到第七天，冰山的女儿的肺腑里散发出阵阵芳香，很提神的一种奇异的芳香，店主老两口好像变年轻了，院子里的花在枯草丛中一点一点明亮起来。冰山的女儿从床上下来，她要去沐浴，浴室里散出的芳香更浓烈。她慢慢化妆，好像第一次见到镜子，她从来没用过镜子，她的美丽是在镜子一样的冰雪世界滋养的，她没有照镜子的习惯，不像城里姑娘上厕所也带着镜子，丈夫说："这是冰。"

"我爸爸就是在冰上看我妈妈的，山上任何一块冰都有妈妈的影子。"

她把"冰"捂在心口，心都要把"冰"顶破了。

"你的病好多了，你快看看吧。"

她就举起"冰"，那天仙般的容颜让她感到吃惊，她问那是谁。

"那是你呀！"

可"冰"上明明是一丛丛鲜花，那些花跟人呼吸一样呵着香气，原来是院子里的花呀！她捧着"冰"到院子里去看那些冬天开放的花。花原本是她的呼吸所引发的，她走过的时候，鲜花就显得更娇嫩更明亮。

骏马在远方震撼着大地，她叫起来。

"他来了，花毯就在他的马背上，妈妈织的花活了。"

她跑过去打开大门，门外空荡荡的，可在她的意识里骑手已经进来了。尊贵的客人啊，谢谢你带来冰山上的花园。她给客人上茶上酒，她一招一式从容大方，大家也都信以为真，好像家里有一位贵客。他们跟她一起到门外去送客，不停地招手。街坊邻居也以为他们家的客人在前边，大家都朝前边看，在小城的前方，塔里木大地的南缘缓缓移动着高大雄伟的骑手，骑手登上了高原，一直走进帕米尔腹地。

我们都叫他阿塔，慕士塔格阿塔，我们都是他老人家的孩子。

人们手掌抚胸，向高原和冰山致敬。

戴面纱的女人和没戴面纱的女人全都看见了那位伟丈夫，泪花闪耀在她们的眼睛上，睫毛和面孔也是亮光闪闪。

他来到我们中间，是让我们更漂亮更美丽！

女人们掩面而泣。

冰山的女儿依靠葡萄滋养着，丈夫不停地往吐鲁番跑，人都跑瘦了。她让丈夫别跑了，派别人去吧。

"男人不能让女人美丽算什么男人，还不如葡萄。"

丈夫亲自挑选押送才能缓解内心的不安和愧疚。

有一天，母亲不得不告诉儿子："你要小心啊儿子，你千万不要把黄蜂带回来。"

"冬天怎么有黄蜂呢？"

"有葡萄就有黄蜂。"

"黄蜂有这么可怕？"

"女人命里都有一只可怕的黄蜂，生病的女人要是让黄蜂螫一下会没命的。"

"我怎么没听说过呀妈妈？"

"你不要问了，你记住我的话就行了。"

他小心翼翼，把葡萄一串一串亲手装在箱子里。那只可恶的黄蜂不知怎么钻进来的，打开纸箱的时候它就飞出来了。丈夫因为有母亲的忠告，吓呆了，妻子仿佛预感到这种不祥之兆，扬手一掌，黄蜂被拍死在嘴唇上，可黄蜂的刺已经扎进皮肉，妻子一下子病倒在床上。

葡萄再也救不了她了。请了许多大夫，花了不少钱，整个玉器店快要倒闭了，也没法治她的病。

姨姨来看她，进门就哭，哭着哭着就说出了大黄蜂的秘密："孩子啊，我的姐姐、你美丽的母亲当年是塔里木的群芳之首，14岁刚刚显露天颜的时候，她高傲的心就属于高原和冰山了，因为塔里木所有的男人都无法给她增色，不能给女人增色的男人就跟黄蜂一样毁掉那天仙般的容颜和青春年华，山上的日子是苦一点，可美丽和青春在冰雪世界里是不会凋谢的，我为什么鬼迷心窍把你哄下山呢。"

姨姨的哭号使她更加伤心，冰山的女儿悲泣不已，人们听到的不是哭泣而是一首撕心裂肺的哀歌。

我的年华好似春天的柳枝，
伴随我的是塔里木辽阔的花圃，
堆积在戈壁上的不是石头是用不完的财宝，
我却为凋谢的青春而悲泣。

世上有谁比我更美丽，
雪松般的身段，花样的姿容，
智慧才华使世人惊服，
我却为凋谢的青春而悲泣。

眉毛似新月，面庞似满月，
翩翩起舞，宛如开屏的孔雀，
所有的春天都听命于我，
我却为凋谢的青春而悲泣。

我是慕士塔格阿塔的掌上明珠，
高原多么尊贵，
天空多么瑰丽，
我却为凋谢的青春而悲泣。

丈夫把我当心肝宝贝，
黄蜂却向我举起利刺，
它给我带来了死亡的信息，
我为凋谢的青春而悲泣。

春天将变为废墟，
花园将化为尘土，
冰山女儿的生命之灯将永熄，
我为凋谢的青春而悲泣。

我的尸衣在天空飘飞，
我的面容一天天苍白，
我的墓穴挖得很深很深，
我为凋谢的青春而悲泣。

我躺上木架，走向地底，
坟茔做了我最终的归宿，
人们都说我死了，同声哀号，
我为凋谢的青春而悲泣。

哪儿去了，我青春的花园？
哪儿去了，我明月般的娇颜？
哪儿去了，我洒向人间的芳馨？
我为凋谢的青春而悲泣。

丈夫在妻子的哀歌里晕倒了，美丽的冰山女儿越来越苍白，灵魂离开躯体在飞翔，昏迷中的丈夫一下子跳起来，扑上去，又摔倒在地上，他抓不住那冉冉升起的灵魂。紧跟在灵魂后边的是她的身体，同一个人，却一前一后走出去，一直走到大门口。

那是一个晴朗的日子，高原和冰山显得清晰高大而雄伟，冰山女儿恍惚凄迷，那么哀婉的眼神令人心碎。

我就要死了，我就要死了。

石头都能听见她的哀歌，这种歌在人世间已经不起作用了。冰山的女儿不想死，她就热切地期待着高原。在远古的神话里，那个草原女王不是有一位坐在高原上的伟丈夫吗？

不是为了我的美丽而是为了活下去。

高原和冰山都听到了她的哀歌，高原上的太阳就过来了，那是一个伟丈夫，英俊威猛，人们全都惊呆了，那不是传说中的太阳神吗？金光灿烂，大踏步走过来，人们都用胳膊挡住脸，人们承受不了那么强烈的光芒，冰山的女儿从容大方，很平静地迎接年轻的太阳神。

太阳神是来给她治病的。她的病牵动了所有人的心，大地上的花园加在一起都没有她那么美，人们忍受不了她的苍白。

"只有太阳才能救她。"

太阳走进她的房子。丈夫暂时搬出去。为了妻子的病，他可以做出一切牺牲。他派人修好路面，打掉侧墙，太阳可以直直走过来。

妻子开玩笑说："要不是给你做老婆呀，我就跟他到山上去住。"

"只要他能治你的病，你就去吧。"

"那是太阳神，傻瓜！"

太阳神回去了，妻子很神奇地有了身孕。在高原古老的传说里，就有女人受太阳的元阳而有身孕，生下的孩子周身发光聪慧异常。

全家人都盼着生一个儿子，她却一心要女儿，女儿是花，"我妈妈是冰山上的花园，我女儿也是一座花园。"婆婆委婉地劝她："咱们不需要花园，咱们有这么大的家业，咱们需要儿子娃娃。"

"花园也要人继承呀。"

"那是传说，咱们是过日子。"

"我妈妈就是在过日子的时候织鲜花的，她的花都是活的。"

"那是一种幻想。"

"你怎么不相信幻想呢？"

"如果我有两个儿子我就不指望你，不能为你那些不切实际的想法耽误家里的大事。"

一下子僵住了。儿子打圆场："妈妈你不要着急，她只是说一说，孩子还没生下来，争有什么用？"

冰山的女儿每天祈祷，那是一种非常庄严的仪式，沐浴更衣，跟圣徒一样，以高原和冰山的威严起誓，以太阳神的魂魄起誓，大地的花园将超越财富，成为生命的福祉。女儿呀，你将在妈妈的怀抱里盛开。

她的肚子成了高原，她看着太阳从高原上升起，她就告诉肚子里的小生命："那是你的爸爸，你愿意做高原的女儿吗？"女儿的小脚使劲地回答她。

有一天她突然安静下来，肚子里的小东西也安静下来。从远方传来阵阵花香，她被花香迷住了，肚子里的小家伙也被花香迷住了，她行动不便，可小家伙手脚麻利，跟划船似的把她划出院子，划出小城。

刚开始她没在意，医生劝她产前适当活动活动，她在郊外越走越远，过了克孜勒苏河。一匹失群的骏马在旷野上游荡，那简直就是一尊青铜器。她打声呼哨，青铜器就活了，奔过来了，她不知哪来的勇气，一下子到了马背上，她大吃一惊，另一个陌生而新鲜的念头一下子控制了她。

小家伙更兴奋，骏马好像听小家伙的，不停地往前蹿动，一下一下，很快就进入高原。

6

"孩子你要去哪里？"

"我去找太阳神，我是太阳神的后代。"

骏马把她驮到山顶，冰崖跟阶梯一样直通太阳神的宫殿，那里边坐着一位伟丈夫，他金光灿烂，如同梦幻。

"妈妈你快躺下，我要出来了。"

她找不到能躺下的地方。在那个神奇的传说里，这里有神的花园。

孩子猛蹬她一下。

"哎哟，淘气鬼，妈妈给咱们找一个好地方。"

她大声喘息，连马都感觉到她的疼痛，马小声对她说："主人啊主人，你不认识我了，我是公格尔。"她搂住公格尔的脖子放声大哭，公格尔小声劝她："我的背就是花园，你放心地躺下吧。"她身子一仰躺在马背上，这样就舒服多了。

"公格尔，你能找到公格尔九别吗？"

"你才想起自己的马呀！"

"我的马，我怎么能离开我的马，我的马我的马！"

她大声呻吟着，她撕心裂肺地呼喊。高原沉落又猛然升起，浴血的太阳跟洞穴一样，在洞穴的中央躺着一个美丽的仙女。太阳静静地守在仙女的身旁，仙女不知睡了多少年，岁月和季节不停地变幻着，天荒地老的爱情故事在高原上永远流传。那美丽的仙女很可能是传说中的草原女王，也可能是她母亲。冰层里的伟丈夫把太阳擎在手上，守护女人的美丽。

……

那些辉煌的景象——消失。

她躺在大峡谷的小村庄里，她赤身裸体，浑身是血，给她接生的竟然是个男人。男人抬起头，她认出那是高原的骑手。"给我被单，给我被单。"一条被单落到她身上。婴儿在皮褥子里哭叫，声音很清脆，跟玉器一样。

"是一朵花。"

"是一朵花。"

"你怎么干这个？"

"我给羊接过羔，给马接过羔，给骆驼接过羔，给狼也接过羔。"

他满头大汗，跑到房子外边去吹一吹。外边寒风呼啸，房子里热浪滚滚，炉子里是大块的煤，墙角是四堆燃烧的木柴，火光闪闪，大峡谷若隐若现，就像在梦中。她还记得跟父亲来到这个村庄的情景，浴血的太阳把大峡谷淹没了，就像走进原始的山洞。这房子就像个山洞，墙壁是石块砌的，房顶也是大石板，整座房子跟火炉一样。孩子叫喊累了，安安静静入睡。热浪里夹带着刺鼻的血腥味。她流那么多血竟然没事。骑手一边收拾一边说："骆驼下羔都没有那么多血，你要小心。"她能动了，她端起骆驼奶大口地喝。

"你有骆驼？"

"村子里有，跟我家的一样。"

"我的喊声大不大？"

"跟母狼一样很吓人。"

"把你吓坏了。"

"外边风大外边听不见，吓得不行就跑外边吹一下。"

开头几天都是奶，驼奶马奶牛奶羊奶，她和孩子开始明亮起来。她想吃肉了，她听见他磨刀子的声音，哈喇子①冒出来，又大口大口咽到肚子里，她亲女儿一下："肉肉，我们吃肉肉。"

那正是大雪封山的日子，骑手为了让她吃上最好的羊肉，赶着羊到雪地去吃草。红日当空，大雪纷飞，雪片涂上了金光，就像一团团光芒四射的火焰。骑手心里热乎乎的，那些羊也精神抖擞，沉醉在严寒的火焰里，从燃烧的积雪中捕捉一丛丛牧草。雪很快厚起来，羊一只一只在减少，等他发现跟前只有一只羊时，他扑上去紧紧抱住这只唯一的羊。一腔热泪涌出来很快结成冰，扒开热辣辣的冰，泪水还在涌着。那些羊也在找他。

暴风雪怒号了一天一夜，太阳再次点燃大雪的时候，从雪地里走出一群怪物，一点一点往房子跟前移动。冰山的女儿被这景象吓坏了，她以为是雪豹，她插上门。她发现不对劲，打开门，那些大雪堆全拥进来了，身上的雪纷纷落下来，冰甲闪闪发亮。她用棒子敲开冰甲，然后用暖和的双手化了脸上的冰块，他的目光沉静而凝重，跟冰湖里的水一样。她扒他的衣服，查看那些冻伤。他赤身裸体躺在狼皮褥子上，她使劲搓他坚硬的皮肉，鳖黑而发青，像一只剥了皮的野兽。你看过我的裸体我也看你的。她抿着嘴把他搬过来搬过去，她直起腰擦汗时，才意识到她趴在这个人身上，一股类似铁锈的苦涩气息冲击她的鼻腔和胃，她一伸手又把这个人翻过去。他趴下啦。他的背凹成一道深槽，跟大峡谷一样直通屁股，屁股蛋红彤彤的，就像高原上初升的太阳。真正的太阳也刚升上天空，她根本看不见外边那颗太阳，她一门心思修理手边的太阳。

这是山里人的老经验，用雪擦，不停地擦，把身体擦热，让皮肉发红，让血水哗哗流淌。她使劲地搓那两个高大结实的屁股蛋，血色终于出现了，她的泪都出来了，她"呸！"朝那屁股蛋吐一口唾沫，这样热起来快。她不停地吐唾沫，吐到他的背上肩上，翻过来往胸腹上吐，血液哗啦啦响起来。他整个人红润起来了。他的眼瞳黑晶晶跟星星一样深邃而明亮，他嘴唇微微动一下，他可以说话了，好像刚刚学会说话，一字一顿很认真地告诉她："你爸爸身上也是红的。"

他很认真地告诉她："你爸爸还活着，脸红红的，跟你的一样红。"她抓起被单扔过去。"太热了，你把我搓得这么热。"他拨开被单，她捂住脸蹲在地上。

---

① 哈喇子，即口水。

"你怎么啦？"他浑然不觉，跟个大猩猩一样，他轻轻拍她的背，"你累了，你去睡吧。"他拉她一下，她狠劲拧身子，把脸捂得更紧，她好像在哭。"你不要哭嘛。"外边的羊咩笑起来。"你不要哭了，不要哭了，我给你做肉。"

他穿戴整齐，出去一会儿就把活做了。雪地出现一摊鲜美的血迹，剥下来的羊皮冒着热气，大地在呼吸，他望着茫茫雪原一会，提上鲜肉进厨房。

她在里边烧火，一把抢过肉，赌气似的又砍又剁。肉煮好了，她也不生气了。她吃得很贪，婴儿也很贪，抓着羊骨头咂啊咂啊。他敲开骨头，鼓圆腮帮子吹，吹出白酥酥的骨髓，抹在孩子嘴里。

孩子和孩子的妈妈天天吃羊肉，吃得又白又胖，脸盘上有了娇艳的花朵，他咧着大嘴呵呵笑："春天莫到，花儿就红了。"他摸一下花儿，手指就木了，他搓啊搓啊，所有的手指全都木了，他忍不住又摸一下，孩子笑得很开心，孩子的妈妈瞪大眼睛，仿佛重温一个意味深长的梦。

"花儿活了，你闻呀，你这么香。"

这个粗壮的高原汉子不停地提醒她，她深陷梦中无法苏醒。高原汉子举起孩子："一枝花。"

跟真正的梦境一样，高原汉子把她也举起来了："又一枝花。"她听见她的腹腔和喉咙里一声长长的湿漉漉的呻吟，她狠狠推他一下。他没有感觉，他比她更兴奋，他开怀大笑："仙女呀，我祈求你的两朵花全都有了。"在高原古老的传说里，只要能从上帝的花园里摘来两朵鲜花，荒凉的地方就能变成花园。

"我的帕米尔成花园啦，噢嚎——"

他从箱子里取出华丽的毯子，毯子上的花全都是活的，散着香气，他举着孩子轻轻放到毯子上："一朵花开在花园里。"他把迷幻中的女人也举起来，放在毯子上："又一朵花开在花园里。"

他跑到门外，给苍天致敬。他兴奋得彻夜难眠。夜蓝汪汪的，覆盖在冰雪世界的顶上跟辽阔的海洋一样。孩子红扑扑的，在花毯上越睡越沉。孩子的妈妈在娇艳的鲜花火焰中醒来了，一动不动地看着他，他嘿嘿笑两下就不会笑了。他不理解女人脸上奇异的色彩，也不理解女人眸里熊熊的火焰，他摸那火焰时，他的手变成了柴火，猛一沉跟激流一样他的手沉下去沉了很久，又跟鱼一样从激流里蹦出来。他人声喘气，他跺脚，他扒下身上的衣服还不行。炉子里大块的煤在碎裂在喷射火焰，墙角火堆里坚硬的木柴春雷一样"嘎巴"裂开了，火焰跟流星一样飞窜，他万万没想到他的身体又凶又猛跟野牛一样。他对自己一点办法都没有。而她，这个仙女花园里最娇艳的花血红血红的，牛不能见红，红色会把牛逗疯，他小声求她："你不要把它逗疯。"

"让它疯让它疯。"

他抓住她的手很诚恳地求她。他从来没有这么求过人，驯马时会搭上命他都不求人，他记得十三岁那年制服一头牦牛时向一位老人求救过。那是一头倔牛。他带着哭腔求这个好看的女人："我帮过你你应该帮我呀。"就在他的泪水喷薄而出时，冰山的女儿猛然撑起半个身子，帮了他一下，那只凶猛的公牛一下子冲进去，牛角牛头牛蹄子全进去了，把整个高原都犄得发抖，跟磨盘一样转动起来。芳香弥漫天地。

昆仑山，阿尔金山以及帕米尔高原有一个漫长的冬天，大雪封山直到第二年5月。高原的5月，店主的儿子亲自上山来接妻子。妻子很热情地接待他，大碗喝酒大块吃肉之后，他忽然发现他只是高原的客人，孩子根本不认识他，孩子不会说话，孩子紧紧搂住高原汉子的脖子，吃惊地看着他，他的手和手里名贵的玉佩全都凉了。

套中人

1

亚芬的老同学秦草大学毕业，男朋友却在团场的田野上拾棉花，秦草苦恼得不行。老同学亚芬不能袖手旁观。亚芬把秦草接到家里，出谋划策。最后，亚芬把丈夫喊出来。小丈夫陈刚想了半天说，派出所我有同学，大概是个户籍警，我去试试看，推上车子"哐哩哐啷"出去了。

亚芬和秦草是从乌尔禾143团中学出来的，老同学了。那会儿，亚芬把秦草当电视里的女豪杰。亚芬最爱看电视，越看越好，尤其是台湾香港新加坡的，常常看得她眼泪汪汪。老同学秦草正经八百的本科生，疯狂地恋上了中学时的同学郭安明。郭安明正陷在团场的泥巴地里，秦草的热恋便飞溅出耀眼的火花。亚芬觉得灿烂无比，亚芬有些眩晕。

陈刚没过一刻钟就回来了。陈刚说："小代说了，莫问题。"

亚芬说："咋这么快？"

"半路碰上了，几句话么，小代说莫问题。莫问题我就回来了。"

秦草结结巴巴说不出感谢话，亚芬推着让她快回乌尔禾，郭安明快急成疯子了。秦草结巴出一点声音："对对，不能把他急坏了，他老对我不放心。"陈刚骑车子带上秦草往车站奔。

亚芬不放心，一定要陈刚约小代喝两杯。

第二天天擦黑，小代骑着三轮摩托就来了，车斗里坐着指导员。小代说："陈刚死叫，肯定有好酒喝。"两个警察抽烟落座品茶。指导员是个老同志，瞅着新房说："不错么，蛮舒服么。小代你该学学你老同学，看人家这个窝。"小代就开始神吹他未来的婚礼盛况。吹够了，菜也齐了，伊犁特奎屯特一齐上。吼到半夜，三个男人都成了报晓的雄鸡，抖着红扑扑的鸡冠在夜幕里道别。没有提户口的事情。

陈刚说："莫问题。"

一个月后，郭安明成为城市人。秦草要请小代，小代说要请请陈刚，是陈刚的面子大。亚芬说："小代这人够朋友，嘴上马虎心里不马虎。"陈刚说："我们老同学了，从小打架在一起。"

2

亚芬脑子笨，中学毕业当工人，丈夫陈刚在车间当电工。那时他们刚结婚，就为人排忧解难办了一件大事。他们俩攒几个星期天，去乌鲁木齐逛天池。那正是秋天，小船划到湖心停了很久，清风凉透了身子，才往岸边靠。那年秋天，小两口如胶似漆，光滑闪亮像一对宝石。在乌鲁木齐，他们逛红山商场，买一对景泰蓝波斯猫准备送给秦草，秦草快结婚了。

秦草的男朋友郭安明有了城镇户口，没工作。秦草在单位门口租一栋房子开商店。那一段时间，亚芬心里着急：不见秦草的影子也没消息。秦草和郭安明仿佛消失了。

吃饭时亚芬说："他俩是不是出事了？"

陈刚说："他们会出啥事？又不是幼儿园的小娃娃，怕丢了。"

亚芬咕嘟咕嘟喝汤，喝得没滋没味。

陈刚说："我再也不做汤了，喝得咕嘟咕嘟响像公鸡撒尿。"

亚芬推开碗："你手艺好，怪我没胃口，我赔不是行了吧。"

陈刚塞一块馒头封住嘴巴。

亚芬说："咱们把东西送过去咋样？"

陈刚的眼睛豆往上吊。

亚芬说："我们俩一个团场的，城里就这么一个同学。"

陈刚的眼睛豆轻轻落下来，几口吃完，草草收拾一下推车子出门。亚芬抱着那对波斯猫。过两条大街，在影剧院后边，老远看见那排平房。秦草在中间住着，门上挂锁，门框上贴着大红"囍"字和对联。亚芬以为走错了门。敲开邻居的门问秦草搬哪去了。

邻居说："没搬家，结婚去了。"

亚芬的五官很夸张地挪位，快挪到南极洲去了。邻居说："小两口到口里度蜜月去了。"

陈刚嘿嘿笑："去口里旅行结婚，牛皮得很，比咱俩牛皮。"

亚芬说："人家是大学生，我是小工人，我不配去逛西湖。"

"快上车。"

"你跑吧，我用腿走。"

陈刚跳下车子："别生气了，她不要又不是咱不给。"

"你没见她，咋知道她不要？叫你早早来你偏要休息休息，人家走三天了。"

"嗨嗨，你这小姑娘咋这样说话？人家请我们没有？发请帖没有？"

亚芬的眼瞳空空的，又黑又深，里边飞着一只乌鸦。亚芬说："老同学了，没必要客气。你当初就不想来，不想送这对波斯猫。"

"张亚芬你真没良心，她老头子户口谁弄来的？这对波斯猫我不拍板买，你现在还待在红山商场挑啊挑啊没命地挑哩。"

亚芬不吭气跟陈刚往回走，快到家属楼时亚芬不走了："这副模样，让人看笑话，我不回去了。"

"我们又不是马戏团的，没人看我们，快走吧。"

陈刚连哄带拉，上楼道时偏偏人多，问得勤目光又邪，亚芬简直像个小偷，钻进屋子不敢动了。陈刚无所谓，甩皮鞋换拖鞋，把绣花拖鞋拎过来给亚芬换上。亚芬坐在床角像只小老鼠灰溜溜。

陈刚说："自己家里你就是主人就是爷儿们，坐监狱吗你？"

亚芬小声说："真比坐监狱还难受。"说完走几圈，进厨房做饭。

陈刚独自看电视。脚搁茶几上，厨房门一响动他得缩回脚丫子。陈刚当电工，猴惯了，喜欢坐桌子坐窗台。结婚不到一个月，被亚芬驯服在沙发里。时间不大，亚芬端出两盘炒面。欢乐降临人间，陈刚拍亚芬的手，抄筷子。

3

几天后他俩去朋友家参加舞会。都是熟人，玩得很开心。警察小代也来了，邀亚芬跳。

小代问："秦草跟你是铁哥儿们？"

"我们是同学，她后来上大学。"

"她挺那个的。"

"她咋那个啦？"

"我在乌鲁木齐火车站碰见他们两口子，他们不认识我了。"

"光点头啦不跟你握手？"

"不是这个意思，他们对我有戒心。叫人戒备着可难受。"

"坐车挺累，他们大概情绪不好。"

"你很会理解人。"

玩得开心，瞌睡就来得快，陈刚洗完脚没擦干就靠在枕头上要拉汽笛。亚芬坐在枕头上双手抱膝，亚芬说："我细细想一遍，我没有对不起秦草的地方，小时候也没有，我们一直很好。"

陈刚说："给她帮了大忙，她得八辈子感激你，你反倒给自己找毛病？"

陈刚不理她，"呼噜呼噜"睡得山响，仿佛一列火车在山洞里奔跑。亚芬倒枕头上试试，不顶用。瞌睡流不到她跟前来。陈刚鼻子响完了，喉咙里响，像煮很酽很酽的茶。亚芬坐起来，背靠墙壁尽量离陈刚远一点。小气窗里落进一片片风，薄薄的落满膝头，风多了就有冲劲。亚芬的衬衣胀起来，风很快成了温的。窗户上的玻璃开始变薄，薄得像眼瞳上的膜，亚芬不知道什么时候把脸贴在窗户上了。外边黑黑的，她看不见她要看的东西。夜明明是黑的你就是看不见它们，它们明明有声音在大地上轻轻地走动，你就是看不见它们接近不了它们。没有月亮的晚上应该长出来些星星，星星埋在黑沉沉的夜里就是不发芽，急死你你也没办法。亚芬明明看见外边有人，就是看不清楚。那人不走近来，也不走开。陈刚跳起来冲进厕所哗哗撒尿，出来看亚芬的怪模怪样弄不清出了啥事。

亚芬说："外边有人。"

"外边是大街当然有人，你不是发神经病吗？"

陈刚三下两下扒掉亚芬的衣服，把亚芬捉进被窝，拉灭电灯。

"我害怕不要拉灯。"

"不拉灯睡个鸟，就像在太阳底下睡觉，满头大汗。"

陈刚的电工胳膊把她箍起来，她挣开一点空隙好喘气。她知道自己躺在黑暗中了。黑夜在大地上走动，黑夜走上楼梯走进屋里，把电灯泡涂成黑的，电灯泡像烧焦的野梨子。亚芬没有经历过这样的夜晚。她跟秦草一直好好的，她们后脑勺扎狗尾巴小辫的时候就是好朋友了。

亚芬迷糊一会儿，窗户开始发白，她的眼皮像豆壳被黑夜泡得涨涨的。陈刚醒了，嘴张得老大，"啊啊"几声说："我做噩梦了，我再也睡不香了。"亚芬愣着，陈刚说："洪水冲进咱们家。"亚芬拍他一下："清水是好事洪水要倒霉的。"陈刚说："清个屁全是泥汤，黄胶泥厚厚的黏黏的跟屎一样，熏得人睡不着觉。啊，困死我了。"陈刚一伸腰倒在被子上，手抓头发龇牙咧嘴，发一阵邪劲下床刷牙。

亚芬说："你梦的是泥巴还是屎？"

陈刚说："黄黄的，像屎也像泥巴。"

亚芬说："梦见屎是好事，屎开财门，今天咱们有喜事。"

陈刚说："要是泥巴呢？黄胶泥跟屎不好认哩。"

亚芬愣好半天说："泥巴可以种庄稼按说是属财门的，黄胶泥就不好说了，黄胶泥里边是礓石啊。"

吃饭时他们商量好去看录像逛商场。亚芬突然说："其实秦草的事谁也忘不掉，咱俩都想绕过去。"

陈刚说："以后不要想你老同学的事了，再想那事就成神经病了。"

亚芬说："咱们以后不谈这事。"

陈刚说："也不要谈黄胶泥呀屎呀，吃饭谈这个我就想到厕所。"

亚芬说："我只想圆圆梦没想这么多。"

"你就知道梦、梦，梦非吃了你不可。"

"没有梦就没有女娃娃。"

"别人骗了你你还圆个财门开，你可笑不可笑？"

有人敲门，小两口关上嘴。陈刚去开门，门口的小伙子戴变色镜穿风衣脚上的橘黄色皮鞋油光闪亮像刚从井底挖出来的胶泥。陈刚"哟"一声："神了你这皮鞋。"小伙子低头瞅瞅说："朋友捎的，意大利皮鞋。"陈刚望着亚芬又想发感叹，亚芬瞪他，他合上嘴但激情仍在脸上游荡。小伙子说："请你跟嫂子赏光，到太白酒家坐坐。"

俩人都知道这是郭安明，匆匆收拾后随其下楼。楼下停一辆出租车，秦草站在车旁，两口子懵懵懂懂被拉进车里。车子颤两下驶出家属区。

郭安明给陈刚递烟，秦草拉着亚芬的手笑。亚芬差一点说出："你们都逛了哪些大城市？"亚芬张张嘴没喊出来，亚芬说："新娘子真漂亮。"秦草脸上飞起一团红光。亚芬很快发现秦草脸上并无羞态依然白白净净得像清水洗过，她看到的红光是服务员刚端上来的红烧鲤鱼。她们只谈衣服不谈别的。亚芬有好多话在喉眼里卡着，话说得啰里啰唆，等她发觉秦草谈吐干净利落时，脸上烧乎乎的，突然闭口不说了。她看见秦草的黑尼龙手套一直套到肘上,手臂在黑尼龙网眼里像一条白生生的活鱼。那条鱼是死的还罢了,可那条鱼活蹦乱跳,一直拉着她的手,那条鱼想跟她痛痛快快地说话,尼龙网摁着它,它只能闪出白生生的亮光。亚芬抬头看秦草,那黑尼龙网被她的眼睛挑起来落在秦草脸上,"泼剌"一声秦草脸上溅起笑的浪花,秦草的脸蛋比手更白更亮,光亮中涌出细细的绒毛。这些光亮无拘无束完全可以跟她畅谈,这些光亮是比手指更大更有活力的白鱼。亚芬的脸热乎乎,亚芬的嘴动一动,再动一动,秦草递给她茶水:"菜有点咸,你喝水。"茶水滚滚而下,亚芬的脸尽管很烫,但她看不到湍如电流的白光了。眼前烟雾缭绕,烧红的铁锅倒进冷水便是这种烟雾。秦草双肘撑捧着茶水一口一口地喝,黑手套绝对有铁锅的热量,网眼里的手臂冒起白烟。后来,亚芬再也没有看到那种光亮……秦草着火一般坐在她跟前冒白烟。她忍不住抓那双手套中的小白手,她抓到了一团黑尼龙,像抓电缆线,再强大的电流也只能在缆绳里奔流。亚芬是电工的老婆,很自然就想到了绝缘体的作用。

亚芬低头又看见地板上那双黄皮鞋。鞋子又尖又亮,像早晨青草丛中被露水打湿的小野狐。昨晚的梦在这儿给圆上了,但鞋子上绝无胶泥的气息。

秦草说:"亚芬你的眼睛真美。"亚芬看她,她说:"你的睫毛又密又长,就像人们说的梦幻般的眼睛。"

亚芬说:"咱俩缘分好,从小学到中学一直是同桌。"

秦草低头啃鸡翅膀,桌上一片吃声。亚芬咬住筷头,她的话菜知道。秦草的筷子伸过来夹鱼尾巴,鱼尾巴在空中抖几下就不见了,像鸟儿飞进了窝,桌面上只剩下两支鱼尾的梢,那全是胶皮。亚芬被鱼尾粘过牙,那种感觉就像啃汽车轮胎。满桌子全是橡胶做的菜,亚芬一块也嚼不动。菜不停地换,菜很丰盛,橡皮菜吃得大家满嘴流油红光满面。亚芬小口小口地喝汤。

"喝这个。"秦草递来一碗新上的汤,这是一碗海鲜,亚芬从碗里捞出一只大虾,以为是橡皮棒,不敢下口。"亚芬别怕,这样子吃,这样子吃。"秦草夹一只大虾,咬得咔嚓响,这简直是一种奇迹,一只大橡皮被秦草吞进肚里,秦草扒手套,她终于扒下那讨厌的玩意儿。那玩意是地道的绝缘体,戴那玩意你不是在摸朋友的手而是摸一团电缆线。

秦草伸过白嫩的小手:"亚芬你看,我们在海边待一个月皮肤变得多快。我们顿顿吃海鲜,可惜只吃了一个月,再吃半年就嫩成水了。"

"你们就吃这个？"

"就吃这个，大虾贝壳梭子鱼。"

"贝壳梭子鱼？"

亚芬"噢"的同时看见地板上游动的黄皮鞋，鞋壳油光闪亮，黄黄的壳里裹着肉。黄贝壳停在凳子边，壳上的郭安明跟陈刚划拳。陈刚的黑色三接头不停地碰黄贝壳，黄贝壳上土星点点。亚芬本能地迎合着丈夫，亚芬使劲地捏秦草的手。这一瞬间，亚芬惊呆了，她的手指就像在瓷器上划过，绝无声息但她自己的手却重重地跌了一下。秦草毫无感觉，殷勤备至，不停地给她夹菜。全是鱿鱼海参，这玩意像是削薄了的汽车轮胎，她吃着就害怕。她喜欢吃青菜，她想起田野上的茄子、萝卜、小葱、辣子、西红柿……当田野上嫩绿的影子消失以后，她看见她所在的餐厅；她看见黄贝壳和梭子鱼，手上是网脚上是壳，她看见尼龙和胶。她真恨陈刚，他什么都可以梦，就是不能梦浑水梦胶泥。

亚芬看她的丈夫。陈刚脱下外套，衬衣的领扣也解开了。划拳时陈刚嗓门很大，就像跟人干架。郭安明的风衣挂在椅背上，郭安明的斜纹西装只打开一颗扣子，衬衣硬领光洁挺直，文文静静，抽烟时有一套动作很规范。陈刚显得粗野。郭安明的笑在嘴角在颧骨上不在眼睛里，眼睛冷丢丢，就是在追秦草时也是懒懒散散的，去学校看秦草最多待半小时，有一套很规范的动作。秦草神魂颠倒，秦草说这家伙干事儿很得要领。

道别后，亚芬说："他们太客气，光上菜上菜，四个人哪能吃这么多菜。"陈刚说："笨家伙，你同学请你吃最后一顿。"亚芬的嘴张半天又合上。陈刚说："人家不提帮忙的事，光让你吃吃吃，今天吃的是封口菜。往后你给熟人别提这档子事，咱喝了人家的酒得醉在心里。"亚芬说："秦草真是的，我给她帮忙一点也没居功的意思。我们不想这些，好好过日子吧。"

4

陈刚摸她，她会像风中的白杨索索动起来的，她一直这样子动。今天她动不起来，手指尖木木的。她说："陈刚，戴橡皮手套有啥感觉？"

陈刚说："没啥感觉。那是防电的，摸到电就麻烦了你就成寡妇了。"

"秦草怕我摸她身上的电。"

"你说啥？"

"我捏她她没感觉，她的手指就像你们电工戴的橡皮手套。"

"她的电给她老公干吗要给你？"

"我不是男的要她的电干吗？我不明白她为啥老给我夹橡皮菜。"

"啥菜？"

"橡皮菜，嚼起来像汽车轮胎。"

"鱿鱼海参就那味儿，你怎么想到汽车轮胎？娘儿们的思维像洪水没秩序。"

"洪水有秩序。"

"洪水有秩序？"

"你那些大学生同学喷的，无序里边最有序。"

"大学生都是疯子，你相信那一套？"

"我不信那一套。"

"不信就好，想咱们自己的事情。"

陈刚辅助性的动作她没感觉，她听任他瞎折腾。

她说："她以前不戴手套的，听说赫鲁晓夫跟周总理握手后用手绢擦手，周总理把手绢扔了。她的手套是尼龙的，她老公的鞋子是贝壳的是胶泥的，她干吗要上胶泥呢？"

"她是郭安明的老婆，她全身上了胶活该郭安明倒霉，跟咱们没关系，咱们还有咱们的事。"

"咱们有啥事？"

"你咋回事？"

陈刚从她身上滚下来找烟抽。抽好半天："我折腾半天你屁感觉都没有。"

"对不起，我真不知道你在上边。"

她摸陈刚的光脊梁。

陈刚说："我好了。唉，没情绪了，睡吧！"

"太累了睡吧。"

5

星期天，亚芬在菜市场碰见秦草。秦草朝她点点头转向另一家菜摊。以后，所有的星期天她再也看不到秦草了。碰上秦草单位的人她就打听秦草的近况，人家怔半天："秦草的同学？这么近咱没听她说过？"弄得亚芬好尴尬。

秦草不但从她的视野里消失了，而且从人们的言谈中消失得无影无踪。秦草只留给她一具空壳，比黑尼龙手套更大的一具空壳。秦草在这座城市的某一个地方。她不愿意结交他们，事情就这么简单。

邻居刚从口里探亲回来，送来一筒家乡茶叶。握手问好时亚芬手抖起来，人家以为是她激动了。陈刚陪着邻居聊天，亚芬泡茶找火柴。男人们开始抽烟。亚芬进厨房洗菜，打开水龙头时手上没感觉，水点溅起来像溅在雨衣上。邻居刚才握手时握到了她手上的橡胶。她怔住了，听任水龙头"哗哗"嘶叫。

秦草可以从她的视野里消失，可以从熟人的言谈中消失，可秦草那只讨厌的黑手套抓过她的手。那种手套她以前在电视上看过，是上流社会贵妇人戴的，她们戴着面纱，黑手套一直裹到肘上。该死的秦草也戴这种玩意，并把那些感觉全部印在她手上了。

邻居走后她忍不住叫出来："橡皮手套，哼，橡皮手套。"

陈刚说："橡皮手套是电工和医生戴的，隔电流和细菌，你要橡皮手套干吗？"

亚芬愣愣地看他，陈刚说："你说秦草戴的那种，那是尼龙的，摸起来跟橡皮一样，给你弄一双吧，乌鲁木齐的娘儿们都戴这个。"

"我不要，我们是小工人，你又不是公爵。"

"屁，什么公爵母爵想戴就戴。"

"你过来。"

陈刚以为要他切菜，捋袖子过来。亚芬说："我刚跟邻居握手时感觉可怪了，我的手在手套里。"

"你光着手么。"

"就是，我明明光着手，人家好心来看咱，给人家这种印象多不好。"

"邻居是个大好人，真给人家这种印象可就麻烦了。这楼上都是咱们单位的人。"

房子里静下来，静好一会儿，亚芬说："咋办呢？"

陈刚说："都怪你那个同学，上两天大学就他妈的学会了戴手筒手套。戴着手套跟你握手，那天我就有气。她老公也不是玩意儿，天气好好的穿风衣，那天我真想把他灌成一堆烂泥。"

"我真笨，那是人家计划好的，风衣手套还有贝壳皮鞋，把咱们隔开了。"

"你那天还正经八百地就餐呢，我知道他们请咱的意思。郭安明还想斯斯文文跟我打太极拳，老子不吃这套，咋咋唬唬胡喊乱叫。那天你没听见么，我借着酒劲喊一声"爷俩好哇龟子孙哇"，郭安明皱着眉头笑。"

下午打奶子的时候，亚芬在楼道碰到邻居。邻居笑笑，邻居眼白太大，又是在楼梯口，楼外的亮光一下子把眼白弥漫在整个空间。亚芬仿佛裹在塑料薄膜里了，她怔了好一会儿，慢慢上楼。邻居对她的冷漠给予针锋相对的回击。亚芬对自己说：我不是有意的，那手套是别人的，不，我根本没戴我手上没手套。她跟自己吵半天架，仅仅是自己相信她的不礼貌不是有意的。

她问陈刚："邻居不会生气吧？"

"你碰见他了？"

"在楼底下他好像不高兴。"

"他可能为其他事情，谁都会碰到烦人的事情。"

"人家好心好意来看我们。"

"我说他是为别的事情生气不会是因为你，人都是长脑子的，他不会生你气。"

"你这样说我就放心了，我确实不是有意的。"

"你没有戴手套，那只是你的错觉。"

"我的错觉？我咋就想不到这个呢？"

"感觉经常出差错，你不要自寻烦恼。"

"我能不烦恼吗？真是这样子我会把人得罪光的，谁也不理咱们。"

"我是说你不要老想你戴手套了，其实你没戴。"

"我这样想了吗？我并没有承认我戴手套，傻瓜才戴手套跟人家握手呢。"

"你的脑子乱了，你现在不要想这事，你冷静冷静我们谈别的。"

"我不谈别的，我脑子乱了，我什么都不谈。"

俩人突然住嘴，那些家具上的小抽屉小柜子一齐关上了，小摆设小凳子怔怔地看着他们。刚才它们都在吵，一屋子嗡嗡声。嗡嗡声一下子被暴雨洗干净。石英钟发出好听的音乐。阳光从窗玻璃上流进来照亮半个屋子，另一半在阴暗处。屋子像处于昼夜间的地球，半明半暗。他们的面孔在阳光里，身子在阴暗里。阳光刺得人睁不开眼睛，黄黄的阳光把纤尘扩充千倍万倍。他们看清楚了，这些都是细微的小事，用不着大动肝火。两人开始为刚才的神经质感到发笑。

亚芬把手伸进阳光里："这光真好。"

陈刚说："要不是它我们肯定吵个没完。我们去散散步。"

亚芬望他，满脸狐疑。陈刚说："烦闷的时候不要待在屋里，哪儿宽敞到哪儿去。"

楼道又脏又臭，光线灰暗，陈刚说："在楼道里谁也高兴不起来。"每层楼的拐角处都有个垃圾口，铁口大开，苍蝇密集飞进飞出，垃圾口黑垢斑驳喷吐臭气像个肠胃溃烂的老人在打饱嗝儿。陈刚说："咱们的邻居站在这里没法高兴。"亚芬碰碰他的胳膊小声说："你真好，你把我叫出来了，要不我还生自己的气呢。"

到公路上去要经过邻居单位的家属区。土块房子上飞起鸽子和麻雀，狗的铁链绷得笔直，狗往外冲又弹回去，不屈不挠大喊大叫。人们走路小心翼翼，视狗为地雷。陈刚掩护着老婆穿越"雷区"走上公路。陈刚大大咧咧，好像公路是他的专线，偏要走有柏油的地方。这是一条破公路，柏油像雨后的泥水滩，一块隔一块。走得好可以一直踩柏油，皮鞋的铁掌在柏油上清脆有节奏。

"陈刚我们靠边上走，太危险了。"陈刚说："莫事。"汽车到他跟前总要慢下来，贴着他开过去，再猛蹿。"陈刚我不跟你走了，你想得罪汽车，你得罪得起吗？"

陈刚跟着亚芬走进林带，散步的人都在林带里聚着。陈刚说："我从来不给车子让路，都是车子绕着我走，我一直这样子走。你今天怎么啦？以前你说我走在公路上像坦克，牛皮得很，今天就不行了，今天你怎么啦？"

亚芬说："那些司机都看你。"

"以前也看么。眼睛是他的，他喜欢就多看两眼，他有胆量把车子停下。他不敢停么，他看我是喜欢我。"

"人家讨厌你。"

"男人喜欢谁总是皱着眉，跟你们女人不一样。"

陈刚的熟人很多，一路不断给人点头喊叫。亚芬不吭声地跟着，亚芬看那些人的表情。那些人也看她，朝她点点头。有时会有人瞥她一眼像瞥身边的树木，她赶紧看那棵树。树干嗡嗡响，她仰起头看树尖，树尖很细，像手指在蓝空里不停地抓着，像蓝色波浪里的小鱼在抓着水，她听得见咕咚咕咚的水声。忽然她看路上的行人，人们满脸惊讶。她的嘴大大地张开，看她的人也张开口并且睁圆了眼睛。她惊慌失措，差点喷出眼泪，她猛地一下抓住陈刚的胳膊。陈刚习惯地摸摸她的手，她这个动作引得行人扭过头继续看她。她抬起眼皮，打算狠狠地扫他们一眼，可那是数百只眼睛射来的光线，密集如枪弹，泼在她的眼皮上，像滚烫的铅流。她心底里惊叫了，她的声音一定在天外撕心裂肺般长啸了一声，她一个人的目光怎能同几百号人的目光搏斗呢？她垂下脑袋，她的目光像泼在地上的水，被彻底地吸干了。她狠命一抓，陈刚叫起来，陈刚抓住她的手。路上的人都停住看他们，陈刚笑笑尽量地掩饰着打着哈哈，她想扇陈刚的耳光子。她举不起手张不开嘴。走到戈壁滩了，陈刚给她看胳膊，五个红指印，渗出血丝。

"我不是故意的。"

"你还想那件事。你咋这么固执？你没得罪谁，你真的戴手套跟人握手了又怎么样。"

"你真这么想？"

"干脆就这么想，你戴手套啦又怎么样？"

"那不是我，是秦草。"

"是秦草还是你？我明明看见秦草戴着黑手套，像裹了蜘蛛网。"

"这里没人吧？"

他们四下里看，只有风和石头。

亚芬说："我不敢在屋里说话，有些话不能在屋里说。"

陈刚奇怪地看着老婆，老婆说："你别笑我，有人听房呢。把碗扣在墙上就是窃听器，听得一清二楚，是非话楼房里不能说。你说秦草为啥要戴着手套跟我握手？"

"她想疏远我们。"

"我也这么想。赫鲁晓夫跟周总理握手又用手绢擦手，她就是那个意思。"

"就这么简单，想通就莫事了。"

"就莫事了？你真笨你就不想想，我们又不是巴结她，是她求上门的。"

"这种忙不能帮。如果我们两家一直交往下去，每次见面她丈夫就会想到他是借老婆的力量发起来的，而他的老婆又是借同学的力量办成事的，男人不能在老婆心目中没有地位。"

亚芬打量陈刚好半天："陈刚我真小看你了。"

"我十六岁进厂当工人，鸡零狗碎的事瞒不过我。"

"谈恋爱时你小子吃过我不少苦头，你可少使坏。我那时真没看出来你肚子里有邪货。"

"娘儿们咋都这味儿？听真话就犯性子。"

亚芬嘟囔了半天，因为在野外，火气没有蔓延的条件。亚芬说："咱们确实犯了个大错误。你他妈的明明知道为啥不拦住我？"

"那会儿你跟秦草是一对好姐妹，我都怀疑你们俩搞同性恋，她的事我敢不办？"

"那时确实没想到。给人家帮了忙却让人家没黑没明地防着。"亚芬眼睛湿了，陈刚见这软溜溜潮湿的玩意就慌神，摸出手绢连粘带擦把烟子擦进眼窝里，大团泪水涌出来。亚芬睁开眼睛，发现蒙在上边的手绢又黑又臭，便狠踢陈刚，说是存心害她，说不准是跟秦草串通好的，秦草是大学生她不是，郭安明弄个大学生老婆你陈刚打心底妒忌郭安明。弄得陈刚踢半天石头。

"女人的心眼都是针屁股。"

"你说什么？"

陈刚重复一遍准备转身跑，亚芬声音小了一点："我心眼确实很小，我以前不是这样的。"

陈刚想了想说："你以前是个好姑娘。"

"我现在很讨厌是不是？"

"现在还是个好姑娘，不过不要老想这件事，这么一直想下去，我也会变成小心眼。男人变成小心眼才倒霉哩。"

"秦草以前不是这样子的，外边人都以为郭安明追秦草，其实是秦草主动追郭安明。"

"这我信。郭安明一表人才，我猜得不错的话，秦草的爸爸是个官儿。"

"她爸爸是副政委。"

"她爸爸要是农工她肯定选另一类型的男人。"

"她很浪漫。"

"穷人没权利浪漫。郭安明原想在团场发起来，老婆分配到城里，兵团管不上，岳父鞭长莫及，而且岳父不怎么喜欢他。他能在城里扎下根靠的是咱们。他现在发起来了。"

"你知道这么详细？"

"我能不知道吗？小代给我说的，郭安明的小商店很红火，他现在当小老板了，雇了几个人，从岳父那里弄来棉花和瓜子搞转手买卖。"

"我没想到你一直窝在心里。这些天我们都没有安宁。"

陈刚不吭声。陈刚抽半天烟说："我一直想跟你说，你比我更烦，我张不开嘴。"

"这些天我不知道你在干什么。"

"你一想心思我就不存在了。"

"我好像记得你吃了几顿冷饭。"

"几顿？整整一星期，我快成胃溃疡了。"

6

晚饭要好好吃一顿。他们包饺子吃，一直吃到月亮升起来，盘里的饺子才吃掉一半。每个饺子都捏有花纹，正好与上弦月吻合。小两口同时放下筷子，仿佛迷醉在饺馅的香味之中。他们不拉灯，一任淡淡的月光流进窗户，月光轻盈宛如大火烤过的白桦树冒起缕缕白烟。饺子滚圆饱满个个能立起来，青青的馅幽微而透亮，饺子皮很薄。亚芬支起下巴，下巴颏就像她亲手捏的饺子。那圆圆的弧线在陈刚的眼瞳里起伏如水浪。陈刚说："你想什么？"

"想我们刚结婚的日子。"

"我们刚结婚半年。"

"就是刚度完蜜月的那段日子。"

亚芬在月光里晃起来。陈刚看清楚了，月光就像红木家具冒起的白烟。外边山上的森林燃起大火，外边的夜比森林更辽阔更容易燃烧，燃起的火光纯净以后就流进玻璃窗。他的亚芬天真无邪，飘浮在这团白光里随时都有可能被烧毁。

"陈刚你今天真可爱。"

陈刚笑笑。

"我从来没发现你这么雅致，你一直很粗的。"

"我不会文雅，我是个臭电工。"

"你刚才盯着地板上的月亮，眼睛笑盈盈的，就像油菜花上的蝴蝶。"

陈刚从桌上收起胳膊，被突如其来的羞怯弄得惊慌失措。真有一只粉嫩的蝴蝶扇他的后脖颈，他开始哆嗦。他壮壮胆走过去捉那只粉嫩的大蝴蝶。拢在胸前的媳妇喷着芳香，他直起身子往屋内走，床罩上的花放射光亮。他把他的媳妇放在床上。

沉静之后，他们又看月亮。窗户像水闸放进滚滚的月光。陈刚说："我粗得像大戈壁，你说我文雅？"

"你愣着神看月亮，那模样就像小牛的眼睛。小牛吃饱后常常要盯着青草地看一会儿，小牛是真正喜欢青草地呢。你一直是匹野马，你很少显露你那头小牛。"

"我怎么能是一头小牛？"

"男人身上都有一头温顺的小牛。"

"我可不是温顺的小牛。温顺，嘿嘿，大男人温顺起来世界不王八蛋了吗？"

"你的小牛已经出来了，你唤不回去了。"

陈刚坐起来，亚芬不动，亚芬说："我现在想明白了，男人娶媳妇就是为了把他的小牛放出来。再粗的男人动起情来都是彬彬有礼的。"

"我一直这样儿我没骗你。"

"你那时像个绅士，还给我背过唐诗，在乌鲁木齐。"

"我一会儿是马一会儿是牛我成牲口了？"

"男人就是牲口么，我们女人调教你，把你引向人类。"

陈刚要跳，亚芬严肃认真极了："你从野小子变成大男人等于把人类历史重演一遍。人类从猴子走过的路我们一年就完成了。"

"嘿，真有你的，你他妈成教授了。"

"我来灵感啦，我来了灵感一套一套的，秦草都败过几回呢。"

他们突然停住，"呼啦"一声闪电把他们弄蒙了。陈刚说："你刚才说什么啦？"

他们一个望一个，他们弄明白他们说了那个不该说出的名字。陈刚说："秦草给我们的是一个可怕的错误，我们要赶快退出来，我们跟着她走得太远了。"

"咱们讨厌她的做派才谈论她，依你说我们反倒学她了？"

"人有时候会在下意识里模仿自己讨厌的东西。我有个同学是火车司机，他经常碰到想逃离铁路反而朝火车扑来的过路人。"

"你别说了，这些天咱们惊慌失措了。"

"那些过路人就是在惊慌失措中扑向火车的。"

"咱们应该静一静，静一静，咱们俩大喊大叫人家会听见的。"

"半夜三更外边没人。"

"半夜三更别人才能听得清呢，静一静。"

他们贴着耳朵说话，他们悄声细语，不时惊觉地察看墙壁。墙壁上扣一个碗就等于一个土制窃听器。他们向厨房里看，那里有十多个碗。每家都有几十个碗，这些白瓷耳朵贴在墙上，他们的悄悄话就等于向外广播了。沉静之后，他们听到楼下人家的打呼噜声，女主人滔滔不绝的梦话和小孩尖利的磨牙声，再远一点再下一层是夫妻同房声，整整四十五分钟。脸皮特厚的陈刚也惊奇得目瞪口呆："这他妈哪是家呀，简直是露天电影院。"

"你以前那么放肆。"

陈刚"咚咚"地跺地板，又按住家具："我真担心掉下去，住这房子他妈太不安全了，干啥都失密。"

"难得这么好的夜晚，我们从来没有这么感受过月亮。"

月光像团白绸从玻璃窗上垂下来，简直是一块美妙的窗帘。

亚芬说："听说两口子只有这么一个晚上，小牛从男人那里走出来，一直走到女人身上，世界就变成新的了，日子就有味儿了。那是天翻地覆的新崭崭的日子。这跟传说中的金牛摇尾巴是一个道理。金牛在地底下摇尾巴，地上就裂口子。"

"那不是地震吗？"

"我在老家听外婆说过，乡里人把地震叫金牛摇尾巴。金牛就是你们臭男人。地底下埋的男人贼心不死当了鬼还想上女人的身，臭男人在女人身上撒野不跟地震一样吗？"

"哟，跟地震一样。"

陈刚的眼睛冒邪火，亚芬拍他一下："你老实一点，我没这意思，我正经八百地跟你说话哩，你还乐，乐个屁！这些道理应该在心里体味，从嘴里说出来多没意思。我们再也不会有这样的夜晚了，你瞧那月亮，今晚收拾得多么利落，它可不知道咱们遇上了倒霉事。"

"你像个诗人，句句话里有盐巴。"

"你烦了，咱们睡吧。"

7

"现在你明白了吧。"

"你说什么？"

"你他妈这么健忘，你还说失眠了，失眠个屁。"

"你说这房子？这房子守不住秘密。"

"秦草知道这些，所以她对谁都隔一层。我再也不恨她了。她不戴手套跟我握手，可她会把手套戴在心里，她躲在暗处瞧你，你才狼狈呢，我为什么要生她的气？"

"我从来没有失眠过，唉！失眠太难受了。听说失眠多的人都是哲学家，脑袋会秃起来。"

脑袋没毛的人聪明。

陈刚在床上找到好多头发。一夜就落这么多。

"这些天我们经受的都是意想不到的事，头发像树叶一样脱落了，说明我们到了成熟的季节。"

"人都成了光瓢儿，像只大灯泡闪耀智慧的光芒。可你瞧瞧把黑黑的头发全烧光了。我的头发以前可是茂密的森林啊，人得到了智慧自己却成了没尾巴的鸡。人的青春都在头发里。"

陈刚手里的头发像一堆倒毙的尸体闪射着蓝光。亚芬说："你那黑毛扎成刷子跟猪鬃没啥两样。"陈刚心里暗暗吃惊："娘儿们一旦转过弯，比大男人还要老道。"俩人下楼，楼前聚着准备上班的人，那些人"刷刷"把目光抛过来像凌厉的标枪，亚芬说："昨晚的事他们都知道了。"陈刚说："他们早知道了，咱们才发现。"亚芬说："不上班了。"陈刚看她，她说："他们是过来人，他们会用邪法子掏我们的心里话。"

"不张嘴行了吧？"

"人家掏你还用张嘴吗？你个大活人跟人家呆一整天，一举一动馅儿就露光了。我们刚刚愣过神，自我掩饰能力肯定不行。"

陈刚去办公楼请假，穿过人们惊奇的目光，上楼时快没劲儿了。

亚芬躺沙发上想心思，陈刚说："我们真的好像做了亏心事，心里贼贼的，主任瞅我好半天。"亚芬坐起来："书记呢，书记什么表情？"

"一个卵样儿。好像全厂总动员，眼睛都贼贼的，我们好像原始森林里来的怪兽。熟人都这样儿，全城的生人见了我们该怎么样？"

"傻瓜，生人才好办。我们目前的困难就在这，我们没法让熟人生起来。要办到这一点，我们的日子就正常了。秦草比我成熟得快，我现在服她了。她很正常，是我们不正常。你吃惊了吧，你这个大娃娃，大姐我适应能力比你强是不是？"

陈刚一个劲地点头。

亚芬说："我们缺的正是秦草那双黑尼龙手套。我的印象太深了，她的细皮嫩肉从网眼里露出来，你就是没法触摸她。尼龙手套隔开你，像道铁栅栏。秦草真有你的。我们缺的就是这样的手套，这是我们过正常日子的唯一出路。"

"我发现你们团场出来的娃娃脑子特别好使。"

"你要是下过大田喝过碱水住过潮湿的泥屋子你就不会说这样的话了。你们城里娃娃坐碰碰车压跷跷板的时候，我们正在大田里捡棉花。该死，我怎么流泪了。我那时跟秦草一块捡棉花，后来她爸升官了，她家搬团部去了。那会儿她真是我的好姐妹，每个星期都来连队看我，帮我干活儿。"

"你后来又帮她。"

"她跟郭安明谈，先告诉我。那时候她爹妈都不知道。"

"你知道得太多，是她的一块心病，她就要戴手套。咱们察觉不到，她干脆来明的。那天，她一门心思让你注意那双手套。"

"我当然注意了，那印象太深刻了。"

他们给单位的人说上医院去，他们的医院在城外边。他们穿城而过，惊奇地发现陌生人对他们很友好，那些冷漠都是无意的。偶尔碰见熟人，他们胆战心惊。亚芬悄声说："我看见了，他们的微笑里有一层皮。"陈刚说："像猪肚子上的肥肉，人家故意让你看那层肥腻。有了那层肥腻你就别想真心实意地跟人家热乎。人家不会放你进去参观自己的内心，人都关闭着自己。我们今天收获很大。"

亚芬说："以前人家看我们一定很傻。一对小傻瓜叽叽叽，我们心上没茧子，让茧子封住才能长久。"

他们的医院在戈壁滩上，这里的石头个个像乌龟，石面斑驳苍老。他们跳下车子。

亚芬说："这里吗？"

陈刚说:"就在这里,你忘了,我们来过。"

"我知道,我怕你笑我恋着大石头。"

"这是我们的医院,这里能治好我们的病。"

车子进不去。车子靠在戈壁边上的孤树底下。

"我们俩真像一对孤魂。我们不是踩在石头上,这简直是人的脑壳。我们第一次在这些秃壳上走动,走得心惊肉跳。陈刚我真想大哭一场。别人的日子是不是这么过来的,别人比我们强不到哪里去。"

"我们能不能住在独家小院里?"

"这不是独居的问题,陈刚你发现了没有,单位的人不大到咱们家来。即使来也只坐一会儿,咱们的房子太怪了,咱们的房子就像咱们两个傻蛋。是大娃娃的房子不是他们所期望的那种房子。说穿了,咱们房子里有风,风容易吹破他们和我们之间的那一层隔膜。我们干什么都露着骨头,别人都忌讳露着骨头过日子。骨头就像这些石头,我们在这多待一会儿,石头不会辜负我们的。"

"石头全答应了。你看石头点头呢。"

他们的手臂高高举起,像伸向天空的笔直的树。"太阳其实也是石头。远离人类的东西都带着某种光环。太阳靠近我们就不再是太阳了。"

8

石头跟着他们回到家里。石头像一只巨型蜗牛,从地板到墙壁,甚至把顶棚也砌封了。最后,石头爬到窗外,玻璃"咯咯"响,响过之后,石头爬向楼外,他们担心它掉下去砸伤人。他们扑上窗户眺望,石块在天空像白云一般飘浮着。从此,他们的天地就是新的了。他们看房子,空间小了许多,石块肥壮,占据了相当大一部分。

陈刚说:"以前老出事就是因为空间太大,小一点好,心就不会乱跳了。"

陈刚学着石头的模样,笨手笨脚地在里屋走一遍。

"放心吧亚芬,我们躺进保险柜了,往后我们可以在家里放肆一下了。关上门,这片世界就是我们的。"

亚芬咬着红嘴唇,眼睛里放光。

吃饭时亚芬特意加了烤肉和炒蘑菇,从柜里取出甜酒,俩人干杯。酒杯亮闪闪，在嘴唇上曬儿曬儿叫像裁判吹哨子。他们草草撤席，拉上窗帘，一个黑暗的世界出现在他们面前。他们在卧室门口站住了，他们看不清床但知道床的位置。

陈刚想半天说："我们好好放肆一下。"

他们朝床走去，床就动起来了。床比他们利索比他们动作快，就像这顿晚饭。他们不由自主地草草收场。

亚芬恨恨地说："放肆个屁，跟吃饭一样，晚饭我还加了酒，放肆个屁。"

陈刚声音小小一点："我走到门口就感到不对劲。咱们一直在客厅里，没到卧室来看，石头肯定在床上躺过，它把全屋砌了一遍。"

亚芬尖声叫起来："咱们只让它砌墙壁和地板。"

"那是咱们的想法，石头有自己的想法。"

"它干吗把自己的想法砌在床上？这是我们的床。"

床是家的心脏，他们终于想到了该说而不敢开口说的话：石头已经爬进他们各自的心脏。

沉默……

陈刚说："其实咱们俩都清楚，咱们上了秦草的圈套，咱们把她的路重复了一遍。"

亚芬说："咱们不是想要她那副手套吗？"

陈刚张张嘴吐不出一个字。

亚芬说："咱们现在戴上了。"

9

亚芬每天走进家都要本能地打哆嗦，陈刚赶快泡热茶。亚芬喝了还是感到冷。

陈刚说："秋末天气凉。"

"天冷不是天凉！"

"对对，是天冷。"

亚芬有时一个人出去，走好远。但绝不去戈壁，她看见石头就心烦。

站在人群里，石头照样在眼瞳里晃动。石块堆满了眼睛。长长的影子跟着她，她实在想不出办法使自己不在进门的一刹那打哆嗦。在自己家门口打哆嗦多少有些滑稽。她是个本分的女人，就更不应该了。

陈刚说：“冬天放暖气，有暖气就好了。”

“你净说废话。你明明知道是咋回事，故意说废话。”

屋子冷是因为人少。

他们借一副麻将，摆好香烟瓜子沏好茶，串门的人就进来了。象牙麻将闪闪发亮，大家围上去，正好一桌，亚芬在旁边看两圈也能上场。大家玩得高兴，高兴了话就多。

“早应该到你们家来玩。”

“你们为什么不来？我们两口子又不是老虎。”

“今天不来了？”

“来了好呀，怕大家不来呢。”

有位上年纪的女同事拉起亚芬的手说：“丫头，你真年轻啊，你的手真白啊。这么白的手才配玩象牙麻将。说真的。我这是第一次搓象牙麻将，全城没几副真象牙的。”玩的人大吃一惊，仔细看，光滑闪亮的方砖是真正的象牙制品。陈刚说：“公安局从赌窟里缴的，是真家伙。”大伙又是一阵惊叫，玩的时候又兴奋又小心。光滑白亮的象牙方块在手指间响，手指白了亮了光滑了。大家玩到深夜，家里人叫上门才恋恋不舍地离开。陈刚和亚芬再三挽留，明天要上班留不住，只好约明天下午晚饭后。

人去房空，他们呆坐一会，兴奋和喜悦萦绕不散。陈刚打开窗户放走浓烟，清风飘来，不觉清冷。亚芬扒下外套只穿水红衬衣，脸庞万分俏丽：“我再也感不到冷了。这些天我们缺的就是外人，家里没有外人冷得受不了。”

陈刚抽一会烟说：“女人一高兴就说孩子话，以前人家不敢来，现在咱们身上有了那种东西人家才来咱们家。刚才我紧张坏了，外人来我们家这是第一次。第一次玩不出味以后咱们家就会变成冰窖。”

亚芬拿一个小方块，在嘴唇上贴贴，象牙方块像奶酪：“我真想把它吃了。”

陈刚大笑：“我们已经吃过石头了。”

每天都有人来，屋里热闹非凡。散伙后，屋子只能静一会儿。太阳跳上窗帘，屋子静的时间太短暂，屋子疲惫不堪耷拉着眼皮。亚芬满意地拍拍墙壁：“你不累我就得累，宝贝你就吃点苦头吧。”亚芬说：“我可知道家的意义了，你得打败房子，不能叫房子骑在你身上。屋子的怪脾气多着哩，冷不防放出寂寞放出冷漠像狗一样咬你，咬不上你也能把你吓个半死。”

陈刚说："家家都一样，都想法儿把人往自己家里拉。家家的房子里都有怪家伙，都得想法儿把房子打败。不给房子发脾气的机会不给房子喘息，最好的办法就是把大家引进来。不要以为有了手套就能过安心日子，手套只是个行头。没这副行头让人看着好像我们光着身子，有了这副行头才有条件请人家来玩。还要会玩，不会玩就没人来。"

亚芬说："咱们俩挺顺的。咱们终于过来了，咱们真不容易呀。"

说着说着天就亮了，很累但心里高兴，他们打着呵欠去上班。

10

有一天，亚芬买菜回来说："我看见秦草了。"

陈刚说："你看见她只是时间问题。她肯定会出现。她就在这座城市里，跟所有的文物一样有被发现的可能。她现在来我们家没有什么不好，她肯定是个好客人。"

亚芬说："你这坏小子，我在路上就想请她来做客，却让你先说了出来。"

他们准备回团场住几天，看看亚芬的妈妈，同时带些团场的鲜菜腊肉和土鸡，准备宴请秦草。秦草一家早不住团场了。团场的特产她一定喜欢。

班车抛下他们向团部开去。眼前是白杨和榆树环绕的田野以及土块房子、煤渣子路，猛然扑来的狗，浓烈的青草味和土腥味弥漫了空间。最后铁皮门里走出瘦小的妈妈。亚芬跑起来，陈刚拎着大包像电影里紧随主人的仆役。

亚芬和妈妈有说不完的话。陈刚偶尔到团场来，新鲜感不出三天就没了。丈母娘每天杀一只鸡，陈刚吃得好睡得好，丈母娘说："家里好还是城里好？"

陈刚说："我成将军肚了"

丈母娘说："城里没鲜菜，城里人的吃食有毛病胖不起来，好好吃吧。"

丈母娘喂了一百只鸡，宰一只鸡就像切一棵小白菜。陈刚没事就躺在床上听丈母娘跟亚芬拉闲话，听起来不比相声差。谈着谈着就谈到秦草。丈母娘对秦草一家很熟悉。丈母娘不久前在团部碰到秦草她妈，秦草她妈说秦草走火入魔了。丈母娘说："秦草好歹大学毕业，家里大小事都听她老头子的。她老头子没工作哇，她妈不说谁能相信？秦草吃根冰棍都要向老头子讨钱。秦草妈去住两天，女婿就摔碟子摔碗，她婆婆一住就一年。婆婆给别人说她儿子有本事，媳妇缠她儿子，她儿子才结婚，要不儿子也能上大学。"

亚芬说："真想不到她过这种日子，她丈夫自小没父亲，她婆婆守寡带大儿子的。"

丈母娘说："在这种家庭做媳妇多难哟，秦草没经验。秦草还劝她妈想开些，说她老头子自卑多疑。"

晚上睡觉时陈刚说："门当户对还是有道理的。"

小两口亲亲热热，亲热完了自然谈到秦草。陈刚说："郭安明先天不足，他母子俩在社会上遭受的所有不幸都要发泄到秦草身上。"

亚芬打着哆嗦推开陈刚："你说话太残酷了。"

陈刚说："娘儿们就怕听实话。我说得不错的话，他母子俩嫉妒秦草。他们母子梦寐以求的东西在秦草身上是真实存在的，这是一个世界对另一个世界的嫉恨，秦草就倒霉在这里。她非但不知道这些，反而把这些当作一种崇高的献身。"

亚芬说："你谈这些问题总显得很聪明，我们不说话了，让我摸摸你。"

亚芬的手沿着男人的脊梁摸上去，晕晕乎乎，就像几年前她第一次攀越高高的阿尔泰山，那时太阳在山顶像熟透的冬果子。

11

楼道里响起脚步声，亚芬挺直身子。陈刚看报纸晃着二郎腿，敲门声响起，陈刚在她肩头按一下，去开门。亚芬竭力忘掉妈妈的话，只当不知道秦草的一切。今天万万不能让秦草看出来，秦草知道自己婚姻的不幸。

客人进来了。郭安明枯瘦挺拔，秦草光彩照人。亚芬迎上去，朝郭安明点点头，跟秦草握手。她看秦草白皙的脸，她不朝下看就知道秦草的手很白，是真正的象牙白，光滑闪亮。秦草抓住她的手，从手上看到脸上："亚芬，你白了，苗条了。"亚芬显得很吃惊，眉毛夸张地撇向两鬓。秦草说："瞧这手，真是艺术品。"

腊肉和鸡都是从家里带来的，客人吃得很满意。吃完饭搓麻将，该秦草吃惊了："我们家的是硬塑料，你们这可是真家伙啊。"

陈刚差一点说出这是广籍警小代弄来的。郭安明不就是广籍警小代弄来的吗？亚芬踢陈刚，陈刚咳嗽一声表示知道了。大家安心搓麻将。

秦草说："这么好的麻将，玩起来真过瘾。"

亚芬说："你和郭安明天天来，我们正好一桌，不来还不配对呢。"

玩到天黑，郭安明看表，大家停了麻将坐在沙发里喝茶。亚芬拉秦草进卧室，陈刚笑："娘儿们总有悄悄话。来咱哥俩抽烟。生意咋样？"

"还凑合。"

约莫半小时，两个女人喧笑而出。该告辞了。亚芬和陈刚把客人送到楼下，约好星期六再搓麻将。

闭上门，陈刚说："人家郭安明看表呢，你没看见？"

"我看见了。我想跟秦草单独待一会，我想她一定会给我说说心里话。"

"你太天真了。她的情况她妈不说谁知道？她看你手啥意思你知道吗？她看你有没有手套，才好放下心来做客。"

"我觉得她心里有好多话。"

"那些话是给自己说的，不是给你说的。你今天差点丧失理智。你好不容易练出一点功夫，你刚戴上手套，你真要卸下来，以后就很难再有了。"

星期六他们还打麻将。星期六没事可以打通宵。中途两个男人看足球赛。女人进卧房看新衣服，笑。亚芬发现秦草笑起来很狂，全身颤着笑，手背磕着嘴唇，手把面孔遮住，面孔完全堵住了。

老人河

郊区有很多荒地。老头说:"在长苇子的地方下锄,没麻达。"儿子便扛上铁锹去了。

儿子压根没想到那天下午对他有多么重要。那时他十六岁,什么都不清楚,他在别人撒种的地里折腾半天,满以为在弄一块处女地。

穿过林带,有大片的苜蓿地,地面泛潮,正是翻地的时候。再往前走,出现大块的石头,四周看看,不远处有一条一米宽的浅沟,长满苇子。老头说得不错,长苇子的地方起码没石头。他开始翻地,草根的断裂声令人惬意。假如土块没出声,这活儿也就太寂寞了。没有草根的地方,是土地的"吭吭"声;接着出汗,大片的汗从胸前背后渗出来,从下巴尖坠落。他泛潮了。

他累了,扒掉上衣甩在干苇子上,太阳在高高的林带巅,又红又大,像颗熟南瓜。他光着上身,很受用。他叉腿站住,从裤兜里摸出烟盒,以前抽烟是胡闹,今儿他确实想抽两口。他抽"红雪莲",粗放的咳嗽声被风吹散,鸟群窜入林带,啼声圆润,他忍不住打了一个长长的口哨,鸟群消失。再干一阵,好大一块新翻地。

老头总是叨叨:"翻地跟放屁一样,简单而惬意。"

老头在门口刷奶牛的背,那是头花牛。老头直起身子,眯着眼望儿子。儿子想:老头真老了,脑袋像颗熟南瓜。儿子打裤袋里摸出"红雪莲",给老头一支,老头愣一下,粘嘴唇上。儿子抽"红雪莲",儿子给他递烟,熟练得像对老朋友。儿子上小学时用干树叶卷大炮抽,挨过他一顿扫把,现在儿子竟然会了。老头又认出儿子,他看见儿子手里的铁锹。

"翻了?"

"翻了。"

"刚煮的奶茶。"

儿子掂出一瓶汽水,一气干了儿子说:"那块地顶多种两年,石油鬼子要盖工厂。"

"两年就两年,过两年,爸八十啦。六十岁的人过的是月,能活过整整一年,可不容易。"

儿子知道老头又要讲地里的故事：泥巴里边有金子，三个傻儿子玩命干，最后终于悟出金子就是土坷垃。

儿子说："我顶多帮你一年，明年就不干了。"

"明年你上高中，地没用了，瞧都不瞧。"

"上高中就能考出去，不用啃土坷垃。土坷垃把人变得又粗又笨。"

这样的话，儿子经常说。儿子明年初中毕业，一直升上去，就不用为工作发愁。

第二天，老头找到儿子翻好的地，撒上苜蓿籽。地挨着浅浅的水沟，老头不知道这是别人撒过种的地。过了"五·一"，天上的雪水放下来，苏醒的种子就像鸟儿，发出喔儿喔儿的叫声。

五月天，风还有劲儿，呼呼飞窜。天山常年白着，山麓的绿色看不见。山麓下是深深的石峡。雪水轰响着把石头摔碎、磨细，冲到盆地的边缘。粗大的沙颗沉淀，细沙磨炼成黄土片，覆在盆地边缘的缓坡上。裹在土里的石块发芽了，吐出房子，房子变成大楼；城市像蘑菇，土里长出来的。老头这样认为，而且不无道理。

老头落脚于这座城市，心满意足。雪山清爽的风从奎屯河谷吹进市区，林带哗然，他的几块地夹在楼群间。那边地很宽阔，几百亩大的一块，林带围着。这是座乡村味浓厚的城市，雪水在大街四边喧响。他喜欢他的葵花和菜地。特别是葵花地，儿子最乐意帮忙；儿子说有个叫梵·高的画家爱画这。葵花活生生像一群被太阳遗落在大地的娃娃。

农七师的团场紧紧围着：棉地、菜地、瓜地、麦地、玉米地以及杨树、榆树、沙枣树不舍昼夜地倾泻着泥土的气息，就像老人们当年手中的枪炮那么浓烈。

老头常常颠倒季节。他走进林带，坐下歇气儿。儿子骑车子拐向市中心。儿子确实聪明，光有聪明是不行的。这小子竟然说地能把人变笨。当然，老头没把这话想得太严重。娃娃么，道理要一点一点懂。

老头要看看新开的地。苜蓿该是绿油油的了。老头弄不清自己为啥要到河边。从奎屯河走过去路挺远。老头想起他第一次来到奎屯河边的情景。

那时他二十多岁，是个兵。骑着大马在苇子地里奔跑，马蹄下的火星倏忽如飞窜的小蛇，水声遥远而清晰。胯下马流风一般分开翠绿的苇叶，神情亢奋，为河水所打动。苇子漫无边际、叶声水声相薄，声色潮润。忽然水花从马腹底下升起，马声声嘶叫。一条宽阔的大河悄然出现，河水啵啵响起哨音，那片刻他目瞪口呆，仿佛跃马于空中。多少年以后，儿子翻地时哼起一首歌。粗放的喉音使老头的心怦然而动："哼啥调调？""《密西西比河》，电影里的。""啥河？""密西西比河，美洲的一条大河。""有奎屯河大？""奎屯河，奎屯河差远啦。""你小子说啥来了？差远啦，以前的奎屯河才叫河哩。"

那时的情景，老头难以忘怀，大地上所有的水都汇聚眼前了。野鸭打着旋儿，马再次咴咴嘶叫。他和坐骑退出水滩，他记住这条河了。他朝山麓的蒙古包走去，他结识了放牧的哈萨和蒙古汉子。他喜欢这条河。他们告诉他：奎屯本是蒙古语寒冷的意思。屯是长草的地方。他震惊了。他还是渭河边的毛头娃娃时，听大人们讲从蒙古贩马的故事；那时他就感悟到，蒙古人跟马跟草连在一起。

那年，部队就地垦荒，让他们回老家找个大姑娘返疆落户。他从渭北塬上领来一个红凌凌的女子，一直把她领到他和马第一次见到河水的苇子地。女子望着河面，轻轻惊叫一声，弯腰撩起一团水，擦洗脸上的灰尘。他悄悄退到远处，苇叶隔开那个世界。他坐在石头上捻莫合烟抽。她把水弄得很响，她脱衣服也是红凌凌的，像条活鱼在水里乒乓响。他连抽三支烟，嘴唇发麻。苇叶稠密，顺风前仆后仰。他知道她喜欢这条河了。他爬上前边的土岗，河水全红了，像条大鲤鱼在苇叶里摆动；他"啊呀呀"吼起土腥乱溅的渭北秦腔。不是塬上那种躁烈的炸腔，是河湾老家的眉户碗碗腔，喁喁委婉如恬静的渭河水。新娘子慌乱地跑到他跟前，问他：家在哪达？他指指河下游苇叶疏朗的地方，那里是挺入蓝天的白杨树和低矮淳朴的小土屋，很多"家"根本看不见，在地下，在"地窝子"里。新娘红艳艳，毛毛眼仿佛刚睡醒的样子。她喜欢这里了。

儿子刚会走路，他领儿子到这儿来。苇子疏落，河水落了许多。新开的大片良田呼噜噜把河水灌去大半，变成绿绿的庄稼吐出来，河水就这样被雕在泥土上。他找水深的地方下去，小家伙惊恐万状，喉咙里呜呜响，很快就熟悉了。娘肚里还不是汪汪的一团水，跟这河一样？儿子在记忆前就会游泳，那时，河水就流入他幼小的心灵。

儿子长大，麻烦也大。公园里的湖水跟涝池差不多，人们像鹅一样伸长脖子去瞧，不知有啥瞧的？奎屯河虽然黑瘦了，可瘦得精神。河边随便一段都比公园强。要命的是，儿子也迷上了公园。奎屯河的故事在一个早晨就戛然而止，儿子听不下去了：老头大张着嘴，看着儿子远去的身影。

……老头看见那块新开地。地里并没有苜蓿，有一个怒冲冲的小伙子。

"眼瞎了，在人家开过的地里种苜蓿。老祖宗吃狗屎长大的。"

小伙子面目模糊，他看不清，脑壳嗡鸣像摔坏的收音机。他悄悄走开。倒霉事儿就这么简单，却很长久。老头走到家门口，几乎认不出可爱的花牛了。

他想唾儿子一脸。他发现没有再好的道理对儿子讲了。这家伙人高马大，十六岁啦。他平静地把事情给儿子讲一遍，儿子听了比他还平静："是他的他种就行了，咱又不是指望那块地。"

"你在别人翻过的地里再翻一遍，不难受？"

"多翻一遍土才松哩，权当义务劳动了。"

"翻过没翻过软硬不一样。"

"我不会拿铁锹铲石头的。"

儿子干脆走掉算屎："跟你说话费劲，只能把人变笨。"

"你有多聪明我看看。"老头一吼，儿子"噌"窜出门外。

老头在农机厂吃了几十年城市饭，对城市没多大印象。他感兴趣的是市区的林带和菜地，以及郊外大片的良田。他本来可以跟首长待机关，他不乐意待大楼，跟犯人似的。办公室待久了生痔疮。那玩意放人的气。他喜欢手里的农机具，它们是耕牛的变种。他父亲那辈人，能拥有一头牛，不啻吕布胯下的赤兔马。他捣鼓的那些铁家伙，挂在拖拉机后边，鸟翅般展开，贴大地翻飞，泥土被弄得熨熨帖帖。他帮农工修那坦克似的康拜因时，手都忍不住抖起来。

他从团场带回花牛的妈妈。现在这条花牛已经是第三代了。花牛吃草斯斯文文，那是他从奎屯河边割来的嫩苇子。热乎乎的牛粪跟莫合烟一样呛人，一个来自牛的腹腔，一个来自大地的胃，他张开鼻翼，用力吸进这新鲜潮涌的气息。

退休回来，花牛一下子跟他难舍难分了。他的伤心事太多了，奎屯河比他老得快。他第一次跨马入河的情景永远成为记忆，这种记忆随着他的去世而将消失。他宁愿自己消失而让那景象永远存在。像奎屯河比他老得更快！儿子汇入茫茫人流，儿子身上不再有他的声音，世俗从儿子身上将刷去他引以为豪的一切：生命与希望。他只剩下花牛。河老了，草总还有吧。草能把水从遥远的地层吸上来，草能把河的妙境从记忆中唤醒。他从花牛的嚼草声里辨认河的流动，河浓缩成稠厚的草汁，河浓缩在花牛的牙床上，牙床仿佛石块砌筑；最后是他媳妇搅动河水的"啵啵"声。

花牛快生的那天夜里，老婆站在牛棚外抹眼泪。女人的泪就这么多，捏一下就能喷射。花牛开始嗯哼。牛棚飒飒响动，棚顶的干苇子像患了癫痫。墙头的葡萄藤也开始抽搐，一节一节往土里缩。老头有点慌，喉眼里虚虚的。老婆摸着花牛的肚子不流泪了，老婆捂住花牛潮润的大眼睛。老婆生娃娃的日子，也是这样的黑夜。厂里的娘们在屋里忙乎，他蹲马厩里抽莫合烟。老婆的叫声仿佛从地层里渗出，老婆真要从地狱里走一遭，那他可帮不上手啦。凶吉难卜，他慌乱得不行，莫合烟嚼碎一口一口吞下去。慌乱让他牵住了，男人只能慌一次，很快就会镇定，男人的极限在这。第一次打仗枪声一响，就想撒尿。他已跟死亡交过手。他不在乎。他跳下木槽，往屋里走，脚步声传过去，老婆不在惊恐，叫声有了节奏有了韵律。他走到门口，女人大声一叫，仿佛越过峰顶，接着是娃娃的尖叫……

老婆松开手，整个夜空融入花牛的眼睛。他朝那里边看一眼，他被映在清澈的水底；花牛就像河，花牛瞅着死亡，非常沉静。

他要把偌大的黑夜从花牛眼睛里赶走。他把皮绳丢上屋梁，一头套住牛蹄，用死劲儿拉，花牛悬空，重量和劲儿聚在下身。老婆提进两桶开水，热气团儿裹住灯泡，灯泡像雾天的小太阳，老婆又抱进一捆干苇子，是她白天挑好的又细又软的那种，苇子窸窸窣窣，芳香扑鼻，干爽诱人。老头闻到河滩青泥的味儿。老头心里一喜，手贴牛腹开始用劲，像挤压汁液饱满的山冈。老头肩胛耸起，脊椎绷成满月的弓；老头把他的全部用上去了。老头看见远古的荒野上，那位传说中的汉子，胳膊一扬，射落多余的太阳，紊乱与烦躁消失了，天地间的白光纯净而均匀。那是最早的男人。老头从湿漉漉的汗水里爬起来，他知道他回来了，他和花牛一道在死亡圈里走了一遭。他回来了，他把小牛牵出黑暗暗的隧洞，那团鲜嫩的肉在苇叶上颤动；那是他从太阳的心窝里掰下来的一块，苇叶抖出火焰。老婆望着他，喷出喜悦的泪水。

他说："我可知道生娃娃的苦处啦。"

老婆说："你知道了生娃娃的苦处。"

他说："知道了。"

他的手搭在老婆的肩上，青筋胀鼓鼓像蚯蚓捣鼓暄暄的泥土。

他说："就跟我生娃娃一样。"

一蹲下，托起那团嫩肉，相比之下，他多么枯老，小牛就像他身上新长的肉。他还行，不觉着老。等熟透了老天爷才唤你回去，老天爷不吃生家伙。

小牛的眼睛细若泉眼。亮光熠熠，睫毛缥纱。他奔跑于河源时，苇叶中也是这般星星点点的亮光。白马哎哎，奎屯河就出现了。奎屯河就从苇根里渗出来。

老头一松双手，跪下去，迎接河神似的把小牛拱在怀里，放进热水盆中。洗礼仪式庄严沉静，老头一丝不苟；仿佛他的洗心革面，跟小牛一起皈依了原始而荒蛮的生命世界。他虔敬得令老婆吃惊。他弄脏了衣服，老婆没嚷嚷。老婆一勺子一勺子兑热水，老婆说："像我们的娃娃。"

小牛三岁那年，老婆没有喝上鲜奶子，就被大漠风吹干吹灭了。

尽管他跟死亡交过手，可他压根儿不会处理死亡。他没有像别人那样，把死去的亲人葬于五公里外的石头滩；他慢慢地拐进奎屯河谷地。

那是河边许多裂谷中的一个。芨芨草、沙枣、野柳树、骆驼刺，松松地蓬在地面，肥硕的杨树偶然出现，仿佛荒漠中的大船，树顶上悬挂着遒劲的风，呜呜乱响，招人的灵魂。

谷地越来越宽，他踩着松松的软土，土质很脆，饱含细沙。接着出现黑色的石子，十多米宽的河水流得有滋有味。他朝上游看，河不能再细了，河床就像宽大的衣袖套在干瘦的胳膊上，河像一根青筋，用完了大地最后的一点劲儿。

老婆死了，河瘦成这样子，他的悲伤一下子稀薄了。他把手伸进水里，水很急，很有劲，像摸大地的筋骨。这河有劲儿哩。

越过石头滩，他在灰白的河柳丛中找到泥土。树丛里长着宽叶儿的草，青青的，草根裸露，像蚕蛹。老头扯一截草根，放进牙床，汁液汩汩，甜丝丝的。这些根茎能孵出圆圆的土粒，土粒像破茧的蚕蛹，能飞起来；能飞起来的都是熟土，饱含草木的肥力，使种子发芽。熟土有股钻心的芳香，那是草木人畜多年渗透的结果。

这片熟土是草木风雪的造化，刚来过哈萨的羊群，羊粪蛋散发出鲜鲜的药香。羊是圣物，是胡大派到大地上的圣物。

老婆比羊羔还要温顺还要圣洁。他要从这里把她打发走，走到老天爷的身边。沿着这条河，能找到终年不化的雪山，雪线以上，便是永恒的白光熠熠的世界。

铁锹锋利，挖好坑，一人多深的坑。照老家埋人的样子往里面打一个圆洞，这样，既是院庭又是屋子。老头满意了。土壁潮润，草木的根爪渗出稠厚的汁液，明天老婆就到这跟这些根爪接轨，到她要去的地方去。

晚上他睡不实，虚虚地仿佛看见老家渭河边的玉米地里，走出那位白嫩的女子。那女子是泥土的精灵，得到他的忠诚后，他又如实地交还给老天爷。女人这么早离他而去，老天爷留下他，肯定还有未料理完的事情。

这件事情就是与他朝夕相处的花牛。

花牛三岁了，花牛圆溜溜不能再饱满了。出奶子那天，老头天不亮就摸到河边，拉拉车搁在林带里。河谷地带，苇子比草场的高、嫩；整整一个冬天，苇根攒足了劲，头茬苇子人都想吞一口，别说牲畜了。

　　太阳跃上林带时，他弄回满满一车嫩苇子。苇叶夹在花牛的嘴角，仿佛威风凛凛的胡子，茎秆清脆、汁液滴落，浸湿地面，像一片黑亮的油渍。老头明白了：哈萨把牛羊视为真主的圣物，它们把大地的汁液制成奶，喂养生生不息的生命，就像汉人把庄稼视为天地的宝物一样，那都是人的命根子。庄稼人都明白：土地不白要你汗珠，你洒一滴汗，它还你一颗粮食；它还你的时候，已经包容了日月、天地的精华。

　　庄稼怎样把天地的灵性转化给人，他熟悉这个过程。刚来新疆，他喝不惯奶子，时间长了竟喝上了瘾。至今他不明白啥时上瘾的。能上瘾的东西，都这样悄无声息进入你的生命，等你觉察到时，它已经成为你的一部分。他去哈萨家里做客，主人端上奶酪。他只能咬下一丁点，像嚼烤熟的麦粒，绵绵的有股后劲儿。主人笑了："你们汉人吃不惯这个，吃惯了喜欢得不得了。"奶酪很硬，只能一点一点嚼。老头想：这东西没盐巴调料，是食物的真味儿。月亮正好跃上清真寺的尖顶，天地吻合。几年后，他对一位阿訇谈这样的想法，阿訇不禁为之侧目，以为他是圣徒。

　　儿子二岁断娘奶，牛奶一直喝到现在。

　　天擦黑，老头车后挂着奶桶拐进小巷。他专找民族人，哈萨识货，兑水的奶子他们一眼能看出来。老头吆喝几声，舀出满满一勺，很快就结一层黄黄厚厚的奶皮。那一年，他的订户都是民族人，以后才给邻里熟人们订。

　　天擦黑，三三两两的小夫妻抱着娃娃出巷子散步去，花牛在巷口的棚子里悠闲地嚼草。花牛望着粉嫩的娃娃，仿佛闻出自己的气息。父亲们给娃娃教："叫牛妈妈，你喝的就是它的奶。"俏皮的小父亲会把娃娃的小手按在牛乳上，说："比你妈的好，是不是？"现在的小母亲不比从前喽，娃娃三四个月后就断奶，她们要保持青春。娃娃们不再怕这个庞然大物。娃娃们爬上栅栏，呀呀乱叫，花牛都能听懂。花牛抬起头，潮烘烘的鼻息扑在娃儿们的脸上，娃娃闭上眼睛，仿佛还泡在母腹的羊水里。那时花牛最幸福的时刻。花牛不懂大人，它才三岁，同龄之间有更多的共同语言。

　　这时候，花牛的眼睛好圆哟！仿佛江河的入海口，宁静深远。它的汁液都流进娃娃们身上，这些海鸟似的娃娃。花牛圣洁得比娃娃的母亲更母亲。

这时候，老头激动得像春天大地上滚烫的雪花。人到这地步，走什么样的路都感到绵软舒适。老天爷留下他，是因为花牛像那条河一样紧贴着他。这是老天对他虔敬的心灵的报答。河衰败了，花牛不会败落。花牛一代接一代。陪他走到最后的时刻，他极情愿在花牛沉静的眼瞳里被死神接走。

花牛已经是第三代，没有可口的苇子和牧草了。第一代花牛口福多好啊！那时，嫩苇子河蚌似的爬到老远的地方。老头依季节的变化，由远而近收割苇子。花牛经常有鲜美的粮食。以后，市区迅速扩大，大工厂下蛋似的；水域缩小，苇叶发黄，出现黑斑。他绝不让花牛吃这种苇叶，他要保持奶子的纯净。他要什么呢？他要的就是清早或黄昏，驮着鲜奶走巷串户，叫号子唤出那些主妇。

他只是替河走完最后的路。从河到苇子到花牛到远远近近零零星星的人家，他把这些串起来；奎屯河没看错人，这种结识不是偶然。第一次跃马河滩时，他就不再属于自己。

老头到山脚下，到河的源头。那里是真正安静的地方。草叶沙沙，虫子振翅嗡鸣，空气里流动着大团潮湿的松香。空气仿佛雾状酒浆，水从林子里草窠里渗出来，水像亮闪闪婴孩的眼睛。森林吮着冰山吮着石块，水在一片消融与破裂声中流向山外。

哈萨克人和蒙古人的帐篷撑在这里，像沃土里吐出的蘑菇；他们是大地上的活神仙，尽情享用清爽的风、清爽的水、清爽的美食，连那歌声都像泉水在人体里起的泡沫。

老头不只收割嫩苇子，他割各种花草，仿佛剪落一块块地毯。老头芳香无比地回到家里，花牛紧紧偎着他，鼻翼鸟翅般展开、飞动，扇旺了他身上粘带的山野与河流的气息。

他的腿不利索，腿肚子常常兀自打战，脸上的筋肉也没缘由地跳动。他对筋肉的控制力开始松弛。老头明白：那是大地的力量，他的全部在向黄土靠拢。

冬天还很遥远，他带儿子进山。嫩草沙沙倒落，他很惬意。镰刀翻飞，仿佛飞快的光阴。老头知道他需要大卸大拆，他需要大修，需要换上儿子，像小花牛换下老花牛。

进山打草，并且在山里安葬老花牛，很符合儿子的浪漫情调。儿子满心欢喜，他在儿子眼里是个了不起的英雄。儿子看他时的目光是熠熠生辉的太阳的光。

那时，老头受哈萨克人的邀请光顾过草原深处的"草库仑"。哈萨克不再候鸟似的随季节漂游，他们在背风有水的地方建立定居点，开垦荒原，自己种草。"不能等着草从地里冒上来，我们自己叫它长，跟你们汉人弄粮食一样。"哈萨克汉子激动得打着手势，脸像天空的红月亮。

老头对儿子说："咱也给花牛弄个粮仓，哈萨克人不简单哩。"

他在"草库仑"里见过大片丰美的苜蓿。那时开春后的头茬苜蓿，鲜嫩脆美、根茎肥大，像人参，整整一个冬天，积蓄了多少泥土的养料。老家人把头茬苜蓿当粮食，烙饼子，蒸菜团子。儿子说："你光以为老家有，苜蓿的老家在新疆。老家的核桃、葡萄、石榴都是从新疆传去的。"老头没念过书，儿子的话或许有理。重要的是，儿子帮他在菜地边上开了一绺地，种上苜蓿，一遍又一遍地放水，松土，直到苜蓿根深叶茂。那是他们父子间关系最为融洽的时候。儿子会走出他的身影，比他干得更好。

这就是他的理想。

那年冬天，漫长而寂寞。老头知道他干不动了，他的话一下子多起来。他几小时地坐在儿子跟前，儿子破天荒地感到厌烦。儿子完全出于尊重坐在他对面，儿子的心在屋外，在很遥远的地方漂泊。老头顿时感到：这个冬天，对他们父子俩是多么重要。他应该用男人的语言，直截了当地告诉儿子：河水干涸，啥都没了，天上飞的，地上长的都跟这河走。大地是老天爷给人最贵重的东西。损坏土地是对老天的不敬……老头激动得说不下去了。他渴望着空气中的刺激气味，雨落在树叶上的声音，以及漂过大草原的云影。儿子神情茫然，似懂非懂。

老头自责，这种方式不适合给儿子谈话，而且为时已晚。儿子单纯的心地已经装进另外的东西。偌大的世界，不是他一个在影响儿子。

积雪梦一般消失了。儿子扛着铁锹到郊外去开地，两三个小时就回来了。半个月以后，老头发现，儿子在人家地里折腾半天，糟蹋光阴倒是小事，年轻人时间多得不知怎么花，关键是糟蹋自己。老头寝食不安，晚上梦见老婆，老婆总是给他念叨儿子。这是个凶兆。

老头开始注意儿子的动向。儿子身上有香水的气味，儿子在旱冰场被那么多人围着，像只鹰，儿子在鬼眨眼似的灯光里搂着姑娘大跳其舞仿佛搂自己的媳妇。老头心里黑血直冒，儿子娃娃就是这样子？邻居张老头耻笑他愚讷："现在的娃娃，公安局不找麻烦就是好的，不偷不抢不搞女人就行了，你那小子不错。"

儿子是不错。新疆的冬天死长啊。人上了年纪话比屎多比屎臭，老头一下子把儿子原谅了。儿子帮他干这干那，儿子不再像以前那样干个你死我活，而是有选择地干。比如扫地做饭，像挤奶送奶起圈，儿子不沾边。儿子修长整洁，他们家几代都是粗壮的种田人，到儿子起了变化。儿子有文化，墨水能修炼出一点点高雅味儿。这种气味在儿子身上恰到好处。

他不指望儿子成什么气候，只要他诚实能干，这是最主要的。他的全部从儿子身上长出新芽，河就不会干涸。高原和树木将永远保持这种东西。

老头仿佛原谅了全世界，奎屯河的枯萎曾抓挠着他的心，工厂还要建，城市像女人的肚子说大就大了。只要人诚实能干，那条河的声音就不会从人们的记忆中消失。

冬天真长啊。不过不要紧，他的屋顶堆满干草，草叶日夜在风中聒噪。天黑儿子回来，开始铡草，铡得很细。有时儿子回来很晚，草还要铡，铡得不多。儿子身强力壮，铡刀在手里玩儿似的。儿子说："牛他娘的厉害，干草能榨出奶。"老头说："牛两个胃，嚼草时胃液就浸进去，泡一整夜，天亮时就能挤出奶子。冬天的奶子是好奶子，稠得像粥。"儿子说："冬天的奶子啊，桶子根本装不满。"

儿子回房睡觉，老头卷一杆饱满的烟，点着。一把豆粉麸皮搅进细草。花牛的鼻息喷在他手上，香味醇厚，发酵后就是白花花的奶汁。花牛刷"——刷——"嚼着，宽舌头在牙床里像蠕动在黄土里的河。冬天地都歇了，耕牛在棚里攒劲儿，他的花牛没得空闲。花牛吃饱喝足，合眼打盹儿，花牛睡得瓷实，就像封严的酒坛做起陈年花雕的梦。老头看见花牛的两腋微微张合，老头贴上耳朵，他听见里边汁液汩汩的流动。老头知道这时候，林带里的树也是这样响着，从根到梢，树液是温热的；老头知道地层里的草根，在"嚓嚓"吞吃泥土，山里的石头也在"霍霍"地动，石磨一般把泉磨得粉细；冬天，能流动的都流着，不然会发青会僵硬，可谁都流不出来，河床、林带、山谷、旷野都没有声音。花牛不是季节河，天亮前，乳头上泉眼大开，老头用手一捋，"滋儿——"闪出一道白光，比早晨的阳光还要耀眼。

儿子刷牙进来："没睡，连轴转还不累死。"老头沉浸在奶子白花花的喜悦里，嗯哼着。儿子说："冬天奶子放不坏，人家都晚上挤，早晨送。""叫唤啥？早晨挤的新鲜。""你把顾客当上帝，可上帝没有眼睛。"

接着是雪。老头摔了几跤，望着白茫茫的大街直跺脚。儿子要送，他没吭声。老头很难受，这营生就乐在送奶上头。驮奶子，串巷子，吊嗓子："打奶子——喽！"屋门打开酣睡的人们趿鞋出来，天亮头一个见的是他不是太阳。

以后的半个月都是儿子送奶子。老头被雪封进屋里，跟花牛待一起，老头自得其乐。没多少活儿干，他望着花牛嚼草，花牛望着他卷莫合烟抽。应该这样，儿子上来了，这样歇着是一种享受。如果雇一个人，他不会这样安闲。晚饭后老头走出小巷，屋顶及大街覆着松软的白雪，太阳潮润低沉，仿佛压在人的眉头像顶草帽。人们三三两两，跟他打招呼。猛不丁来一句："花牛病啦。""咋不见你送奶子啦？""儿子送。"正好有小两口抱娃娃挤公共汽车，往医院赶。大家的目光中有某种东西，老头脑壳里"咯噔"一下，仿佛坏了一个零件。

老头没法待下去。老头回屋里抹眼泪，朝自己脸上抽两耳光，倒下睡觉。第二天早晨，儿子刚出门，老头像条白狐狸，随后跟着。老头看见儿子停下车来，把林带里的白雪往奶桶里塞。老头轻轻扑上去，腰一挺，儿子"嗖——"射进雪地，在那啄开一个黑洞，似乎流露出大地的丑陋，儿子吓晕了。老头扒下奶桶，哗啦啦把奶子倒路边，对儿子说："你过来。"老头径直朝西边走。

老头走十公里，天大亮，到奎屯河边时正是吃早饭的时候，太阳在河那边高高挂着。那光亮是虚假的，一点儿也不热。儿子跟上来，站在河边。老头敲开冰层，伸手摸摸突突跳动的河水，把腰间的皮绳一节节放进去，仿佛要钓一条大鱼。儿子开始打战："爸，都这么干，都掺水。""你不用怕，你知道我是你爸就好，你知道爸干啥哩？""爸要把我塞河里去。""虎毒不食子，爸没那么毒，爸要你看一样东西。"老头"呼"地站起来，浸透了的皮绳黑蛇似的舞起来，缠住儿子的双脚，儿子"扑通"栽倒，随着皮绳的舞动就地打滚哭号。先哭爸后哭娘，娘哭完了干号，号完了呼天喊地，最后又哭到爸，哭圆了。这时老头停手，皮绳黑红黑红像炸过头的油条。儿子血渍斑斑，蘸在皮绳上的奎屯河水深深渗进儿子的筋肉，但愿他永志不忘。老头把皮绳放进冰窟窿，轻轻抖掉绳上的血迹，把绳子拉上来。老头说："咱老家那河叫渭河，不论谁做了坏良心的事，长辈要帮他把良心从河底捞上来。"老头把皮绳缠在腰间，儿子在裸露的石滩上蜷着，老头捧一掬细土敷在儿子腿上。腿是根，一切都打这开始。老头用皮大衣把儿子裹好，带回家。儿子想起了哭："妈啊——"

老头也想起来：在农村，都说娃娃打河里捞上来的。老伴就躺在河上游的柳树林子里。

老头送奶，大家都知道发生了什么事。老头的奶子备受欢喜，成为一种象征。老头把奶桶交给儿子，儿子又赢得了人家的信任。

秋天，儿子考中畜牧专科学校，老头有花牛陪伴。他又想到种苜蓿的事，像牧民一样拥有着自己的"草库仑"。老头提上铁锹，穿过林带在靠近水渠的斜坡上，他选好地段，开始翻地。土质干硬，一锹一块，像翻砖块，老头想大水一泡就好了。天快黑，差不多翻有半亩地。老头顺浅沟走上去，在渠边扒开一个豁口，水呼一下窜入浅沟，混混沌沌冲进地里，土块滋滋啦啦，纷纷松散。约莫二分钟，渠上有人走来，是看水的人，老头堵住豁口就匆匆走开。水是够了，土块酥开了，老头呼着气，仿佛大水浸了他的胸口。

第二天，老头大清早赶来，土暄暄的，偶尔能翻出嫩黄的葱秧。老头知道，人都往市中心挤，好多地就这样废弃了。荒地很大一片，再往前，是那年儿子犯错误的地方；如今他又转回来了，这块地命中该归他所有。

地荒着，就像叫女人守寡，除非天下的男人都死光。老头感到屈辱，他的苜蓿地不能再大了，他没多少气力了；这广大的地域，他不能划这么一个圆，一块绿岛。十条牛都吃不完，他干脆把花牛领到这里。花牛吃饱了，卧在紫红色的苜蓿花中，宛若皇帝。大地在它的身下柔情似水，大眼睛被这块绿地迷醉了。

儿子上学多了一笔开销，他的工资可以补上。他查一下存款，接近三万，大都是花牛所得。儿子两年后毕业，他的存款就可以达到四万。儿子的专业是畜牧，儿子可以拿这笔钱到草原上去，养上千头奶牛。奶牛一齐射奶，那就是一条芳香飘溢的河。

儿子毕业了，老头把这个打算告诉他，儿子不怎么激动，儿子说："那是一种大企业，像你这种经营法，亏得厉害。"老头不明白儿子的话，儿子大了，专科学校毕业，他老头子算什么。老头感到委屈，却不露声色。

儿子蹲机关，工作轻松得叫人怀疑。老头原以为儿子成了专家，对付上百头奶牛没问题；不像他，一头花牛都忙不过来。

老头想起儿子那年干的蠢事，在别人地里撒种。儿子现在躲进干干净净的大楼，舒舒服服地喝茶看报纸，他老头能叫出来吗？

儿子当然不会出来，儿子要干的事情比他多，但不见得比他重要。

有一天，儿子说："爸，我要结婚了。"老头放下饭碗，饭早咽下去，牙床还吱吱地嚼着，不知嚼着什么。老头真老了，老头使最大的劲儿都没反应过来。

老头说："啥时结婚？"

"就最近，没定死，明天她来看咱家。"

姑娘漂亮得出奇，高雅恬静，远非周围那些姑娘所能比拟。姑娘的人品修养无可挑剔，但老头总感到她不是个姑娘。

老头跟邻居叨叨，邻居笑他老糊涂："你儿子上学两年，两年，铁树都开花啦，别说天仙似的姑娘。"

老头没处说话，说多了坏儿子名誉。儿子回来，他取出支票，给儿子一万。想多了没用。儿子正在故事中，不留意他的神色。老头的神色完全是他自己的。

傍晚，老头牵着他的花牛，沿林带转悠，草矮得几乎看不见。花牛吃得很认真，总能从土缝里扒出潮润的根茎，嚼筋肉似的咯铮铮响。一辆摩托停在前边，下来一个戴墨镜的汉子。

"你儿子要结婚啦？"黑汉子问。

老头不冷不热地哼一声。黑汉子说："那个女人在手下当差，你儿子真舍得放血呀。"

"就为这事？"

老头"呼"站起来，黑汉子瞅着他手里的鞭子有点发怵，新疆的老头十个里八个吃过兵粮。黑汉子跳上摩托，踩着油门："别人尝过的饭恶心，别人用过的女人，老头明白吗？没劲儿。"摩托车狂颠而去。

把她变为女人的是这黑汉子并不是儿子，儿子是在重蹈覆辙，在别人开过的地里用劲儿，图省事。人不能懒到这份上，他把这些道理拐弯抹角吞吞吐吐讲给儿子听，儿子说："你的党龄比我的年龄大，好封建啦，我喜欢她就行，非得要个大姑娘？我不稀罕。"

狗儿子，老头心里骂一句：是屎你也吃呀，别人屙过的你还有滋有味。

老头也奇怪自己，那女人一出现，他倒没有蔑视她，正像儿子说的，她的气质好。她年龄跟儿子差不多，只是阅历太丰富。

花牛以家里的一切对她表示欢迎，她与这个家很协调。结婚那天，儿子在"准噶尔宾馆"订几桌酒筵，女方只来了哥嫂两人，其他都是同学朋友。老头不习惯这种场面。新房里很简单，小组合家具、床、沙发，彩电是以前家里的。

儿子带着媳妇去内地旅行，半年后才回来，送给老头许多小玩意，有雕龙拐杖，有西湖的檀香扇。老头比试几下，仅有的烦闷顷刻间散去。女人嘛，熟的也许比生的更容易消化，儿子大概肠胃不好。

真正的烦恼是没法消散的，感觉不疼是暂时的。知子莫若父，儿子十六岁那年不知不觉在别人地里乱翻一气，六年以后又从别人身子底下拽走一个女人。儿子的这种不知不觉使老头气恼难忍。

小两口整天忙，送饭都顾不上吃。儿子的婚事在小城里议论很多，说是儿子被黑汉子敲了一笔才得到这女人。周围的人目光交错，蛛网般罩严了他的家。老头难受。儿子的奔忙与这些奇怪的目光有关，但愿这种奔忙不是徒劳的。儿子以前想不到这样的目光，现在是过日子，儿子终于从纯净的空气中摸到了灰尘，从阳光的后面发现了更为炽烈的别人的眼睛。

　　一天，老头在院子里很不经意地问："娃，忙活啥呢？"

　　"没忙啥。"老头心里有数了，儿子奔忙的那种神秘的事情正在关键处。事情具体是什么，他不明白，但儿子的目的他洞若观火。他散淡的口气几乎使平静的流水都为之逊色："你看爸一辈子过得咋样？"

　　"不坏。"

　　"那就这样子过吧，能活得不坏可不容易啊。"

　　"各人有各人的活法，为啥要一样？"

　　"娃，你还糊涂着哩。"

　　儿媳张罗吃饭。吃饭时儿媳说儿子："你没弄清爸的意思，活人给自己，不是给人看。你总想给世界证明一下自己，何苦呢？"

　　儿子抬起头，脸色煞白。儿子圆球似的转晕了，刚一松弛就感到缺氧。儿子说："我去躺一会儿。"儿媳扶着进屋里去。

　　老头同样放松下来，感到疲惫不堪。老人的累是苦味，越累越睡不着觉。老头从圈里牵花牛出来，到郊外，到河边，他撒手不管，径自走着。阳光雪崩似的散落下来，在旷野里嗖嗖乱飞。浅草遮着乱石，地面平整柔和，老头一直走到老婆墓前，蹲在那块石头上，花牛随后也到，它在女主人的墓前站一会儿，转进林子吃草去了。

　　过了很久，老头说："媳妇进门啦，你就别操心了。"老婆虽在地底下，这些年为他的衣食起居没少操心。又过了很久，儿子和儿媳站在墓前，献花撒酒志哀。儿子完全恢复了，墓地宁静的气息化去他心头的烦躁。

　　花牛摇着尾巴偎在墓堆边，一家人围上去，坐地上。儿子把相机调好放在石头上，自动拍照。

　　第二天，儿子就洗出两张一尺大小的照片，装镜框里，老头屋里挂一个，另一个挂在新房。

　　儿子又忙开了，老头还说什么呢。老头整理一下存款，整整四万，交给儿子。老头说："求人不如求己，拿去用吧。干不成权当打青蛙啦。"儿子知道父亲的担忧，儿子接过支票默默走开。

好在冬天没到，到处是草，老头领着他的花牛四处游荡。渐渐有了风声：说儿子在市郊办了一个奶牛场，现代化的，好几百头奶牛。老头知道儿子平静是一种幻想。儿子从烦躁中解脱出来，儿子用母亲的墓地那片宁静支撑下来了。

儿子说："爸，厂子办好了，去看看，下月就能赚钱。"

儿子开车来的，老头坐上车，一刻钟就到。好漂亮的奶牛厂：水泥地板，牛粪用水冲走，院子里是用塑料薄膜覆盖的大包，儿子说是发酵饲料。专门有辆车送奶到油矿。儿子说："爸，你的大名，石油鬼子佩服得五体投地。"儿子用的是他的号。老头这才注意到，送奶的车门上画着他和他的花牛，这幅画身手不凡。儿子说："请中央美院的同学画的，他拿这得了毕业奖哩。"

老头眯细眼睛看他的花牛变成画，他还发现厂门的大牌上也有。老头问："这画叫啥？"

"奎屯河。"

老头看见花牛的两只乳房像座山，奶水在山谷里汹汹地流着。

老头在儿子的肩膀上拍两下，往回走。走很远，他回头看，厂子确实不错。

老头每天都来，跟工人们很快就熟了。儿子有时帮着弄饲料，有时开车跑外边。送奶的车每天下午开往油田。开车的小伙子把奶子一桶一桶倒进铁罐，最后倒进几桶清水。

老头上去："每回都掺水，掺多少？"

小伙子说："按国家规定的比例掺么。"

"国家有这规定？"

"骗你怎么着？"小伙子指一下墙上的公告。

"不成，"老头说，"我们老规矩了，不兑水的。"

"叔叔你别生气。我们集资办厂，大家都有股份，不图赚头，谁起早贪黑玩命干？"

小伙子觉得话说到家了，跳上车，呼啸而去。

"他们不可能给牲口吃好饲料，他们没这个心思。"老头出了厂门，从这到鸭子坝，苇子泡在造纸厂排出的污水里，臭气熏天，苇叶枯黄，像病床上的病人。老头知道，早在几年前，市郊就没有好苇子了。团场的娃娃涉着臭水，割苇子割草，交奶牛厂卖钱。

儿子的车远远而来，老头跳到路中间，儿子忙下车。老头昏天黑地地乱吼一气，儿子明白是怎么回事了。儿子抽烟不吭声，老头吼完了，儿子说："爸，你犯不着生气。这是企业不是小家小户，讲的是效益。"

老头再也不能像三年前那样，用皮绳抽他了，皮绳只能抽一次。老头敲开市政府办公室的门，絮絮叨叨说一气。办公室主任光是笑，笑完了，说："我们知道的，国家有专门规定，可以兑一定比例的水。至于污染区的草料，说句笑话，我们吃的粮食还用农药呢，从草原上买草不现实么。你儿子的事迹很典型哩，大学毕业两年多，创办全市第一家现代化奶牛厂，给石油工人送去鲜美的奶子，他们以前连水都喝不上啊。老同志，你应该感到自豪。你瞧，这是石油局刚送来的锦旗，省报还要派记者来写专访。据说你曾把几万元存款都献出去了，草原上的牧民也有你的朋友吧，人家说你的奶子跟哈萨克人的能媲美，我们做领导的却不知道。失误啊失误！老同志，有什么困难说吧。万事开头难，我们的工作已经被动了。"

主任一连提几次贷款。这年头谁能贷出款呢？老头屈辱得没法说，急出一头汗，大汗淋漓而去。

过几天，儿子说公家贷款下来了，他们准备办乳类加工设备。儿子感激地望着他，老头仿佛被魔鬼摆布着。

老头说："花牛是我的，厂子是你的，画你给我取掉。"

"可以，我们牌子已经闯出去了，无所谓。"

老头进牛棚忙活，听儿媳小声说儿子："你咋这样子给爸说话。你成功了，得意了，威风可不能耍到自家头上。你别忘了，老头子名气大着呢，奎屯河一大片，民族人都服气。你刚走几步顺当路就抖得不行，老头一生气，号儿让给别人，急死你都没用。"

老头放下活，等儿子反应，儿子软了。老头原以为儿子会说："爸干不出这号事"，可儿子就是没说。儿子是生意人了，他老头子在儿子眼中不再是以前的父亲了。人对你服气，服气到这份上简直能把你气死。

他是个谦卑的人，太阳像灯笼挂在头顶，给他照路，干啥事情都不会走神儿。

很久以前，他还是个娃娃，在渭河边的庄稼地里打埝。精身子弯曲如弓，跟土坷垃一起滚动，汗气蒸腾，太阳在背后紧跟着。他不能怠慢，太阳挤干他的汗水才罢休，太阳像蚯蚓，把他弄得暗暗的，松蓬蓬的。他要不停地劳作才行。当他的手伸过去，抓住媳妇的奶子时，他自豪得如在天上。这就是日夜盼望的天堂么？是天堂！生命之光从他的每一个角落都向媳妇辐射。

他把这个毛脚女子弄熟了。熟透之后，落进河边的泥土里，这条河专门等候他。他从老家的渭河摸起，摸过了戈壁，摸到这条河。这女人是他的顶峰，这女人把他带到山顶，开始了漫无边际的高原。那里，土层丰厚，他带着他的花牛——老天赐赏的小伙伴，只要他三寸气在，高原就不会消失；花牛的嚼草声，奶子汩汩的流动，就是他全部的智慧。

他老了，他知道自己是名副其实的老头。他的汁液很稠，他干啥都不走神儿，太阳照常升起，照常悬挂于他的殿堂。

老头想着儿子的成功。

儿子的车一停，人们的微笑从四面八方奔流而来，隔开天空的太阳。人们打开窗户，眼睛成倍地放大。儿子说："他们的心，有时是针尖，有时是大马路；现在他们是大马路，宽敞得找不到门。"儿子的声音开始沙哑："这时候，每个人都是太阳。"

老头说："只有一个太阳，你没老就眼花啦。"

"不错，是一个，可他们能折射。"

"娃娃懂吗？要出于真心。你看到一堆碎玻璃，手电筒都能照亮。可人的心只有太阳才能叫醒。"

老头一直说下去，说得没了声音。儿子以为他犯病。他常常对花牛一说几个小时；儿子不是牛，儿子是牛的主人，是老板。

儿子在电视里向全市人讲演，滔滔不绝："我三岁时父亲带我到河里游泳，父亲说：'娃娃，你是喝这水长大的。'我不相信，我喝的是奶子。花牛一天挤不到一桶，后来河水干了父亲忧伤心疼得流泪。父亲将着花牛的乳头说：'河走散了，到草原上去啦。'父亲手里的乳头像一眼泉，父亲说：'河干不了。花牛死了，可它留下一头小牛，现在是花牛的第三代。'父亲一把一把，将出好几万存款。我感谢父亲，这不是一般的存款，这是孙悟空身上的汗毛，吹一口气就是成千上万奶牛。我们厂子刚刚起步，三百头，等它成千上万的时候，嘿嘿，奶子就像秋天的奎屯河，滚滚而来。"掌声四起，宛如波涛。

儿媳虔敬得像圣徒，老头闭上眼睛。

那是一河碎玻璃，不是水，不是水。

儿子玩命了，筋肉不由自主突突乱跳，像卧满了青蛙。儿媳说："悠着点，弦绷得太紧啦。"

儿子说："比爸当年差远啦。"

老头说："心诚神不乱。老天爷睁眼，那叫神力。你是凭死力气，不倒才怪哩。"

"我把心都操碎了，还不诚？皈依上帝才算诚？"

老头不说了，说不透。儿媳似有所悟："爸的话你该听一点，过去人家看咱的那种眼光你忘了？"

"忘了我还这么玩命？"

开头就错了，她是别人的女人，我把她夺过来，就没安生过。

我们渴望宁静。

儿媳的大眼睛瞪着窗外的蓝天。儿子火急火燎，来回走，抓头发。老头抽着烟，老头猜不透他们的秘密，老头知道儿子十六岁的蠢事。儿子不经意地在别人的地里瞎折腾，又不当一回事地忘掉。忘掉的往往是最要紧的事情。如果儿子那时能好好想一想，或许不是现在这样子。

现在谁都明白，儿子成功了，可家里人谁都明白，儿子活得不痛快。

老头说："屋里我照看，你跟你媳妇出去逛逛。"

"游山玩水，不是叫我投降吗？"

儿媳说："厂子发了，都猴急了，都盯死了。"

儿子进新房，"咕咚"倒在床上。半夜，儿媳拍老头的门。老头压根没睡，人到六十眼睛是星星，夜越黑越光亮。儿媳喘了半天才说："他说胡话，吓死我了。"老头趿鞋过去。儿子醒了，儿子静静地望他们，平静得像个婴孩，老头说："娃娃，爸实在给你帮不上忙哇。"

"不要这样说，你给我的别人没法比。"

老头想起老婆离开时，也是这样的夜晚，老头落下泪。

儿子说："我自小就崇拜你，爸爸，我刚懂事你就让我见识了那条大河。你说那是一河奶水。那时我就想，长大后拥有好多牛，跟那条河一样。现在我还没办到。"

儿媳说："你办到了。咱的牛快四百头了，机器也要安装好了。"

儿子说："没有，咱四百头，每头赚二千来块。爸的花牛才叫牛哩，爸给咱四万多，都是花牛一个赚的。我要的是每头牛都像花牛一样。"

老头笑了："娃娃，一头牛一个养法，一头牛一回事，一群牛又是一回事。"

"爸莫非看不起我，爸不是佩服哈萨克人么，哈萨克人的牛群比我的大得多。"

老头抽着烟，想着领儿子在天山各地做客的情景。山下暑热炎炎，山上凉风呼呼从帐篷底下流过，哈萨克人仿佛躺在风床上。青草有灵性似的攒动。那次喝的奶茶，儿子叫嚷了一个夏天，到冬天，老头终于煮出那样子的奶茶，他摸出煮奶茶的门道。

老头说："靠山吃山，靠水吃水，哈萨克不离山就是这个道理。"

儿子失望得像根木头，呆呆看着媳妇，媳妇也是灰蒙蒙的。

一家人坐到天亮，儿子睡着。儿媳说："他手下的都是钱疯子，门路挺硬，如今是外行。他学过畜牧，按规矩干，他们不成，按他们的干，他可就垮了。"儿媳望他一眼，低下头说："爸，现在靠你了。你千万不要看不起他，要不，他真会倒的。"老头知道他听见了，可老头不声不响，走过去揭开被子摸儿子的脚，那是他用皮绳抽过的地方，大河深深地流进那里。老头望一眼儿媳，儿媳不知道这秘密，这是男人们的事情。

儿子没想到自己会一病不起。

老头抽着烟，人上了年纪，有抽不完的烟啊。他怎么才能看得起儿子呢，他已经做了他该做的，剩下的就是他老头自己的事情了。至少也是他和儿子间的事情。那是另一种感情。当儿子爬出娘肚子时，老头要鼓圆腰眼的劲儿，猛吹一口，吹进刚劲的男人的灵性。他又把苇子带到天山脚，放进那啵啵响动的河中。河水是山的体液，儿子应该在里边泡一泡，风是石头的呼吸，儿子应该吞它两口。在甘南当兵时见过藏民的风俗。藏民娃娃刚落地，大人要抱到河里，砸开冰，用圣水洗礼；体弱者经不住寒冷便收回大地，等于没有出生。渭河边的汉人又是另一种做法：他们的娃娃落地，就请村里最年老的老婆婆来，把婴儿放在老人干瘪的肚皮上躺一夜，气短的娃娃，天亮时就跟黑夜一块走了。年代久远，狐狸都成精哩，年纪大的人充溢着生命的真气；从那里爬过来的人，才能真正地顶天立地。

老头抽啊，嘴都抽麻木了。奶牛厂的人也急了，三三两两地来看望，哥长哥短地叫得好欢实。儿子半睁着眼，亮光忽倏，儿子被这种呼唤所感动。儿媳尖叫起来："他中魔了，爸爸，我害怕。"

"怕啥？"

"他的目光像老鼠。"

儿子听了很不高兴："你还是我老婆哩，说我像老鼠，居心何在？还不如这帮小兄弟。"

"屁兄弟！人家叫两声哥们你就激动得摘心挖肺。"

儿子真激动了："就是就是，这两年能被人尊为大哥的有几个？你给我说说有几个？"

李主任代表市政府来慰问。李主任摇着儿子手说："好好养病，身体是革命的本钱，时代呼唤你啊。"儿子感动得哭了。

安静了两天，儿子精神好一点，打电话叫会计来。会计拎个大包来了。儿子口授，会计笔录，嘀咕好一阵，会计匆匆离去。会计隔几天来一次。儿子饭量有了，很高兴："运转正常，盈利百万没问题。爸，我超过你啦。"

"嗯，好！好！"老头也高兴。

会计又来了，老头看见那个大包哆嗦一下，好像会计胳肢窝里夹的是银行，儿媳也说那个老板包不吉利。会计走后儿子嘲笑他们。

"钱扎手啊？那包里装的是太阳，光芒万丈，顶个银行。"

儿子真像一只小老鼠，可惜他自己不知道。

老头怀疑自己的眼睛。他这样想时，儿子真的"咯噔噔"萎缩下去，一会儿儿媳也叫起来："叫那个狗屁会计别来了，他的包儿胖了，你可瘦了。你是我男人啊。"儿媳抓儿子的瘦胳膊，心疼得像掉了心头肉。儿子说："千金难买老来瘦，老娘儿们似的叫唤啥？"

儿媳蹦起来："爸爸还在，你老，你还有脸称老？"

儿子自知失言，歉意地望着老头笑。

"瘦点精神，胖人吃不开了。瘦成鬼才好哩，贼精贼精的。"

"都成鬼，人往哪儿搁？"老头火了，儿子闭上眼不敢吭声。

儿子一天天瘦下去，一天天变得兴奋。儿媳流泪，老头叹气："娃娃缺钙爱闹，大人没精神爱激动。"儿媳担心了："爸，他会不会变成小娃娃。"老头笑了："他才二十多。爸才变小娃娃哩。变成娃娃是他的福气。"

不祥之感漫上老头的眼睛。落潮后，水缓不过气，河床一直袒露着，瘦成一条虚虚的线。

那些筋肉消失了，儿子成精瘦的骨架，明快有力，儿子说："啊，精神多了，瘦人能吃饭，我一个顶三。"

儿子饭量大得出奇，不知吃到什么地方去了。老头好生奇怪。儿子简直成了婴儿。吃的是牛奶，一会就嚷嚷饿。而且很馋，先是羊肉，没几天就吃腻了。蔬菜鲜果一概不吃，尽是精美的加工食品，罐头、啤酒、矿泉水。

儿媳说："傻瓜，这些都是高温处理，没营养。"

"懂什么，罐头是工业文明的象征，新疆缺少的就是这个。萨特就喜欢吃罐头，罐头里面有哲学。新鲜蔬菜、水果、奶子，都是医生蒙小孩，都是艺术家放臭屁。"

老头说："娃娃，你媳妇的话有道理。"

儿子打断他的话，像个法西斯："爸，我知道你要说什么。你就是羡慕哈萨，喝流动的水，吃活羊，喝当天的奶子，奶子是世界上最美味的佳肴，不用盐巴不用调料不大烩大炒，就喝下去了，而且愣愣地长膘。"

儿子简直像个小狂人，儿媳暗自啜泣。

儿媳做饭时说："医生说了，他骨头里有病，吃的东西都吸骨头里去了。越瘦越能吃，越吃病越重。"老头想半天，自言自语："病在骨子里……叫他不吃或者少吃。"

花牛刚下牛娃子，这时的奶子最好。如果儿子跟小牛一起吃奶子，兴许会好起来。老头对儿媳说："等他饿急了，给他奶子喝，他旱得厉害。"老头相信，儿子的干涸是缺水，水源不畅。他忘不了黑瘦的奎屯河，那景象太可怕了，多壮的一条河，就这么悄无声息地倒下去了。

草原上的朋友送来一袋酸奶疙瘩。老头把它切碎装罐头瓶里，给儿子吃。儿子问："哪来的？"

老头说："澳大利亚。"

"嗯，洋人的奶酪就是不一样，人家是流水线作业。爸，你知道澳大利亚在什么地方？"

"在水里边。"

"爸，你真幽默，是在水里边。澳洲是个大岛，泡在大洋里。其实大地就漂在水上，地球上百分之六十是水。"

老头说："水命最金贵，水命的人都长寿，遇难不死。"

"我不是水命啊。"

"爸也不是，咱家光你爷爷是水命，没病没灾活过了八十四。"

"爸，我还不到三十，我还没立呢，就躺下啦。"

"你能好，娃娃，过了冬天就莫事啦。"

"爸，我想吃肉，奶制品都吃腻了。你们总说是进口的，我不信，进口的我吃过。"

"明天肉就到，阿尔泰的大尾羊。一只整羊呢，过了冬天你就莫事啦。"

老头做羊可仔细了，除过羊毛，整整一只肥羊咽进儿子肚子里，那样挺俊，跟阿尔泰山的白桦树一样甜美；鲜嫩的肉、滚烫的羊杂碎羊骨头汤，加上稠厚的奶子，整整一只羊融进儿子的身体。儿子能坐起来了。打开窗户，雪片像春天的鸟，湿漉漉挂满树枝。

春天，儿子能走路了，儿媳挽着在屋里转圈，儿子嚷嚷要到外边去。

"我不要床，谁发明那玩意儿，跟棺材没两样。我要到郊外去，我要躺苜蓿地里，鸟会落满我的眼窝。"

儿子提到苜蓿地，老头心里"咯噔"一下，儿子说："爸，那边我开的地长苜蓿啦？"

"长啦，好大一块。"

老头心里说："那是人家的地，凉娃娃，咋能糊涂到底呀。"

打开房门，一家人呆了，才发现他们在楼上。儿子根本下不了楼梯。儿子说："盖这楼有啥用场？作茧自缚。"儿子突然盯上了花牛的屋子。盖这栋小楼时，老头保住平房让花牛住进来。老头在楼里住半月，住不惯，又跟花牛住一起。

这淳朴的小屋勾起儿子对童年对母亲的回忆……老头蹲靠着土屋的墙壁，当年打土坯的情景历历在目，那时他们跟许多人一样，待地窝子。

老头爬上楼梯："娃娃，想住平房就下来么。"老头背上儿子，咳嗽着下楼来。儿媳搬出藤椅让儿子躺进去。太阳当头晃着，像硕大的吊针瓶子，阳光滴滴答答落下来，儿子很受用。围墙低矮，白雪处于晕眩状态。太阳圆圆实实地涌过来，大地深处响起呢喃的呻吟，仿佛初度春风的少女。儿子眯细着眼睛，久久盯着媳妇挺挺的奶，圆圆的臀。

"春天他娘的没劲儿。"

"你饿啦？"

"有点……又是奶子，我要吃肉吃肉。"

一小盘烤肉儿子一扫而光。儿子要酒，儿媳吓一跳："你疯啦，身体刚有点元气，跑光了才甘心呀。"

"你多美呀，我怕你飞了。"

"娶进门了还不放心？"

"除非死的那一天，我才放心。"

"屁话，谁让你说死来。"

老头在牛棚听得真切。媳妇是个安分人，可儿子的不放心是没底的根深蒂固的。儿子是程咬金，半路杀上来，从别人手中夺来的。

不祥之感凝成一堵墙，竖在屋里，老头躲都不行。墙壁那边传来小两口的调笑声，小两口半年没同房了，简直像新婚蜜月。老头怕的就是这个，锅盖揭早跑气儿，儿子应该再养一段时间。可季节不等人，冬天过去了，春天不是攒劲儿的时候，春天里石头都要叫两声。

果然不出所料，第二天，儿子的眼窝塌陷下去。

儿子说："爸，我冷。"

儿子进土屋子，老头搬来大块的煤，炉子轰轰响着，火墙顿时显得粗壮无边。儿子摸着火墙说："爸，人生就这么回事。荣华富贵之后，才知粗茶淡饭的好处，土屋子最适合人住。"老头说："土是热的，不像石头沙子不像水泥玻璃，热得快也冷得快。土是恒热，跟人的皮肤一样。"

儿子说："水也是恒温。水太少了。气候乍寒乍暖，人都成了神经病，我犯了好一阵神经，爸你不见笑吧。"

"爸不笑你，不笑你。"

"爸，你说过，老家渭北塬上的土窑冬暖夏凉是不是？"

"嗯。新疆过去也有这种房子，圆木搭，上边覆一米厚的黄土，跟窑一样，可惜现在没有了。"

"你给我妈打的墓，就跟窑一模一样，也是冬暖夏凉。"

"就是的。"

儿子不说冷，睡着了。老头闷得发慌，老头过去蹲牛槽上抽烟，他什么都明白了。

他走出去，他看见他的苜蓿地。苜蓿憋了整整一个冬天，发芽了。从苜蓿的摇曳中，老头听见滔滔的水浪声，旷野浅浅的绿草渐渐丰厚了，白马咴咴，一根碧绿的苇子从远方伸过来，几乎射穿他的心。

第二天，花牛拉着板车，板车上躺着儿子，儿媳跟在车后，老头跟花牛并排走，气喘吁吁。现在要尽量满足儿子的一切要求，儿子手把着车辕，贪婪地看着大片大片消失的旷野。一直到了河边的林子里，到老婆墓前，儿子才缓过气来。

"爸，就在这里，这里暖和。"

老头眼睛湿漉漉的，下边是干涸的河道，河水细若游丝。

"爸，土最暖和，可不是？"

"嗯。"

"我不回去了，就在这。"

儿子抬头看蓝天，风在高空静静流着。老头知道迟早会有这么一天。老头从车下抽出铁锨，选好地方，开始往下铲，叫儿子满意才成啊。谁能拒绝一个病人的要求呢？儿媳失声痛哭，儿子仰望长空，仿佛倾听遥远的天籁之音。第二天黄昏，儿子的愿望实现了，他躺在松木棺椁里。那是一根浑圆的白松木，像他老子当年的大白马，咴咴嘶叫着，驮着他奔向奎屯河。

事情就这么简单。

那年老头还是个兵，在广袤的苇子地里信马奔跑，像飞起来似的。他看见啵啵响动的大河，他受到了河的启示，带来老家水嫩的女子。后来河干涸了，那女子干涸了，儿子也干涸了。

老头孤零零带着他的老牛，老头走了很久。他看见儿媳又转回来，儿媳没说话。她的肚子大起来，这些天忙乱，等发现时已经怀孕三个月了。

河不会永远干涸的。

老头摸摸花牛身后的小牛，说："奶正旺哩。"天空破一个洞，月亮溜出来。

骑手与玫瑰

1

最早的篝火是父亲点燃的，是在天山深处的山谷里。他躺在石板上睡觉。父亲点起一堆大火。烈火在黑暗中凿了一个洞穴，容纳父子俩和一匹马一只黄羊。

烤黄羊是父亲的杰作。

父亲说："多吃肉，吃肉才是儿子娃。"

父亲眨眼间把血淋淋的黄羊烤熟了，烤成光彩四溢的艺术品，像涂了釉子。他和父亲用小刀削着吞吃肉片。他看见篝火边的岩石上刻有奔跑的黄羊。

父亲说："老祖宗画的，图个快活，年年有羊吃。"

那一回把他吃馋了。他不用父亲带，自己骑马打黄羊。

岩石耸入云天，遒劲的阳光在石缝里蜿蜒着，裂出各种图案。图案上有森林有飞鸟有骑灰马的父亲，还有奔跑的鹿和黄羊。他们如同孪生兄弟，抖动着绸缎般光滑的身体。

父亲在世时，年复一年，在岩石下燃起篝火烤制黄羊，就是为了它们光滑闪亮的身体。这些精美的筋肉在父亲的牙床上铮然有声，十分清脆。父亲卧床不起的日子里，那病体也清香四溢。父亲没有辜负年复一年奔他而来的黄羊和鹿。

父亲的猎枪就像父亲的眼睛，细长而优雅。大灰马把父亲驮上天山。大灰马站在石板上。牧草颤如火焰，如波涛一般汹涌而来，拍溅在马蹄上。大灰马一动不动。父亲从背上拉过火枪，枪筒从马脑袋上伸出去。枪口往往是一种召唤，大群黄羊奔上山坡，牧草吞没了它们。最快的一只黄羊蹿上来，火枪"轰"一声，黄羊高高跳起，美丽的眼睛望着大灰马和马背上的父亲。黄羊倒在草地上，像一堆天然黄金。大灰马打着呼噜，步态优雅潇洒地走到黄羊身边。黄羊喘息着，眼睛潮润，血液亮如宝石。父亲跪下去，蒙古刀"嚓"一下扑灭黄羊的眼睛，刀刃、手指和黄羊颤动的筋肉融在一起。

血咕咕渗入大地，像嘹亮的蟋蟀。

大火燃起来，松树枝迸出火焰，给高悬的黄羊涂上新的肌肤。

……

黄羊年复一年汹涌而来，就是为了银子般的大灰马，为了马背上强悍的骑手和他美丽的枪口。

父亲召唤这些大山的尤物，从来不用号角，不用口哨，不用自己的声音。父亲的火枪是语言中的语言，铿锵有力，令黄羊如痴如醉。

他回忆着这一幕。

中弹的黄羊像拥有爱情的少女一跃千丈，泪眼婆娑地望着步步紧逼的强壮的汉子，汉子的罗圈腿像车辘辘隆隆而来。黄羊伸长脖子，等待那简洁的一击。轰！弹头带着火药的芳香冲进黄羊的身体，接着是冰凉的刀锋，挺入身体撬开生命。生命升华，飞跃，被汉子剥光，被松香浓烈的火焰烤熟。

那些烤肉最终被汉子的牙齿和舌头嚼烂溶解，就像雪花融解出肥沃的泥土。

父亲的腮帮其实是一块大筋，粗犷有力，像厚实的磨盘，多少美丽的肉体渴望被它压碎，在碎裂中爆发灵魂深处的哭号。好多年以后，他回忆那些走进父亲帐篷的女人，她们的哭号像是要撕裂大地，她们的哭号像她们生娃娃一样不加掩饰。直到他拥有女人以后，他才知道，女人的幸福是在死亡与痛苦中诞生的。他从灵魂深处尊重女人就基于此。

这是父亲的帐篷给他的启示。

父亲的死简直是一首骊歌。

棺木经过桦树林时，白桦树忽然引颈狂舞，路边的人们惊奇地看着徐徐远去的棺木。

这一天，黄羊从青草里奔腾而来，在遥远的墓地兜着圈子。送葬的人仿佛度入远古时代。古风猎猎，天玄地黄，棺木坠入墓坑时，人们看见红松木中的父亲神采盎然，身上的筋肉燃起灼热的火焰。父亲的躯体散开了，骨骼晶莹闪亮，回响起过去年代的女人们的声音。

她们和黄羊一起年复一年涌向父亲，孕育这铮铮钢骨。父亲的白骨像一条鱼，在泥土里跃动。泥土呈现了女人全部的温情和馨香，使父亲的白骨趋于纯净归于永恒。

人们仿佛置身于码头，看着棺木劈开泥土，破浪而去。墓穴浑圆的洞口渐渐变小，小于无……上边是天下边是地，墓穴渺如梦幻。人们回忆着刚刚结束的美丽的死亡。

送葬的归途中，父亲的体香依然飘荡。人们想起天山里的红松，想起草原上鲜亮的女人，想起草叶上飞如闪电的黄羊，想起那块高大的被篝火熏得乌黑发亮的大石头。

父亲的生命弥漫在空气里，无法消失。

这些景象年复一年，被人们谈论着。人们喝醉酒总是说："他来了，他来了，他拎着酒葫芦，女人进了他的帐篷，黄羊扑向他的枪口，红松在岩石下，架起火堆，嘿嘿，他来了。"

父亲的死伤透了所有男人的心。

2

他进山时没有放枪，那块岩石就裂开了，黄羊、野鹿和骑手的画面从石缝里漫向四面八方。

牧草退回半山腰，山口不再有青草的影子。

他开始回忆在山外打架的事。那家伙从南方做生意回来，穿一身鳄鱼牌西装，便以为自己完成了从狗到人的进化。这家伙在他的帐篷前转了几圈，就把他的相好勾跑了。

那娘儿们在"天子酒家"的后院里，跟穿鳄鱼牌西装的寻欢作乐。大灰马咴咴叫起来，给主人报信。他冲进去时，这对骚狗还没穿裤子，他就把手里的石块装进那家伙的脑袋。

他没拔刀子。哈里朝他大喊："又不是你老婆，发酒疯干啥？"

他没拔刀子，他出出气，像冬天一样吹吹西北风。石块的一呼一吸就是风。群山叹一口气，大地就会天昏地暗。儿子娃娃①的火气，谁碰上谁倒霉。

那个鳄鱼牌家伙倒了大霉。

"那骚娘儿们又不是你老婆，你发狠干啥？"

朋友们没有说他是儿子娃娃，大灰马对他不屑一顾。

他身材高大，力大无穷，细长的眼睛像戈壁上的半拉海子。这些都是父亲的真传。火枪和大灰马也是父亲留给他的。光有这些还算不上一个儿子娃娃。

---

① 儿子娃娃，西北地区把英雄好汉称为儿子娃娃。

父亲从不为女人吃醋。

出色的女人像山里的黄羊，年复一年朝向父亲；父亲的影子就是一种无声的召唤。

大灰马仿佛银子铸成，优雅而潇洒。马鞍上总是悬着女人的头巾或手绢。父亲从中找出最出色的一个，系在帐篷上。

月亮升起来的时候，女人们像黄羊奔向帐篷。看着帐篷上的头巾，她们便知道幸福降临到谁头上了。那唯一进帐篷的女人像中弹的黄羊，泪眼婆娑，走进帐篷，被钢刀般的父亲剔出骨骼里滑润烁亮的玉。这样的夜晚不需要松明子，不需要月亮和星星，女人本身就是亮的。

篝火在父亲的胸窝里烧起来，女人被紧紧裹在火焰里，直到父亲扑灭她眼睛里美丽的光，进入甜蜜的死亡。

每天早晨，他的帐篷里都会走出一轮太阳，那女人经历了死亡如同太阳经历了黑暗，光芒四射。

女人们就这样年复一年朝向大灰马和马背上的骑手。

父亲从不为女人而动武。

父亲本身就是一种召唤，像古代那些盘坐白毡的大汗，连牧草都要向他飞唉歌喉。

阳光就这样喧响着淹没了岩石。岩画上的黄羊、野鹿开始奔跑，后来马和骑手也出现了，阳光呼啸，仿佛大海。

太阳就如此这般重温骑手之梦。

他一整天都在收集树枝，在天黑之前，柴火堆成了山，他绕到大灰马的左侧，马背像一道大堤，隔开汹涌的夜。他捏不稳火柴，只好趴在马腹下划燃火柴。火焰噼噼啪啪炸出各种形状，像轰响的星云，火焰很快就纯净了。

他一直期待这种纯净的火焰。

3

那时他有老婆，夜像黑天鹅的翅膀扇起他的狂妄和激情，扇起他胸口的火焰，老婆战战兢兢仿佛雷电下的小鸟。

电闪雷鸣之后，老婆给他生下儿子。他揪住黑夜，像揪住命运之神的裙摆，老婆把他绣在上边。老婆就有这本领，能在虚软的夜幕上绣出灿烂的生命。

他不再惧怕黑夜，喧响的白昼像肥肉，他讨厌得要命。而到了晚上，他的心脏把大地敲得跟鼓一样，老婆像船把他载向远方。他忘记了石头、沙滩和马，忘记了自己的手脚、躯体和脑袋。

那时，这种荒唐的感觉每天都来纠缠他，弄得他焦灼不安。他骑着大灰马专找崎岖的山道。圆圆的马蹄铁，在岩石上吻出高高的火焰。他不再去砍红松，他本身就是一堆好柴火，头顶悬着太阳。只要太阳落下来，他就会变成一堆威风凛凛的篝火，毫不畏惧地沉醉在黑夜里，使自己醇厚起来。

他一直把自己当作一堆好柴火，火焰就这样涌出红松的枝丫，像男人五指分开的手，深深扎进去，一下子把夜幕揉皱了。在那里，他碰到了父亲，父亲的出现使夜幕恢复它那大理石般的光滑和坚硬。

父亲翻身上马，呼啸而去。马蹄踏起火星，把黑夜从大地上撑起来，撑出一道缝隙，父亲在那缝隙里奔跑。父亲回来的时候，大灰马后边紧跟着一匹红马，红马驮着一个姑娘，马蹄踏起的火星也给姑娘织起一个漂亮的笼子，他惊呆了。

父亲说："岩石有火，我也有火。"

姑娘跳下马背，落在岩石上，父亲拔出蒙古刀朝红松走过去，刀锋劈进树干，树液如注，喷出浓烈的松香。锃亮的刀锋又在父亲的胳膊上砍一下，血液跃出筋骨，像中弹的黄羊，在空中凝固片刻，慢慢落下来。

姑娘俯身把血吮了，姑娘的双唇像涂了鲜亮的胭脂。姑娘望着父亲。父亲的刀锋在她脸上砍两下，她没动。刀锋贴着两鬓，耳边的茸毛被砍飞了。刀锋向天空砍，砍过的地方窜起一股清风，仿佛刚打开的瓜果，姑娘沐浴在哗哗喧响的清风里。父亲双脚跺地，大地抖一下，刀锋劈向大地，劈开一道口子，水滔滔而来。父亲转过身，刀锋锃亮，父亲说："我比刀子快，你怕不怕？"

姑娘的双唇涂满父亲的血，姑娘睃着父亲。大地上所有的河像蛇一样嘶叫着盘进父亲的双腿，父亲浑身透亮，乌沉沉的血管暴涨起来，像汛期的大河。父亲的水开始奔流，流到速度的顶点以后，听不到水声了，看不到水影了。父亲成了一团白光，白光沁出汗珠，只一颗汗珠，落在姑娘身上，姑娘惊叫起来："水，水！"又一滴，从那团光里，从天空，从大地，从刀锋劈开的地方沁出的水滴，圆润耀眼，落入姑娘的身体，最后停泊在创造生命的地方。

……

白光呈现出父亲的肖像，起初很小，像一只小蝌蚪，黑溜溜的在白光里游动，黑蝌蚪开始发白的时候，父亲说："我的种子。"

姑娘说："你的种子。"

种子发芽要先吐水，生命从水开始，叶瓣也从水开始。泥土开始湿润，泥土张开的毛孔里闪烁姑娘的瞳光。父亲看见自己回到了史前，那只小蝌蚪要把他重新演绎一遍。那将是一个新崭崭的生命。父亲长出一口气，就消失了，像沉入河底的石块。

而那滴水珠依然悬挂在苍穹的瓦檐上。那是人体最后的水，血干涸以后，汗干涸以后，水珠依然存在。

他猛然抬起头，父亲在空气里说："那是第一滴水。"

他说："头滴水吗？"

父亲说："是头滴水。小水子不能乱射，射多了就没劲了。"

4

他的头滴水是一场儿戏。

那个女人被人睡过，当时他不知道。他自己以为在干惊天动地的大事情，他跟这女人混熟以后才知道，这女人早就熟透了。他还以为自己是精力旺盛的初生牛犊在处女地里耕耘呢。

当时他没多想，有女人陪床用不着多想。现在想起来，他的生命中压根就没有初生之犊的坚锐，他是怎么开始的？人生之初不可能是陈旧的，可生活偏偏呈现给他一片陈迹斑斑的世界，他的笔在上面描绘，绘出的生命世界全是黑黑的乌鸦……

听父亲说过，在河州老家，旱塬不长庄稼，一棵草也不长，逃难的人怀里揣着麦种。有些人饿倒了，麦种还在手里。

父亲说："宁吃屎不吃籽。"

逃难的人穿过荒漠和戈壁，来到天山脚下的河谷里，挖开泥土。麦种在土窝里"滋啦滋啦"燃起绿焰。大地开始肥沃，迅急的雪水拐进新垦地，顺着庄稼的秆茎跃入蓝天，很快呈现出太阳一样的肤色。

开镰收割前，老人们在麦田里挑选种子，用手搓净装进瓷罐。

新麦碾出来，磨道里飘出麦香。

吃饭时，父亲指着白馒头说："头茬面，快吃。"

每年只吃一次头茬面。以后的日子里，连又黑又粗的三茬四茬都吃不到了，吃麸皮就算不错了。

头茬面白细光滑又筋又甜，头茬面才是麦子的原味，吃到头茬面是人们的渴望。

他见过母亲箩面，头茬面只有薄薄的一点。麦料刚刚破开，吐露出最初的洁白，麦粒被碾成麸皮的时候，石磙依然滚动，箩底的面粉跟母亲的手一样粗糙。母亲只留一点头茬面，剩余的拌在一起。

日子就是这样开始的，粗汤寡味的日子。

人们都盼望着吃头茬面。吃头茬面的时候很少，一辈子碰不上几回。运气不好，一回也碰不上。

村里的玉贵就是这种倒霉鬼。

玉贵结婚的第二天，在街上被人围住。

"玉贵，头茬面好吃，得是？"

"妈皮。"

玉贵扎进馆子里，拎起酒壶咂得"吱喽吱喽"响，像咂新媳妇的奶头。

"玉贵亏炸了，今辈子吃不上头茬面了。"

"灰不拉几满脸鬼气，吃头茬面的脸是公鸡脸，红汤瓜水。"

那时，他十四五岁，似懂非懂。有人干脆拔掉自行车气阀，扑哧一声轮胎蔫瘪了："玉贵看亮清，被人弄过的女人是蔫的，骑上只能走平路，上不了坡。"

"不上了坡上不了坡。"

大家看街前街后的土塬，汽车憋上老牛劲儿才能爬上去，轮胎蔫瘪的自行车就难于上青天了。玉贵从大家跟前过，大家不吭声。玉贵走远了，老汉们说："一匹儿马，给活脱脱糟蹋了。"

"一个晚上腰就塌了，腿就罗了。"

玉贵守着被放了气的女人真没意思。玉贵现在还在八间户镇上溜达，蔫溜溜干啥都提不起神。

父亲骑着大灰马踢踏踢踏走过来，玉贵手搭前额，像是瞅一座山。那时他正坐在马背上手抓父亲的腰带。大灰马绕着玉贵溜一圈，屁股一撅，蹿到镇外的高坡上。

父亲说："玉贵是个大冷熊。"

他说："玉贵哥会唱花儿玉贵哥不冷。"

父亲说："冷熊把蔫尿当黄瓜，弄不成事儿，还不如死了。"

他说："玉贵哥为啥要死？"

父亲不吭声。父亲把他交给放羊的老哈萨，就骑上大灰马走了。

河州老家的全部印象就是那些艰难的麦种。麦种要实，撒种的地方要有底墒。

哈萨老头不懂庄稼的秘密，哈萨老头的羊群弥满了山谷。奶茶和羊肉在他身上发酵，他很快躁动起来，双脚在大地上踩出沉沉的嗡声，黑茸茸的胡须像树根疯长着把鬓角和双唇箍得结结实实。

他在奶子和麦粒之间发现了共同的东西；舌尖吮吸奶皮时常常会吮出一片醇香，吮出婆娑的黄土和密集的麦穗所蕴含的纯净的金黄。饥饿顷刻间升华为一种境界，剔除了原始欲望中的粗糙和躁动，使生命的本能保持最初状态的冲力。种子落入泥土迸溅出春天，如同蓝鲸在大洋深处溅起冲天的白浪。

父亲肯定知道生命的秘密。

篝火轰轰喧响时，大灰马驮着父亲和美丽的少女越过山冈驰进凹地。凹地里长满密密的白桦树。父亲把马拴在树上，把少女放在草丛里，泥土的毛孔全都张开了，蟋蟀的歌声一下子嘹亮了，少女一下子清晰了，她的衣裙和青草堆在一起，而火焰应该在岩石上燃烧。父亲像掬一捧泉水那样，把燃烧起来的少女捧到岩石上，少女一下子熔解在火焰中，成了介乎水与火之间的纯生命体。父亲悄悄告诉她："这里会成为岩画。"少女就这样被印在岩石上，那是女人最精致的部分。

父亲认识天山北麓所有的岩石，每块岩石上都有他和少女的激情。他至死想象不出那些娇嫩的少女跟冰硬的岩石相贴时的感觉。父亲的躯体比岩石更硬更有劲。在岩石和父亲的箍压下，少女湍如激流，湍如天空弯曲的闪电。这是一种境界，少女的呢喃和痉挛把生命的疆域拓展到无限。

多少年后，父亲说："你母亲在天山脚下，你是老子的一滴汗水。"

5

他不知道母亲是谁，他从那滴汗水里幻化成形后不久，父亲回到河州老家。干渴的黄土塬死死盯着可怜巴巴的生命。跟大地对视，失败的肯定是人。父亲又随着逃难的人群返回天山。生养他的女人很快死了。他只记得母亲漂亮的面孔。

父亲带他返回天山时他刚刚三岁，野玫瑰弥漫了整个草原。玫瑰花风姿绰约，泪眼婆娑；大灰马驰过的地方，落英缤纷，纷乱的花萼烧红父亲的面孔。那是怎样的面孔呀！青春的苍空和野玫瑰的大地之间，父亲很有节奏地起伏着，就像中亚草原上浮悬的一块铜，一块古铜……高山与戈壁的大地，雪水与草叶的大地，这里的大灰马曾驮过多少血气冲天的汉子。自从草叶孕育了骏马以后，这里的汉子个个都是一块铜，一块强悍的亚洲铜。

父亲一次次离开河州，又一次次回到天山，天山就这样被它遛熟了，成了他胯下的骏马。那时，父亲正走进天山北麓最优美的一条大峡谷，那地方叫八音沟，沟里长满松树和白杨，白云和劲风消失了，溪水渺如梦幻，父亲惊呆了，父亲就是在那一刻听见绝妙的天籁之音。那是苍劲的马蹄声。只有锃亮的银子才能在岩石上踏出这种声音。那一刻，父亲如痴如醉。生命的悟性达到了顶点。这是天空和大地的声音，他聚精会神就能听见。

黑夜消失，云层破裂，太阳如同血红的婴孩滚落下来，这是个神圣的日子，清风四起，只有太阳大汗淋漓。太阳贴近父亲眼瞳的一瞬间，父亲看见一片白光，白光渐渐沉郁，大灰马停在他跟前。父亲跃上马背，开始梦寐以求的疾风般的流浪生活。

后来，他问父亲："我娘在哪？"父亲望他一眼，又去看头顶的天山。父亲说："马踏着石头，什么就都有了，儿子娃娃是一堆骨头。"

父亲确实没法回答他。父亲的世界就是篝火和灰马。父亲骑着老灰马遁入黄土，他遵从父嘱用石头封墓，封住这大地的伤口。小灰马陪着他，他却问父亲要娘，现在想起来简直可笑。

他三岁那年，在天山北麓的草原上看见弥漫到天际的野玫瑰，他就该明白，他的母亲就是这些野玫瑰。

那时他刚刚离开河州老家，那是他一生中记忆最清晰的时候。野玫瑰饱含晨露，在大灰马疾风般的蹄掌下飞向天空，浑如松木迸射出的火星，转瞬即逝。正因为短暂，才唤起了生命的冲动。玫瑰花渴望疾风般的毁灭。

父亲的马蹄有一种摄魂掠魄的力量，父亲的马蹄声不但对女人，对大地上所有的生命都有一种威慑力。姑娘们是这样歌唱父亲的：

> 没有你骏马的身影
> 白桦林是那么苍白啊
> 没有你马蹄的踏踢
> 阿拉套是多么绵长啊
> 没有你刀锋的闪光
> 玫瑰花永远吐不出清香
> 没有你古铜般的胸膛

草叶永远射不到天上

父亲迸发激情的地方是大地的精华部分，是女人中的女人是真正的处女地。经历了二十多个春天的少女该是多么肥沃的土地，这些土地多么有劲儿；父亲在这里迸射激情才最有爆发力。

他应该早早从父亲身上领悟这些道理。

那些已婚的女人把手帕系在父亲的马鞍上，父亲凭天生的直觉总能嗅出这是别人用过的女人。父亲便把小刀子插进大灰马的后臀，血花怒放，大灰马在黑夜里狂奔。大灰马归来时，风像揪树叶一样把那些手帕揪干净了。女人们知道她们属于秋天而这匹快马是给少女的。被人染指过的女人们躲在屋里不再纠缠父亲。

父亲不用别人用过的女人，父亲把自己生命的汁液看成是真正的种子，它只撒在唯一属于他的地方。

生命是一次性的不可重复的。父亲这种坚强的固执使大地上的女人不能自持。

大灰马驮着那个古铜汉子摇晃在晨风里，女人们打开窗户，泪眼蒙眬。那已经是肃杀阴冷的深秋了，女人们潮红的面孔弥漫了草原，春天悄悄地跟着父亲，野玫瑰是父亲永恒的激情。大灰马的铁蹄在岩石上踏起的火星慢慢绽开，映红山野。女人们看呆了，女人们的心如奔跑的黄羊朝向父亲，父亲是黄羊和处女的沃土幻化出的精魂，父亲的生命世界里没有重复的少女。少女在父亲古铜色的胸脯上欢度一个良宵，就足以了结终生。

青春和生命只有一次，这唯一的一次只有在父亲的身上才能实现。

6

现在他相信了，岩画上的骑手和黄羊是父亲照射给群山的幻影，父亲的篝火、骏马和刀锋被群山的精气镌刻在这里。

父亲临死前说："石头，给老子一块石头。"父亲就僵硬了，手指着高高的天山。

棺椁嵌入墓坑后，人们把八音沟黑松林里的岩石推下去，"轰！"一声，一条古铜汉子便消失了。

大灰马嗷嗷长啸，父亲卧病在床的日子里，大灰马就这样嘶叫着，叫得人烦躁不安。父亲临终的前一天，大灰马冲出院子，奔向天山，整整跑了一天一夜，跑得汗气蒸腾。

人群散开，大灰马绕着墓坑兜圈子，草原随马蹄倾斜，玫瑰和蔷薇碎为粉末。大灰马的毛孔噗噗喷出白花花的热气，大灰马跑成一块纯净的蓝钢，蓝得耀眼，大灰马像它的主人一样摒弃了躯体里的杂物，快成一团光了。大灰马与速度并驾齐驱。以奔跑为生命的大灰马终于把速度踩在蹄下，大灰马从万物之能的速度上蹦起来，跃入墓坑，人们看见古铜色的父亲骑在一团速度的光之上，消失在大地的胸廓里。

玫瑰花摇曳着，野蔷薇摇曳着，少女们脸色苍白，泪眼婆娑，她们匍匐在永恒的大地上，倾听那远去的马蹄声。

父亲在篝火的火焰里，父亲在岩石的镜里，父亲在闪动的白光里。在他干出傻事的日子里，父亲无所不在。

老头们说："应该让你老子回到那个世界去。"

他说："你们糊涂了，我老爹去世半年了。"

老头们看他，看得他无地自容，身上裂口子。

老头们说："等你长成真正的儿子娃娃，你老子才会变成土，一个生，一个死，谁也不碍谁。"

他说："他在棺材里我碍着他什么？"

老头们说："阴间也有路，你老子不好意思见阎王爷。"

他垂下脑袋，他脑袋里全是铅块。

老头们说："娃娃，酒壶插进屁眼里，你是个铅罐罐。"

他们知道他跟"天子酒家"的女老板泡在一起，女老板高高的乳峰上攀登过不少男人。

老头们说："总有一天你小子会闻到那娘儿们的臭味。"

老头们说得很肯定。大灰马踏入八间户镇，他就被浓烈的芳香熏皱了鼻子。大灰马绕过一家又一家的后院，向日葵、刺玫瑰还有葡萄藤，乱纷纷地眼前晃动，一直到"天子酒家"，他忍不住大叫起来："酒，酒，快上酒哟。"

酒落肚，他以为是凉水，可脸在那儿放着，脸红得像抖动的鸡冠。

他爬上大灰马，向戈壁滩摇晃。喝酒喝不出味来，他中邪了。他明明是去戈壁滩，醒来时却在女人怀里。女人芳香扑鼻，他身下不是戈壁上的大石头是柔柔的水一样的女人。女人一下子成了石臼里的酒液，他稀溜溜喝起来。女人说他叫五朵梅。

"五度梅。"

"扯你娘的蛋,我叫五朵梅。"

"五朵梅,有一朵就够了。"

"五个汉子争过我,都流了血,血比梅花有劲儿。"

"血算什么,血是泔水。"他说,"五个汉子碰过你?"

"你娘的脚,不碰我血能喷出来?叫汉子发疯发狂是娘儿们的真本领。"

那是他第一次跟女人睡觉。困得要命,哈里吼了半个小时才吼开他的房子,哈里笑他:"一个娘儿们能把你放翻?你是棉花?"

哈里摸他的腰:"噢哟,你真倒霉啦。"

哈里抽着烟看窗外的大戈壁,哈里忧伤的眼神在告诉他,他完了。

哈里说:"那个女人不行!第一次么,丫头女子么,老娘儿们坏筋骨。"

他躺着不动,像软软的皮绳,他看着哈里。

哈里说:"我头回睡丫头高兴坏了,在马背上颠了三天才松了劲,你没劲了么。你们河州有个歌叫'猴子、油和牛'。"

哈里说不清那几句歌词。那是西北地区最粗俗的歌谣:

　　上了树的猴

　　犁了地的牛

　　炸了糖糕的油,

　　睡了娘儿们的……

最后那个最粗的词儿噎在喉咙里,如釜中之鱼。他原以为这歌唱的是所有睡女人的汉子,现在才明白,这是唱那些喝浑水的汉子。女人原本是清澈的,你一胳膊他一脚,水就浑了。

哈里说:"朋友,你太看轻自己了,头回么,一定要喝山里的清泉水。"

哈里眼睛里渗出泪水。哈萨不流泪的。哈里从小跟他在马背上滚大的,哈里没给父母流过泪,今天给朋友流泪,他知道他完了。

哈里爬上马背,马跳起来,马屁股上插着刀子。哈里的腰直直的,马颤个不停,马脊梁勒进哈里的屁股,像满月的弓。马的筋骨全张开了,哈里骑在一片筋骨上蹿进戈壁。戈壁窜起一柱烟尘,像氢弹爆炸后的云团。

7

天黑他又去"天子酒家"。

他骑着大灰马带着刀子和枪。

女人说："我知道你爸。"

女人撕下鲜亮的头巾拴在马鞍上，女人摸刀子和枪。刀子和枪是父亲的旧物，马不是，马是大灰马的崽。

女人说："我十七岁就知道你爸了。"

大灰马的嘴唇揪住女人亮闪闪的头发，像是揪河边的水草，女人不躲，很受用地用鼻子嗯哼。

女人说："我去海子里打水。那天的水真蓝呀，不敢用手碰，一碰就没骨头了。我命里的水就这样哗哗啦啦流出来，原来是你爸的大灰马。马背上驮着一个女人，她叫五朵梅，她是真正的五朵梅。她端坐在马背上，把你爸的眼睛全给遮住了。你爸不知道海子边还有个丢了魂儿的姑娘。马蹄子把我的心踩成了粉末，飞上了天空。我的头巾拴过他的马鞍，他视而不见。我只能自己叫自己五朵梅，五朵梅死后，我才告诉大家，我也叫五朵梅。"

他嚯嚯嚯笑，像钝刀子在磨刀石上跳："你是假的喽。"

女人说："五朵梅死那天，迷了她一辈子的五条汉子找不到她的家，找到我的窗户底下，他们叫我五朵梅，我就唱歌，唱那支草原上有名的《朱侬》①：

> 你的生命和我的生命，
>
> 结成一条生命。
>
> 为了情人，
>
> 我的生命喂朱侬嗳，
>
> 可以为你牺牲。

"五条汉子跟我唱起来。那歌子叫狂喜，五条汉子就发狂发疯了。"

"你跟他们好了。"

---

① 朱侬：伊犁维吾尔民歌，意即狂喜。

"他们都是顶出色的汉子，他们心诚得像戈壁上的大石头，他们为五朵梅憋了好多年脸都憋青了。人们都说你爸把他们遮着，他们看不见五朵梅他们是树阴里的草。你爸死了他们才有出头之日，可你爸的阴魂带走了五朵梅。他们要不是看见我，让我的歌声灌醉，就会被活活憋死。"

"他们是让你憋死的。"

"他们是流血死的，他们为抢我动刀子，刀子吃了他们五个。"

"你弄死他们的，你是嗜血的山魈。"

"五朵梅给你爸一个人流血，我也给你爸一个人流血。他们要占我，就得把你爸的影子从我心里摘掉。你爸太厉害了，你爸盘坐在我心里，没人能拼过他，他们五个都败下阵来，是你爸杀了他们不是我。"

"他们睡了你？"

女人怪怪地瞅他："我心里关着一只老虎，小兔、小鼠难想进来。"

他出一身冷汗。他把这娘儿们从前到后已经睡了半年了。

女人说："让你爸安息吧，他败一次才能合上眼。"

"我爸死好多年了。"

"他一半在土里一半在女人们的心里，只有你才能打败他。"

"马、刀子、猎枪都是父亲的，我不会打他的阴魂。"

女人用鼻子笑。女人的鼻子一笑，屋梁就像痉挛的琴弦，大地也开始抽羊角风。

他吼："你不要这样笑……你是鬼还是人？"

女人闪烁亮光，光团扩到天边，破了，碎了，光团不断地扩着。

女人响起来。胸前那对铃铛一响，男人的蛋儿就跳起来。男人的蛋儿像亢奋的铅弹，"卡拉——轰！卡拉——轰！"女人倒在白毡上，他的蛋儿像荒原上的野兔。他拼着命，他抓父亲的刀子，他抓父亲的火枪，他那门炮"卡拉——轰！卡拉——轰！"。

硝烟散去，女人泪眼蒙眬，像醉在晨雾里的太阳。

我十七岁看见那把刀子，就想着刀锋咬我的肉肉。

我十七岁看见那杆枪，就想着枪口瞄上我，瞄得紧紧的。

我十七岁看见大灰马把石头踩成火焰，就想着大灰马来踩我的奶；丫头的奶比石头还硬，只有大灰马的蹄子才能把那宝宝踩软。

女人的喉咙里歌不像歌哭不像哭，眼瞳的星星瓷勾勾的。

那些日子，他又困又乏像只土狗，随便倒在什么地方就呼呼大睡。哈里狠踢他的屁股，他睁开眼睛，不知道这小子在鼓捣什么劲儿。

哈里穿的是新靴子，哈里怀里揣着伊犁特曲，带他到草原深处。牛粪马粪熏得人浑身发软，他腰里虚虚地像揎了干草。

哈里说："给你喂马粪你就有劲儿了。"

半瓶子酒下去，他虚汗淋漓，哈里说："你难受？"

他趴在地上大吐，又脏又臭真像只土狗。

哈里说："酒是好酒，你弄的女人是二锅头，我们哈萨看都不看一眼，你搂在怀里，堵在心里，不恶心吗你。"

哈里喝醉了，舌头硬硬的像棍子："你莫朋友了，我也不是你的朋友，他们都骂我哩，咱们这么一喝就算完了，就不用见面了。"

哈里爬上马背，一股子劲从大地深处窜上马脊椎，窜上哈里的双腿，圆圆的马屁股拱起来，刺溜一声，马儿消失在蓝汪汪的空气里。

草原上的空气膻膻的仿佛啤酒的泡沫。

他像土狗一样躺在马粪里。大灰马绕着他兜圈子。牧草很高，刷着马肚，马脑袋拖着长长的鬃毛在草浪里忽隐忽现。成群的黄羊朝向大灰马，火枪在马脑袋上竖起来，河州刀在鞍上烁烁闪光，成群的黄羊倒在地上，野玫瑰湿漉漉的在山谷里咆哮，野玫瑰汹涌而来就像黄羊喷出的血，血块跟大石头挤在一起，血和石头是真正的兄弟……枪没响刀子没出鞘，枪照样有声音刀子照样闪光，它们本身就是一种召唤，父亲的阴魂像风，从深深的墓坑里吹出来；墓坑是最好的酒窖，把父亲酿制成了清醇的美酒。少女和玫瑰在那里摇曳不息。她们的倩影印在父亲的骨骼上。父亲死后骨头还活着，骨头像酒瓶在醇香绵绵的墓坑里闪闪发光。

以后的日子里，他总是迷醉在飘荡的萤火虫中，萤火虫的光芒来自大地深处父亲那锃亮的骨头。

8

他爬上大灰马。大灰马扑通跪在地上，又踉踉跄跄地站起来。大灰马慢腾腾，泪水涟涟，嘴角挤满白沫，大灰马屈辱极了。

他摸出刀子，扎进大灰马的屁股，血高高跳起来，就像荒原上被夕阳烧红的野兔。大灰马还是走得慢慢腾腾，大灰马看破他的心思，大灰马不展翅膀，他仿佛骑在马粪堆上。他拔下刀子，血"吧嗒"落地像冰凉的雨滴。刀口锃亮，刀锋欢乐无比，血槽宛如美人暗幽幽的眸子，它洞察一切肉体，它攫取肉中灵气，它刮他的胳膊，刮起一层黑垢像铁锈，他的皮肉粗糙灰暗，刀锋说："我吃活的不吃死的。"

刀子都不吃我，我比死人更可恶吧？后来他躺在草丛里，一只西伯利亚狼在月光下瞅着他，狼靠近的那一片刻他没有抓刀子，因为这只狼像条好汉，停在身边等他拿刀子，他拿起刀子狼才会发起进攻。

他一跃而起，刀子尖叫着在他身边飞成一团白光，后来刀子像鸟儿一样尖叫着飞走了，狼爪搭在他肩上，狼舌头在他脸上卷一下，他听见狼的喉咙咕噜响一下像落一颗石子，狼猛地跳到一边，厌恶地瞅瞅他，饥肠辘辘地走开了。

他败了狼的胃口，出色的狼不吃死人，甚至不吃老人，出色的狼老远就能判断出猎物的优劣。刚才那只狼是饿晕了。

他捡了一条比死亡还要残酷的生命，他的生在死亡面前黯然无光，狼那轻蔑的一瞥把他击得粉碎。狼对他不屑一顾，难道连自己的佩刀都要抛弃自己吗？他要把刀子摁进自己的身体，让血液高高飞溅像雨后的彩虹，他要让刀子像夜莺一样飞进他的身体，在里面飞窜唱歌儿；他要像父亲那样用手在鞘上拍一下，刀子就跳出来，奔向最精美的肉体。他把刀子高高举起来，刀锋泪水涟涟带着哭腔："我吃生的不吃死的，我吃生的不吃死的……"刀子开始倔强开始咆哮了。

9

那是穆斯林的吃法。父亲对此非常崇拜。那些黄羊中弹以后，用整个伤口凝注蓝天，直到看见父亲的刀锋。在刀锋扎进心脏的一瞬间黄羊才断气。

黄羊留给父亲的是一身完整而鲜嫩的肉。

火焰从松木里喷出来，扑上血淋淋的肉块；血和肉熟在一起，色红如珊瑚，味纯如生前，父亲吃的仿佛是正在奔跑的活羊。

穆斯林是大地上最后的男人，其他男人都溃烂了。穆斯林远离潮湿地带。他们在石头沙子当中，他们是大地上最后的男人。

父亲离开河州老家后，就迷醉在天山新美的灰色岩石上了。一望无际的石大坂漫上天空，仿佛男人的筋骨。父亲双腿夹着大灰马，马蹄踏着石头，那声音就像壮汉吞吃食物，那是生命最朴实最单调最纯真的状态。

10

他刚满一岁，母亲就死了。母亲是第一位五朵梅，自母亲之后，五朵梅成为大众化的名字。喜欢父亲的女人都说自己是五朵梅。

母亲是在天山北麓那条优美的八音沟里结识父亲的。母亲跟父亲只待了一年多。十月怀胎，父亲的种子在母亲美丽的身体里开花结果，母亲看着他会走路会吃饭了，母亲对父亲说："我多活了五个季节，我要死了。"

母亲说不下去，痴望着父亲，泪眼婆娑。父亲惶惶不安。

母亲说："你给了我全部的幸福，一年胜于百年，好花只开一季。"

母亲就这样枯萎了。

大灰马驮着母亲在草原上奔跑了一天一夜，沐浴了日月的光华，最后躺进玫瑰花盛开的八音沟里。父亲在清醇的花香中神思恍惚，外婆曾对父亲说："我女儿比我有福气，我活到五十岁，是因为我男人是个废物。自从把我娶进门，他就泡在酒里。女人的好日子三天就够了，多了没用。"

外婆去找她的情人。她跟情人待了三天，回到丈夫身边，丈夫用鞭子抽她，她说："抽吧，跟魔鬼过日子不受点苦才难受哩。"

外婆对肚子里的母亲说："好花开一季，将来找个真男人。"

后来，在长满野玫瑰的八音沟里，母亲一见到父亲少女之花就开了。待结子以后，花儿还开着，越过了五个季节。

母亲临死前说："我叫梅，我多活了五个季节，你去找叫五朵梅的姑娘，她是我的影子。"

大灰马驮着父亲走进潮湿的春天。马蹄敲开一个个名叫五朵梅的姑娘的心房。

父亲找的都是姑娘。这些姑娘的领地正处在空白的原始状态，父亲领略的全是真实的生命。在美丽而丰饶的处女地，父亲的马、刀子和枪闪烁出男人应有的光芒。姑娘们在急风暴雨中变成女人，由乳燕变为鹰，跃入生命的新大陆。

父亲把她们引入狂迷的纯美状态后，悄然离去。父亲的生命世界是不可企及的。

母亲用她美丽的死把父亲推向男人的顶点，母亲用她美丽的死把父亲凝固了。

从此，父亲只能在含苞待放的少女跟前呈现自己的生命世界。母亲的死简直是一门让人永生膜拜的宗教。

尽管那么多的少妇死死盯着父亲的钢刀与火枪，父亲从不向她们发一刀一枪。父亲迷醉在真正的男人世界里，父亲只吃活的不吃死的。

父亲说："被人用过的女人是墓坑，掉下去就完了。"

他说："英国国王就娶离过婚的女人。"

父亲抽他耳光。他说："内地大城市里，只要女人可爱，失身不失身没关系。"

父亲抽他。他说："你怕死，你才不敢碰女人，你只跟丫头打交道，你怕死。"

父亲嚯嚯笑起来："小子你懂个屁，绕过墓坑才能找到自己的死亡。被别人弄过的女人，她身上的墓坑是留给那个男人的，不是你的，你想推门就睡？儿子娃娃是真正的不怕死，有血性就不怕死。"

父亲满嘴酒气："英国国王娶寡妇做皇后，所以英国败落了。"

事实真相是，爱德华八世要娶别人用过的女人，国会就让他退位。国会议员决不能容忍被别人打开生命之门的女人做自己国家的皇后。父亲没念过书，但父亲的话却能击中要害。

后来他跟读研究生的老同学侃国际形势，他说："里根总统的夫人给里根戴绿帽子，美国肯定要倒霉。"

研究生惊叫："美国已经倒霉了。你能搞预测学，妈的，你能搞预测学。你给咱预测预测中国，预测预测改革。"

他正儿八经："测远不测近。"

被人睡过的女人身上有坟墓，他却记住了，那只是理智上的事情。当大灰马把他驮进酒店时，他心里开始嘲笑墓坑里正在溃烂的父亲。父亲完全可以娶一个漂亮能干的少妇做后妻，父亲跟丫头们幽会，但父亲不会娶丫头们做老婆。父亲喜欢他，父亲说："丫头在梦幻中最真实，醒来就假了。"

父亲说："玫瑰花沾上尘土就会变成粪，丫头终究要沦落尘世。"

父亲说："你妈一身灵气，躲开了肮脏的尘世。"

灰尘弥漫天空，睁不开眼睛。每当这种时候，他便想起母亲，母亲在人生最完美的时候悄然隐退，就是为了避开灰尘的侵蚀，母亲把青春和美完整地给了父亲。父亲一次次在岩石上燃起篝火，那跳动的火焰是对母亲的回忆，父亲一次次在黑夜里唤来妙龄少女，那初度春风的少女就是他与母亲的长明灯。少女在这样的夜晚眸子里最亮，父亲年复一年呼唤她们就是为了这盏灯，灯光里有亡妻的阴魂。

父亲死后，尘土就淹没了他。

他找的第一个女人就是"天子酒家"的女老板，女老板站在滚滚红尘中，仿佛在证明父亲的愚顽。他不相信女老板身上有别人的痕迹，况且他不看重这些。

11

哈里离开他后，他在八间户镇上再没朋友了。

乌鲁木齐有他的同学，他带着女老板去乌鲁木齐。这个女人是一座迷人的玫瑰园，他的那些同学眼睛都直了，眼珠子快要变成工蜂要采花蕊了。他妒忌得要命。他对自己说："她跟别人睡觉怎么啦？父亲老糊涂了，女人身上真有坟墓，大地上该有多少洞？天下太平着哩。"

晚上，趁女人春意正浓，他说："我要从死亡里唤起你的爱情。"

女人抖一下："我给你的不是爱情？"

他嘴有点笨了："我是说像你第一次那样的爱情，像初恋那样子的。"

女人笑了："初恋不会有第二次，第二次就不叫初恋。你要喜欢我就跟我好好待一起，别他妈酸不拉几胡思乱想。你比你爸差老鼻子了，你脑袋里全是书，你爸脑袋里全是石头，你爸才是条汉子。"

"你又不认识我爸，你叫什么叫？"

"石头还用认吗？你眼睛瞎啦，铅字把你封死了，你妈才是坟墓。"

女人说着坐窗台上："我不认识你爸，可我知道你爸的气魄，你爸从不请女人，是女人请他，而且只吃活的不吃死的。"

"你是死的。"

"放你妈的臭屁！我是死的你跟鬼睡觉啊。"

他欲火中烧，像中弹的飞机，拖着浓烟扎到女人身上："我喜欢你才说二尿话，你不介意吧。"

女人用鼻子笑，这回听起来很惬意，女人一直用鼻子笑着。

女人说："沾过我的那些男人都没影了。"

"都没影了？"

"就在刚才，他们没再出现。"

"你嘲弄他们，又想他们，女人都是这德行。"

"女人忘不掉跟她睡过觉的男人。"

他眨一下眼睛，再睁开时，世界就王八蛋了。他闷声闷气地说："你的朋友太多了。"

女人的眼睛越过他胸口的黑毛，女人看着窗外，夜空黑洞洞，星星仿佛是池塘里的小蝌蚪，冰凉而光滑。

女人说："传说五朵梅临死前给你父亲说：名叫五朵梅的姑娘就是我。五朵梅死的时候我才十三岁，我十七岁时改名叫五朵梅。我坐在海子边，大灰马上驮着另一个姑娘，我伤心极了。我在你父亲的帐篷外唱《朱侬》，我看见那匹马、那杆枪、那把刀，我把头巾拴在马鞍上。我知道我进不了帐篷。我回到海子边，月亮像只大白兔在我胸口奔跑。我趟进海子，水浪托着我，我看见一个男人也下了海子。他游到我身边，我知道是你父亲，等天亮时才发现是八间户镇上的黑铁匠。这只土狗第一个睡了我。这种事只要开个头，就没完没了。好多男人到我这里来。他们来的时候都骑着大灰马，带着刀子挎着猎枪。我太迷恋你爸了，他们走近我房子时我每次都当是你爸来会我。我就唱《朱侬》，天亮时又后悔得要死；他们来时是你爸的影子，离开时活脱脱一只土狗。"

"你的朋友太多了。"

"他们能带来你爸的影子，我就喜欢这个。你爸的影子一消失，他们就成了土狗，我叫他们爬着离开我的房子。他们不敢上马，他们的马、刀子和枪是一种装饰品。"

"你的装饰品太多了。"

"装饰品用得越多人老得越快，没起色的男人一个晚上就能毁了女人。"

"你身上的墓坑太深了。"

"他们都是装饰品。"

女人的泪流下来，树脂一样滑腻腻的。

12

那年，他去口里跑了一笔生意。他穿着鳄鱼牌西装，骑着雅马哈摩托车回到八间户镇上，给熟人散一圈希尔顿香烟。大家捧他，他真像坐在云端里。

老人们说："像条汉子，到底是大灰马和五朵梅的种。"

父亲和大灰马穿街而过，沥青路面薄而清脆。父亲说："他们说你像回事了，是不是？"

"我都二十岁了。"

"他们说你像一条汉子，你耳朵塞驴毛啦？像一条汉子跟是一条汉子是两码子事。"

父亲骑大灰马穿过青草地闯进戈壁滩，石头开始吼叫，烟尘插入云霄。父亲看他时的目光太残酷了。

父亲说："你妈死后，天山不会再有五朵梅。"

"妈临死前不是这样说的，妈说叫五朵梅的姑娘都是她。"

父亲说："你想吧，你想通的时候你就长大了。"

13

他离开女人的房子，大灰马驮着他拼命奔跑，跑进天山北麓的八音沟里。

父亲的墓堆开始抽动，像大地的喉结，碾出粗浑的《朱侬》：

> 你的生命嗳啊呀来
>
> 和我的生命，
>
> 啊呀呀来，
>
> 啊呀来喂朱侬嗳，
>
> 结成一条生命耶啊呀嗳？
>
> 为了情人嗳啊呀来
>
> 我的生命，啊呀呀来，
>
> 啊呀来喂朱侬嗳，
>
> 可以为你牺牲
>
> 啊呀啊呀来啊呀来？

黄羊潮水般涌过来，大灰马的前蹄扑向天空，玫瑰花瓣纷纷扬扬飘起来，火枪伸向大灰马的脑袋"卡拉——轰！卡拉——轰！……"中弹的黄羊泪眼婆娑，刀锋哗哗响着摘下它们跳动的心脏。

他看见父亲盘坐在墓坑里，父亲是条汉子是千里旱塬上又倔又犟的儿子娃娃。旱塬太旱旱得黄土兀自冒白烟，长不住庄稼长不住花，要过日子要活下去祖祖辈辈的汉子们扒开喉咙拿稠厚的血块喂着庄稼喂着花，所以日子过得浓烈过得艰难，所以父亲离开河州的千里旱塬来到天山脚下，父亲在这里找到他命中的大灰马。为了在马背上跑一辈子，父亲在骨头里砌满石块。父亲砌的全是天山最硬最纯的石块，是雪水煮了千年万年，松木的篝火烘烤了千年万年的整块岩石。父亲就这样从又倔又犟的旱塬进入炉火纯青的男人世界，那里全是钢锭一般的岩石。要过日子要活下去，那里比在旱塬上艰难千百倍。岩石比黄土更坚硬更粗糙，稠厚的血块泡不开岩石，种子不能发芽。庄稼要长起来花儿要结果子，光有血块不行。父亲放出他筋肉里的火焰和骨骼里的电，年复一年地在岩石上燃烧闪耀。

岩石上的壁画就是电光和火焰的花朵。

岩石比泥土坚硬比泥土粗糙，女人最多跟他过一季就枯萎了。母亲跟父亲过了五个季节。远远超过了生命的极限。

母亲是女人中的女人，所以母亲只用一年多时间就领悟了男人的内涵。领悟了这种内涵的女人知道自己该怎么做。其他女人在年老珠黄夕阳西下时才懂的道理，母亲在少女的早晨就懂了。

她早早地离开尘世，给父亲的岩石上留下极其灿烂的一笔。岩画是黄羊和鹿的骊歌，也是少女的骊歌。

黄羊消失了………

少女和鹿消失了………

生命唯其短暂才美丽。

母亲死后，父亲眼里不再有女人。父亲的骨子里砌满岩石，死亡和孤独成了他的贴身侍卫。父亲带上刀子、火枪和骏马出没于戈壁与群山之间。父亲在黄羊的泪眼和玫瑰花的凋谢中啜饮生命之露。轻风在玫瑰园里依回飘荡，像古代睿智的行吟诗人在歌唱生命的无常：

不知什么是根由，哪里是源头[1]；

就像是流水，无奈地流进宇宙；

---

[1] 古波斯诗人哈亚姆《桑巴依》第 14 页第 29 首。

不知哪里是尽头，也不再勾留，

我像是风儿，无奈地吹过沙丘。

瞧这些盛开的玫瑰。她说：

"看啊，我含笑来世上绽开花朵；

转眼，我香囊的丝穗断裂破碎，

囊中的珍宝就在园子里撒落。"

轻风流逝，就像那些化为泥土的古代诗人，玫瑰园归于沉寂。

父亲说："我死后就躺在玫瑰园里，汲取天山的雪水和花蕊里的清风。"

玫瑰说："我是一首骊歌，风在歌就不会绝。"

父亲说："死是我的生日，生命的盛宴就在玫瑰园里。"

父亲躺在天山北麓的八音沟里，那里长满玫瑰和蔷薇。墓是用岩石砌的，青石圆顶挺立在花丛里，那是真正的男人的头颅。

14

他离开"天子酒家"时，女人说："我心里的男人让你赶光了，我心里只有你，你别离开我。"

大灰马在院子里狂怒地叫着，刀子在铜鞘里呜呜吼着，他顾不得女人了，他爬上马背，越墙而去。

他来到群山环绕的玫瑰里，神思恍惚，憔悴不堪，玫瑰花瓣像冰凉的雨点落在他脸上，眼瞳灼如红炭；玫瑰花瓣像冰凉的雨点落在岩石上，岩石升起火焰。

父亲就是这样从石头开始，石头变成沙子，沙子变成泥土，泥土长出玫瑰、黄羊和少女………

冬天过去了

春天过去了

夏天过去了

秋天过去了

生命就如此这般闪烁它的原色。

父亲腐烂后，这美妙绝伦的一幕不会再出现了。

花瓣融化在泥土里，发出呢喃的歌声，就像少女酥软在他坚硬的胸廓里，发出春天的狂喜和迷醉。

那些跟父亲交往过的少女很早就凋谢入土了，她们都是唱着《朱侬》断气的。她们承受了父亲喷射的生命之水，就不再顾盼其他男人了。她们把跟父亲交欢叫作采撷大海的露珠。一粒露珠足以使生命炳勋千秋。承受了这一切后，她们就会从玫瑰的衰荣里领悟出女人的辉煌和壮丽。

黄羊和鹿就是这样飞奔而来的。

大灰马就是这样咴咴嘶叫的。

钢刀就是这样闪出幽幽的寒光。

火枪就是这样喷射黑黑的火药。

他还在摇篮里母亲就告诉他："好花开一季，喜欢你的姑娘就是五朵梅。"

他长大后父亲告诉他："绕过那些墓坑，去找真正的死亡。你只有一次机会，你只有一个墓坑，不要在别人踩过的地方落身。别人踩过的地方没有马，没有刀子，没有枪，没有男人需要的东西。到未启封的丫头那里去，那里有劲儿有牝马一样的野劲儿。你骑上她就能进入黑暗和死亡，你就能跃过去，跃过去后再落下来。"

这是父亲最后的声音。

玫瑰和蔷薇全败落了，青苔爬上墓碑像长满胡须的脸。父亲穿过泥土回归岩石里。

15

大灰马把他驮回八间户镇。巴扎上熙熙攘攘，他跳下马混进人群。

女人们用异样的目光打量他，他发现一群丫头，她们的面孔跟山里的玫瑰一样新鲜，散发芳香。今天，他的眼睛清澈无比，他瞅中她们中的一位，她扫他一眼走出巴扎。

她的后背圆圆的，他看她苗条的影子看她白皙的颈窝，颈窝里飞旋着一条白鱼。这是他的白鱼，在他的肉肉里游弋嬉戏的白鱼。

他上马的时候发现了姑娘系在马鞍上的头巾。

大灰马驮他奔出小镇，大灰马在戈壁上狂奔。戈壁那边是草原，洼地里有一片白桦树。那条白鱼在树林里游弋嬉戏，树叶卷起清清的水浪，树枝在电火中颤动抽搐。

他的白鱼在白桦林里，那里只有阳光和风；那是一片处女林。白鱼藏身的林子都是处女林。

大灰马穿过辽阔的戈壁，马蹄踏出的火焰跟阳光一样炽烈。他在马背上颠出一身汗，汗干了，身上的毛孔还开着，从毛孔里可以看见白花花的骨头在闪烁银光。他双腿一夹，大灰马射进白桦林，艾蒿中坐着那位姑娘，他的白鱼闪闪发亮。刀子跳出铜鞘，火枪"卡拉——轰！"吼起来，接着是大片大片芳香四溢的宁静。他把姑娘放倒在艾蒿上。

他说："树林里没有玫瑰花，你的香味打哪来？"

姑娘说："我就是花，我叫五朵梅。"

他剥姑娘的衣服，他说："风吹来了，冻不着你？"

姑娘说："风吹进玫瑰园吹开春天的花蕾。"

他们停住……所有的声音都让火枪驱散了，可声音越来越响，从大地深处滚滚而来。

他说："没有黄羊，没有松木的篝火。"

姑娘说："我只要你的骨头，你刚从大山里出来，你在岩石上睡了好多日子，你的骨头刚刚从岩石中剔出来，我要你的骨头。"

那声音从大地深处滚过来，窜入他的脚心，窜上脊背。脊椎像满月的弓，绷紧了，把他和大地的劲儿挽在一起射进姑娘的身体。姑娘叫起来………那声音来自大地深处，那是泥土的歌声，是从岩石到沙子到黄土到女人的肉体的歌声，那是他的白鱼，在他胸口的热浪里翻滚：

　　白鱼呀白姑娘，[1]

　　为何不见你来沐浴阳光？

　　你嫌我不称心，

　　你如意的人儿又在何方？

　　白鱼呀我沐浴阳光时，

　　你误认为我是孤独的人；

　　我为你这情人奔走时，

---

[1] 伊犁维吾尔民歌《白鱼》。

你误认为我嫌你不称心。

按照我的愿望，

我决不离开情人的身旁；

当着众人的面我愿变成蝴蝶

在情人头上飞翔。

姑娘泪眼婆娑，告诉他："这是我的第一次。"他没吭声。他感受到了姑娘身体里猛然惊醒的野劲儿，像牝马一样冲人，他什么都不想。

姑娘说："你是第一个闯进来的男人，也是最后一个。"

他说："你会后悔的。"

"我不后悔，我看见你的马、你的刀子、你的火枪。跟传说中的一样，你的骨头是从岩石里剔出来的。"

野玫瑰柔嫩的花瓣洋洋洒洒落在石头上，石头开始战栗，石头开裂时灵魂就出窍了。所有的女人都等待男人这辉煌的时刻。

他不会有这些了，他把父亲的大灰马骑入陷阱，他在那个女老板身上像只土狗。他在那里什么都没有找到，那里没有刀子，没有马，没有火枪，没有男人需要的一切。

他说："我干了一件蠢事，你会后悔的。"

姑娘说："多少小伙子盯着我，你干吗说这种晦气话，我不好吗？"

他说："你太好了，你是真正的五朵梅，我是假的。"

"你不是假的，我相信我的感觉。"

他心里暗暗叫苦：初恋的感觉是永恒的，哪怕是丑恶的，她都要相信一辈子。他恶心自己：我把全世界给强奸了。

16

他预感到自己要干些什么了，他把枪和刀子挂在马鞍上，把大灰马拴在林子里。他走进"天子酒家"，伙计们用讥笑的目光打量他。里屋传来男欢女笑，有个陌生男人在给女老板抒放激情。

他顺着墙溜进后院，顺手掂起一块尖石头，这臭男人的骨头里就缺这个，我干了一辈子缺德事，这回要干一件对得起自己的事情。

那男人提着裤子到后院来放水，瞅他一眼，理都不理他。后来那男人瞧见了他手里的石块，愣在那里，又僵又硬像个石头人，裤子掉脚上也不去提，石头飞起来，带着啸音，跟猛禽一样啄开那人的脑袋。那人"咕咚"坠在地上，石头依然如故，带着啸音，跟鹰一样飞入苍穹。

　　他追赶那块飞翔的石头。

　　后来他骑上了马，穿过草原戈壁，跃入天山。

　　岩画消失了，黄羊和鹿消失了。那块石头还在飞着，带着啸音，跟鹰一样装饰天空。

附　录

在神性与诗意之间叙事

　　红柯是陕西宝鸡岐山人，1993 年文坛曾刮起一阵以陈忠实、贾平凹为代表的"陕军东征"的旋风，但红柯并不在其列。他的出名要到 3 年以后。1995 年底，红柯告别了工作 10 年的伊犁，返回故里宝鸡。1996、1997 年，他以《奔马》《美丽奴羊》等带有新疆风情的小说崭露头角，其中不难察觉作者早年的诗歌素养，那不重情节、策力于想象、梦幻跳跃又元气丰沛的笔致自成一体，与稳重厚实的"陕军"作品相比，仿佛横空出世的"异数"。

"异域"的生命寻根

　　将红柯与早期的沈从文相比，可能更有助于我们走近红柯的单纯。红柯与沈从文在《神巫之爱》《龙朱》等篇中对苗族自由、野性生活不遗余力的渲染和赞美甚有相通之处。若承认沈从文标举的湘西人性旨在针砭失血怯懦、狡诈虚伪的国民性，并给客居城市的自我打气，那么红柯的新疆世界是否也有潜在的作为精神参照系的意味？红柯曾说："我所有的新疆小说的背后，全是陕西的影子。"

　　红柯在《西去的骑手·自序》中曾述及回返内地后的不适与狼狈："内地哪有什么孩子，在娘胎里就已丧失了儿童的天性。内地的成人世界差不多也是动物世界。回内地一年以后，那个遥远的大漠世界一下子清晰起来，群山、戈壁、草原以及悠扬的马嘶一次一次把我从梦中唤醒。"由此不难理解红柯书写新疆时的过滤与净化。"陕西的影子"即当下的阴影，并扯动往昔的记忆，新疆成为其自我调适、游刃的"乌托邦"。一种精神与话语的异域探险和实践，其参照意义指向被现实驯化的自身及熟透的文学。

中国现代文学的发展流脉中，类似红柯的"异域"开掘有两次高潮：除了30年代以沈从文为代表的京派小说外，最近的要数20世纪80年代中期兴起的寻根文学。

无论是寻根文学、京派小说，还是红柯的新疆小说，在文化上都呈现出意味深长的"后撤"举措。在寻根运动中，涌现了诸多"异域"：阿城的山地草原，韩少功的鸡头寨，张承志的西海固，扎西达娃的藏地"香巴拉"等。不难发觉，红柯的文本与寻根文学在精神动因、审美倾向、主题呈现上存在诸多交错重叠：回归自然的冲动，对个体生命、种族生命的关注热情，以及对当下生存困境的解脱、超越，等等。在阿城的《遍地风流》中，我们甚至已领略了红柯式的苍鹰、骏马，它们的英姿同被奉为生命自由极境的表达。

在此，我无意把红柯的作品视为寻根的余脉或复兴，亦非要抹杀红柯的独特，只是提供一个看待红柯笔下新疆的视角。如果允许寻根不局限于文学口号和流派的分类，或许可以说：作为文本内在的驱动，红柯的作品贯穿了浓重的生命寻根意识。这种意识在寻根派那儿无疑也有，却不能贯彻到底，精英意识阻碍了他们。对寻到的文化资源一面暗自寄予希望，一面又怀疑批判，把中国保守愚昧的东西寻出来做靶子，结果"根"成了祸害。其间的逻辑如下：因为有这样的"根"，才导致中国落后于西方，导致"文革"的出现。于是，寻根的另类思维又回到了原先的意识形态。而红柯由于淡泊散漫，其追寻生命之根的意志要纯粹和坚韧得多，神话也就是这样追溯到的。

孤独、脆弱的神话

在这转瞬即逝的瞬间里，马鬃飘扬，一根一根清晰得像腋下的肋骨，从蓝色空气里显露出来，又直挺挺向四周伸展，跟高车的轮辐一样把奔马围成一个飞旋的力的轴心。马跑成了一个迅猛的圆，很快掩住了苍穹的太阳，阳光如同尘埃簌簌飘落。司机和他的车被马的神性唤醒了，匆忙向马靠拢。大灰马就像伟岸的父亲教幼儿走路，汽车步履蹒跚，大灰马很有耐心地率它向前，向前……汽车就这样摆脱了幼稚的青春期，声音变得沙哑起来，脖子上暴起坚硬的喉结，浑身上下散出一股邪劲。

以上引文出自红柯的成名作《奔马》，是该篇给人印象最深刻的部分。让野性的大灰马与工业时代的"怪物"——汽车比拼、较劲，并占据上风，想象确实奇特而大胆。小说由此进入一种执着、神秘的语义甬道，虽然画面的实物异常简练：人—汽车—马，但感觉、意象却层出不穷，仿佛不惟此便不能弥补实物的匮乏一般。或者反过来说，正是现实的单调与缺憾，导致了想象的异变、发达。汽车染上了马的"邪劲"，马的身躯变成了钢制的汽车"轮辐"，这种把人、动物和自然浑然一体并寻觅其间内在感应的情节设置与意义增殖法，在红柯的小说中屡见不鲜。它不仅是单纯的修辞，更是一种文学思维的范式。在《乔儿马》《廖天地》《麦子》等篇中，这种局部的修辞术已演变为全部文本致力的主题：人如何在荒凉、险恶的土地上生存下去。在此，新疆的"异域性"已大大减弱，完全可用别个不叫"奎屯"或"阿尔泰"的、偏僻贫困的地方代替。其间的无名主人公（"他"）之所以能自得其乐、安贫超然，完全是因为他们和作者一样，掌握了一套和自然、动物"对话"的方式，在万物有灵的冥想感悟中消磨时光，把孤独和寂寞咀嚼成意义的圣餐。不妨再引《廖天地》中的一段，其中意义的衍生和辐射与《奔马》如出一辙：

那是好多泉水汇聚的地方。他把手伸进去，可以感觉到泉水的跳动，跟小动物一样。他趴到地上，嘴贴上去，舌头伸进泉里，舌头就大了，跟鱼一样往深水里扎。他听见泉水"啊"了一下，他的舌头搅得更欢。泉水翻腾起来，他紧紧压着泉水，越压它翻腾得越厉害。他曾这样亲过一个女人，那个女人就成了他老婆。他手撑着地，舌头和嘴已经回到脑袋里，脑袋里有一团火焰。他身下是秋天无边无际的草原和草原上的一眼泉。他笨手笨脚起来，走好远，还能听见肚子里咕嘟咕嘟的泉水声，像个孕妇。他怀了大地的孩子，他很高兴。

人成了鱼，泉水化作了女人，人与自然投契交欢。这是红柯出具的极富浪漫色彩的、反现代性的生活对策，且不论其深刻与否，就其中蕴含的人与世界之间的想象性关联和构思来看，神话思维的意味是很明显的。

在此，神话和所谓"文学性"表露出有意味的纠缠。主人公在冥想的"独语"中获得了内心的平静与和谐，但这并没有触动他孤独的生存境遇。事实恰恰相反，浪漫的神话思维愈发加重了孤独、封闭的感受。除非不再思考，否则便免不了如下疑惑：这是解脱，还是自欺欺人的幻影？在自然中发掘休戚共生的精神纽带和维系，是意味着自我解放，还是投身新的囚禁？红柯本人对神话和童话评价甚高，认为它们在激发文学想象方面颇具功效，他说现代小说有向神话和童话回归的趋势，比如纳博科夫的部分作品，以及沈从文的《边城》《长河》等。

对此，红柯身体力行，《一把手》写保安人的英雄赫赫阿爷和波日季，完全是民族古老传说的笔致；《金色的阿尔泰》记述兵团人艰苦神圣的垦荒生活，每个人都操一口史诗语言，如同另一版本的《创世纪》；《树桩》更是一个货真价实的神话，一对男女在树杈上相恋，后来男人与树长在了一起。这类神异、荒诞的细节在红柯的小说中俯拾皆是，以至只有在神话的基础上，我们才能心安理得地接受红柯的作品。红柯似乎有意识地要唤起我们对神话的记忆，他作品中简单的人伦关系、人物的去名化、部分纯净的说故事的口吻语调，都让人产生神话的联想和错觉。

然而，红柯似乎低估了读者的阅读习惯。要产生情感的共鸣，读者天然倾向于对更多的现实成分的索取和确认，这是红柯的神话所不能胜任的。在自然冥想术的运作中，世界被摇动得色彩斑斓如万花筒，但还原过来却只有几片碎玻璃，像《奔马》中的人—车—马、《麦子》中的老夫妇与麦地、《过冬》中的老头和土屋。我并非排斥小说拥有神话的质素，像卡夫卡那样把人变成甲壳虫便是一个极具震撼的神话变形，他用神话的形式把现实中难言的异化、压抑、屈辱给具象和客观化了，神话与生活、现实与虚构在此融为一体。

而红柯的神话由于过分依托想象和人物膨胀的感觉，因而文本留下了一厢情愿、一面之词的印迹。在内容的某些衔接和转折点，顺手拈来的神话情节尽管温馨动人，但多少有些回避和美化严酷现实的味道，呈现出硬性的黏附与过渡。《白天鹅》里开垦白碱滩的兄弟二人终于等来了美丽的女人，这个皆大欢喜的故事和"天鹅要在荒凉的地方落脚"的童话结合在一起，两者互相印证。如同小说开头所说："从天山腹地起飞的一大群白天鹅穿越准噶尔盆地，飞往遥远的西伯利亚，理所当然要发生一些故事。"若不是这一天真神奇的希冀，很难设想小说将如何为继。

我不否认红柯回归自然的真诚，在他笔下的自然冥想中，人确有获得净化和解脱的可能，但这并不意味着它是抵达自由、幸福的唯一方式，更谈不上终极。这种环境本身、采取此种方式的人没有价值、文化、伦理上的优越性。正如我们无法选择一个身处边远之地、物质贫乏的人和一个在城里打拼挣扎、心力交瘁的人，究竟哪个更苦一样。苦难乃心造之境，执着其中便苦不堪言，对此，文学应该持有平等的仁慈。而红柯的热忱及拯救意识似乎更多眷顾的是边远之地的人们，一种潜在的二元对立的审美暗示，对内地、城里的人，红柯没有指出任何出路。是不愿，抑或无力？就文本的结果而言，无论在美学还是情感的版图上，我们都难以找到内地的位置。

神话里的"父亲"

加拿大学者弗莱认为，神话反映了原始人的欲望和幻想，神的超人性不过是人类欲望的隐喻性表达。

以《奔马》为例，初看起来，这仿佛是一篇召唤回归自然的生态小说。车马角逐、灰马像父亲般引导汽车的细节，容易招致上述解读。然而情节的发展却摧毁了这一理解格式塔。失控的汽车压断了马的后腿，司机情绪低落。妻子在一次骑马中鬼使神差地爱上了马。

此后，两人对神骏的记忆萦回不去，它们和夫妇间的性事交织一处，如同电影中的蒙太奇，只要丈夫对妻子说她是马驮来的，两人便能达到高潮。小说的结尾，孩子出生了，他的哭声像马的嘶鸣，那是"从大地深处蹿出的一匹儿马：雄壮、飘逸和高贵"。至此，一个新的意义脉络（格式塔）形成了。回归自然只是序曲和外在的凭借，《奔马》力图表达和张扬的是对雄性生命、对父亲的追溯和憧憬。

红柯后来标举的强悍、勇武的英雄美学在此已现端倪，但作为主人公的司机却并非英雄。小说写的是司机如何克服内心的恐惧和障碍成长为父亲的故事。较之以往的寻根运动，此处的追溯，民族启蒙的意味很弱，它更多指向男性精神危机的自救。在红柯看来，社会的最大问题在于对雄性生命的压抑和扭曲，男人不像男人。而解决个体危机和重建社会的第一步，就是重塑男人，让男人成为英雄和父亲。然而，这一过程已不能在现有社会中进行，只有借助自然的教化。

如同《奔马》中的司机，在与灰马的较劲中领受了野性的熏陶，神秘的雄性生命力从马传递到司机身上，再经生育传给儿子。儿子的出世象征英雄的诞生，同时标志着一个精神父亲的成熟。到此，安泰式的原型实现了。

由于《奔马》着力刻画的是司机这个普通人的体验，神话原型中古远缥缈的色彩被克服了不少。而《奔马》的魅力就在于用神话的方式来解决、而非简单敷叙甚为棘手的现实和心理问题时所产生的内部张力。小说惹人注目地将父亲和英雄的角色分摊在两个人物身上，一个神话在进入现代语境时分裂、变形的触目标记。父亲由凡人来担任，并充当凡人向英雄过渡的枢纽，它显示了主体对父权（伦理）秩序和权威的记忆与渴望，一种由凡人圣的僭越。毋庸讳言，与多数史前神话的特质类似，红柯的文本建构或者延承了一种相当纯粹的父权文化形态。它的真率、血质和阳刚气亦由此而来。在对父亲的塑造和幻想中，主体对自我和现实不满的郁结间接得到了释放。这或许是主体心仪神话的最重要的理由。作为对现实的必要妥协，神话中英雄的实现被推向将来（下一代），化作了撩拨人心的希望和承诺。

与《奔马》可作为姊妹篇来读的是《狼嗥》。女人被狼叼走，安然无恙地回来，但身上留下了狼的剽悍气息，每次与男人亲昵，对方总感觉在与一股神秘的力量对决。换句话说，只有战胜狼，或者把狼的力量消化掉纳入自身，才能实现男人的本色和功能。这与《奔马》的构思何其相似！在红柯的小说中，抵达男人或父亲的地位要经过一个特殊的成年仪式，即接受自然（包括动物和环境）的挑战和洗礼。它成为红柯文本里一个基本的原型结构。除了司机与马的赛跑（《奔马》）、丈夫与狼的较劲（《狼嗥》）外，孩子对鹰的模仿和迷恋（《鹰影》）、破冰人对冰河的开凿（《雪鸟》）等，都可视为这种原型的展开。

一种原始古朴的自然优选法。值得注意的是其间女子的作用。在男性的成年仪式里，红柯经常写到性爱，却毫无猥亵之气。很少有人能把性爱写得如此干净、质朴、坦然、明亮。这可能与红柯从神话中接受的父权文化秩序有关，女人在此的奉献功能已然命定。

红柯关注的兴奋点与其说是情爱的细枝末节或微妙情绪，不如说是对男人主动性的信念，是性爱启动的生命能量的沟通与交流（男人以此砥砺和保持自己的主体地位）。《狼嗥》里的女子为激发男人的雄性意志，竟杀死了她一度迷恋的狼。如是壮举并不改变她配角的地位，她只是依"法"行事，本能地效忠男人。

在红柯神话的情爱格局中，女人大多天然地崇拜男人、依附男人、栽培男人、浇灌男人，如同安泰脚下的大地（无独有偶，红柯描写土地时会惯性地采用性感的笔触，拓荒者开垦土地，仿佛在触摸女性的肌肤）。苏拉遭海布始乱终弃，却无怨无悔（《帐篷》）；骄傲的女记者被扎根新疆的大学生一举征服（《美丽奴羊》）。

这类情节在红柯的作品中出现频繁，现代小说以模式化的代价迎来了神话的荣归故里。《靴子》写旅店少女为醉酒的客人洗靴子时萌生的复杂微妙的情愫："靴筒里装着一个高贵的灵魂"，"靴子走进草原，在辽阔草原的至极之境，就是这个女人和她柔软的怀抱"。作者大约是要表达对雄性力量的顶礼膜拜，但初读之际，若不立时进入神话伦理的语境，上述细节和联想未免做作了些。

重塑男人和父亲在红柯的神话写作中是非常关键的一步，它为主体游刃于神话之境注入了必要的底气和自信。在此基础上，出现《太阳发芽》《跃马天山》《骑着毛驴上天堂》之类作品便顺理成章了。三篇小说都触及抗拒死亡的主题，这是在张扬雄性生命基础上逻辑的自然延伸。爷爷把厚厚的松木棺材看成猛虎、狮子和金色的骏马，仿佛不是棺材带他入土，而是骏马待他跨上去驰骋草原。《太阳发芽》用强韧的生命欲望消弭了死亡的恐惧与权威；马仲英就像传说中的不死鸟，他不断地死而复生成为阅读《跃马天山》的最大兴奋，文学因神话信念的注入变得年轻而有朝气；《骑着毛驴上天堂》以神话式的情节调侃死亡，老天爷派的死亡使者居然拿老人和他的倔驴毫无办法，老人最后定下协议："我不想活的时候就叫你。"死亡被生命的意志彻底打败。

也许你不能完全认同这类作品，却很难抗御那久违的昂扬、乐观的情绪。

李丹梦